古典文學研究輯刊

二三編
曾永義 主編

第4冊

明代八股文批評研究（下）

黎曉蓮 著

國家圖書館出版品預行編目資料

明代八股文批評研究（下）／黎曉蓮 著 -- 初版 -- 新北市：花
木蘭文化事業有限公司，2021〔民 110〕
目 4+246 面；19×26 公分
（古典文學研究輯刊　二三編；第 4 冊）
ISBN 978-986-518-343-1（精裝）
1. 明代文學　2. 八股文　3. 文學評論
820.8　　　　　　　　　　　　　　　　　110000423

ISBN-978-986-518-343-1

9 789865 183431

古典文學研究輯刊
二三編　第 四 冊　　　　　　ISBN：978-986-518-343-1

明代八股文批評研究（下）

作　　者　黎曉蓮
主　　編　曾永義
總 編 輯　杜潔祥
副總編輯　楊嘉樂
編　　輯　許郁翎、張雅淋　美術編輯　陳逸婷
出　　版　花木蘭文化事業有限公司
發 行 人　高小娟
聯絡地址　235 新北市中和區中安街七二號十三樓
　　　　　　電話：02-2923-1455 ／傳真：02-2923-1452
網　　址　http://www.huamulan.tw 信箱 service@huamulans.com
印　　刷　普羅文化出版廣告事業
初　　版　2021 年 3 月
全書字數　484657 字
定　　價　二三編 31 冊（精裝）台幣 82,000 元　　版權所有・請勿翻印

明代八股文批評研究（下）

黎曉蓮　著

目

次

第六章 從衰頹到殿軍：天啟崇禎時期的八股文批評（上）

晚明文社蜂起，以文會友，切磋八股技藝，融經胶史，改革文弊，最終裁量公卿，干預時政，他們大倡實學，志於「尊經復古」，力圖以文救文，以文救世。在八股文批評與創作領域，婁東與江右首屈一指。江西自古理學積澱深厚，宋代理學和明代王學皆發源於此。以章世純、陳際泰、羅萬藻、艾南英等為代表的江右諸子，強調「以一己之精神透聖賢之義理」，以讀書學問為根底，以經史義理補足經傳，避免空洞與陳腐，以根底經史古文的理充義實的作品糾正萬曆以來的孤陋不學之風，令人耳目一新。江西以義理取勝，婁東、雲間卻朝著辭采發展。婁東二張、黃淳耀、章世純等人更重現實，砥礪士行，清議干政，其選文兼收並蓄，不拘一格。雲間陳子龍、夏允彝等人強調學習魏晉文，文章風格與湯顯祖接近，重才情，尚詞藻，但骨力不足。啟禎年間風雲變幻，文社諸子大多以興起斯文為己任，伴隨著這場聲勢浩大的救國運動，他們大量編選時文選本，客觀上推動了八股文編選批點、品評探究之風，總結殿軍，承上啟下，其觀點和餘緒影響至整個有清一代。

第一節 晚明文社的八股文批評

一、晚明文人結社概述

明末文人結社已成風氣，文社、詩社遍布大江南北。據謝國楨的解釋：「一般士大夫階級活躍的運動，就是黨；一般讀書青年人活躍的運動，就是

社。」〔註1〕明代八股取士，文章風氣所向，直接關係士子科舉命運，書店為了牟利，亦藉重操持選政的名手，刊選程文墨卷作為士子敲門磚。士子們集合起來學習舉業，作為團體運動，就是「社」；若歃血為盟，則為「社盟」；刊發的各類應試文章，則為「社稿」。萬曆、天啟年間，艾、陳、章、羅等人一呼百應，風靡一時；太倉的張溥將張采等人成立的應社與孫淳、吳翻等人所辦的復社合併，融經腋史，改革文弊，並以此裁量公卿，干預時政，在吳應箕的《復社姓氏錄》上，可以看出當時他聯合的全國各種社團有數十個，社員有幾千人，社事之盛可謂空前。到明末，時事遽變，詩酒結社之情，一變而為殺敵復仇之舉，大多社局中人誓死不屈，或犧牲，或隱居，或出家，終於風流雲散。

大體說來，明代結社活動從嘉靖到萬曆時期為萌芽發展期，多以文會友，崇禎後，由詩文切磋變為政治革命運動。雖然文社眾多，但從對當時以及後世的影響來說，江右、婁東、金沙、松江等地尤為突出，「啟、禎之際，社稿盛行，主持文社者，江右則有艾東鄉南英、羅文正萬藻、金正希聲、陳大士際泰；婁東則有張西銘溥、張受先采、吳梅村偉業、黃陶庵淳耀；金沙則有周介生鍾、周簡臣銓；溧陽則有陳百史名夏；吾松則有陳臥子子龍、夏彝仲允彝、彭燕又賓、徐闇公孚遠、周勒卣立動；皆望隆海內，名冠詞壇，公卿大夫為之折節締交，後生一經品題，便作佳士，一時文章，大都騁才華，矜識見，議論以新闢為奇，文詞以曲麗為美。」〔註2〕而在八股文創作與批評領域，婁東與江右則首屈一指。

就淵源來說，萬曆末年蘇州就有拂水山房社，即為應社之起源，主要代表人物有瞿純仁、許士柔、孫朝肅、范文若等人。後周鍾與張溥合作，將吳應箕領導的匡社和安徽的南社也併入應社，應社之範圍和勢力逐漸擴大，後有南北之分。計東在《上吳祭酒書》中說道：「大江以南主應社者張受先、西銘、介生、維斗，大江以北主應社者萬道吉、劉伯宗、沈眉生。婁東有應社十子，吳郡有應社十三子。」大致看來，應社應該有三大部分，江南、江北和河北的應社。楊鳳苞在《秋室集》（卷五）中也道：「翻與同志孫淳等四人創為復社，義取剝窮而復也。太倉張溥舉應社以合之。」所以，應該是孫淳與吳翻創立復社，張溥再將應社與復社合二為一。陸世儀在《復社紀略》中記載：「自世

〔註1〕謝國楨，《明清之際黨社運動考・引論》，上海，上海書店出版社，2006，第1頁。
〔註2〕葉夢珠，《閱世編》卷八，北京，中華書局，2007，第207頁。

教衰，士子不通經術，但剽耳繪目，幾幸弋獲於有司，登明堂不能致君，長郡邑不知澤民，人材日下，吏治日偷，皆由於此。溥不度德，不量力，期與四方多士，其興復古學，將使異日者務為有用，因名曰復社。又申盟詞曰：『毋蹈匪彝，毋讀非聖書，毋違老成人，毋矜己長，毋形彼短，毋巧言亂政，毋干進辱身。嗣今已往，犯者小用諫，大則擯，既佈天下皆遵而守之。』又有各郡邑中推擇一人為長，司糾彈要約，往來傳置。天如於是裒十五國之文而詮次之，目其集為《國表》，受先作序冠弁首。」誠然，興復古學、務為有用，乃復社之立社宗旨。

　　與此同時，江西社事繁盛，聲勢較大者如豫章大社、國門廣因社、新城大社、合社、偶社等，其中以陳際泰、艾南英、羅萬藻、章世純等人引領一時風氣，一般稱其為豫章派。他們與復社諸人時有合作，也時有衝突。如艾南英主張「其書一主曾、歐、程、朱，其法一宗成、弘。」張溥等人則主張「文必六經，詩必六朝」。從某種程度上可以這樣理解：艾南英開今，張溥復古。艾南英說：「以今日之文救今日之為文者。」〔註3〕「夫文之通經學古者，必以秦漢之氣行六經、《語》《孟》之理，即間降而出入於韓、歐、蘇、曾，非出入數子者。曰是數子者，固秦漢之嫡子嫡孫也。」〔註4〕張溥則說：「今則經文忽彰，而聖人作焉，治氣之感，證效不惑，顧念向時之言有其預者，未嘗不相對以怡也。然而人之為言，命意在彼則盡於彼，命意在此則盡於此。以今日而言經，所謂在此者也；言經而底於為人，所謂盡此者也。試以經質之於人，觀乎字形不離三才，則知其無邪矣；觀其擬言不逾五倫，則知其近人矣。故予嘗謂使今日有武健之子，日取五經摹而書之，左右周接，無非鉅人之名、大雅之字，趨而之善也疾焉。矧相漸於意，尤有神明者哉。然則為之若是其易，而人與文俱難之何也？蓋其始病於做法之異，而其既危於疑人之甚，則言有不能入者焉。抑知善無不可為，經無不可學，即人之好名者，而實其所用，慕君子而從之，初而事其話言，久之而其行是焉，又久之而性情無非是焉。若夫學者之通經，由奇以反平，因辭以達本，其道亦猶是也。」〔註5〕應

〔註3〕艾南英，《天傭子集》卷一《房書刪定序》，道光十六年（1837）五世姪孫艾舟重校本。
〔註4〕艾南英，《天傭子集》卷五《與周介生論文書》，道光十六年（1837）五世姪孫艾舟重校本。
〔註5〕張溥，《七錄齋詩文合集》古文存稿卷五《房稿表經序》，臺北，偉文圖書出版有限公司，1978，第1031頁。

社的課藝宗尚六經，有五經應社之選，張溥說：「是以五經之選，義各有託，子常、麟士主《詩》，維斗、來之、彥林主《書》，簡臣、介生主《春秋》，受先、惠常主《禮》，溥與雲子則主《易》，振振然白其意於天下，夫天下亦已知之矣。」〔註6〕張溥認為應社之始立，志於「尊經復古」，這也是婁東諸子論文論世之核心觀點。所以在通經學古的基本觀點上，此二派沒有分歧，關於如何學、學習誰等問題上則多有相異，但無論是婁東，或者江西，其論文的根本目的仍然是以文救文、以文救世，這是晚明所有有識之士結社志向之所在。

雖然前後七子主張復古，最終走入不倫不類機械摹擬的老路，艾南英主張由歐曾取法成、弘，張溥主張祖述六經來矯正時弊。他們整理舊籍，編訂文鈔，借應社、復社之勢推廣天下，多次舉行集會，如崇禎二年舉行尹山大會，崇禎三年舉行金陵大會，崇禎五年舉行虎丘大會，名彥皆至，興者咸集，觀者甚眾，盛況空前。且鄉試者，多有中榜者，如張溥、吳偉業、楊廷樞、吳昌時、陳子龍等人，一時名聲大噪，南北士子皆以二張唯馬首是瞻，士子以為只要進了復社就有得中的希望，朝野內外皆以拉攏復社為榮，復社也由之前的讀書會友一變而與政治相頡頏，以至於後來黨同伐異，士子諸人多有攻訐。張溥死後，雖然張采上疏為復社洗冤，並於崇禎十五年由鄭超、李雯重開虎丘大會，但復社後輩如吳應箕、陳貞惠、侯方域、黃宗羲、沈壽民等人則止於輿論清議，或老死山中，或歸隱田園，其風流雲散，不復從前，勢之必然。

總而言之，復社聲勢煊赫，彌漫全國，遍及海內，多外部政治活動，鑒於復社的前車之戒，後起之幾社多選擇閉門讀書，復社大開門戶，幾社取友甚嚴，非師友子弟不得入社。所以，幾社雖然聲勢沒有復社浩大，但流傳時間卻比復社長遠。萬曆以後，松江之地文會頗盛，在幾社成立之前有鬥花五子會，主要成員有張鼎、李凌雲、莫天洪等。杜登春《社事始末》中記載五子加上陳子龍，曾為「六子」之數，有「幾社六子」之稱：夏允彝、杜麟徵、周立勳、徐孚遠、彭賓、陳子龍。李雯雖然也是創辦者之一，因其後降清，《社事始末》並未將其列入。當時在京師的士子成立的有燕臺十子之盟，在京各社相互合作，雖然復社最終與艾南英等人分道揚鑣，但幾社至始至終與復社

〔註6〕張溥，《七錄齋詩文合集》古文存稿卷二《五經徵文序》，臺北，偉文圖書出版有限公司，1978，第883頁。

合作到底。幾社的宗旨與復社頗有差異，杜登春《社事始末》記載：「天如、介生有復社《國表》之刻，復者，興復絕學之義也；先君子與彝仲有幾社六子《會義》之刻，幾者，絕學有再興之幾，而得知幾其神之義也。兩社對峙，皆起於己巳（崇禎七年 1629）之歲……婁東、金沙兩公之意，主於廣大，欲我之聲教，不訖於四裔不止。先君與會稽先生之意，主於簡嚴，維恐漢、宋禍苗，以我身親之，故不欲並稱復社，自立一名。盡取友會文之實事，幾字之義，於是寓焉。」可見一斑。

　　待張溥去世，復社也就嗣響終絕，而此時幾社則繁盛起來，其選文有《幾社壬申文選》、《幾社會義》等。《幾社壬申文選》主要選六子之文，而《幾社會義》則送錄人數較多，從初集到五集，擴至數百人。後盛極而衰，幾社分裂成求社、景風兩派。後又分裂成雅似堂、贈言社諸派，其他社友更是分成數個小社團。待北都失守，弘光南立，馬、阮當政，東林後裔與復社名流風流雲散，幾社乃松江社局之正統，社中文會和選刻並未停止。待清軍南下，社事由會文而至革命，夏允彝、陳子龍、吳勝兆等起義殉節，復社、幾社其他名士如吳應箕、顧杲、吳易等人皆壯烈犧牲，熊開元、方以智、錢秉鐙等出家為僧，徐孚遠興復幾社於海外，其他人或被殺，或逃散。入清名士如張九徵、宋徵輿、鄒祗謨、杜登春、徐乾學等人發起文會，社事逐漸由明末的松江轉為吳郡，吳中慎交和同聲，松江又立原社，各立門戶，日漸分離，甚至時有科場案爆發。

　　明末入清，雖然也有其他諸社存在，如孫夏峰的十老社，應撝謙的狷社，侯方域等人的雪苑社，松江之驚隱詩社，淮上之望社，浙西之讀書社、登樓社，浙東之鑒湖社、西湖八子社、南湖九子社，閩中之石倉園社、閬風樓社、八郡文社、南屏文社，粵中之南園詩社、淨社、冰天詩社，等等，他們或頹廢消極、放浪江湖、寄情詩酒，或激進慷慨、敢作敢為、抗爭到底，與復社、幾社互通聲氣，但其規模與影響卻再難有復社、幾社之風采。隨著順治以後社盟被禁止，許多結社變為依山結寨，興起義兵，甚至轉入地下，秘密結黨，謀求恢復，雖為社事餘波，在社會上仍然有一定的影響力。

　　總的來說，晚明文社受前後七子復古思想影響頗深，其理論「本於六經」「尊經復古」等之所以有別於前後七子，甚至公安、竟陵等人的單純「擬古」，就在於他們身處國破家亡的時代，身不由己參與政治鬥爭，在創作中大多能反映現實，慷慨激昂，提倡氣節，注重操守，力求「務為有用」。

二、江西派

江西乃宋代理學發源之地，也是明代王學發源地與流傳地，有著深厚的文學和理學傳統，古文大家如歐陽修、曾鞏、王安石皆為江西人。江西臨川也是晚明八股文重鎮，明代江西派時文創作受王學影響，能夠理求諸心，心有所見，發而為文，但對其觀心為文、不遵傳注的弊端也認識得比較清楚。萬曆時期有「江西四雋」：鄒德溥、萬國欽、湯顯祖、葉溪，其中以湯顯祖時文創作和批評影響較大。稍後有羅、陳、章、艾等人制義，也有加上楊維節，成「江西五家」之說。「西江士習較他省為近古，得大賢致振作鼓勵，所謂一變至道者非耶？若夫道學之傳自朱子設教白鹿洞始。先是金溪二陸，講學鵝湖書院，雖所論與朱子不無異同，要不失為聖人之徒。同時學朱子者又實繁有徒，曾唯庵、李文定其最著者矣。自是大儒踵起，迄元而草廬吳先生考訂六經，澄汰百家，其為學與濟陽、金華相頡抗。草廬先生族子康齋先生償道，明初敬齋、一齋俱出其門。西江理學於斯為盛。」〔註7〕有這樣一個地域優勢和學術淵源，江西派八股文批評在明末諸社中聲勢也最為浩大。

章世純、羅萬藻、陳際泰、艾南英四人都是江西豫章社人，被稱為「豫章四子」「臨川四才子」「江西四家」「艾、章、羅、陳」「豫章派」「江西派」或「江右」學派，他們不像其他文社有明確的干政意識，主要以切磋學問、讀書應舉為主。「令甲以科目取人，而制義始重。士既重於此，咸思厚自濯磨，以求副功令。因共尊師取友，多者數十人，少者數人，謂之文社，即以文會友、以友輔仁之遺則也。好修之士，以是為學問之地；馳騖之徒，亦以是為功名之門，所從來遠矣。」〔註8〕俞長城也說：「余選萬曆癸未文，鄒泗山以沖夷，萬二愚以簡古，湯義仍以名雋，至於理解精醇機法綿密，則葉永溪為最，當時稱江西四雋，缺一不可，至言哉。勝朝三百年江右文風極盛，『翰林多吉水，朝右滿江西』，明初已誦之。及其季也，羅、陳、章、艾樹幟豫章，震動海內。然世知讀四家之文，而未知讀四雋之文。四家人各為科，四雋一榜並列，面目各殊，有家無派。故明文莫盛於江西，江西莫盛於癸末，亦制義中癸丘之會也。」〔註9〕特別是艾南英等人的選本出來，各地書商爭相刻印，幾乎壟斷了江右八股文市場，「豫章社」也聲名遠播，逐漸形成了

〔註7〕朱軾，《朱文端公文集》卷一《王疇五時文序》，清同治十二年（1873）刻本。
〔註8〕陸世儀，《復社紀略》卷一，上海，上海書店出版社，1982。
〔註9〕俞長城，《可儀堂一百二十名家制義・題葉永溪稿》，康熙三十八年初刊。

「天下文章皆推豫章」的局面。

　　針對晚明八股文空疏腐爛，以及機法派、奇矯派、東林派末流抄襲模擬與膚淺功利的情況，江右諸子以改革士習文風為己任，糾偏挽頹：「萬曆末場屋文腐爛，南英深疾之，於同郡章世純、羅萬藻、陳際泰以興起斯文為己任，乃刻四人所作行文，士人翕然歸之，稱為章、羅、陳、艾」〔註10〕「啟禎之間，風氣益變，盟壇社壝，奔走號跳，苞苴竿牘與行卷交馳，除目邸報與文評雜出。」〔註11〕王學影響所及，士子們束書不觀，時文寫作不遵傳注，空疏無根，雜入諸子百家語錄小說，文風駁雜不純，江西派就是要以根底經史古文的理充氣正之文章來正文體，艾南英說：「今天下言正文體者何其難歟！數年來上所以風示士子、訓勵學臣與夫鑴考官黜陟人法令，如是嚴且具，而文體終不能正，何也？始者主司慕悅新奇，奇士未收而先收填竊割裂竄經贅子之文，其文外富而中甚貧，而天下之士既以為憂。近者主司稍稍悔之，思返古道歸於純雅，純雅未收而空疏庸腐之人雜然並進，甚則謬誕無稽之文，儼然列之房牘，而不畏天下之議其後。」「愚故謂禮部禮科者，與其言正文體，莫若勸天下士多讀書；與其勸天下士多讀書，莫若勸進士多讀書。夫今之進士，皆將來鄉、會兩試為主司，為分校，為提學使，為府縣提調官，有司率衡文之責者也。」〔註12〕翁方綱說：「制義之有江西五家也，皆以深想重氣，抉理奧而堅，骨力蓋得乾坤之清剛而發江山之秀異，自成格局，不蹈故常者也。」「歐、曾者，經訓之文也。歐陽之文出於史遷、出於韓，而曾子固之文出於班固、出於劉向。學者誠能於二家之文熟讀而深思之，則五家之所以為五家者，蓋亦不外乎此。」〔註13〕方苞也說：「江西五家每遇一題，必思其所以然之理，胸中實有所得，然後以文達之，雖有駁有醇，而必有異於於眾人之處。」「根柢周秦諸子及宋儒語，質奧精堅，制義中若有此等文數十篇，便可當著書。」〔註14〕所以，在明末諸文社中，能夠如此大力批判前後七子、竟陵派機械擬古之風，推崇唐宋平易通達、雅潔明快、渾樸高古的文風，大量編選先秦兩

〔註10〕張廷玉等著，《明史》卷二八八《文苑傳》，《四庫全書》本。

〔註11〕錢謙益，《牧齋有學集》卷四十五《家塾論舉業雜說》，上海，上海古籍出版社，1996。

〔註12〕艾南英，《重刻天傭子全集》卷一《甲戌房選序》，道光十六年（1837）艾舟重校本。

〔註13〕翁方綱，《復初齋集》卷九《制義江西五家論》，1982年北京文物出版社重印本。

〔註14〕方苞編，王同舟、李瀾校注，《欽定四書文》，武漢，武漢大學出版社，2009。

漢、歐曾王蘇以及歸有光、唐順之等古文、時文選本，以獨創為貴，以讀書學
問為作文之根底，能夠靠自己的讀書窮理鑽研聖賢精義，以經義著書，不襲
陳詞濫調，或引經史為證，或補經傳所未有，能在一定程度上突破束縛，融
古文與時文為一體，改變了之前機法派、奇矯派自抒胸臆、軟媚圓熟之弊，
江西派的確首屈一指。

　　明末文社眾多，不同派別之間經常因觀點不同而發生各種爭論，可謂硝
煙四起。文社之間爭論最為激烈的當屬豫章和復社長達十多年的文壇主導地
位爭奪戰。在艾南英的《天傭子集》中詳細記載了幾場主要辯論，如艾南英
與周鍾關於文章做法之爭，艾南英與陳子龍關於復古的途徑與目的之爭，艾
南英與張自烈關於選本的形式和方法之爭，還有艾南英跟復社諸子關於文章
地位、寫作規範、源流特性、流派宗旨、領導主權、地域文化的爭辯和衝突，
等等，幾乎涉及到文學論爭的各個方面，對明末清初的文壇產生了極大影響。
如「至雲間，抗顏南面。大樽以少年與之爭。艾主理學，陳主議論。艾主秦
漢，陳主魏晉。」〔註15〕雖然豫章社存在的時間並不算很長，在艾南英死後
幾乎煙消雲散，但在清初江西出現了散文創作的高峰，艾南英的文章理論也
直接成為桐城派散文理論之先驅，都是其遺續所至。

　　就八股文創作來說，豫章諸子，風格各異。「竊聞四公之為人也。陳（際
泰）曠朗而傲疏；章（世純）豪宕而鍥刻，艾（南英）則剛正簡直不能容物，
惟羅（萬藻）沉靜淡易，獨無矜競之風。此四公之人品，即四公之文品也。四
公生平契密，然陳、章皆為南中聲氣所構，至際於東鄉（艾南英）。而羅獨巋
然始終無少閒，此又以文品驗人品，信曠朗豪宕者易搖，而沉靜淡易者難動
也。」〔註16〕鄭灝若說：「天、崇之間文體敗壞已極，一時轉移風氣，豫章諸
君之力居多。陳大士文最奇橫，如蘇海韓潮；章大力幽深勁鷙，如龍盤蛟起；
羅文止清微淡遠，如疏雨微雲；楊維節纏綿精彩，人劍氣珠光；至於艾千子
則所謂公輸運斤指揮如意、師曠辨音纖微必審者也。」〔註17〕趙士麟也說：
「豫章四家，則如午時盛開牡丹。雄渾高老者，陳大士也；原本理學者，羅文
止也；矩矱先民者，艾千子也；清真沉著者，章大力也。後人欲張旗鼓與之對

〔註15〕祝松雲輯，《天崇合鈔》俞寧世評語，清光緒十七年（1891）湖南船山書局刻
　　　　本。
〔註16〕轉引自龔篤清《明代八股文史探》，長沙，湖南人民出版社，2006，第646頁。
〔註17〕鄭灝若，《學海堂集》卷八《四書文源流考》，道光五年（1825）啟秀山房刻
　　　　本。

疊，其精深簡確經術淳正，終莫能敵。」〔註18〕江西諸子在八股文寫作上多有創新，不隨流俗，不襲腐語，以讀書學問為根底，融經腋史，在當時八股文壇，可謂耳目一新，雖然風格各異，但在八股文理論上卻殊途同歸而各有發明。

　　章世純（1575～1644）字大力，明臨川箭港（今屬江西省豐城市）人。他博聞強記，才華橫溢，讀書但求明理，其文章緊扣論題，融經會史，《四庫全書總目》有云：「世純運思尤銳，其詁釋四書往往於文字之外標舉精義，發前人所未發，不規於訓詁……揚雄所謂好深湛之思者，世純有焉。」所以，章世純的八股文深於義理，風格峻潔，氣體高密，由於認理過於細密，曾遭艾南英貶斥。蔡元鳳說：「大力先生文思所及，出天潛淵，筆之所至，動魄悸魂，在四家中最為刻鷙。自時藝而外，予所見《章柳州集》、《陰符經解》數種，為其得意，殆將無古人。至所為時藝，莊諧雜出，邪正互行，誠如艾公所譏。聖人之學，非纖詭小見瑣屑支離、從一二種子書入手遂可作傳注也。」〔註19〕著有《留書》《券易苞》《章柳州集》《章大力集》等。

　　章世純的八股文從內容著手起衰去弊，傚仿先秦諸子與唐宋古文，欲使八股文重新回到尊經依注的道路，他特別講究精研經注、切題闡發，從根源著手，依題立意，所以他的八股文一般都能理足氣充。其人性格豪爽，其文也幽深雄奇。清人吳蘭陔評其《天下有道》四節題文：「瘦硬通神之力，英偉絕世之氣，渠意中尚不欲把臂正希，餘子瑣瑣，亦無能為役矣。竊謂時文中原有真古文，可以編入《唐文粹》《宋文鑒》而不愧者，有此等鴻篇，使人不敢目時文為小道。」〔註20〕俞長城也說：「大力文幽深沉鷙，一溪一壑皆藏蛟龍，不崇朝而雲雨及天下，故沈何山、韓求仲、張受先皆重之。」〔註21〕

　　羅萬藻（？～1647），字文止。江西臨川騰橋人。「公生而穎異，童時即好學，有大志，年十三博通經史，言動必循規矩，學崇主靜，以聖賢自期，待時或遷之弗顧也」〔註22〕幼年師承湯顯祖，天啟七年（1627）中舉。為人高

〔註18〕趙士麟，《讀書堂彩衣全集》卷十三《徐子文時藝序》，清康熙三十五年刻本。
〔註19〕艾南英，《重刻天傭子全集》卷五《寄陳大士書》文後尾批，道光十六年（1837）艾舟重校本。
〔註20〕《天崇百篇》，轉引自龔篤清《明代八股文史探》，長沙，湖南人民出版社，2006，第519頁。
〔註21〕梁章鉅，《制義叢話》卷六，上海，上海書店出版社，2001，第94頁。
〔註22〕羅萬藻，《此觀堂集》卷首《羅良庵先生本傳》，《四庫全書存目叢書》集部第192冊，第335頁。

潔方正，崇尚古雅，不避非議，好獎進人才，教誘必誠，門生遍天下；其文平正明析，文風峻潔，清微淡遠，雅正雋秀。制義時文，獨闢蹊徑，堅潔深秀，切中時弊，雖識見高明，但拘泥而少於變化，氣脈不長，略顯生澀深奧，在晚明獨樹一幟。與陳、章、艾等人相與唱和，以興起斯文為己任，大力倡導唐宋派文風，「人無賢不肖皆感慕焉」。方苞評其文：「以深微高韻遠情，超然塵埃之表。」著述有《此觀堂集》《十三經類語》《羅文止稿》《制義》專集等。

陳際泰（1567～1641），字大士，號方城，江西臨川鵬田陳坊村人。崇禎七年（1634年）進士。其人才華橫溢，博覽群書，才思敏捷，寫作速度極快，「其為文，敏甚，一日可二三十首。先後所作至萬首，經生舉業之富，無若際泰者。」〔註23〕在八股文方面造詣較高，融經腋史，薈萃群言，縱橫開合，波瀾曲盡，正內見奇，新穎又不乏平正；善於分股，常作論斷體，不遵功令，發人所未發，盡得古今之體勢，無體不備，風格豪邁恣肆，文筆縱橫，靈心俊思，根於經史，筆出諸子，律己苛嚴，故能稱雄晚明。但知音者稀，「蓋知其為大士，文雖拙亦工，不知其為大士，文雖工亦拙。當時無論知不知，皆不知大士者也。」〔註24〕著作有《易經說意》《太乙山房集》《已吾集》等。

雖然陳際泰科第不順，但在八股文寫作與理論造詣所達之高度，當代少有能及，在當時及後世都引起很大的反響。後學李來恭說：「先生之真精神於古。」「蓋至大士先生出而剖析六藝之思，貫穿千古之識盡，舉而用之八股之間，於是天下爭駿駸學古上焉者乃因以探賾鉤深，搴華致飾，發其英絕之機而合於聖賢之旨，制義一道波瀾闊遠，其輔翼之可謂多哉？」〔註25〕族人孟嬰說：「器識絕特，神姿沉毅，稱一代雄人。」〔註26〕女婿鄭邑雋說：「先生具蓋代才，文字威神有大力，當萬曆末載，以一手目柱風會之流，精魄詣地壓古作者，功最高其書，至販響海外。」〔註27〕李紱說：「其為古文而盡得古今之體勢者，昌黎、韓子而已，其為時文而盡得古今之體勢者，大士陳公而已。」「大士為時文亦訓孔孟之言者也，然其文自六經秦漢六朝以至唐宋大家

〔註23〕張廷玉等著，《明史》卷二百八十八《陳際泰傳》，《四庫全書》本。
〔註24〕俞長城，《可儀堂一百二十名家制義》，康熙三十八年初刊。
〔註25〕陳際泰，《已吾集》卷首《已吾集序》，《四庫禁燬書叢刊》集部第9冊，北京，北京出版社，1997，第577頁。
〔註26〕陳際泰，《已吾集》卷首《已吾集敘》，《四庫禁燬書叢刊》集部第9冊，北京，北京出版社，1997，第583頁。
〔註27〕陳際泰，《已吾集》卷首《已吾集敘》，《四庫禁燬書叢刊》集部第9冊，北京，北京出版社，1997，第584頁。

之篇之體無不備。」〔註28〕「八股猶散文耳，假令作散行文字，每段重說一遍，豈成文理。正嘉以前風氣未開，能事未盡，股意不清往往有之。若以此為極致，陋矣。」〔註29〕呂留良說：「陳大士先生文，人但驚其縱，不知其法脈細靜處，是為老作家。凡一字入其手，必有兩義，文即有八比。或多徘小比，亦必每比各有義，不犯合掌架屋之病，義雖多，局雖碎，而章法首尾有體，股法次第相生，定一氣呵成，轉轉見妙，此皆古文正法。」〔註30〕其他如：「蓋大士才如江海，頃刻萬變，又數十年，氣運推移，故心思、筆力亦隨之而異。」〔註31〕「大士之先無大士，大士之後無大士。海內效大士者至眾而不能肖，無他，創與因之分也。」〔註32〕「大士之文，置王（慎中）、唐（順之）諸老弗論，其上之合聖賢之旨，次之與泰、漢、唐、宋大家相上下，而排空出險以禪其自得者，則雖其怨家仇人不能以相毀……雖然大士身為諸生兒天下翕然宗之，天下之為大士者，得其皮毛麟角則已躍巍科躋阮仕矣。」「向者，吾鄉一二同人，以通經學古挽回斯道，而吾大士為功之首。」「變通先輩，自為面目，法甚高；為諸生時所作文，遍天下士大夫皆願與交，名甚震，此宜速得志於天下矣。」〔註33〕等等，皆是對其為人、為文之評價，特別是對革除文弊、改革世風之貢獻，確實有目共睹。

艾南英（1583～1646）字千子，號天傭，東鄉縣上積鄉艾家村人。其主要成就在於選本與批評，反對前後七子擬古文風，反對抄襲，主張學習唐宋古文，遵從程朱理學，以理論世，正人心，糾士習，編選佳作，評點刊行。其文章往往有感而發，因題生義，借經義以道時事，又不拘泥於傳注，古文逸書，諸子史事，涵古蓋今，每有創見，說理老健，質樸堅辣，精嚴剛直，恣肆縱橫，有戰國遺風。「尊《學》《庸》《語》《孟》之書，斷以考亭之章句，因裁以為題，敷陳詞義，如一出於聖人之言。」〔註34〕「千子先生留心古文，所選時義，書理或疏，體裁皆不俗。其稿始犯駁雜，繼犯枯燥，極老極堅者，遠

〔註28〕李紱，《穆堂初稿》卷三十四《馮葵陽時文序》，清乾隆十二年奉國堂刻本。
〔註29〕李紱，《穆堂初稿》卷四十四《論古文文法》，清乾隆十二年奉國堂刻本。
〔註30〕呂留良，《呂留良詩文集》之《呂晚村先生論文匯鈔》，杭州，浙江古籍出版社，第474頁。
〔註31〕梁章鉅，《制義叢話》卷七，上海，上海書店出版社，2001，第118頁。
〔註32〕艾南英，《天傭子集》卷二《陳大士近稿序》，道光十六年（1837）艾舟重校本。
〔註33〕艾南英，《天傭子集》卷二《陳大士近稿序》，道光十六年（1837）艾舟重校本。
〔註34〕艾南英，《天傭子集》卷一《明文定序上》，道光十六年（1837）艾舟重校本。

過章、陳兩大，特難遶投時好耳。」〔註35〕周以清說：「無一語不原本經傳，卻不用一經傳語，補題旨妙皆王錢舊法，而東鄉集其大成矣。」〔註36〕呂留良說：「自有制義以來論文者甚多，然吾以為知文者，艾東鄉先生一人而已。古今題格之變，無所不知，故其見處極高，非餘者之所可及。所少者理境不精耳，其自作亦然。……理境不精，則簡淡高老，無有至味出其中，未免外強中乾，時流謂之江淹才盡，先生甚不平。」〔註37〕

在四人中，艾南英的八股文批評理論成就最高。艾南英以古文家手眼來批評時文，通過編選、評點、刊刻優秀選本來「正文體」，改變士風士習，取得一定成效。何焯說：「竊蘇、張紙緒餘，醉佛、老之糟粕，此萬曆二十年後政亂於上、言龐於下之應也。天啟間文，則無非溫陵（李贄）之橫議，而體制亦顛倒狂逸，幾於飛頭歧尾、乳目臍口。凡宦寺盜賊禍變相仍，已魄兆萌芘於心聲。艾千子發憤奮筆，實中流之一壺也。廟堂之上不能轉移廓清，舉文章之柄倒授草野書生，可歎已夫。」〔註38〕陳焯也說：「三十年來古文一道，半歸豫章，豫章之文必以千子為領袖。千子立教，在神氣而不在字句，八家復起不易斯言。」〔註39〕艾南英要求以程朱義理為旨歸，本於經義，不能尚奇，以古文為時文，其最高標準是「歐、曾」二人，推崇王鏊制義，主張將文章與事功聯繫起來，對當時的雲間派、婁東派、以及同派的章世純、陳際泰等人的批評也不遺餘力。且操持選政多年，編選了大量的古文和時文選本，如《明文定》《明文待》《江西四家合稿》等，肯定同派功績的同時，對其離經叛道、駁雜不純之傾向亦嚴厲批判，如《四家合作摘謬》，尤其反對制義中摻雜王學與佛禪觀點。雖然有些觀點前後矛盾，過於偏頗，但總的來說，他想將制義恢復到成、弘之前質樸古拙之風，是違背時文發展的自然規律的，任何文體由微而盛，由盛遂衰，自然之理。這點陳際泰看得比較清楚：「近日文字蓋難言矣。起而救之者未吾友艾千子。其書一主歐曾程朱，其法一宗成、弘，其說非不善也，而欲盡驅天下而從之，而不權其時之已過，與量其力之

〔註35〕《天崇合鈔》評語，轉引自龔篤清《明代八股文史探》，長沙，湖南人民出版社，2006，第608頁。
〔註36〕周以清，《學海堂集》卷八《四書文源流考》，道光五年（1825）啟秀山房刻本。
〔註37〕呂留良，《呂留良詩文集》之《呂晚村先生論文匯鈔》，杭州，浙江古籍出版社，第473頁。
〔註38〕何焯，《義門先生集》卷十《兩浙訓士條約》，清道光三十年（1850）刻本。
〔註39〕陳焯，《重刻天傭子全集》卷首，道光十六年（1837）艾舟重校本。

所難強，則弗善也。要之，各擇於法拊而循之，體何必歐曾，何遽不歐曾；理何必程朱，何遽不程朱；法何必成弘，何遽不成弘，而必一點焉一畫焉拘拘而守之，而憤然若終身之虜耳。」〔註40〕

　　艾南英對復社的批評可謂不遺餘力，與周鍾辯論書信有四篇《與周介生論文書》，他說：「海內今日尊學大士、大力者，更不知其渾古高棲師法六經秦漢者何在，而僅摭拾其一二輔嗣（王弼）、子玄（郭象）幽眇詭俊之譚，相與雕琢模糊。我明知傳，傳在前場耳。論敷衍排比，唯恐不多，兄以為古有此體乎？表濃麗而絕無疏淡流水之致，策取分柱立比，兄以為古有此體乎？」〔註41〕「昔人云：子長之病在好奇，得非仁兄今日之謂乎？弟謂兄此後宜精覈而嚴汰之。」〔註42〕其他如《與聞子將書》《答楊希元書》《戊辰房選千劍集序》，等等，皆言辭犀利，耿直好辨，雖然據理力爭，也多有偏頗之處。艾南英也批評雲間派的陳子龍、夏允彝等人。在江西派內部，艾南英也屢次批評章世純等人，引起江西派內部的分歧與交惡。最後雲間、婁東諸子聯合起來圍攻艾南英。「張受先方令臨川，而介生、天如諸人亦時為艾公排擊不堪，因欲假臨川以攻臨川。非盡章之過，亦由於諸人巧構有以成之耳。」〔註43〕侯康也說：「復社為張溥、楊廷樞等所結，周介生為之長，嘗自攜《結》《翼》諸選，比之咸陽國門之書。千子力譏貶之，語在《明文定》中。」〔註44〕

　　江西四家皆蹭蹬仕途，落拓終身，沉於下僚，雖然在啟禎之際影響甚廣，但終風流雲散。加上內部與外部矛盾重重，觀點不一致，崇禎三年之後逐漸分化，明朝滅亡，江西四子先後殉難，江西派也完全瓦解，但其「以學問為八股」之風氣，一直影響到清代李紱、方苞、王步青、儲在文等人的八股文創作和批評，甚至在考證、義理上多有挖掘。陳弘緒說：「江漢豫章之文世之竊其詞句者，皆得以取榮名掇上第，而江漢豫章能文之士，大半僵蹇屈抑於泥塗之中。」〔註45〕翁方綱也說：「後之能為文者，或就一家而引申之耳。至如羅、

〔註40〕陳際泰，《太乙山房文集》卷四《新城大社序》，明崇禎六年刻本。

〔註41〕艾南英，《天傭子集》卷五《再與周介生論文書》，道光十六年（1837）艾舟重校本。

〔註42〕艾南英，《天傭子集》卷五《三與周介生論文書》，道光十六年（1837）艾舟重校本。

〔註43〕艾南英，《天傭子集》卷五《寄陳大士書》蔡元鳳尾批，道光十六年（1837）艾舟重校本。

〔註44〕侯康，《學海堂集》卷八《四書文源流考》，道光五年（1825）啟秀山房刻本。

〔註45〕周亮工，《尺牘新鈔》卷三《答梅惠連書》，據海山仙館叢書本排印。

楊之沉邃，大士之淵厚，或未能以至也，而徒張其大名曰五家云耳，是豈真
得乎五家之所以然者哉？」「夫今日之士子，心力薄弱極矣，乃又禁之格之，
使望五家而河漢焉，問其名則曰戒其偏也，懼其姿也，叩其實則曰便於時墨
之庸俗也。」〔註46〕

三、婁東派

婁東派是以復社成員為主體的八股文批評流派，復社為周鍾、張溥、張
采等人所創，在明末文社中影響最大。張溥、張采號為「婁東二張」，張溥死
後，代表人物有吳應箕、熊開元、吳偉業等人。復社成立於崇禎二年（1629），
其前身為應社，又稱「五經應社」，張溥、張采最初也是其中成員。陳子龍、
夏允彝之幾社後來也加入復社。張溥去世後，陳子龍、黃淳耀等為復社骨幹。
杜登春說：「天如、介生有復社《國表》之刻，復者，興復絕學之義也。先君
子與彝仲有幾社六子《會義》之刻。幾者，絕學有再興之機，而得知幾其神之
意也。兩社對峙，皆起於己巳（崇禎七年1629）之歲。……婁東、金沙兩公
之意，主於廣大，欲我之聲教，不訖於四裔不止。先君與會稽先生之意，主於
簡嚴，唯恐漢、宋禍苗以我身視之，故不欲並稱復社，自立一名。盡取友會文
之實事，幾字之義，於是寓焉。」〔註47〕陳際泰也說：「復社者云何？舉向之
應社而復之也，應社極一時之選，取同聲相應之義，選應社者為張天如，而
主之者則熊漁山先生也。」〔註48〕可見復、幾二社創立之宗旨殊途同歸。

婁東派與雲間派一樣，經術造詣都不如江西派，但是現實性更強，其文
章觀念主張根抵六經。張溥在《房稿表經序》中一再強調：「是以五經之選，
義各有託。子常、麟士主《詩》，維斗、來之、彥林主《書》，簡臣、介生主
《春秋》，受先、惠常主《禮》，溥與雲子則主《易》，振振然白其意於天下，
夫天下已亦知之矣。」〔註49〕幾社、復社二派承續東林干政遺風，以八股文
為紐帶，開啟「以八股為清議」之風。砥礪士行，清議干政，胸懷開闊，眼
界遠大。其選文兼收並蓄，不受門戶限制，不拘一格，對江西派、雲間派以

〔註46〕翁方綱，《復初齋集》卷九《制義江西五家論》，1982年北京文物出版社重印
　　　　本。
〔註47〕杜登春，《社事始末》，《藝海珠塵》本，清嘉慶中南匯吳氏聽彝堂刻本。
〔註48〕陳際泰，《太乙山房文集》卷五《復社序》，明崇禎六年刻本。
〔註49〕張溥，《七錄齋集》古文存稿卷二《五經徵文序》，臺北，偉文圖書出版有限
　　　　公司，1978，第883頁。

及其他各派別皆能選其精者加以推崇，因二張、吳偉業等人科名較盛，其選稿也風行全國，影響非常大。

張溥（1602～1641），字乾度，一字天如，號西銘，南直隸太倉（今屬江蘇）人，崇禎四年（1631）進士。與同鄉張采合稱「婁東二張」，曾與郡中名士結為應社、復社等文社，承襲東林遺風，以文會友，評議時政，裁量公卿。後組織社員與閹黨作鬥爭，聲勢震動朝野。「春秋之集，衣冠盈路」，「一城出觀，無不知有復社者」。文學方面，主張復古，但又反對前後七子機械擬古以及公安、竟陵狹隘性靈之風，以「務為有用」相號召。其文章風格質樸，明快爽放，直抒胸臆，雖然在義理方面不如江西派深刻，但關注現實，心有所感，借題發揮，文風昌明博大，慷慨激昂。著有《七錄齋集》等。

張采（1596～1648）字受先，號南郭，江蘇太倉人。崇禎元年進士。為官恤民繩暴，善政畢舉，與張溥志同道合，文風相似，文章觀念多有借鑒之處。著有《太倉州志》《知畏堂集》等。

黃淳耀（1605～1645）字蘊生，號陶庵，南直隸蘇州府嘉定（今屬上海）人。崇禎十六年進士。為人恪守倫理，淡泊名利，後兵臨城下，以身殉國。其文指切時事，溶液經史，指事觸類，古文時文融為一體，筆觸蒼勁，氣局宏闊，筆汰老道，沉鬱激蕩。「弱冠即著有《自監錄》《知過錄》，有志聖賢之書。後為日曆，晝之所為，夜必書之。凡語言得失，念慮純雜，無不備識，用自省改。晚而充養和粹，造詣益深」，「宏光元年（1645）七月二十四日，進士黃淳耀自裁於城西僧舍。嗚呼！進不能宣力王朝，退不能潔身自隱，讀書寡益，學道無成，耿耿不能寐，此心而已」，「投筆絕命，扼吭而死」〔註50〕。

不同於陳際泰、章世純等人的經生之文，黃淳耀主張經世之文，他關心時政，認為文章必須有益於政事，經世致用，反對機械模仿，學習古文之神理而非技巧。俞長城說：「黃陶庵先生館錢牧齋家，日閱邸報，見朝政得失，時事廢興，作為义章，皆本經濟。既成進士，猶嗜學不衰，國步既移，即以身殉，遂成一代完人。故吾謂有制義以來，他人可言者未必可行，惟陶庵可行；他人能言者未必能行，惟陶庵能行。癸未（崇禎十六年癸未科）一科名士如林，而皆出於浮飾，大節既墮，文亦鮮傳，惟陶庵發於至情，體於實踐，故身名並烈。昔人云：舉業不患妨功，惟患奪志。若盡如陶庵先生者，則勵志莫如

<hr>

〔註50〕張廷玉等著，《明史》卷二百八十二《黃淳耀傳》，《四庫全書》本。

文，又何患乎？」〔註51〕王步青也說：「陶庵先生經世之文也，為諸生時館虞山宗伯家，每閱邸報，歍嘘時事，輒見之於文了。其於世運之凌夷，朝政之舛逆，君子小人之道消道長，因題發論，慷慨切深。蓋聖賢語言，雖百世可知，故不我欺也。⋯⋯嗟乎！甫釋褐而明遂亡，以明體達用之身，為致命遂志之烈，則亦世之不幸，而非文之無益於世也。」「先生嘗自謂：求義理於六藝，求事蹟於諸史，求萬物之情狀於騷賦詩歌，求載道之器於漢唐宋諸家所為，涵揉隱括，以得於心者，亦已至矣。及其放而之於文辭，則又能達於治亂之源，以通知世故，而可以施於為政。文如先生，其得謂之無益乎？」〔註52〕

　　黃淳耀八股文理論成就頗高，身先士卒，改革文弊從自己開始，以此導夫先路。他早期的文章也重機法技巧，後來文風一變，提倡本於經術史籍，著眼現實，有益世教人心，格局方通明正大，議論有根基，人情物理，發擄明快，間架老闊，多以秦漢、《國策》之雄奇，深得史遷之神韻，文風遂激越雄壯，情感充沛，平正流暢，不再侷限小技巧之運用。並且能夠大膽創新，立意新奇，但說理平正，不在字句上務奇，不違背孔孟之理。他說：「二十年來，制舉業之文凡數變，始剽諸子，繼填六經，既又傅會諸史，近則六朝之丹鉛粉澤無不竊焉。其作俑者咸自以為奇創，不移時而聲色俱腐。」〔註53〕「以今之為制義者觀之，則有二弊焉：言理而失者拘守繩尺，無所發明，其弊至於質木酸腐，咀之無有；言事而失之穿鑿淫詞，移此麗彼。其弊又如美錦覆井，履之立陷。是二者予皆病之。」〔註54〕「國家以經義取士，將以明經乎，將以晦經乎？其出於明經也必矣。然吾觀今日之經義，則棄弊適足以晦經。今取洪、永間經義讀之，言約理明渾厚樸直，亦何嘗剽竊割裂而為無根之詞乎？⋯⋯惟昔之為經義也易，而上下之好尚出於一，故士子氣完力餘，得以究心於天下實學。今之為經義也難。⋯⋯惟今之為經義也難，故士子勞精神窮日夜，以求工於無益之空言，而不可施於用。且為之者益多，則其趨益亂；趨於亂，則上下之人無所據以定其取捨，而其途益惑。趨亂而途惑，則士子益咎其文之不工，而無暇咎心於實學。」〔註55〕「昌黎之文，學孟子者也，

<hr />

〔註51〕俞長城，《可儀堂一百二十名家制義·題黃陶庵稿》，康熙三十八年初刊。

〔註52〕王步青，《已山先生文集》卷一《天崇十家文鈔·題黃陶庵先生文鈔》，清乾隆刻本。

〔註53〕黃淳耀，《陶庵全集》卷二《董聖褒文稿序》，《四庫全書》本。

〔註54〕黃淳耀，《陶庵全集》卷二《陸道協文稿序》，《四庫全書》本。

〔註55〕黃淳耀，《陶庵全集》卷一《科舉論·其一》，《四庫全書》本。

歐陽之文，學韓子者也。二子之所以似古文者，神也，非貌也；近代之學古文者，貌也。惟制舉業亦然：王唐以機法倡之於前，歸胡以理氣振之於後。讀思泉之文，未有言其似守溪者也。予聞思泉日置守溪文於座右，心追手摩，久之乃以其博大名家。即思泉亦以昌黎學孟自況，乃知先輩之嚴於師法而精於用意也如此。今帖括家或言古文，或言先輩，究其所謂古文、先輩者，襲續已爾，拘牽已爾。拘牽襲續，既不足以服天下，於是鹵莽者一切反之，以陋為奇，以腐為新，以俗為雅，以穢為華，而制舉業之道日以敗壞，可歎也。」〔註56〕「制義之所言者，理與事而已。理則古人往矣，吾不能面質其然否，毫分之間，惟取熔傳注、不為所汩，而後達於文辭者為至。事則比物連類，博取約出，大足以極萬物之狀，而細足以發瑰怪之文，此二者未能或捨也。」所謂文不高古，理不艱深，議論正大有力，時文必須聯繫實際，有益於世，以史明經，以經證史，反對穿鑿附會，機械抄襲。這些言論在晚明文壇振聲發聵，對士習文風影響至深。

　　晚明諸大家中，陳、章之文重在發明義理，其旨趣在古代，而黃文重在議論，以史證經，其旨趣在今天，要經世致用。方苞說：「黃蘊生文較金、陳、章、羅氣質略粗，而指事類情，肝膽呈露，精神自不可磨滅。金、黃二家之文言及世道人心，便能使讀者義理之心勃然而生，是知言者心之聲，不可以為偽也。」〔註57〕「隆、萬高手全章題、數節題文，不過取其語脈神氣之流貫耳。至啟禎名家，然後於題中義理一一融會，縱筆所如，而題中節奏宛轉相赴，時有前後易置處，亦不得以倒提逆挈目之，一由專於時文中講法律，一由從古文規模中變化也，此訣陳、黃二家尤據勝場。」〔註58〕此評論較為中的。

四、雲間派

　　萬曆中期以後，八股文創作日趨分化，浙江的西安派和江西的江西派以義理取勝，而婁東、雲間卻朝著詞采方向發展。在萬曆時期，松江八股文家如董其昌、張鼐曾名動一時，張鼐以評選八股文而著名。雲間派以幾社陳子龍、夏允彝等人物為代表，他們都是松江華亭（今上海，也叫雲間）人，也稱

〔註56〕黃淳耀，《陶庵全集》卷二《陳義扶文稿序‧第一首》，《四庫全書》本。
〔註57〕方苞，《欽定啟禎四書文》評《見義不為無勇也》評語，武漢，武漢大學出版社，2009。
〔註58〕方苞，《欽定啟禎四書文》《莊暴見孟子》評語，武漢，武漢大學出版社，2009。

幾社派。有名的「幾社六子」即陳子龍、夏允彝、杜麐徵、周立勳、徐孚遠、彭賓。其中，在八股文方面成就較大的有陳子龍、夏允彝、徐方廣、包爾庚。徐孚遠操持選政，《幾社會義》從初集到五集都由他總事。幾社與東林派、復社遙相呼應，切磋八股技藝，以八股議政，力倡經世致用。

　　雲間派崇尚魏晉文，陳子龍、夏允彝等人都學漢魏，才華橫溢，尤其精熟《文選》。其八股文風格近似湯顯祖，才情有餘，而骨力不足。楊懋建說：「復、幾兩社皆學魏晉，然隆、萬人往往得六朝之風神，復社諸人文雖藻麗，而風神不逮矣。幾社之文，多務怪，矜藻思，用此為江西所詆排，惟陳、夏二稿，時有清古雄直，永不刊滅之作，蓋由至性所鬱，光不能自掩。要之陳、夏之才，實頡頏魏晉。」〔註59〕呂留良說：「凡熟於史學者，必重論事而輕說理，好牽引而略本位，務新奇而翻舊案，崇禎間極尊此派，雲間尤盛。陶庵閎博淵靖，而宗核史家，故亦不免此習。」〔註60〕鄭灝若說：「蓋自熹宗之朝，閹豎秉成，東林閉講錫山，馬素修（世奇）勃然興起，是非邪正，一寄之於《淡寧居》一集，戊辰（崇禎元年1628）之後，社事大興，欲以昌明涇陽之學，振起東林之緒，於是天如（張溥）、介生（周鍾）有《復社國表》之刻，彝仲、臥子有《幾社會義》之刻。《國表》一編，意主廣大，盡合海內名流，其書盛行，即戊辰房稿莫之與媲，因有二集之刻。《會義》則簡嚴，止於六子，故未能風行。先是周、徐已有《古今業》一書，因其利於小試，已為松江首推及。庚午榜發，彭、陳獲雋，《會義》遂不脛而走。由二集以至七集，聲氣相應，竟與復社並峙，然其膾炙人口，終不若金沙名山也。」〔註61〕陶望齡也說：「予記舞象時，東南文士善持格認題，淡然寬博而無華者，號松江體，一時多慕尚之。後日趨濃麗，更誚為迂緩，而雲間之文亦稍變，其精實過於前，沖夷淡濘之旨，時有存者，以視其先輩已若酌飲之於玄尊矣。予校文南畿，所錄松江士最盛。」〔註62〕陳、夏等人之「松江體」融合魏晉的清麗與晚唐的藻豔，重論事，輕說理，好新奇，多務怪，整體風格清雋秀發。這不僅是他們作文之風格，也是選文之標準，《幾

〔註59〕楊懋建，《學海堂集》卷八《四書文源流考》，道光五年（1825）啟秀山房刻本。

〔註60〕呂留良，《呂留良詩文集》之《呂晚村先生論文匯鈔》，杭州，浙江古籍出版社，第474頁。

〔註61〕鄭灝若，《學海堂集》卷八《四書文源流考》，道光五年（1825）啟秀山房刻本。

〔註62〕陶望齡，《陶文簡公集》卷四《張世調制義序》，《四庫禁燬書叢刊》集部第9冊，北京，北京出版社，1997，第257頁。

社會義》諸集兼有才情與風致，「擷魏晉之腴，擅風騷之勝」，乃松江特色。

雲間、江西兩派各有所長，各有所重，也各有所弊。江西派「骨勝於采」，主說理，宗秦漢；雲間派「采勝於骨」，主議論，宗魏晉。從中式角度來說，雲間更利於科舉，在啟禎年間文社中，雲間、婁東兩派科名較高，而江西諸人多科名蹭蹬。清代士子學雲間者多壯麗而略顯粗浮，學江西者多語言艱深而流於險怪。江西、雲間二派對明季制義中雜亂艱澀之風和機法圓熟之習，還是有較大的矯正作用的。高塘說：「雲間臥子，宏博與陶庵為近，而采勝於骨，徐、夏抑又次矣。」〔註63〕俞長城說：「艾東鄉至雲間，抗顏南面，惟臥子以少年與之爭，東鄉主理學，臥子主議論；東鄉主秦漢，臥子主晉魏，互持不相下，至於攘臂，要其獨主所見，不肯雷同，誠藝林盛事也。壯而力學，悔其少作，則東鄉亦唯稱道勿置。申西兵起，臥子致命，東鄉亦殉難入閩，千里契合，故吾謂君子同歸殊途、一致而百慮也。」王步青說：「大樽先生之與千子論文也，一主理法，一尚才情，後之論者，咸左陳而右艾，夫天下亦唯其真者尚耳，千子之主理法，是真理法，大樽之尚才情，是真才情。」〔註64〕李紱說：「有明之季，金沙與臨川分主文事，相持而不決，金沙之友有為臨川令者，始合二家之交，而文亦卒不能合也。金沙之文詞藻燦然，容易取貴仕，而臨川凡之。」〔註65〕雖然雲間諸子後期義風有所改變，但總體上與江西、婁東各有所長。

雲間、江西二派雖文章主見各不相同，但在政治上卻殊途同歸。王步青說：「當日偽經偽子，煽習成風，均非屑意也，夫大樽以一少年，詆訶攘臂於老師宿儒之前，誠過。然觀千子之與大樽書，其亦可謂好盡言也矣，士君子立意較然不欺其素，浸假強語雷同，曲學阿世，即他日之回面污行已見端於是，識者羞之。大樽起雲間，風標挺特，領袖幾社諸賢，為四方推重。一旦以豫章不相能之人關其口而奪其氣，豈先生欲哉？已而刊落浮華，獨標雋永，自是先生精詣，非關悔悟也。國步既更，節義乃見，先生雄心義概，視如死歸，卒與艾公異地同趨，爭光日月，豈必以語言文字哉。」〔註66〕雖然為了

〔註63〕高塘，《明文鈔六編天崇文序》，黃秀文、吳平主編《華東師範大學圖書館藏稀見叢書彙刊》第30冊，北京，北京圖書館出版社，2006，第212頁。
〔註64〕王步青，《己山先生別集》卷一《天崇十家文鈔·題陳大樽先生文鈔》，清乾隆刻本。
〔註65〕李紱，《穆堂初稿》卷三十四《徐伊匡時文序》，清乾隆十二年奉國堂刻本。
〔註66〕王步青，《己山先生別集》卷一《天崇十家文鈔·題陳大樽先生文鈔》，清乾隆刻本。

文學爭論可以到大打出手的地步，但忠義之心、錚錚之氣與視死如歸的英雄
氣概則毫無不同，這也是晚明文社救國救民政治意圖之反映。

陳子龍（1608～1647），字人中，更字臥子，號軼符，大樽。南直隸松江
華亭（今上海市松江區）人。崇禎十年進士。後組織義軍，堅持抗清，壯烈殉
國，殺身成仁。《明史》稱其「生有異才，工舉子業，兼治詩賦古文，取法魏、
晉，駢體尤精妙」，詩、詞、文皆卓然自成一家，流風餘韻波及身後近半個世
紀。詩風沉雄瑰麗、悲壯蒼涼，被譽為「明詩殿軍」；工詞，風格婉約，被譽
為「明代第一詞人」，「清詞中興的開創者」等。其他如駢文、奏疏、策論、小
品文等皆有獨到成就。先後與本郡夏允彝、徐孚遠、周立勳、宋徵璧等一些
文人學士創建文社，切磋學術，議論時務，同時博覽群書，勤治經史，力攻章
句，後更議論朝政，發展為一股強大的政治勢力。後取明朝公卿大臣「有涉
世務、國政」之文，「擷其精英」，「志在徵實」，輯成《皇明經世文編》，所謂
「上以備一代之典則，下以資後學之師法」，試圖扭轉當時不務實際的士習文
風，對稍後黃宗羲、顧炎武等人講求經世實用之學，起了先行作用。有《陳忠
裕公全集》《安雅堂稿》傳世。

陳子龍八股文擅魏晉之勝，豪情萬丈，光明磊落，高亢明亮，又兼秦漢與
唐宋之風，頗為兼收並蓄。俞長城說：「幾社名士，首推陳臥子，臥子天才迅發，
好上下古今，切合時務，而敷以藻豔，國風好色，小雅怨誹，可謂兼之。」〔註
67〕「陳臥子之文，深於先秦兩漢，其為氣也雄健實勝」〔註 68〕周以清也說：
「大樽集中，其辭采華鮮麗，魏晉也；其氣勢疏快，唐宋也；其義理精實，則
秦漢也。」「陳大樽之文清奇冷雋，在萬曆初年，是郭青螺、趙儕鶴一輩，而一
掃熱鬧境界，有類震川、剛峰摹宋人經義之作，尤崇禎間所罕睹也。」「大樽熟
悉史傳，取精於八姦、五蠹、說難、孤憤諸篇，又運以魏晉風藻，故足自名一
家。」〔註 69〕呂留良說：「明季之文莫盛於雲間，雲間之文莫著於陳大樽。雖師
承《文選》，規章六朝，然其本超然，不為體調所汩沒，且運用史事見逋逸，此
杜少陵自許齊梁後塵，所謂轉益多師是汝師也。」〔註 70〕方苞說：「大概有所
感觸而後為之，借題以發攄胸臆，明季幾社、復社前輩文多如此。其後行身強

〔註 67〕俞長城，《可儀堂一百二十名家制義・題陳臥子稿》，康熙三十八年初刊。
〔註 68〕梁章鉅，《制義叢話》卷七，上海，上海書店出版社，2001，第 114 頁。
〔註 69〕周以清，《學海堂集》卷八《四書文源流考》，道光五年（1825）啟秀山房刻本。
〔註 70〕呂留良，《呂留良詩文集》之《呂晚村先生論文匯鈔》，杭州，浙江古籍出版
　　　　社，第 474 頁。

半有氣骨。」〔註71〕確實是對其氣骨與文風的中肯評價。

陳子龍詩賦古文皆取法魏晉，提倡復興古學，挽救時文，振興文運，以圖救亡，並組織文社，演練八股，議論朝政，力主「規摹西漢」。他主張正人心，淳風俗，要求文風雅正，反對公安派和竟陵派，但有時過於擬古，文風偏向奇險艱澀。同時，艾南英與陳子龍論文意見多有相左，互相辯難，在晚明文社中影響很大。總的來說，艾重理法，陳尚才情。「啟、禎時，錢謙益、艾南英準北宋字矩矱，張溥、陳子龍擷東漢之芳華。」〔註72〕他自己也說：「文當規摹兩漢，詩必宗趣開元，吾輩所懷，以茲為正。若晚宋之庸沓，近日之俚穢，大雅不道，吾知免矣。」〔註73〕吳梅村記載：「千子之學，雅自命大家，熟於其鄉南豐、臨川兩公之言，未嘗無依據。顧為人褊狹矜愎，不能虛公以求是。嘗燕集弇州山園，臥子年十九，詩歌古文傾一世，艾旁睨之，謂此少何所知，酒酣論文，仗氣罵坐，臥子不能忍，直前毆之，乃嘿而逃去。已復僑居吳門，論定帖括，挾異同，賈聲利，故為抑揚以示縱橫。」〔註74〕吳梅村是張溥學生，復社成員，感情上傾向陳子龍而詆毀艾南英。

雲間其他諸子，如徐方廣之文，清麗雋永，幽清淡雅，無斧鑿痕跡，如詩中王維、孟浩然一派。「徐思曠文以靈雋勝，人或謂在正希、大力之上。然精能治至，反造疏淡，實有金、陳所未詣及者。」〔註75〕俞長城評價：「制義采不奪目，聲不悅耳，誦之如含雪咀梅，寒香之氣沁人心脾，此固難為知者。艾東鄉深賞思曠文，錄入《定》《待》。」〔註76〕高塘說：「徐思曠聲希味淡，品格固高，然過於寂，太覺玄渺，究非康莊大道。」〔註77〕包爾庚之文不同於雲間諸子駢儷之風，更好峭拔之語，俞長城說：「陳、夏諸君屢譏之（包爾庚），乃刻苦砥礪，格遂一變。蓋幾社七子好讀《文選》，然多用於駢儷，惟宜壑（此為包爾庚字）有峭拔之筆，搖曳之故耳。世人朗誦宜壑數過，竟不能

〔註71〕方苞，《望溪先生文集》卷一十二《與賀生崔不書》，咸豐元年（1851）刻本。
〔註72〕張廷玉等著，《明史》卷二百七十三《文苑傳序》，《四庫全書》本。
〔註73〕陳子龍《壬申文選·凡例》，轉引自龔篤清《明代八股文史探》，長沙，湖南人民出版社，2006，第 634 頁。
〔註74〕吳偉業，《復社紀事》一卷，賜硯堂叢書本。
〔註75〕梁章鉅，《制義叢話》卷七，上海，上海書店出版社，2001，第 125 頁。
〔註76〕俞長城，《可儀堂一百二十名家制義》卷十二《題徐思曠稿》，康熙三十八年初刊。
〔註77〕高塘，《明文鈔六編天崇文序》，黃秀文、吳平主編《華東師範大學圖書館藏稀見叢書彙刊》第 30 冊，北京，北京圖書館出版社，2006，第 212 頁。

解。所謂過門大嚼之夫，與之烹清茗，食橄欖，徒覺煩苦厭人。知味之難，自古歎之。」〔註78〕夏允彝之文則內容精實，氣勢遒勁，「神脈屬嘉、隆後勁，風藻為雲間前茅」〔註79〕。

第二節　江西派的八股文批評

江西派八股文批評在明末可謂聲勢浩大，他們所開創的「以學問為八股」之風一直延續整個清代，在當代和後世皆影響深遠。就理論成就來說，以艾南英為最，將於後文單節論述。其次屬羅萬藻和陳際泰較大，現列舉數條，互為佐證。

一、關於創作儲備

（一）厚積才能薄發

自古以來，雖有才思敏捷、下筆如神之士，但對於大多數人來說，讀書作文仍然需要長時間的刻苦努力，方能厚積薄發。羅萬藻說：「文字願力下根之士以積而成，苟其有積，輒復有待，苟其有待，則挾兩境以立……故文字之以暮得者，得然後謂之得，而蚤得者一得而同已得矣。」〔註80〕文貴蒼勁厚重，需要長期的工夫才能做到，所以「暮得者」為上，羅萬藻準確地說出了文字必須由「積」而發的自然規律。具體說來，積累無非就是讀萬卷書、行萬里路之積累。

首先，「厚識悟正」。羅萬藻在《溫伯芳制藝序》中談到艾千子以先輩之制義倡導天下，後生有志之士從而習之，而先輩之聰明才智皆從其積累而來，有積累才有盡理騁勢之文，羅萬藻說：「蓋先輩之以高古淡質獨高於今者，緣其性情之意深，故其識悟常依於正其學問之力積，故其味致常成於厚識悟正，故其思約而合味致厚，故其語簡而完先輩之思。」〔註81〕先輩識力學問之「力

〔註78〕俞長城，《可儀堂一百二十名家制義》卷十二《題包爾庚稿》，康熙三十八年初刊。
〔註79〕臧岳，《明文小題傳薪》評湯顯祖《昔者太王居於邠　三句》評語，清道光書葉堂刻本。
〔註80〕羅萬藻，《此觀堂集》卷三《黃美中余兆聖合刻序》，《四庫全書存目叢書》集部第192冊，濟南，齊魯書社，1997，第401頁。以下羅萬藻引文出自該集者，只標注篇目、卷數和頁碼，其他略。
〔註81〕羅萬藻，《此觀堂集》卷三《溫伯芳制藝序》，第404頁。

積」才是文章厚重有韻味之來源，應該成為後世學子之典範。

其次，讀書之累積。羅萬藻「歎當世之士鮮讀書者，不能難究古今治亂得失人物短長備於胸中，副皇上時時發策銳意求治之情，而徒竭其智勇攻逢世之文，使緩急罔賴」〔註 82〕，不讀書的後果就是功利的逢世之文。明末空疏不學之風讓許多有志之士深惡痛絕，要改變士習文風，必須讀好書，古今治亂得失，人物短長，皆在書中。「文字固一王之制也，予患夫金不良工不適耳，金良工適又為之度，其候考工所謂青白之氣竭是也，古干將之為創也，三年不成，乃夫妻躍入冶中而劍成，夫必劍之盡為干將，則天下之為劍者寡矣，且得無陰陽之氣害之乎？」〔註 83〕「如歐冶鑄劍，工質火候皆與人同，而精氣陰陽之合」〔註 84〕作文如同煉劍，工夫火候一個都不能少，積累工夫加上適度運用，再統以精氣，不患文之不成。

最後，遊歷以陶鍊情韻。羅萬藻說：「文人果鮮音韻，閉戶作詩，雖山川人物里俗風謠，目劄手竊，不離架上，而胸腹未親，痛癢俱隔，固不如一行作吏，東西南北惟遇之使從此勞逸殊方，險夷異感，人情同獨之致，見聞常怪之徵，感發陶練情深韻老之於此道為宜也。」所謂讀萬卷書，行萬里路，光讀死書也不行，作文除了讀書之積累，更多的是「壯遊」，如此則山川人物，地理風情了然於胸，對社會有了更真切的認識和瞭解，文章方能切於「自然之道」，所以羅萬藻贊其友人「其開疆擴境，創法垂憲，得於遭遇遊歷，廢興治亂之感以發性情，而老思理為則於天下者，二公雖天才雄挺功詣良多取資正不淺矣。」〔註 85〕二人成就都是得益於此。

（二）激發德、才、性、情、神、識之力

要寫成一篇好的文章，陳際泰認為必須「其理弘深，其氣沉昌，其勢雄盡」〔註 86〕，羅萬藻則認為「古今奇文生於奇才，奇才生於奇情，奇情生於激，激生於世，此大致然也」〔註 87〕。縱觀二者要求，寫作無非是將德、才、

〔註 82〕羅萬藻，《此觀堂集》卷四《徐仲光聯捷稿序》，第 414 頁。
〔註 83〕羅萬藻，《此觀堂集》卷四《徐仲光聯捷稿序》，第 414 頁。
〔註 84〕羅萬藻，《此觀堂集》卷一《李自承新藝序》，第 355 頁。
〔註 85〕羅萬藻，《此觀堂集》卷二《江都閻伯玉詩序》，第 341 頁。
〔註 86〕陳際泰，《已吾集》卷三《程坦之新稿序》，《四庫禁燬書叢刊》集部第 9 冊，北京，北京出版社，1997，第 619 頁。以下陳際泰引文出自該集者，只標注篇目、卷數和頁碼。
〔註 87〕羅萬藻，《此觀堂集》卷二《王子涼小序》，第 381 頁。

情、理、氣、勢等主觀因素「激發」出來，如《易》之成書，大概「憂患之旨並演於《易》，故《易》激之大者」，其他五經皆然，事事有激，寄意於文，「以激而生其情者」，今之舉子業帖括之文，要「獨附經傳本文起意別作了了耳」，更是少不了「激」，如此則文章自然工整。所謂「酒體之末，自然澆滴，學問之末，自然淺近，此激之大者」，舉子掌握此法，「可以解經，可以自解」。〔註88〕

首先，才與德。

羅萬藻認為世上大豪傑定是有來頭：「一於現在富貴聲名、情慾愛戀時割絕而出其外，其一於未有富貴聲名、情慾愛戀時淡釋而不入其中。此兩等人者，非有大志有猛力，欲問去來之人，誰能若是？」〔註89〕也就是說真正的才士一定是能夠保持淡定的心態，不以物喜不以己悲，無論是否處於富貴情愛當中，都能保持平常心，能出於物外，不被俗物牽絆。關於人才的特點，羅萬藻說：「夫語才於今日亦極難耳，張皇浮動之氣不可取，以自佐則非約之學問之情，聖賢中正之旨不可以有立，然人才之大凡喜陽而惡陰，樂靜而避動，具才之人一旦能就吾之所云云者，久之又復情暗致塞適用自弱，不足與有立，此天下之公患也。」當代人心浮動，士子空疏才淺，雖偶有天生之才，若不能明聖賢之理，也是枉然，具體辦法只能是「他日之才能屈折於聖賢學問之中，而矯然不失所長者，與他才必復同入而異出也」，「蓋學問涵養益才之具，而自非特才能自勝於學問涵養之中者，則氣不足以相受，徒盡去其少年傑點之思而止此論」〔註90〕，不可降之才只能自降其心，深湛讀書，深其涵養，精其學問，其「才」方有所寄託，才有可作為。所以羅萬藻在《徐彥卿制藝序》中強調：「古今才人之文，其成有候。蚤遇之士蓋有不及其成而見收以去者矣，此在世謂之幸。」「才愈大者就愈難。」〔註91〕才士之才要轉化為文，需要積累和時間，他認為對才士來說，天生之才要在他沒有完全登峰造極的時候及時激流勇退，方能稱為「幸運」。其實也就是懂得涵養，懂得收放自如之人，才是真正的有才之士。如果都爭相出頭，耗費時光歲月，真正能出頭之人少之又少，天生之才如此折騰，其才氣早就消磨殆盡，則是不幸之大事。

〔註88〕羅萬藻，《此觀堂集》卷二《王子涼小序》，第381頁。
〔註89〕羅萬藻，《此觀堂集》卷一《徐觀生祝髮序》，第346頁。
〔註90〕羅萬藻，《此觀堂集》卷二《程康莊文序》，第381頁。
〔註91〕羅萬藻，《此觀堂集》卷三《徐彥卿制藝序》，第394頁。

關於才與德，羅萬藻仍然秉承儒家傳統觀念，才德之間，以德為重。他說：「人不知其所為是不獨其文字蚤成也，其人品德器固已蚤成若是矣，是予之所服也。」〔註92〕人品在其文字之前，方能服人。他在《吳門陶課士序》中也說：「觀古者文章之任，惟其人耳，未嘗以其官也。……蓋所稱名公大老者，德業才望真足相服故也。」「所謂文章之任，豈嘗有督學之權，有司之責哉？……非誠有以相服，何能若是？……故曰：文章之任雖其人也。」看文章好壞，最終還是得看人，而不是看其官職之大小，所謂文章之任，最終還是任其人。〔註93〕所以羅萬藻發出呼籲：「今天下中外多故，百官並驚，以司李之重且煩，已無所不兼而邇者，復兼餉為職，誠莫重於餉也，然孰有急於人才者，餉於今日，為天下之所已窮才於今日為天下之所不可盡事宜為易，然非儲養甄別之精而後責之，即名寔相乖，不適於器。」〔註94〕今日人才之匱乏，有司責無旁貸，需廣為儲養並仔細甄別。

其次，性與情。

羅萬藻在文中多次強調：「故其為文，學問居其一，性情居其一」〔註95〕，「固吾輩主張性情之大端也」〔註96〕，「為文者也，讀書求品別有卓然自豎之情見於文字……淡釋功利之意者，惟名理，淡釋名理之意者，更無別劑」〔註97〕，「此予悲近日之為先輩者傳其舉止遺其性情，往往見似而止」〔註98〕等等，這些都是要求文章必須體現作者之性情，所謂「性」和「情」，羅萬藻並未明確其含義，但綜觀其雜於各篇之論述，不難看出，所謂「性情」無非是人的天性和感情，與「物理」相對，雖然時文代聖賢立言，亦講究從心而出，人之性情就不可避免會沾染在文字之中。詩文一體，作詩要求性情，作文也是如此，「先儒稱詩以道性情，此三尺童子聞而能解之言也，乃漆園氏之言曰：詩長於性情」，「夫性情在人，得意則煙雲連目，失平則五嶽生心，不過優樂兩端，而才思劣縮，蓋有憂樂而不能以自明者多矣，不能自明其憂樂則必不能憂天下之憂，樂天下之樂。……憂樂之性明，故遇物即徹靜悟之氣，如處

〔註92〕羅萬藻，《此觀堂集》卷二《傅維源進士稿序》，第383頁。
〔註93〕羅萬藻，《此觀堂集》卷一《吳門陶課士序》，第339頁。
〔註94〕羅萬藻，《此觀堂集》卷一《吳門陶課士序》，第339頁。
〔註95〕羅萬藻，《此觀堂集》卷三《姚子雲制藝序》，第387頁。
〔註96〕羅萬藻，《此觀堂集》卷一《胡鍾郎新稿序》，第350頁。
〔註97〕羅萬藻，《此觀堂集》卷一《陳維韻遺稿序》，第343～344頁。
〔註98〕羅萬藻，《此觀堂集》卷三《劉氏兄弟稿序》，第384頁。

琉璃以是見之聲歌，古所謂感風雨、裂金石、降神致物之理在焉」〔註99〕，三尺童子都知道作詩需本於性情，在羅萬藻看來，人之性情，不過優樂兩端，憂樂之性明，則降神致物，理之必然，作文也水到渠成，言之有神。

羅萬藻在《陸夢鶴制藝序》中集中論述了人之性情對人之言語文章和人生際遇的影響：「然古人用世未嘗不本其生平之言語文章，而長年積志之士與其所為文深苦相依成於性命，即得志，固將摩撫循復自憐自喜，通都名山之謀雜然以起，此亦人之至情耳。夢鶴挾持素心豐儀之間，皆有細氣入理非棄生乎，以用世之人必可知矣，計其所逢於世之效。蓋戊午舉於鄉，至甲午而後成進士，雖一旦知遇於世，而其不遇之日不可謂不久，人情一不遇，曾不自損其傲睨，再不遇，亦猶忿懣作外尤之語耳，從此更不遇，則心疑手阻，緣是有入克己之情深求其失，而終不能苟趨其所以得道德淺深之數，性情物我之機，綿綿焉，汨汨焉，予所謂深苦相依成於性命者，漸歸而自珍，不欲問世，乃一旦而知遇於世焉，此之所謂通都名山能不付之知己之論，以通其隱約之素乎？」〔註100〕性情之於文章，如同汨汨泉水，乃源頭命脈所在。人之際遇決定於言語文章，長年積志之士與其文章苦相依成於性命，就是「得志」，此乃人之至情。相反，人情不遇，則心疑手阻，以克己之情深求其失，必然蹉跎終身，可謂人生最大之憾事。

此外，羅萬藻之「性情」還包括才情、心性、性靈等含義。如「古人之有言者，雖才如周公孔子，足以至乎？物而已無過物之言也，後世之號為能言者，喬結自力，意常蘄乎過焉耳，其常蘄乎過者，此才人之情也，蹦尋丈之溝而立之以數十丈之勇，至則已耳。非有求於至之外也而怯者不能，故曰：此才人之情也」〔註101〕，以《易》之奇，往往很多人難以卒讀，而劉安卻以為清明條達、春秋深義之書，相反，「複詞游夏之徒，莫贊一字，而陷入以為忠恕近情、至命盡性之書」，由此看來，將「才」與「情」聯繫起來，才能理解文中經義，也才能做出精妙之文。又如其友人明生「嘗讀書五峰山，山絕人跡，樹色鳥聲，幽清潦澈，久之能所不能，解所不解，如宿前生此境，豈人所嘗輕者哉？」羅萬藻明白「人心性靜悟之學雖最後出之，常處天下之先家」，士子考科舉需讀書明理，而養心靜悟最好的地方莫過於在山間讀書，環境之

〔註99〕羅萬藻，《此觀堂集》卷三《陸平原詩序》，第 402 頁。
〔註100〕羅萬藻，《此觀堂集》卷二《陸夢鶴制藝序》，第 372 頁
〔註101〕羅萬藻，《此觀堂集》卷四《曾子家稿序》，第 423 頁。

清幽明淨，書籍之博大精深，很能陶冶人的性情和情操，羅萬藻之友人家明生就是讀書山中，方能文章不落俗套，「未嘗以一字出坊間，其深苦所經，亦未輒自述，既久困文字之事，未免以俗落」〔註102〕。再如「天地之情，人物之理，囂者取其有，靜者取其無，吾人穩重自有性靈，西湖本不受歌舞喧填之累，自昔名賢亦本不以歌舞喧填受西湖天高水淨，空明相涵，文情悟氣，譬人存室堂，據室堂以問存者不可，據存者以問室堂不可，此之謂善入，善入者無入，此文字寶境也。」〔註103〕修身養性，以靜為上，靜方能悟，有悟則有靈感，有靈感之文方為文之上者。所以「性情」二字實際包括的東西很多，歸根到底，就是人的天性、情感和修養，這些對於作文來說，都至關重要。

最後，神與識。

羅萬藻在《熊遇之近藝序》中提出了神、識、學問思維等其他作文要求：「文之超在神，其次在識，二者超則積以學問思維之力，而增其妙。所命為超而苟不在於二者，則學問思向之所入，如盎水之受風，垓日積則不忘其寋耳，非江海之大，無物以寋其中也，源大而流弱，物不足以滯之一道也，清虛之體吞納無際，又地有灝氣，升為剛明，故聖世之祥有海不揚波，河清百里者，由內而噓，下上廓然一道也。自有文字以來，師所傳於弟子，弟子所受於師者，學思二物而已。神與識，所謂大匠不能使人巧是也，余之為言殆將使人以此，何也？夫大匠不誨人以規矩，則已誨人以規矩，固將使人巧，子與氏二語幾於塞兌，絕機不作剩旨，而他日發明於公孫氏，曰：能者從之。故巧之在人，不繇先啟，亦從後至，自有大匠以家輪與非世之絕業，而規矩未嘗為物之戒，故余所謂學問思維之力，以吾之所謂超者，業之上也，以求吾之所謂超者，次也，外此無文字耳，此語在門人耳三十年矣。」〔註104〕在羅萬藻看來，要想文章好，基本要求必須有「神」和「識」，如果再藉以「學問思維之力」，那麼文之將「超」，達於化境。「神」和「識」好比江海，有其深其大，方能消化學問和思力，所以「聖世之祥有海不揚波，河清百里者，由內而噓，下上廓然」。文字一途亦然，大匠不教人規矩，規矩確實可以讓人變「巧」，而「巧」頂多能相似，而不能「超」，這也是歷代文章大家雖然強調法，但是

〔註102〕 羅萬藻，《此觀堂集》卷二《家明生刻稿序》，第377頁。
〔註103〕 羅萬藻，《此觀堂集》卷三《程荀令近稿序》，第387頁。
〔註104〕 羅萬藻，《此觀堂集》卷二《熊遇之近藝序》，第371頁。

更強調「無法之法」，否則就不能達到文章之「超」的階段。而學問思維之力融入「神」和「識」，也就是大匠不能使人巧，則文章必然能達「超」之境界。

　　雖然羅萬藻論述了許多為文之必備要素，才、德、性、情、神、識、學問思維之力，等等，這些要素並非各自獨立、互不相關，相反，作為作家整體素質之一，各個要素之間應該是互相融合滲透，你中有我，我中有你，方能形成作家整體的人品和文風。羅萬藻在《吳震生近藝序》中對此有充分認識：「近日之文有慨然規摹先正者，抑未見無先正之性之才而能為先正之文者也。昔人云：文章有神有分。大神者，性之合也。分者，才之得也。先正性情淡，自不累於繳紈，故常與聖賢自然之理似而不違其所似，而不違者，如元氣同物有體受無從夾化性而獨以其不可知為言，故謂之神，非有鬼神之謂耳。至世人所謂才，往往皆附人於氣，夫氣性之蔽也，知性者，知之難知之而取以為言猶難之難，難即之旨，復聞以楮墨之物，其奔莽浮蕩體煩制亂，雖有急旨，不得遽出者，非不欲出也，氣蔽其外，不能急人，而蕭以出之也，然則性合法生，神存象止，得意之語，緩急淺深，皆有其處，此先正以才見妙，妙存乎不多而得之耳，不多而得之者，雖極天下之智男而躋攀乏級已絕，此予所謂才，而昔人之所謂分也。」〔註 105〕其實，所謂「神」「才」「分」「性」「氣」等為文之各種要素很難完全劃分，神者性之合，分者才質得，先輩性情清淡，不執著於物，同時也明瞭於物，如同元氣加身，以「性」化出，就是「神」；而所謂的「才」往往附著於「氣性」，性合法生，神存象止，雖然文章以「才」見妙，而所謂的「才」卻是整合了「神」「識」「氣」「性」等各種秉性天賦，才現之於文的。

（三）治心養氣

　　關於「治心養氣」之說，多位先輩和同道都曾詳細論述。作為論文者無法迴避的一個環節，羅萬藻、陳際泰等人也有一些獨到見解，略補前人論述之不足。

　　所謂「心託於紙上而傳之四方」〔註 106〕，文章本於內心，似乎是所有論文者之共識。但是陳際泰認為「心」必須與「才智」「性情」合二為一：「才貴多又貴合。」「合者，非合其身之謂也，貴有以合其心。夫從心在身，內智又

〔註 105〕羅萬藻，《此觀堂集》卷三《吳震生近藝序》，第 392 頁。
〔註 106〕陳際泰，《已吾集》卷三《袁特丘制義序》，第 622 頁。

在心內，心以生智，智以生力，力以生天下之事，業循之以往而無窮生焉。」
「凡人之情出於不意而得之，其心必榮，而其感必深，以甚樂之心當甚深之
感，吾率之以其事一人，猶之合親兄弟而其事一炎也。」〔註107〕「才」必須
「合」其「心」，從心生智，智又生力，力則生天下之事，如此循環往復，則
無窮生焉。「情」也是與「心」息息相關，「情」之所動，引起感想必深，有感
而發，自然為文。所以，如前論述各項作文之修養如性、情、神、識、才等最
終要歸結為「心」之所感，如果沒有「心」之所繫，其他皆如散沙，不能成
文。

　　所以，陳際泰提出：「人苟有心於濟物者，隨處而可以行生生之事，亦隨
處而可以得生生之言。」此言與湯顯祖「生生之氣」有異曲同工之妙，「夫人
之生也，直不知人之生也，生一念陰慘，不必挾彈持丸操刀舉七，而此念已
絕，此身已墮矣。放一生與放億萬生無異，藉外事以顯內德，直自爭此生生
死死之介，要非為物也。昔萬回一旦得道，莫知其致此之由。……輕重縱橫
皆具生生之心，生生即仁仁，即慈悲生生即仁仁，即渾然無私，浩然長空，□
彼此斷續之界，合二義而道之體，得佛之理亦全，那得不為回也。」〔註108〕
人為萬物之靈，也集萬物之靈氣，智識氣力皆勝於萬物，若能將此生生不息
之氣力由心而出，轉化於外，則為生生不息之文字。

　　羅萬藻則強調學問存於養人、養氣之功，在其諸多論述中，「氣」論較突
出，如「氣誼過人，善自激發」、「別有氣魄，譬顏閔之義，未嘗不慕誦於人，
令孟子與之同時，後車數十乘，氣象必自異爾」〔註109〕，「具金玉之氣，澤以
雅頌之音」〔註110〕，「氣妍體妙，秀便天成」〔註111〕等等。在《贈陸司李行
取赴京序》中，羅萬藻明確提出「學以治心養氣為主」：

　　　　夫同世之學莫不有斷然之效，以取必於世，雖管韓申商之流，
　　其心非聖賢之心，然其言可以畢按諸其事，事可以畢效諸其言，與
　　後世浮於科名之累者，固不同也，惟其心福刻無足取，故有斷然之
　　功，而亦有必然之禍。陸君之學以治心養氣為主，雖造次必於聖賢
　　之意，故其為政無欲以本之，仁以居之，智以行之，強以達之而績

〔註107〕陳際泰，《已吾集》卷四《合十五園選貢年譜序》，第628頁。
〔註108〕陳際泰，《已吾集》卷四《李小有放生文序》，第625頁。
〔註109〕羅萬藻，《此觀堂集》卷三《姚子雲制藝序》，第387頁。
〔註110〕羅萬藻，《此觀堂集》卷一《胡鍾郎新稿序》，第349頁。
〔註111〕羅萬藻，《此觀堂集》卷三《管子敬近藝序》，第389頁。

用，是成夫司李顧郡之平而臺使者之耳目也。……陸君忠信魅奇，才健絕世，其所受事嘗倍於他之為理者，然內稟於神明之用，外佐以耳目之力，三尺法令人事出其中，如刃斯迎也，畫既得則斷而守之，無論官治之大者，與發激之事，為己職司之所持重者，蓋至纖悉零雜之數，無不有健氣行其中，舉無不勝而行無不達，如矢之飲石樑有餘勁焉，此陸君強智之用也，而又悉出其忠厚仁慈之所至，以寓其所不獲，已率其淡薄狷潔之所受以顯致其無他，是故其所必得之下者，丁信之而不至賊乎？下之情其所能比得之上者，上信之而不至賊乎？上之心剖然而解，翕然而隨以安，則陸君所以致其必然之用，而治心養氣之效也。惟有道為聖賢之道，故有申韓斷然之術，而有斷然之禍，夫儒效之缺也。弊有二焉，其一苟且以希速化視官如甌，脫然以為此數，遷而不可滯積之物，故其心不暇及生民之利害旦夕焉而已；而其一則學不依於世務，志不經於廣數，諸禮樂漕賦迢□水利之務，自為諸生時，志不道，懼累舉子業，既入官則徒取文具視事，耳剽目竊不失簿書期會以為良於仕矣，即福之及民，何有焉？陸君先大人故為洪都開府，勳在王室而德澤藏民心，大江以西其風土財賦固所素習，而又二十餘年而後仕其經營天下之故，寔為攻堅濟陰之學，故天下事鑒鑒於心與口之間，蓋公卿之子負有用世之望者，莫陸君若也。且功名富貴自陸君家物，宜其泛泛焉，視之若不得已而相值。夫其心不用之功名富貴，故獨行其所學以造斯世之福。〔註112〕

文中反覆強調陸君能治心養氣，則無論為官為人，還是為學為文，皆能遊刃有餘，萬變不離其宗，「天下事鑒鑒於心與口之間」。針對當今士子心繫功名富貴之弊病，陸君內以治心養氣，外以所學造福於民，有健氣行乎其中，則無往而不利，堪稱當今學者為官之典範。在《李小有制藝序》中，羅萬藻也說：「人生莫視於心，莫戀於心，所經苦之處，生平裂筋絕脈獨出性命之物粹於八股，雖已知己效於人，猶不能遽釋以去，況時將置之不復知，而卒應功名以起念，當覓名山大川之靈，醉此耿耿爾，以少年情炎聞進之氣為之，而晚以窮愁自見之意傳之，此一時也，本不日意謂亡恨者，強顏矣。」〔註113〕

〔註112〕羅萬藻，《此觀堂集》卷四《贈陸司李行取赴京序》，第 430～431 頁。
〔註113〕羅萬藻，《此觀堂集》卷二《李小有制藝序》，第 378 頁。

人生一切喜怒哀樂皆出於「心」，包括殫精竭慮的八股文，更是如此，士子寫八股皆為功名利祿，此乃諸弊叢生之根源，由此，士子如果不能從「心」改變，一切努力皆是枉然。國朝二百年以經義取士，各地士子俯首制義，磨練才器，海內名士蜂起，文章號為極盛，盛極而衰，文風丕變，弊病叢生，「四方人士修此彌力險巇可畏之情曾不動其毫毛。蓋一代取士之制在天之靈實式憑之，而邇來有志之士遂欲奉見聞才敏之氣盡液入其中，以求相追掩，故前人既自以為盡，而後起者更欲刺其所不盡以為功，然則此道在大地間，可謂成於人心而安於性命之物矣，固是非之所不能亂，禍福之所不能劫，而存廢可得而自主者也。」豪傑之士雖然起而救之，但無法撼動其分毫，羅萬藻認為只能以「見聞才敏之氣盡液入其中」，方能有充氣之文，才能恢復國初文章之盛世。「凡物生於是氣之中者，必有以勝是氣而為之治者也，命世之人非偏駁之極不生，非感憤之極而欲有所為，其用力亦不激當文字，是非禍福危急汨擾之時，而諸君子奮起為政，並負千古不獨一時，斯亦運會所啟，而欲激用其力之日可知矣。」〔註114〕

　　羅萬藻頗為憂慮舉業流濫，當時文字中少有沖氣之文章，他非常推崇新科進士吳嶧山之文：「文字精神競出然已呼，肝肺腸胃盡出而布於身外，或光芒四迸，或膏耀媚人，或狡獪作幻。」究其原因，無非「學問存養致然」，嶧山之文於古今刑名之學無所不至，於世儒文字無所不具，將其性情感發油然而作，瀚然而成，所以有其充沛溫美之文。羅萬藻說：「夫古今用世之人大小異量，剛柔異器，深淺厚薄之所致，異微莫不於其質，質或生之，或成之，玉產於山而自固於璞，雖云天生，而玉之自成亦似於此矣，氣凝而質具，良工出之琼璜圭璧之類，用其自然為多，皆玉所宜追琢之事入焉，使玲瓏嵌空為卉木禽獸細如畫髹玉，斯悲矣。至礪為七戟，□為鍾尺，役之以傷人之事，則非其天也，嶧山之文與人，其所生與所成，皆有養人之氣功。」〔註115〕如同玉出於璞，剛柔厚薄，氣凝而質具，需要長時間的「養」功，嶧山其人其文，皆得益於「養」。由此看來，各地之官員為國家社科取士，其實關鍵點卻在於「其政以養士愛民為第一務」，官員能「養士」，國家取士則水到渠成，各地高才之士必然蒸蒸日上。

　　作者作文需「治心養氣」，那麼要如何「治心養氣」呢？陳際泰對作家的

〔註114〕羅萬藻，《此觀堂集》卷二《鑒湖社序》，第369頁。
〔註115〕羅萬藻，《此觀堂集》卷一《吳嶧山新稿序》，第348～349頁。

－287－

具體要求則是「氣魄與氣節之所處也」，他說：「天下有餘之氣，君子之所寶而守也⋯⋯既而知師奇劍甚者在此氣，一章亦有之，一句亦有之，氣魄與氣節之所處也，劍殆兼焉。今天下所幾及與今天下所急需，莫重乎有蓋於天下之氣而後可以矯之，使返且賴之以為用。其氣得之，於天不可強而能，而劍獨擅之，蓋文武之道盡矣。陰而陽出之，英而雄行之，所藏至深，所據至確，而要遊外以弘內者，必使昌明果築之物克澈昏之上下，令人得而讀之不務相迷，蓋其天性剛方盛隆，見於文字之間如此，此非劍之所為也。天生之，天用之，異日天下有大事，劍可屬，吾用是知天事之尚隆，國事是有恃也。一時義之小，有人焉，有天焉。」〔註116〕時代之氣會融入文章之中，君子之氣魄與氣節也會在一章一句之中體現，今天下之士欲起而矯之者，也在一「氣」字，國事之有恃，文章之昌隆，皆在於此。在《趙南武臨場新藝序》中，陳際泰又說：「隆準公大耳兒祖孫相距四百年，皆能有為於天下，原其所以，無有他端，百敗而其氣不折也。陶荊州愛將朱伺每戰輒克人，問其故，曰：吾特能忍耳。兩軍相對，勇怯相當幾不能支，而更忍其須臾，此必有變，我能忍，彼不能忍，所以勝負之數不貳也。合二端觀之，則有氣而能忍者勝矣。」〔註117〕行軍打仗，兩軍對峙，除了軍事強弱以外，決定勝負的是士「氣」以及是否能「忍」其「氣」。文章之道亦然，所謂「有氣與能忍」也，「文之氣與作文之發俱短，獨恃謀之日進者，思用所長，此其人無論不忍也。即忍焉，吾知其無能為矣⋯⋯極其才氣之用以行其日⋯⋯非有虞也，氣全矣。所可慮者，能忍與不能忍而已矣」。〔註118〕

「心」除了能忍「氣」，還要能「空」，心中所空，文境方出，剪綵為花，刻玉為楮，文章方能爛漫自然。「當世所謂經術性命，先輩時名所已流已弊之語，無所不空，既空而後能別有出焉，因知夫剪綵為花，刻玉為楮，工能所極爛熳自然，固人心空中之所有，不以天地之一成者，窒也，此予之所未至矣。」〔註119〕「心」如果真能夠達到這種「無所不空」的狀態，那麼世間之功名利祿、是非榮辱也將不以為意，「每榜所進之士必列其名於石而錯之，某列其名於前，某列其名於後，擔夫販子遇而榮之，然擔夫販子又過而低昂之夫榮之

〔註116〕陳際泰，《已吾集》卷三《漆釰潭新藝序》，第615～616頁。
〔註117〕陳際泰，《已吾集》卷三《趙南武臨場新藝序》，第620頁。
〔註118〕陳際泰，《已吾集》卷三《趙南武臨場新藝序》，第620頁。
〔註119〕羅萬藻，《此觀堂集》卷四《工子美原刻序》，第410頁。

與低之昂之，直擔夫販子耳。有識之上當不其然，思其所以居乎，是與先後乎？是者文之所為也，而非行之所為也。敷奏之言之所為也，而非明試之功之所為也。……固非文與言之所為，亦非今日所列之前與後之所為也。夫鑴石以記名，若將榮之，若將不朽之，而乃陰藏乎？」〔註120〕很顯然，是非榮辱並不以排名之先後為標準，而士子爭相搶奪的名次無非就是功名利祿之化身。人們對進士之尊敬與否，也是文之所為，而非行之所為，若能「治心養氣」達到老莊所謂心齋坐忘之境界，那麼一切拘牽都將不成問題，這才是作文之最佳心境。

二、關於時文創作

關於時文創作的特點和規律，羅萬藻多有論述，如「刳心取字，鏤骨成句」〔註121〕，「如歐冶鑄劍，工質火候皆與人同，而精氣陰陽之合，呼之能使飛鳴著胸，其悟從忝觧之積生，請從持行之若見也」〔註122〕，時文雖然代聖賢立言，但是殫精竭慮之苦心經營相對於其他文體的創作而言，有過之而無不及，正因為其代言體特徵，寫作起來反而顧慮更多。

在江西派眼中，這樣的文章才是好的文章：「靈心厚氣，深識遠神」，「體人思精，脈清韻悠」，「肌理隱秀，枝節生潤」，「出入經史，粹於適用」，〔註123〕「所謂其理氣足也」〔註124〕，「蓋其創體轉格，軒然今古正變之間，而獨可為家……猶可指其血脈氣體之所有」〔註125〕等等，也就是說，能把前面所述為文之修養如才、氣、性、情、神、識等融會貫通，出之於心，理足氣充、血脈貫通、深淵清悠之作，才是文之上乘。為達此目標，羅萬藻、陳際泰等人對為文之標準、文章之法度，以及文道、義理等範疇作了詳細梳理，下略論之。

（一）重申時文之弊

無論復社也好，豫章也好，他們創建文社的一個重要目標就是振衰救弊，特別是改變士習文風，所以，在他們看來，要寫好文章，首先得明白文弊之所在。

〔註120〕陳際泰，《已吾集》卷六《甲戌科進士題名記》，第636頁。
〔註121〕羅萬藻，《此觀堂集》卷四《劉公調落卷序》，第409頁。
〔註122〕羅萬藻，《此觀堂集》卷一《李自承新藝序》，第355頁。
〔註123〕陳際泰，《已吾集》卷二《鄭玄近新刻序》，第610頁。
〔註124〕羅萬藻，《此觀堂集》卷一《陳維韻遺稿序》，第344頁。
〔註125〕羅萬藻，《此觀堂集》卷三《劉氏兄弟稿序》，第384頁。

陳際泰在《合十五園選貢年譜序》中尖銳指出：「今天下不為無事，聖天子廣為蒐羅以登時雋，其於選舉也尤重。語云，父母之所愛亦愛之，父母之所敬亦敬之。國家祈饗如此，為人臣者有先意承志已耳。夫欲聚人才以刪國家之用，非必他途而取之也，草澤中英雄少少耳，……況乎今日士子聰明才智皆聚於八股之業乎？叨主知乎此，故以鄉會牧之，而不盡者復以選貢收之，則夫選於兩京子三省者皆人譽也。人才者，功名之所出也，人才之所在於彼乎？於此乎？衰而索之，而才智集精而擇之。」〔註126〕「上以虛文求之下，以虛文應之。」〔註127〕自國初以來取士以科舉為重，士子則傾其聰明才智用於八股文時文之創作，所謂人才，無非「功名」二字，有司以虛文相求，士子以虛文相應，所以，從上到下，指揮棒就是「功名」二字。羅萬藻也說：「嗟乎，以予所言求當世之為易藝者，其磅礴大荒抉摘實杳蕩軼儒先裂絕時藝亦期變通鼓舞黽勉於四聖之旨而已，其用力亦何所惡哉？自文王周公之易皆盡言之任也，孔子十翼未免求多前人以為功已若是矣，況今世之為易藝者乎？今世易藝之言蓋國朝功合詔使之言也，而其使之言也，有道一使發問先聖之成言，又以程傳朱本義偉宗，禁不得以其意為說，當是之時，言易之家始兼難易矣，□儒以帖括為主，訓詁為正，字模句仿，稍衍成篇。……今世之易所謂義理之易也，其語既錄緣用以起而自有易藝以來，前後相剽人倫物故，入手之語三尺童子不欲復蹈，蓋窮其易也，續此捨故求新，捨拘求放，偏蕩相高，兢為洮濫牽借之文，而易之用復不可一，則又通於明象，跳於原數，影窮杜撰，雜出漢儒，語意之形似以欺人，所不見而自以為深，不必其真有得於先天之旨而從欲，不拘於程朱，是易之所用缺而易之所從絕，皆自今日也。」〔註128〕字模句仿，捨故求新，捨拘求放，偏蕩相高，敷衍成篇，確實乃文之大弊。

羅萬藻認為唐宋以來應舉之文皆為「時文」，當聲病泛濫之時，大儒起而振之，即所謂「古文」。如今有志之士欲挽救時文之弊，也多以「古文」相提倡，但是傚果卻與唐宋大相徑庭，他在《管子徵文序》中說：「二十年來士之用心特異，遂欲以其古一揩之時文，既翕然一盛而邇者有甚焉，並沒其時文之體，而爭以駁瀞自累，使讀者不能一日安此，惡知先輩所以力自斂忍不欲

〔註126〕陳際泰，《已吾集》卷四《合十五園選貢年譜序》，第 627～628 頁。
〔註127〕陳際泰，《已吾集》卷一《陝西武闈錄前序》，第 599 頁。
〔註128〕羅萬藻，《此觀堂集》卷三《易苞四集序》，第 399～400 頁。

馳驟之故，豈其才不如今人哉？」雖然志士們用心良苦，「以古文為時文」在最初也起到一定的作用，但最終流入蕪濫，不僅時文之體不倫不類，古文更是陳詞濫調，文弊似乎更勝以前。究其原因，「蓋國朝首用經義取士，鄉亦以聖賢之語課士，人所入理，求心之路不欲以事用先儒統，故其人筆皆以想像代聖賢語意為科紐，既入聖賢語意之中，則牘事雜旨，俱無可擴入茅，當融析其發言之縣，與其旨所包會始終之處，以暢其所至，然先輩為之濃纖曲直累黍不過今所謂恰適妙合之文，尚有無限非先輩所許者，故獨靜語一道，三十年前竊有見於此，而積力致之以為題之所在，處處使見其悠然，此於先輩所為可以不傷，而聖賢之無窮亦豁如流泉之動於地。」〔註129〕其根本原因仍然在於八股文代聖賢立言的初衷與其功名利祿的追求之間本身就是悖論，很難調和，無論怎麼改革，這個悖論無法越過。

在《溫伯芳制藝序》中，羅萬藻也說：「今習態二字，人所共病，自程朱大儒踐履言議，動有承襲，蓋徒為過於誦說，未釋所執而已，而當時祇之以為有春秋戰國之習態，夫為孔孟豈有病哉？顧矜其師承數舉自加，雖孔孟之在後世亦以故常而夕，非其初意，故以為習態雖言之者有罪，聞之者亦微可求其說之所以也，今之為先輩者，即寬其易視，先輩與其苟於自處之罪而曲折顧盼，守視其處，無所於移習態為累，莫不辭矣。抑豈為先輩者自善之道哉？」〔註130〕自古以來，為學問者多重師承淵源，但是訓詁闡釋，雖然代代相傳，但其初意早失，所以「習態」二字往往潛移默化，不易察覺，真到積之成弊之時，已經為時晚矣，這是如今士習尤須改革之重點。

羅萬藻在《易培原臨場新藝序》中提出：「夫文章之道以變為上，變而得其正，上之上也」，「夫救今日文章之弊，有三端，與其輕員也無如重，與其子雜也無如經，與其為內入也無如外出。此三端者所以為變，所以為正，而受先持以教人者也。」〔註131〕關於文章之發展觀，羅萬藻也認為「變」是必然的，但是如何「變」就是關鍵問題了，最糟糕的就是「無所為變而主之於先」，先入為主，則無從談變，改革以上文弊，與其輕視不如重視，與其雜以佛經小說之語，不如本之六經，與其尋之內心，不如從性情學問而出，文風之「變」若能以此歸之於「正」，也算功德圓滿了。而文章之「變」仍然要靠英雄豪傑

〔註129〕羅萬藻，《此觀堂集》卷二《管子徵文序》，第380頁。
〔註130〕羅萬藻，《此觀堂集》卷三《溫伯芳制藝序》，第405頁。
〔註131〕陳際泰，《已吾集》卷三《易培原臨場新藝序》，第621頁。

的引領作用，「振未起之途，不如得聰明才少之士為足以盡時變焉，夫人之才宜及其鋒而用之，若而人者，其鋒可用也。……夫文之傳變，亦有所先之氣，人之精神性術乘於未然之時，而俟開其且然之智，此皆有不可強也」〔註132〕。

（二）幾條創作原則

關於創作原則，陳際泰、羅萬藻等人並未系統論述，多是隻言片語，散見其文章各處，如上所述「理詣淵穩……出入經史，粹於適用……肌理隱秀，枝節生潤……靈心厚氣，深識遠神」〔註133〕，既是創作要求，也是創作原則，類似心得頗多，此處略舉數條，以觀其創作傾向。

第一，「言必可用於世，用則必如其言」。

「復興古學，務為有用」似乎是晚明各大文社共同的追求，無論其創社初衷如何，在改革文弊、挽救世風的觀點上，大家都是一致的。羅萬藻說：「古之君子言必可用於世，用則必如其言，而今也不能，故識者憂之」，「今天下制藝之學號曰明經，粹其力雖上之以為伊傅周召不難事，豈薄於三代以下人主之為哉？弊在為制藝之文者，既自苟其術業，而取士者益偏獎其浮誕昧己之言，故自貴顯之士儼然帥保父母乎人士之上，其言可出而使人求者或鮮耳。」「今人用世之物視文字如夢所為耳，而真有用世之情者，未嘗不於文字之際深其心，故用之不必其言之，物言之亦不必其用之事，譬之鑒然，其照無窮，未嘗有人其中也。」〔註134〕自三代而下，春秋戰國之士，游說辯論，服人之君，文之大用；宋儒之下，訓詁之學雖然可考，但不可用於世，如今之制義，雖然號為明經，無論取士者還是士子本人，皆蠅營狗苟，浮誕昧己，空疏無用，此亦文弊之淵源。所以，各大文社諸子皆以「經世致用」相號召，確有其深刻的現實意義。

陳際泰也強調為文必須重經術、重實用。在《貴州鄉試錄後序》中，他提出「濟世之急、矯時之偏，以求實用於無窮」。他認為「今天下之患，患在浮而不質與弱而不武，故天子欲復孝悌，力田諸科而先以徵辟見其端，又欲於諸策之中頗及七書，得雋之後兼道騎射，所以濟世之急、矯時之偏，以求實用於無窮，蓋勒之騎射，非有責於臣等也。諸策中唱未嘗廢武節之用，然但壹而及之，獨殷殷首重經術文體，次乃逮於制敵足餉，若仍重諸生之事向

〔註132〕羅萬藻，《此觀堂集》卷四《黃鎧伯碩韓齋文序》，第 425 頁。
〔註133〕陳際泰，《已吾集》卷二《鄭玄近新刻序》，第 610 頁。
〔註134〕羅萬藻，《此觀堂集》卷一《鮑邑侯藝製序》，第 361 頁。

居，臣等非無見而然，凡亦以濟急矯儒，異名而同所也」，「夫孝悌，力田與騎射，黔士視此是其度內也。質宜通之以文武，宜廣之以武之全道，固應爾以撲實膽勇之嘉，加有以通之廣之，使自全於萬方之略，黔士之實用，其庶幾乎？」〔註135〕如今天下之患，在於虛浮不質，所以救世之急，矯時之偏，就在於以「實用」相倡導。具體說來，就是士子多讀書，所作文，以勤為徑，將勤補拙，所謂「巧者不過習者之門」，「今不以實行實業勸登諸生而勤勤以文為言，益不如此不足啟誨貴之小生，又無以躍起諸士，使確其所以取進士之道」〔註136〕，比如在貴州錄取的司臣，生於山中，書籍難得，更無老師可問，但是他「性拙工勤」，為文過萬篇，其誠可嘉。勤奮自然彌補其天分之不足，勤奮的同時也能問以經術，達於「實用」之目的。

第二，「務使學者天人並得於身而後已」。

羅萬藻在《胡克峻兄弟制藝序》中說：「文之為道也，有天有人。天與人未嘗不並具於人之身，然當其為文字之時，一脫腕便已各形其所勝，勝減於心而嗜好鍾焉，有終老不能移其力，以相為者矣，學者或以此為病，而予獨不謂然，夫克以其天至者，人固於是乎？至克以其人至者，天亦於是乎至也？……先儒稱詩曰：追琢其章，金玉其相，理之貫也。鳶飛戾天，魚躍于淵，氣之使也。聖王作人以是為成材之極，故勉勉焉，務使學者天人並得於身而後已。」〔註137〕自古以來，無論為人還是為文，其最高境界無非是「天人合一」，羅萬藻所謂的「天人並得」無非老莊之以主觀之天性合於客觀之天性，能將作者之才識、性情、氣力、學問、思維等能力融入到文章之中，既合於法度，又能超然法外，無跡可尋，人與神能在文中相遇，如此，也算文之極境了。

第三，「為此文無所挾，故無所累」。

羅萬藻盛讚鄭能彌之讀書為文，尋常之事，經史典故，大小著述，隨事敷陳，神光所攝，精粗畢理，古秀真貴，「文恪之書茲在能彌矣乎」？可見推崇備至，深究其原因，「獨以其全氣注射文辭，與海內名人挈高等而恒思懷其上，輕一時而重千古，去所籍而護所起，此其人於古之世家子弟何如也？文人胸腹所需，志意所憑，幸而通顯之家，著作之裔其精，與窺中秘，遍識亡

〔註135〕陳際泰，《已吾集》卷一《貴州鄉試錄後序》，第 597 頁。
〔註136〕陳際泰，《已吾集》卷一《貴州鄉試錄後序》，第 598 頁。
〔註137〕羅萬藻，《此觀堂集》卷二《胡克峻兄弟制藝序》，第 382 頁。

書，以及朝家典故、縉紳譜狀，聞所未聞，見所未見，其粗居遊鴻顯後物自然，威儀都雅，顧盼廣奢，移於不自知，液於無所強，氣象並資，神理互發，能彌文字之所得誠不為無幸然。予觀能彌讀書之意，蓋無所挾於其世，為文之意並無所挾於其書，則所謂存乎其人也……其為此文無所挾，故無所累。」〔註138〕羅萬藻認為能彌之文能達此境界，關鍵在於氣脈貫通，能將所見所聞貫穿起來，氣象並資，神理互發，也就是讀書作文皆無雜念，以一種純淨無疵之心態去寫作，則文章亦會純淨無疵。

第四，「有深刻之妙而亡深刻之累」。

文之有物、文之有理，是歷來為文者所遵循之規則，要想文章有理有據，則必須「深刻」，但如果為了深刻而深刻，則易流入「為賦新詞強說愁」的逆境，所以，「有深刻之妙而亡深刻之累」則成為必然的要求，陳際泰說：「文章小伎，然千古聖心，一朝帝制在焉，驅天下數十萬聰明方智之士，忍能厲然其中，而我沁沁悶悶，無逾量之能，此其道固未可以贏出於天下，故欲贏出於人有三深，亦自三刻學問，欲深理義，欲深精神，欲深及其既深而布之文也。削氣欲刻，削局欲刻，削股欲刻，深矣刻矣，而又能全其才，濁其跡，使有深刻之妙而亡深刻之累，則安得謂制義之為小道者乎？予持此意相天下士，何寥寥也。」〔註139〕能夠將八股文的條條框框作得入木三分，又能無跡可尋，確實需要相當的功力，陳際泰以此相天下士，能得者寥寥也。

（三）文道、義理之辨

關於文道、義理之辨，當時雖多有學者涉及，但都未能明確其義，江右諸人亦是如此，此處仍然選取若干論述，由點及面，以此管窺全豹。

第一，文道之辨。

八股文的寫作要求必然決定了其「文以明道」的特點，陳際泰說：「文本於道為器之最遺，夫道著之心，本文與言，皆有以相效……則經手歷思動要其致，故行進之具歸焉。世人好申一隅，謂文但明道耳，伸紙殺氣，讀之政如人言而沾沾以為己寶，……欲取古人之得失與古人之言之異同，論次成一家，使性命道德、政教師俗皆形見於此，所規有成，非一切之為分也，以不盡之髓為其□笄之事，乃及於時藝，高深微遠，不可攀臻。」〔註140〕羅萬藻也說：

〔註138〕羅萬藻，《此觀堂集》卷二《鄭能彌制藝序》，第365～366頁。
〔註139〕陳際泰，《已吾集》卷三《李所初新藝序》，第615頁。
〔註140〕陳際泰，《已吾集》卷二《邵止仲新藝序》，第613頁。

「夫文者，明道之言也，後少為多才，理相激力，可自勉弗虞，不勝先儒言易理自在人心，則雖為語孟他經之文，抑亦變通鼓舞所求，盡利盡神之理也，一也，故選易無他，選言而已，選古而當所謂人心之易在焉。」〔註141〕文但明道，而道從心出，性命道德、政教師俗等一脈相承。

羅萬藻認為文以明道，還需將其他主觀因素融會貫通，「夫文之為道，性慾其智，才欲其英，道惡經術之旨，則積之所致。」〔註142〕文以明道的同時，人之性情、才能、智力等諸多要素，皆成一體，最終則需本於經術，方為好文。羅萬藻說：「文者，人心之能事，而曰必求諸道，猶之曰必求諸其本云爾。夫本之必有末也，萬事盡然。至於文則曲折之工，非自然之可舉，而人之好言自然者，此得數之後機應之境也，故曰有道有倭。古科目之制未興，士之求諸道者詳，文既工猶懼不盡其道，自科目之興，求諸道者略道既鮮所得，而獨懼不盡其文，故今世之為士者，日夜兢兢以不盡其文為懼，此固士之業也。俯首明經之制，遇題則守，師說發明之亦可以無畔道之恐然，獨恃此以無畔道宜其求諸道者略，而求諸文者之能盡其倭亦未可得也，夫道與文一貫，而求諸文與求諸道不得為一事也審矣。左遷以來文字盡入於法，其開合抑揚，其正曲直代有專門之學，而有志之士別用以苦其心，是以積之而愈工，為之而不厭，曰：是之未能盡也。」求之道就是求之本，古代無科舉取士，文章既工卻怕不盡其道，待科舉興起，士子爭相盡其文，偏守其題，承襲師說家學，而求道者日少，可謂文之一弊。雖然有志之士以古文救衰，苦心孤詣，文之技巧越來越工巧細密，但是文章卻越來越空疏惡陋，其原因就是沒有盡「道」。羅萬藻友人吳先民深湛好古，「湛靜明通一務不掩其心已爾，繼而六經燦然，神明之器斯立久之」，所以他認為文要明道，必須本於六經，「道入於文，其妙與滯將聽於文人之手，是故先民之求諸文者無非鈔道於文而求之也，仲尼之學琴師襄也，既得其數矣，而務得其志，既得其志矣，而務得其人……文之為倭一字不應，道將蔽而不舉。」〔註143〕琴就是物倭，師襄未必知「道」，而仲尼乃以見其人，如文字也成為「物倭」，那麼「道」將會被遮蔽。只有立道於文而求之，則能盡「文」，又能盡「道」。

關於本於經術而明道的問題，羅萬藻多有論述，如在《王吉士近藝序》

〔註141〕羅萬藻，《此觀堂集》卷三《易苞四集序》，第400頁。

〔註142〕羅萬藻，《此觀堂集》卷四《黃鎧伯碩韓齋文序》，第425頁。

〔註143〕羅萬藻，《此觀堂集》卷三《吳先民新藝序》，第386頁。

中非常推崇吉士之文，他說：「蓋崖阻之氣多，而周適之意寡，故往往受知為難，然吉士持此有力矣，他家之文類從風氣播蕩，而吉士必原本經術之旨，澤以性命之光，骩裂氣格求諸震澤、昆陵而後旦暮遇之，他家不與易也，近索其制藝若干首讀之，神姿高爽，機法森映，裂石穿壘，力有餘閒，而畫事詮理，綜覈精詳之中被以休動磊落之致，懌如矣，則吉士近日所至益可得而知也。……難易通塞之故，為吾人生熟淺深之候，古人之有得於文也，率若此使吉士無深苦堅凝之力於其始，而以隱約窮愁之身經文字汗漫譎詭之變，能不廢者鮮矣，況能自極其致以遂於此乎？」〔註 144〕吉士作文之成就皆得益於其本之經術，澤以性命之光，師法震澤、昆陵等人，所以文章神姿高爽，機法森映，文之有理，則氣勢充沛，如行雲流水，「道」自然而然隨其出之。在《張天如易選序》中羅萬藻借張溥之口說出：「吾輩正告天下，率以經術重也，如此況人為一經而不能精其言，吾何以觀於天下之本乎？……故易之有文，文字之治也。潔淨精微之義慮之心而宣之口，不獨治《易》，並可以治天下。」〔註 145〕廢而興之，亂而治之，創立文社者，皆需以經術相號召，精微之理出於心，宣於口，文以載道，小處可以做好文章，大處則可以治理國家。

第二，義理之辨。

眾所周知，無論古文、時文，若缺義理，則文將不文，羅萬藻說：「近日人士厭離義理，藉口先儒易本象數、詩本聲音之說可跳以自異，故其流弊視他經為甚。」〔註 146〕「古之為訓詁者，明理翼經而已，其意與今同，而今人不可概同於古者。」漢以前沒有所謂的「義理之學」，取士用薦舉，皇帝親自召見，辨同異，親自決定，人才紛呈；宋以後朱陸之學深入人心，一直到如今講學之徒，門戶之見，猶相辯難；國朝以明經取士，「學庸語孟之說有詔獨尊程朱，故朱立學宮而陸不顯於時視宋氏為大一其時復不得不然矣，且夫以聖賢之語推衍想象排比之為文字，古未有也」，雖然千百年眾說紛紜歸於一途，但方式方法太過嚴屬死板，句裁節比，其推衍想像一發不可收拾，朝講夕貫，「俾得所然於其心，出之不能無違也，故學者無違於其文教者，無違於其說，此今日人心文字敬肆誠偽之大關，予憂之矣」，既然違之於心，則作文只能流入虛假空疏一途，確實讓無數有識之士憂心烈烈。所以羅萬藻認為要救此弊，

〔註 144〕羅萬藻，《此觀堂集》卷四《王吉士近藝序》，第 429 頁。

〔註 145〕羅萬藻，《此觀堂集》卷一《張天如易選序》，第 344～345 頁。

〔註 146〕羅萬藻，《此觀堂集》卷三《郡司李張長正公祖詩藝序》，第 406 頁。

還得從源頭入手，宋儒存誠主敬之功遠遠超過各代，今之制義若能深原祖制，以「誠敬」相召，「大約學者心敬則約，功成則簡，能約以簡則事指無邊無違」，〔註147〕如此則文之復「道」指日可待。

　　關於時文義理缺失的情況，陳際泰說得更形象，他認為《易》學分為「象數」「理義」之學，當時其人各本原委以相是非，「好奇與者主象數歲氣五行之說，可以助其深與，好純正者主理義君臣父子之事，可以便其敦庸，兩者並舉而時馭，而義以全蓋象數、理義易學，源流體用之所處也。易畫之生也，必有所起，易辭之生也，必有所起，有正有反，有愛文周聖人，因其有如此之勢而繫辭以明之，繫辭以明之而理義之說生矣，文周之辭，文周明象，數之文字也。今日舉子業之辭，今人明象數之文字也，長短體襲不必相質，其歸趣一也。」古人因事立教，著而得之，於是作《易》，完全是「醇乎人事而假諸鬼神以制人心」，在實際的選文當中，往往主象數者十之三，主理義者十之七，兩者兼具的也有不少，甚至有時候「求之眾人而二端具焉，求之一人而二端亦具焉」，似乎一下子出現了這麼多英雄豪傑，讓人無從選擇。其實說到底，「象數」「理義」二端無非是源流體用之別，所謂聖人立象以盡意，今日之八股文，類似明「象數」之文，而明「理義」之文明顯缺失。〔註148〕

　　面對文無義理之現狀，江右諸家以「義理」救弊，其說至少包括文理、心理、性理、氣象名理等層面：

　　首先，「理歸其文，文歸其題」。

　　羅萬藻在《鄭澹叟近藝序》中談到養深有度之士苦於文法，要麼為理求文，要麼為文求理，墮入兩個極端，「古今之文皆求理之物也，自四書五經條問大義以來，則復為題求理，為理求文，而文字之法律蓋嚴，人為理求文與以文求理也，豈有二哉？先輩之始求文也，方如濫觴之淵，而末流乃至於忘神，故為理求文與以文求理也，均病。蓋失理而求文，則文亦不足以求理，且今天下求理之學豈少哉？聰明才靈之士不上入天，即下入淵，然理當不歸其文，非不歸其文也，文不能一旦歸其題而已，故為題求理。」〔註149〕自古以來，文章要言之有物，言之有理，則必須求「理」。特別是八股制義之文，皆由題求理、為理求文，生搬硬套，違反了寫作的一般規律；相反，如果文無義

<hr />

〔註147〕羅萬藻，《此觀堂集》卷四《鄭胄師四書白說序》，第 418 頁。
〔註148〕陳際泰，《已吾集》卷二《易丘房同門選序》，第 608 頁。
〔註149〕羅萬藻，《此觀堂集》卷二《鄭澹叟近藝序》，第 373 頁。

理，單純求文，自然空洞無物。所以二者皆病，都不足學。羅萬藻認為有才之士要想文章「文」「理」相當，則「不肯輕自宕跌，題無常勢，必迴環整比，既固既安，而後從之，可謂良工獨苦，然觀其得也，左籥右翟，從容和懌，理歸其文，文歸其題，若海之歸墟，消息自然而已」〔註150〕還是得遵從文章的一般規律，由心而出，方能理歸其文，同時又顧及到八股文代言體特徵，文歸其題，如此才能做好文章。

其次，「求理不若求心」。

羅萬藻在《管子敬近藝序》中說：「予嘗謂文字之至者，抑亦不從質而從心，心有所至，不獨質之滯者去之，雖質之妙者，猶將去之，何者？文字之道，求心之物也，心所能曲折之力盡而後可舉而準諸理，雖古今至聰極巧之人未有捨理以貴其所為文者也，而心閉其用，雖連篇累帙謂之無理可焉？故求理不若求心，心與理之為一為二，求心與求理之孰後孰先？」〔註151〕歐陽修曾經說過「道勝者言不難而自至」，羅萬藻認為此語說起來簡單，做起來難。所謂「不難而自至之言」，也非一日可成，都是要經過長時間的熟參妙悟，其中重要的一環就是必須認識到「理」是從「心」而出。自有制義以來，文題都是從四書中來，越到後來，沒見過的題目就越少，於是出現各種截前搭後直題，割裂經文，拼湊充數，舉子所作之題先輩們皆已言之，於是士子只能抄襲重複，或者「心餘力逸，語無難理」，士子們大多都是單純為了求「理」而「理」，而不知「心」「理」之關係，這亦時文弊淵源之一。文字從跟不上來說是「求心」之物，心中所思所想，轉而推舉成「理」，所以說「求理不若求心」，更何況「心」與「理」乃一體兩面之關係，誰先誰後還真是很難說。

再次，「緣心言性」而求「性理」。

雖然文字乃求心之物，但「心性」一體，密不可分。關於「心」「性」「理」之間的關係，羅萬藻作出了辨析，他說：「盡其心者，知其性也。人無此虛靈可用之心，藏於胸中，即性之一字從何處驗而得之，故失性之人當為緣性言心，而求性之人當為緣心言性，此言之序也。制藝之家至今日無不言求理者，誤以為文字之理，而不知為性之理，故專以其理求之文字，而不求之心。彼搦管時固有若稿，若減蕭索慘淡之久而後有得者，然皆文字之能也。文字之能可使恍惚之理旁皇奔赴，而求一言之恝乎了然截斷之地不可得，

〔註150〕羅萬藻，《此觀堂集》卷二《鄭澹叟近藝序》，第373頁。
〔註151〕羅萬藻，《此觀堂集》卷三《管子敬近藝序》，第389頁。

此所以求乎心者未盡也。」〔註152〕「性」從「心」出，要麼「緣性言心」，要麼「緣心言性」，羅萬藻認為文章求「理」之「理」，並非「文字之理」，而是「性理」，所以才有上述所說「以理求文」，而不是求之「心」。所以求「心」也好，求「理」也罷，都與「心性」脫不了關係，「緣心言性」而求「性理」方為正途。

　　《詩經》雖然與其他四經看似不同，但在其「經化」之後，也是經術，士子治學也需顯「義理」。漢代以來治《詩》者往往能專於「義」，「夫義，情之所止而能言之，士所盡心也」，宋代以前則有箋疏訓詁之學，到國初則「使人排比之為制藝之文，懸以取士」，士子們趨之若鶩，皆自課以待舉，最終「積其為至累牘盈尺以為義皆在焉，乃始有不得其意者矣」，連篇累牘尋找所謂的「義」，而「義」早已缺失也。羅萬藻非常同意考亭之言「詩以道性情」，他認為詩歌上自朝廷政事、禮樂治亂之得失，下至邦國閭巷、風化謠俗之變遷，皆「義以時異，詩以義陳，詩之起似不在於性情，而當時之人緣其喜怒哀思、曲折謹忍以出其形之有力，其應之有節，則一皆有得於性情之理而言之，言立而性情見，則義以言妙，故不必更言義，但曰詩以道性情，此考亭氏詁詩所以獨衷於儒，為今日制藝之所宗耳。」〔註153〕在羅萬藻看來，《詩經》雖然是「經」，天道教化，禮樂得失，風土人情等等，幾乎無所不包，特別是士子們由「詩」尋「義」，牽強附會，愈演愈烈，如此也偏離了詩歌源於性情的自然規律。所以，治《詩經》者也只能遵循「性情之理」，性情見則「義理」不求而自現。

　　最後，「語理者必兼氣」。

　　歷來談作者修養必談「養氣」，而文章之脈絡更需以「氣」為主，否則一盤散沙，不能成文。「先儒稱詩曰：追琢其章，金玉其相，理之貫也。鳶飛戾天，魚躍于淵，氣之使也。」〔註154〕詩歌如此，文章亦然，談「理」也需兼「氣」，羅萬藻說：「文章以氣為主，世頗傳之而不精於其說，夫輕重緩急之所踞者，理也；而貴賤雅俗之所陳者，氣也。語理者必兼氣，語氣者顧不知氣之所兼，此不獨離理亦以累氣之說而已。夫所謂氣之所至，小大畢浮，此大地江河氣也，而縹緲蕩漾曦微掩映，此輕清上居之氣，其位全於天，世人無

〔註152〕羅萬藻，《此觀堂集》卷二《傅維源進士稿序》，第383頁。
〔註153〕羅萬藻，《此觀堂集》卷三《郡司李張長正公祖詩藝序》，第406頁。
〔註154〕羅萬藻，《此觀堂集》卷二《胡克峻兄弟制藝序》，第382頁。

不尊天而狎地者，則文字之氣，貴賤雅俗之辨，必自有說矣。」〔註155〕文章之「理」與文風之「氣」也是一體兩面，相輔相成，很難分開來看，缺「理」之文空洞無物，缺「氣」之文支離浮華，自古以來，論文者皆談「文以氣為主」，而氣存天人之間，因此，羅萬藻論文往往以「氣象名理」並舉，「若夫制藝初體同訓詁，予成童時，經師誦以說書，差通暢耳，至能文，始俯首歸震川、胡思泉之作，氣象名理數十年規模，其中無能為彼，次乃王、錢二公，奇法孤騫，餘子非筆才所近意，亦不存。獨予師湯若士，資神明之稟，擅秀挺之能，無所不去，而獨依光氣為體，以其去之務盡文塗子絕，晚乃喜改震川、思泉之作以自就，亦以見二公所宜裁，遂為文字新故之一大界。二三兄弟自命後起，既心奉之，而意將別有所出，為文字竭未施之智，令人心想不陳，然徒倚遷流，逮於成就數十年矣，睨其光氣，無能與若士敵貴者。」〔註156〕百十年來，能「氣象名理」並舉者，如歸震川、胡思泉、王鏊、錢福等人，在羅萬藻看來，最得「氣象名理」之精髓者，又能將韓愈「陳言務去」始終貫徹者，獨湯顯祖一人而已。

羅萬藻在《梁公狄捷稿序》中又說「制藝之能盛於今日，獨取氣象難，以氣象豎名理尤難」，「先輩名理文字淡略見大意而止，不務雄盡後此者求剌所不盡為功而幽瑣無概，不足自豎，故儒者往往謂制藝一道斷不可傳，而欲傳其名理之文尤不可耳，嗟乎，使體無異質，學無主識，養無兼通，雖雜工刑名度數之言以傳，猶不傳也，何獨理乎？」〔註157〕這就是如今之現狀，士子目光短淺，急功近利，成弘而下，少有氣象之文，氣象名理兼具的就更是屈指可數了，羅萬藻友人梁公狄是個例外，「所謂以氣象豎名理，獨公狄副此耳」，公狄之文一半「世務經濟之文」，一半「性學名理之文」，「當其為經濟之言規條古昔苞蘊今茲精魄主張更傳而入於細，而所謂名理之言古以物跡衷以悟詣鋪以顯融之情，凝以宏壯之格，復挺而出於廣大堅確之途，此公狄文字之表裏可見者也，表裏通則心手所際，精微並立而風，兩總至之勢，相助為盡意」〔註158〕，先輩往往能二者兼顧，而後人要麼獨取氣象，要麼獨取義理，皆易流入浮誇飄蕩之路，所以說「以氣象豎明理」者尤其難。

〔註155〕羅萬藻，《此觀堂集》卷三《曾行可制藝序》，第388頁。
〔註156〕羅萬藻，《此觀堂集》卷一《王子美制義序（其二）》，第346～347頁。
〔註157〕羅萬藻，《此觀堂集》卷四《梁公狄捷稿序》，第417頁。
〔註158〕羅萬藻，《此觀堂集》卷四《梁公狄捷稿序》，第417頁。

　　戊辰以來天下好為「經術深古」之文，但是剽掇杜撰，花樣百出，偽經偽子，充斥坊間，有志之士欲破此等偽文，但是不深求性情學問之所在，往往似是而非，則一切工夫皆為徒勞，原因就在於他們沒有認清文章之真理，羅萬藻說：「所謂若時為之而不見其為者，真先輩胎種所授也，此道去世間百餘年，上人之教養無方，文字靡然爛於功利，二三有志力之士振而入於經濟深古之途，欲以別有所起而邁者天下大勢十之三已入先輩去深阻曼幻之態，如鬼林妖穴莫之敢即，文字成熟者近之成弘，遠知洪永，氣體貫接，如在盛治之世，殆可謂至於道矣。向所謂有志力之士振而入於經術深古之途者，蓋自恃以日行鬼林妖穴之中莫之敢崇，此輩以為甚難，而亦莫之肯為若此者，誠以為欲絕天下之偽文字，無如先輩也。黎北之途殺人屢矣，能辨人鬼於黎北之途，不如其不入，則今之為先輩者是也，使外以絕天下之偽文字，而內以徐求先輩之學問性情之日深以老，則法度風力不期從而自從，可以為真先輩，亦真可不為先輩，則予說在焉，故曰：世之喜人為先輩文字者，無如予此語也。」〔註159〕時文自成弘以來，氣脈法度皆達成熟，理充氣沛，乃後人學習之楷模，且由「氣」至「理」，再由「理」進「道」，則風度法力不求而自現。

（四）關於文章法度

　　如前所述，羅萬藻在《鄭澹叟近藝序》中談及：「文人苦於法律，有才之士九不能受，予觀澹叟之才溢溢不禁，人為求理之言作止疾徐足以入敖厥心，如此又以知入股律令，非有才之士不能受也。」〔註160〕他認為文章之士必須遵從文法，但繁瑣的文法又會以辭害文，如何在遵從法度和超於法外之間達到平衡，羅萬藻、陳際泰等人從師道、文法、意辭等角度作出了論述。

　　第一，文法與師道。

　　其實談到文法則必然涉及「師道」，自漢儒以來，師學家法一直是治學之正道和主流，各種門戶之見、派別之爭千百年來似乎從未中斷過，科舉取士更講究座主門生之間的互相往來和援引，「師道」之風長盛不衰，且直接影響文法與文風。

　　師學家承之弊端自漢以來，文人學士都看得非常清楚，「文字之家必由於師，師得其人，故學者庸之而終身佩其說，足以自異漢世經師，其門人益有

〔註159〕羅萬藻，《此觀堂集》卷四《魯元公近藝序》，第 422 頁。
〔註160〕羅萬藻，《此觀堂集》卷二《鄭澹叟近藝序》，第 373 頁。

死生以之，而不敢廢其師說者，謂能修其家法，非獨學者以自異，而當時之人君其試士得人必出於此，益重其有師授為無鑿於道故也……古師道盛時，其學者亦或曖曖昧昧，守一先生之言，故議論術業不相通，兩家門人至相詆訶而不可解者，今永徽稱其師說不衰，而且書幣四至，好問不倦若此。蓋古之大儒固有泚而求道於四方，然後反得之六經者，見有廣狹就有遠近，永徽之志是也。」〔註161〕舉子們皓首窮經，固守師說，不敢越雷池一步，加上代聖賢立言，決定了士子作文必然固步自封，所謂的求師學道也必然似是而非，得其辭而遺其神，這是歷來師說之大弊。近世以來，「師道盛於婁上闔門之間」，二張登臺講藝，士子多風從，「由今觀之，非獨其師道得也，其州人士慕義向風，守其師說，以歷窮通毀譽之交，而莫之奪，求之於古漢儒之經術，宋世之理學，其師徒之際源流專確，殆其有之，故其後來之俊風局弘起遇而獲兩榜成大名者，猶然不忘其素業，不遇而振未起之途，竭且然之智不懈而益進，以必務自效其言，蓋海內文物之處號為有師道之鄉，其人才成就不若也，此亦學者之罪也。」〔註162〕士子們固步自封，互相辯難攻訐的結果就只能是人才凋零，此亦文風惡陋之一大淵源。

　　陳際泰從另一個角度論述了應該如何「恭師禮祖」。關於何心隱先生之死，後學弟子有兩種態度，一種是「哀其死者」，一種是「怒其所以致其死者」。這兩種看起來都是哀痛先生之死，並且希望能為死者做點事情來平衡自己的或傷痛或憤怒之心，但在陳際泰看來，這兩種心態都並非心隱先生本意，冒然憑自己主觀意志去行動，實際上並非真正瞭解老師之本意，反而弄巧成拙，敗壞先生之名，陳際泰說：

> 哀其死者與怒其所以致其死者是與先生異意也，與先生異意則雖愛先生壹以讎先生之讎，讎之使愛先生者，先生遂從而恩之，則先生將無以成其為先生，而當日必不致其身於死，既致其身於死，必將搖尾乞憐，必不能使其心泰然，使其形克然，使其氣浩然，使其詞沛然，苟不能使其心泰然，使其形克然，使其氣浩然，使其詞沛然，則雖幸免一死，尋常之何心隱不死而真實之何心隱不生，況乎未必免死也。未必免死，則尋常之何心隱既死，真實之何心隱又死，是殺兩何心隱也。……予晨死而死，卒不可免徒，多一形神兩

〔註161〕羅萬藻，《此觀堂集》卷二《邵氏兄弟稿序》，第363頁。
〔註162〕羅萬藻，《此觀堂集》卷一《浦君邊新藝序》，第362頁。

戮之慘，使先生如兩人之遽。先生死矣，而先生之名與先生之神又
不必長。夫兩殺已慘，而況三殺之乎？先生死與先生不怖死，則先
生之名與先生之神因常存於天壤之間，而人哀其死又怒其致死之
人，使先生之意不白於天下後世，先生之意不白於天下後世，則先
生之道必不盛傳與盛學於天下後世，先生不死而天下後世之不得于
道者皆死，先生必且惄然有所不安於心，而要皆起於哀先生之氣與
怒所以致先生於死之人，則先生之雠之也必甚矣。且至人之視生死
亦輕矣，其視生死之化亦齊矣，以死為死而後死之，懼重我不以死
之異於生，我不以殺之死異於病之死，則死生之致一，死生之致一
則當其殺時，自然其心泰然，其形克然，其氣浩然，其詞沛然，天
以死苦我之心，當事者以殺苦我之死，而我之心之形乏氣之詞無以
異於不死不殺之人，與不死不殺之時則心之怖畏煩惱與人之詭異暴
虐皆宜有所止，是我未嘗死即對我之人亦未嘗有死人之事，弁未嘗
有自死之死道之廣太圓通莫妙，於是而哀先生之死與怒所以致先生
於死之人豈不亦多事也哉。〔註163〕

之所以出現這種情況，就在於當今士子盲目「尊師」，雖然表面傷心憤怒，實
際並不深知其師祖，所以陳際泰說：「今人恭師禮祖，自以為克然有得，及至
臨危之際，如豈允二子之遽者為不少矣。」「哀先生之死與怒所以致先生於死
之人非愚則誣。」〔註164〕關於「為人師」，陳際泰有切身經歷，他認為「師」
者就是一個名號、一餐飯的事情，一般門生對於座主，「未嘗有師之之實」，
或服其文，或服其人，門生座主之間並無深交，士子一旦飛黃騰達，則很難
再續前緣，所以陳際泰一般不喜歡被人稱「師」，如果有人稱他為「師」，他則
自稱為「弟」。今日朱凌寰以「師」相稱，他則稱凌寰為「弟」，因為陳際泰尊
崇凌寰，親厚凌寰，二人論書作文，志同道合，「誠謂其有師之之實也」，所以
陳際泰認為：「時義之家氣滯響，一毫不得犯，其筆端要不得不名之為時文。
馮千秋論文殆人聖者也，其言曰：欲學大士先生者不必句摹而字比之也，讀
書明理而已。予嘗以為知言，凌寰諸篇未嘗有一字肖余也，而實肖余，彼固
讀書而明理也。」〔註165〕真正的師生之間不是句摹字比，而是志同道合的讀

〔註163〕陳際泰，《已吾集》卷一《何心隱文集鈔序》，第600～601頁。
〔註164〕陳際泰，《已吾集》卷一《何心隱文集鈔序》，第601頁。
〔註165〕陳際泰，《已吾集》卷二《朱凌寰近稿序》，第611頁。

書明理，不學「師」而酷似「師」，不求形象，而求神似，此乃真善於學師、善於為師者。羅萬藻也說：「夫知好學而後知尊古，知尊古而後知嚴師，師道之所以立，其以是人與」，「夫以經術為文章，以品行為經術，以誠敬為品行。」〔註166〕「之間有好學之士，博之以古而繡之以思，則所謂經術義理之言出之。」〔註167〕真正的「師道」應該是在志同道合的前提下的共同進步，首先是好學，其次是尊古，再才是嚴師，「師道」所包含的更多是誠敬之品行和經術學問。

當今文社各派或宗唐宋，或宗秦漢，其實只要諸子能明確如何師法古人，那麼所謂的門戶之爭必定不會再成為大家爭論的焦點，所謂「韓歐諸公非以一枝一節取高群彥，而得厭服天下後世之心者，談論深正，篇目眾多，波瀾老成也……且夫服天下者有道立之於至當而又絕之以所難並工，夫古今議論局理至八大家而開亦至八大家而極固然，然遂以為古今之盡則天下豈有然之者，伯宗之文其原蓋出於八大家而氣勁理淵，率意所成，類皆刻深，懸八大家沂而上焉，有以佐唐宋而全之，是之謂立之於至當」〔註168〕，古代諸大家之文之所以能傳之後世，必定都有某方面的優點，師其意而不師其辭，師其法度又不固守其法，靈活掌握為文之方法即可，何必爭論哪方哪派之優劣短長呢。

第二，文字之規矩繩墨。

在取士諸文體中，要論謹守法度者非律詩莫屬，雖李杜諸人才華橫溢，除詩以外，其他文章鮮有優者，並非其才不足，而是詩已盡之，相反，「入明以來，學士大夫往往以全力用之制藝，而以其制藝之餘及詩，自有諸科以來，獨制藝格律之嚴與詩工敵爾。夫人羔雁所資、銳意之氣於焉畢竭，故一代之傳業在是可謂擅美，而後乃尋諸詩譬鑱南山之竹洞胸穿扎之餘，辭魯稿而飲石，難為勁也必矣」〔註169〕。明代制義之章法謹嚴比詩歌有過之而無不及，士子竭其才力盡於八股，各種為文之法已經揣摩到事無鉅細的程度，確實殫精竭慮，制義之餘再作詩歌，則極其艱難，也少有佳作。所以從某種程度上說，八股文之法度也是明代詩歌中衰的很大原因。

關於文章之法，羅萬藻說：「太古之文流聲出氣皆是也，中古之文寄之心

〔註166〕羅萬藻，《此觀堂集》卷一《浦君邊新藝序》，第362頁。
〔註167〕羅萬藻，《此觀堂集》卷三《鄭仲容制藝序》，第393頁。
〔註168〕陳際泰，《已吾集》卷一《劉伯宗全集序》，第603頁。
〔註169〕羅萬藻，《此觀堂集》卷三《崖西詩序》，第385頁。

理，下此□舌並用，又下此則譬之匠氏布規矩睨裁墨以自成而已。文字之規矩繩墨自唐宋而下，所謂抑揚開合、起伏呼照之法，晉漢以上絕無所聞，而韓柳歐蘇諸大儒設之，遂以為家，出入有度，而神氣自流，故自上古之文至此而別為一界，然則今制藝之文，其法不得不以諸儒為禰祖，至大工致蜿蜒，華情爛緩，皆法立而後從之者也。予自京學再轉入國子佐大司成鐸四方鴻繩健制之士，未嘗不得見，然或苦於功令，迫束自裂，散徒流淫，不能自轉世光傳相譽，奉以為有餘，而偏折不足之處終身不覺。蓋法不立則失所從起，失所從起，則有餘不足，無所從正，固勢使然爾。」〔註170〕上古、中古之文多不受法度之拘牽，自唐宋韓柳歐蘇諸公而下，文章之開合大法到明代八股制義，可謂窮其法度之極，這是文士們自覺遵循法度的結果，也是作文之客觀要求。所謂「巧生於法」，「法至巧生」，從文法中獲得技巧和靈感，也是士子作文方法之一，羅萬藻讀舉子韓臨之《燕社草》有云：「忱摯方重以為體，而逸思秀理，八面迸出，故其文舒疾淺深，順逆反正，皆有所依而不離，歎以為有制之文。」〔註171〕有法之文才會有理有據，條理分明，深入淺出。

　　陳際泰認為作文之法如同行軍打仗，「皇上既欲以文章之意，示有餘之形，而又欲以文章之法，見武節之用，今日兵氣所以不振者，法敝使之也。□□不能以其法行之於大帥，大帥不能以其法行之於儒禪，儒禪不能以其法行之於士卒，令之行不行，令之止不止，跛之左不左，跛之右不右，司馬法盡廢，上下蕩然，軍安得不北，此欲振之當隨處見其意，而遡其本之所生，本之所生，文士之守規矩是也，文士之守規矩無所先懸而先見於文章。」士氣不振，乃法之弊，軍隊若無法，則令將不行，自上而下，一盤散沙，同理，文士不守文法，則無規無矩，文不成文。推而廣之，官員恪盡職守與戰場上遵循軍法也是一樣的道理。「臣於才智本無所長，然惟才智之無所長而遂長於守法，用臣際泰於才智而用臣於法，二臣兼用，所長於今日之義庶有豸乎，此臣有以知皇上用臣於典試猶然用臣於典獄，其微意固可窺也。今與諸士約諸士之牘，既以規之矩之，相應以理義之文而遵一王之制矣，異日者以其心之所思，口之所言，手之所畫者設誠於中，引而被之於事，位有大小職，有簡劇時有常變遇，有文武各有以應節成禮而後去如農之有畔，朝夕思之，一失其法則餒及之，此之謂守法之誠始以為理義，而久之則風俗，此天下無敵

〔註170〕羅萬藻，《此觀堂集》卷一《韓臨之制藝序（代）》，第350頁。
〔註171〕羅萬藻，《此觀堂集》卷一《韓臨之制藝序（代）》，第350頁。

之道也。用以靖夷,方難何難,臣確遵明旨第三場兼策武經中式,後復與試騎射,夫黔士視內地為有氣決者在膽耳,騎射本非所長而至於武經畫算律則釋之矣,邊裔地宜有以全之使漸相服胃以遵路從,王顧獨動動以守法為言,夫有氣決如黔士,使之今日以法守題,異日以法守官,一如使者言,此固忠臣義士之所從出而國家所深賴。」﹝註172﹞所謂法度,大可以治國,小可以作文。治國規之矩之,遵從王制,則久成風俗,民風教化,一切皆在掌握之中,長此以往,國可無敵。作文亦然,一字一句,一章一股,師從前人之法,自然在規矩繩墨之中,雖然不一定是絕世佳作,但對於士子來說,應試已經足矣。所以說,培養士子的這種文法習慣,對於鍛鍊士子之思想,亦事半功倍,所謂「今日以法守題,異日以法守官」,如此,忠君愛國之士皆從八股取士中來,此亦國家之法度。

同時,羅萬藻也說:「五經秦漢之文,三尺童子不言此者謂之無志,然為之白首,終以不似夫遷固,而後堅渾之氣漸漸代有作者,務以玄儁相掩,妙心逸手漸復成體,然則舉大負重之文出斯絕矣,故唐宋諸儒更起諸法,使增卑培薄,有緣而致力,而其功宄便於今之文歟以為至言。」﹝註173﹞「文之超在神,其次在識,二者超則積以學問思維之力,而增其妙……神與識,所謂大匠不能使人巧是也……夫大匠不誨人以規矩,則已誨人以規矩,固將使人巧。」﹝註174﹞如果僅限於固守成法,士子們即使終生努力,也不可能超過司馬遷、班固等前賢,所謂大匠不使人以巧,守法而不拘於法才是士子正確之選擇,法其神而非法其辭,方能超越古人,至於為文之化境。

關於作文的具體技法,江右諸人除艾南英以外,少有人論及。羅萬藻在《黎美周易藝序》中提出「其所得必先於辭,所謂意矣」,羅萬藻認為《易》乃「聖人書意之書」,所謂聖人「立象以盡意」,「象」與「意」乃微顯先後之關係,然後有「繫辭」以盡其言,設卦觀象,「象者,庖義氏之學,而觀象則文王周公孔子之學也,九師興而易道微,其他紛紛之作,或捨象而本氣,或超象而標理,所謂各以意為易者耳,豈易之意哉?」聖人是「以易盡意」,後世諸人則「以意為易」,多從自己主觀理解出發,而離聖人本意已遠,而明人所遵循的諸儒之「易」與伏羲文王周公孔子之「易」又相去甚遠,「入明以來

﹝註172﹞ 陳際泰,《已吾集》卷一《貴州鄉試錄前序》,第598～599頁。
﹝註173﹞ 羅萬藻,《此觀堂集》卷一《韓臨之制藝序(代)》,第351頁。
﹝註174﹞ 羅萬藻,《此觀堂集》卷二《熊遇之近藝序》,第371頁。

乃定以朱程為宗，而許學者得推衍其說於制藝之際，數百年之間則何也？此昭代聖人觀象之學，人未知之也，得象者務存其象而不鑿，愛璞者務存其璞而不傷，朱程之易不傷其璞者也，昭代之存之不鑿其象者也。近世之儒不安以易為制藝，而遂欲以制藝為易，此其學力才悟，豈能如儿師諸人真足扶堅樹畸，使數聖之璞離離於斧鑿之積者乎？」明人以程朱為宗，舉子推衍成篇，連篇累牘，陳詞濫調，不是「以易為制藝」，而是「以制藝為易」，所以能得聖人之「意」者更是屈指可數。羅萬藻由此得出結論，不光是治「易」，只要是作文皆需「其所得必先於辭，所謂意矣」，也就是成竹在胸，先得意，後文辭，是為情造文，而非為文造情。〔註175〕

　　在《薛與一先生四書見意》中，羅萬藻也說：「入我明以來，學庸語孟既與五經並用取士，而其說一以《朱子集注》為宗，朱本程之門人，時時引據十因其八，將無當世之所謂高談闊旨迂而不急者，其所得為有精於漢世以來之為訓詁者乎？凡求聖賢之言而欲得其理者，鑿之則傷，急之則逸，故平觀正步徐徐焉，求有得而後言，既言而猶恐謬所得也，此程朱之所以見迂於世而不顧也。嗟乎，程朱之時，豈當逆料今之世以其說詁書，而排比之以為制藝之文乎？為文之與詁書相去遠矣，詁必衍於書，文必衍於詁，以此求書，萬無不失，書失而文亦不可為得矣，故予以為今世之詁書也，當別有道致其神而已。神不可驟致，存其意而已，譬有人於此，古人之五官位置濶狹粗細，若何以授繪者不可繪而似愧無已，而言其神情之清濁緩急以授之，無從得而繪也，雖生平起居言笑動靜悲愉之意，得而盤薄以就之，則五官具而神生其中矣，善哉。」〔註176〕所謂訓詁之學，若追溯其源流，則孔子訓詁《易》則有《十翼》，其門子弟子則詁其言行得《論語》，後有曾子、孟子、子思等人，「學庸語孟」是矣，後又有詁「孔孟曾思」之書者，如張昌簇、馬融、鄭玄、陳群之徒，趙岐、陸善經之輩，歷唐宋而達元明，先儒之言獨推堯舜禹湯文武周公之傳在於孔子，而曾子獨得其家，曾子之言在於子思，而孟子推明其統，所以「訓詁」者，「皆深思積力釋滯礙希幽通求有功於孔子、曾子、子思、孟子之人也，而不得以與於斯，此有故焉，而非其思不深，力不苦之罪也。自時之後，學庸語孟之書愈久而說愈尊，歷代學者既不得其說之所統」〔註177〕，至國初以來，學庸語孟與五經並

〔註175〕羅萬藻，《此觀堂集》卷二《黎美周易藝序》，第 364 頁。
〔註176〕羅萬藻，《此觀堂集》卷三《薛與一先生四書見意序》，第 407～408 頁。
〔註177〕羅萬藻，《此觀堂集》卷三《薛與一先生四書見意序》，第 407 頁。

用取士，一宗程朱，將聖賢之理推衍成文，國初尚能恪遵傳注，如宋之帖括，隆萬以後則崇尚浮華，追求新異，模擬剽竊，士子皆不知訓詁經術為何物。文社諸子在倡導讀書明理、貫通經史的同時，也需要士子「求有得而後言」「別有道致其神」，「神不可驟致，存其意而已」，不能完全機械訓詁，而是「於寫照之道有如點睛，無不全似，蓋得意之效也，然則得程朱之語但可為程朱，不可為文字，緣程朱而得孔孟曾思之意，雖取其一語演數十百語為今制藝之文，可不失分毫自然之數」。〔註178〕

三、世風與文風

　　十里不同風，百里不同俗，一代更有一代之文學，天下之事能達天時、地利、人和者，一般無往而不利，作文亦然。自古以來，文章家論文都會考慮到時代、地域、人品對文章的影響與反作用，江右諸家也不例外，「其人其文，皆可命合於時，而其所詣之地亦微有分焉」〔註179〕。

　　第一，「古今文字之行盛衰以時」。

　　羅萬藻說：「古今文字之行盛衰以時。時者，天與人皆有之，而人之為故尤多。三代而下，所謂百家雜學已與六籍之書爭鳴於世而常勝之，況於今乎？人情奇正相掩，忻厭猝乘，古之人嘗欲藏其文於名山大川，以俟知己。由今觀之，非獨隱約之藏，抑亦懼其言之不勝於時也。今之制舉業者，欲為名山大川之俟，固已迂僻失圖矣，然苟令其目前一日不勝，遂為天地文字駕漏不接之時，予亦安能已於言哉？」〔註180〕所謂文字風氣與時代盛衰相始終，但除天時以外，還有人為因素在裏面，如古之人將自己的文章藏於名山大川以待知己，在羅萬藻看來，其文章未必尚佳，也許是懼怕其文不當於時，或者觀念超前，不能為當時之人所理解，所以有待來者，這就是人為之「時」。如今之制舉業，本身已經鄙陋之極，就是這個時代的反映，再藏之名山，徒增笑料而已。所以，文章盛衰以時，也需視具體情況而言。

　　羅萬藻認為古代三十年就是「一世」，「使一世之風氣定，則文字之論定矣」，而一代風氣之形成，必定有先輩提挈支持之功，「先輩作者常能提挈數十年風氣於前……見每代必有數人特立庠序之間，支持文字往往數十年……

〔註178〕羅萬藻，《此觀堂集》卷三《薛與一先生四書見意序》，第408頁。
〔註179〕陳際泰，《已吾集》卷四《楊曾二進士合刻序》，第622頁。
〔註180〕羅萬藻，《此觀堂集》卷一《丁潤生制藝序》，第357頁。

遂足繫四方之望，而一州一省氣色之明晦，因之且非其議詣堅遠，可以不挫其文字，真如古之作者芒寒色正，不掩於繁妖之衝，亦何以能自久乎？」〔註181〕這些能「支持文字」者也是改變文風者，如明末文風惡陋，文社諸子起而振之，婁東之二張，江右之陳、艾、章等人，讀書會友，攻伐辯難，編選時文，力圖改革文弊，數十年如一日，確實為一代之文風的確定和改變作出了卓越的貢獻。

文風之變，除了有豪傑提挈之功，同時其風會際遇也會反作用於文章，「古今文字不期然而忽然者，自關風氣昌明博大之局，寔駿公開之而後以歸雲間，雲間固特受而過焉耳。顧駿公之為昌明博大也，神高致朗，中虛如橐，籥可以出納風氣，故云然今莽乎大耳，空而不虛，澤而不朗，譬人氣之出則哆口直喉不節以唇齒之和，又其變則杜撰生濫，張以雄廣，此非風氣所轉也，人恭之耳，則欲存駿公於今之世不可得，況范公之彼一時者乎？今歲輩仙之元，工夫木體卓有精請，而前時之風氣未轉，大勢無救以為人。從前會元文字中氣色正協，則予一人之獨耳，然予選中可轉風氣之文絕多，如奇才博智足以導滯釋幽，錯合經傳，使從前難定之文一旦義安格穩者，甚有可冠冕，一代而埋沒，三百人中，則當是風氣不欲轉耳。」〔註182〕古今文字不期然而自變，就是時代風氣反作用的結果。但其中也有開風氣之人，風氣一開，經諸生推廣發揚，形成風氣，然後反過來作用於士子文章的創作，如文中所說「昌明博大之局」，是駿公首開，後經雲間諸子的推揚，又對舉子之文字有導夫先路之作用。

第二，「以其地求其人」。

人生其地，地養其人，人之脾氣習性與其地域風俗不無關係。羅萬藻說：「嗟，夫宇宙有志意之士，亦復何可多得予郡於盰，其人士天資物習，利鈍殊致，殆如幽冀之於汝楨，然得失各有善咎，亦遷盰之文章，其得者為曠逸圓利，設境布情輕銛多創，可以抵堅滯而破積塞，不由人為，故云由川之產氣為多不然者，具累亦復不免至……土石無情，不當能受贗曼之誘其累當中於人耳，然以其地求其人，所謂忠孝節烈之倫產於其土者，後先相望而白樂天、蘇子瞻諸人雖才湖上，煙風景物，道情益性，以感發其力者，抑何可勝道？故豪傑之士生於其地之山川而無所移，又能有所助其常也。」〔註183〕雖

〔註181〕羅萬藻，《此觀堂集》卷一《章尚季制藝序》，第356頁。
〔註182〕羅萬藻，《此觀堂集》卷二《雄略序》，第368頁。
〔註183〕羅萬藻，《此觀堂集》卷三《鄭仲容制藝序》，第393頁。

然木石無情，但一個地方的天資物習、人情風俗，甚至忠孝節烈之道德倫理都會對文人產生潛移默化的影響，所以豪傑生於忠孝之地，則忠孝之風又會助其豪傑之氣。

　　陳際泰也說：「理義之同，是其一方矣，而其中文聲強弱通塞各域於土之氣，指人之言語清濁各域於土之氣，曦中之肉厚薄有異而聲隨之，與習分功不得專罪鄉染也。夫文生於胸，胸異於風，此理必然無足怪者，天下同風，然數百丈以上乃可得耳。風同於上，人生於下，高山大澤以峻包果土氣，與天風相亂剛柔之受，所以致懸。今欲強山東人作秦風文字而肖秦，強關中人作齊風文字而肖齊，何異齊人能為小戎之葉，秦客能成月出之章乎？向為詩不能彼此易奪而今顧能之，是今人為勝乎古人也……夫為詩義者亦各因其地氣所宜言歸於好而已矣，古人觀風以詩而施政教焉，以小民無室家者官衣食之，使之民間求詩。今以詩文結社刻而布焉，以待擇於上，亦猶行古之道也，各循其土之氣以為文，猶各循其土之氣以為詩，論似相反而旨乃相合。」〔註184〕文生於胸，胸異於風，各地習氣土風天差地別，若以山東人做秦風文字而似秦，以關中人做齊風文字而似齊，就是強人所難，而且最終會不倫不類，貽笑大方。只有各循其土風地氣為詩為文，才能做出真實而有特色的文字。

　　陳際泰仔細分析了貴州一地之文章風氣與其地域之關係：「臣以為貴竹於文學，其地氣之所助，大利大害俱焉，一人者，眾人之量也，一人至焉，非餘州所可得，而幾此有數以至之，不可不察也。夫氣散而鍾之得平人，其聚而鍾之得奇人，貴山危峻不產他奇，善生儔異而得之者少，惟得者少所以得之而奇也。平原之地不能蓄氣，雖有微神而又以眾分之，以彼一人敵此一人，定相懸矣，此一術也。隆萬以前，會榜未發，凡為元為魁皆先名其處而無不符，所以云者，旁刻未盛，記誦未樂，才學優者，立取尊奢，而不能者反是，是時文為拼短蓋長之崇也。地如貴竹，以其途之遠，而至之難也，獨鮮此累，孫伯符有言，我東方人聰明，獨學問為小遜耳，夫以本色之聰明作本色之文字，其不佳者無所拯救其佳者，遂以橫絕於時，理固然已，此又一術也。若是者，所謂大利之所存也，至於大害亦有之，山川修阻時義不得，至即古籍亦不得至矣。燕朋無所湛，即良友亦無所湛矣。」〔註185〕陳際泰認為地域有其獨特性，「氣散而鍾之得平人，其聚而鍾之得奇人」，他在《劉昆恒遊草序》中

〔註184〕陳際泰，《已吾集》卷二《詩社序》，第 609～610 頁。
〔註185〕陳際泰，《已吾集》卷一《貴州鄉試錄後序》，第 597 頁。

說：「傳曰：深山大澤，實生龍蛇，羅人才亦然，所生所成殆有異數焉。夫平原之地雖有微神含氣不厚物之奇者，去之有一二少物，輒詫以為奇強鬱生，熟味無所至而不要於成。」〔註186〕平原之地不能畜氣，而貴州山川危峻，所以有「奇氣」生焉，況且「利」與「害」需辯證來看，大利之地也有大害之處。貴州之地向來遠懸天末，路途遙遙，行走艱難，貴州文學也由其地氣之所助力，山川阻隔，古籍難得，時義也難得，朋友更難得。貴州雖有「奇」氣但是得之者少，也無切磋學習之機會，寡不敵眾，所以最終湮沒不聞，不能推揚成一地之文風。

關於各地之地氣文風，陳際泰、羅萬藻等人也略有論述。陳際泰評其友人劉昆恒之文「旁鶩別驅，馳騁八極」，陳際泰之所以能知其胸中所藏與才之所至，皆得於其地域特點，因為昆恒生於蜀地，「西蜀為天下與區四方仰之以為神皇，是震物之所窟宅也，東阻翟塘，西北絕□，斜人足至止，若走上天之難，故物生既多而又成之，得及其侯才之生與成，亦豈異於是」，「生於氣勢之地以自異於人，而無深山大澤以門之，則以彼其材芝生如豆，知其為瑞必為好事者取去，將無以待其成昆恒，如今無疑矣。」他自己也有類似經歷，「予生閩武平山中，如坐井裏，長大始歸，歸而始學作文字，貧苦無師，然亦幸無師，得任意縱橫而無音蒙氣感之差。」〔註187〕其性情文風甚至生平際遇皆由其地域所決定。其他又如：「天與大而同至，天與水而遠生，則同與不同本於類與不類之效也。長江以南，文事之所薈也，孟亦地氣有助焉。南為火癡火主光融，江為水王水主通明，南者合而文生於其間，於是而求能文之士頗易。」〔註188〕

羅萬藻談到東南與西北文風各異，且呈交替之勢，「古重世官，謂終身齊家治國平天下之業，世有源流，蓋得諸此後代世官廢而蔭子入官之法存，則猶此意也，然體例憂簡不如貢選諸生，需歲月積分之勞，其於文字宜如初，如乙弁　設便可輒去……昔文字之能盛於東南，今將在鬱鬱之末矣，[X]茂寬弘之氣，西北學者方承而起」〔註189〕，「且夫東南之文盛而靡矣，而西北之文方開抑亦天所為乎？」〔註190〕帝王之都氣象雄偉，天賦異稟，「自辛未計

〔註186〕陳際泰，《已吾集》卷二《劉昆恒遊草序》，第612頁。
〔註187〕陳際泰，《已吾集》卷二《劉昆恒遊草序》，第612頁。
〔註188〕陳際泰，《已吾集》卷二《同人年譜社序》，第609頁。
〔註189〕羅萬藻，《此觀堂集》卷四《王元生近藝序》，第413頁。
〔註190〕羅萬藻，《此觀堂集》卷二《劉光斗進士新稿序》，第367頁。

偕頗讀長安人士之文心愛之歸語，南中以為天子之都氣象雄廣，士生其間者，耳目胸腹感發異他省郡，固文字之所鍾也」〔註 191〕，「其地右帝王之都，將相文武之氣，山川留之，傳入於人，宕跌自異」〔註 192〕，這些都對文人的文風起決定作用。

同時，羅萬藻也認為物之「甘苦以性相從」，與地域相關，「其室在匡山之巔，下惟白雲，土多北風，風自北來者，大率不能甘而善苦，故植物中之味皆苦，而物性之苦者，亦樂生焉，夫甘苦以性相從，是固然矣，然山之高者不一，風之自北者必不盡苦，不然何物之生其山者，不以苦聞也，則苦豈匡山之性哉？豪傑之負忠義者不少，而遇不皆如子雲，則苦亦子雲之性也，贈子雲歸當助為豪宕之談，以益女意，然昔人稱薑桂之性老而愈辣，辣愈苦，皆清儆之味，使人氣甦，子雲著書數十種，其益於人者，必非豪邁自喜之年，而窮愁自見之日也。」〔註 193〕物之甘苦以性相從，然「橘生淮南則為橘，生於淮北則為枳」，而物之生長地域對物性則有決定性作用，豪傑之生長地對其忠義之氣也是起決定作用的。同理，羅萬藻借孔子之言說：「知者樂水，仁者樂山。」「別其德曰：知者動，仁者靜。未聞仁而累於動者也，若夫動之為水，水之為知，則知之於人適助為用耳。」〔註 194〕所謂聲氣相投，意氣相通，動、靜、智、仁，人之性與地之氣相應相求，確實互為影響。當然，地與人的關係也不是一成不變的，時代風氣的形成與社會制度的實施也會發作用於人文地理，羅萬藻曾經說：「與有文字之地言文易，與無文字之地言文難；與有文字之人言文易，與無文字之人言文難」，世易時移，無文字之地也會慢慢變得有文字，有文字之人也有可能會變成無文字之人，「今天下人理宣揚，靈心並暢，能使從來無文字之地有文字，此國朝一統之盛，翔浴靡遺之風也。顧有文字之文人寔難自聲色形似之章，既般窮冒淵之途復多，遂使無文字之人有文字，又使有文字之人不能不為無文字之人，嗟夫，祿利之途然矣，雖與有文字之人言文不亦難乎？」〔註 195〕國家昌盛，人文教化，不毛之地也會人文薈萃，相反，功名利祿這只雙刃劍，會使無文字之人變成有文字之人，而使有文字之文變為碌碌之士，成為無文字之人，此時，再與所謂的有文字之人談文，

〔註 191〕羅萬藻，《此觀堂集》卷二《申孚孟文稿序》，第 370 頁。
〔註 192〕羅萬藻，《此觀堂集》卷二《焦淡生近藝序》，第 375 頁。
〔註 193〕羅萬藻，《此觀堂集》卷四《王子雲制藝序》，第 420 頁。
〔註 194〕羅萬藻，《此觀堂集》卷四《米吉士文稿序》，第 421 頁。
〔註 195〕羅萬藻，《此觀堂集》卷一《徐進士新稿序》，第 359 頁。

也是對牛彈琴了。

第三，「文人之道與為人之意相終始」。

羅萬藻在《陳春圃一枝吟序》中提出：「古之學者誦詩讀書以知其人，予既知先生之人而誦其詩，不亦可乎？」古人誦其詩知其人，也可以知其人而誦其詩。他將詩歌分為「才人之詩，騷人之詩，賢人之詩」，才人之詩「樂」，騷人之詩「憂」，「憂樂之至，盈虧臧否，不可概齊，然皆蹈一偏之致」，如酸鹹二味，有所偏重，自古多以此為病。唯獨「賢人之詩」「跡才情風逸之所生，尋悲傷感憤之所起，隨之以抑揚多寡之制，精之以追琢遊詠之能，有風有典，有韻有則」，〔註196〕相比較而言，能兼顧並平衡作文之各種要素者，人必定「賢」，文必定「美」，二者是相輔相成之關係。

所謂「以經術為文章，以品行為經術，以誠敬為品行」〔註197〕，羅萬藻明確提出「凡文人之道與為人之意相終始」，「以其人為其文者也」，「蓋修心立品雄潔自置之人也，余既服其人，樂求其語」，羅萬藻評文總是將文品與人品聯繫起來，先看人品，再看文章，品德高尚之人，他就樂於交往也樂於讀其文章，「人之為人纏綿氣習，如衣匪瀚不可不有所去，既有所去，則簡別湏明；飯之與砂，理無俱吐，不可不有所存，既有所存，則變化宜生，光大宜出，不可不有所加，讀非驟又剝割不留處，便已獨捧心而立，此其務去者力也；至其自命有當，濃淡淺深，畢出態以獲其言而不忍遺，此其務存者明也；若其目光熒熒，高搴遠討，博肆古今之書，極深渺忽之理，所求於今日者，向余尚作欣然之情，即其筆墨之能，惡知所盡乎？」〔註198〕人之性情脾氣有好有壞，對文章的影響也有強有弱，有些必須捨去，有些則必須發揚，羅萬藻分析得比較透徹，在《顧公綸進士新稿序》中他還說：「難為而易知，易知而難言」，「予所謂難言者，難言之猶羅子胸中所見文字之言，未必公綸所安之言也，然使世人由羅子之言以求文字，則此固筆間一寶鏡耳。倘公綸無姑捨之情則其言立其幹濟之妙，天下以是望之，予固以是望之也。」〔註199〕文章來自人品，同樣的道理，由一個人的語言行文亦可以看出其文章高低。

在羅萬藻的很多文章中，評文與評人都是聯繫在一起的：「予觀古之作者

〔註196〕羅萬藻，《此觀堂集》卷一《陳春圃一枝吟序》，第340頁。
〔註197〕羅萬藻，《此觀堂集》卷一《浦君邊新藝序》，第362頁。
〔註198〕羅萬藻，《此觀堂集》卷三《黃非驥序》，第391頁。
〔註199〕羅萬藻，《此觀堂集》卷四《顧公綸進士新稿序》，第419頁。

景觸興流，情生韻□，飛箋走墨，海市霞城，令人目駭心擂，此才人之詩也。氣激旨偏，思捩情決，寄喻託諷，老狐山鬼，令人胸癲志塞，此騷人之詩也。才人之詩樂，騷人之詩憂，憂樂之至，盈虧臧否，不可概齊，然皆蹈一偏之致。昔之工詩者，謂必辨於味，而後可與言詩，如鹽醯二味止耳，鹹酸之外醇美者，固有所之矣，從古所病也。若夫跡才情風逸之所生，尋悲傷感憤之所起，隨之以抑揚多寡之制，精之以追琢遊詠之能，有風有典，有韻有則，此賢人之詩也。」〔註200〕其友人皚伯妙年綺質，修若神仙中人「今其年猶弱冠也，嗜奇好古之資，挾其壯遊之氣，而又所交盡天下士，故其發端造旨並標名勝，善接論者，不得攻其所跌，其魄致尤足畏也，豈獨文哉？……予讀皚伯之文眾矣，指機理而立事要，穎灼遒達。」〔註201〕「予與吉士聲氣久矣，其年差後於予，而其人……談天下事齒切切做聲，為予所憚服，其發之文字雄奇秀傑，卓然自命，不肯為雌薄語以媚時，亦略如其人也。」〔註202〕「碩膚負博古之業體，兼人之氣，而筆高情特，字字有氣象，其必為用世之人何疑」〔註203〕等等，皆是如此。

除此以外，羅萬藻評人評文還有一個標準，即「時然而然眾人也，己然而然君子也」，他說：「用以相天下之士，求為吾友，砥行植節，無或詭隨時，然而不然者或寡矣，抑用以求吾友之文，深宿理道仁義藹如不回，惑於聲譽得失已然而遂成者，亦寡矣。」很明顯，「時然而然」是按照時文的標準，眾人的評價，人與文是脫節的；「己然而然」是在對自己客觀認識的情況下對自己的客觀評價，也許與時文標準不符，但卻是遵從內心之作，更能反應自己的個性品質。各路君子對此也是觀點各異，「蓋余觀今之論文者，殆有幾端皆足以聰明材力之士，趨之成習，而場屋之中號為捷取者，又自為幾端士之奔走其間，遂得氣者若同風一軌，然以余視子長理本聖作，言皆胸智質堅，而有光色煦亮，而近古其大致挺勁，不阿如世，所有幾端焉，又幾端焉者，斯亦絕所附麗矣，然則子長之文與人，其時然而然者乎，其已然而然者乎？世之君子必有以辨之矣。」〔註204〕在羅萬藻看來，更推崇「己然而然者」，而這種人未必「時然而然」，此乃時代風氣所至，非人力可為。

〔註200〕羅萬藻，《此觀堂集》卷一《陳春圃一枝吟序》，第340頁。
〔註201〕羅萬藻，《此觀堂集》卷四《黃皚伯碩韓齋文序》，第425頁。
〔註202〕羅萬藻，《此觀堂集》卷四《王吉士近藝序》，第429頁。
〔註203〕羅萬藻，《此觀堂集》卷三《孫碩膚制藝序》，第403頁。
〔註204〕羅萬藻，《此觀堂集》卷一《萬子長新稿序》，第347～348頁。

四、社事與選文

　　文社乃晚明諸子以文為劍、選文救世的利器，作為社中成員，則必須牢記立社宗旨和目的，對於如何操持選政和如何選文要把握正確的原則和方向，方能更好地發揮其政治功用。

　　第一，明確立社目的。

　　關於社事，羅萬藻認為社員首先必須明確立社之目的，「文之有社，士所自為政之地也。教養道詘學宮廣屬之具，闊然豪傑之士高視遠踞，見其具亦復非咲三嚴一，凡士往往不足服其所為，故相憐相引，連而為社，然則為社之情一而立，難以自赴其致，志齊力抑，亦未易言矣。」〔註205〕陳際泰也說：「學業風趣相類者結為文社以代面謀，則其意所同異必可知也。」〔註206〕既然社員都是為了同一個目標而相引為社，那麼就必須將文社作為自己為政之領土，如同報效國家一樣，要鞠躬盡瘁死而後已。作為文社裏的前輩，要能高屋建瓴，明確領導方向，最重要的就是要懂得如何任用人才，羅萬藻說：

> 　　予少見八股之業，字句章段、起結過送、軟腐相承，別為一種習氣之物，欲以六經秦漢之致澤之，而深沒時文之相，此予初志也。然深念明經為國朝取士之旨，而制藝於先代為創體，固當顯傳，故以為欲尊時則當重制藝之體，重制藝之體則當以明經為首務。蓋經散而為章析而為句，句必有重字，章必有重句，深討之士，與之曲折而得其神，此時胸識離於訓詁之物，必相千萬數矣，而其氣象散見於唐虞三代之間，述於當時聖賢之口，無一事一語不與吾所謂一章一句者表裏出入，吾取而與題曲折，以深沒其訓詁之淺，豈不經益以明制藝之體益以尊，而文字之道益以古歟，若是者非才雖言之不得其所入，入之亦不能竟其可，至之數此，予所以重諸君子之才也，夫古人論少年之文，不欲傷其邁往之氣欲，俟其水落石出，自見其津涯，噫，此重用才之道，而其旨深矣，非予所及也。〔註207〕

羅萬藻之初心本想以六經秦漢之文救治當時的八股習氣，但同時也理解，國初以八股取士，有其合理性，所以挽救文風最終還得追源溯流，所謂「時文」

〔註205〕羅萬藻，《此觀堂集》卷四《持社序》，第408頁。
〔註206〕陳際泰，《己吾集》卷二《同人年譜社序》，第609頁。
〔註207〕羅萬藻，《此觀堂集》卷四《持社序》，第408～409頁。

必須遵從「時代」，則必須以「明經」為首務。若能將作八股文與訓詁之學區別開來，士子剖析章句，最終得唐虞三代聖賢之「神」，則制藝之體尊，文字之道明。這也是羅萬藻重視人才的指導思想，所以對於持社十三子大為推崇，說他們「神明奕奕，氣若蛟宮之水，讀其文，皆盡心秦漢以上之書，而厲用其壯，每一題無大小難易，以氣舉之不組時經譬飛行者，欲有往則冉冉絕地，雖秦華恒霍破脊而上，此亦才之未易者矣，而十三人者，所為皆同」，若能「致志齊力之效」，則必定能將社事發揚光大，為挽救時弊作出貢獻。

羅萬藻在《汝南明業社序》說到以前的汝南騰茂社，是他一幫志同道合的兄弟所結，以管龍躍、傅友梅、陳大士等人為首，「緬念其時，古道猶存，交情質切，連床講藝，分坐說書，毫不苟為霸同而退而相服，雖相服亦竟不相為也，故予社之勝在於能異異，故風會之司各有攸得迭起，而凌文字之變，以至於今猶五德之精，應時而王，以為不偶然爾。」同社人員雖然來自五湖四海，性格脾氣各不相同，但大家交情質切，互為兄弟，講義說書，恩情尤在。三十年後，又有汝南明業之社，社約十五人，皆龍躍、友梅、大士之族，志意借術業流通一時，羅萬藻總結其成功之經驗：「當予社初起之時，帖括蒙氣未開一時，起者力識俱傑，寔能各有創發，故相折服，在氣而不相下，在其所為彼一時也，久之議論銷歸聲理和會四方之風蓬蓬欲一諸君起當其時，亦塗山玉帛比杏衣冠之一會矣。同固其宜，異亦非所宜也，然諸君起後，自命時徂勢往變於錙銖，今文字之變不獨錙銖也，風習靡漫之餘，與草昧荒略之始，其蒙氣正等所述，予社兄弟之勝在於能異語或有為而稱也。」〔註208〕如前所述，同為共事的社員背景各異，在一起完成一項共同的事業，則必須「求同存異」；而正因為有共同的理想將大家維繫到一起，所謂「同聲相應，同氣相求」，然後集思廣益，眾志成城，社事方能紅紅火火。

第二，如何操持選政。

自隆、萬以來，多有結社之風，有識之士為拯救士習文風奔走呼號、殫精竭慮，在改革的同時也有諸多矯枉過正的偏頗之舉，往往從一個極端滑入另外一個極端，對於如何客觀地操持選政，江右諸子皆有獨到見解。

首先，操選政者必須借鑒先輩選文經驗，不可矯枉過正。陳際泰說：「嗜古者不必盡得也，然視夫靡靡者要為近之，而邇者矯其靡靡，用意過當，遂使制義之體盡失，而古文與時文之畛無復可分，當事者從而深懲，而弊復不

───────────────

〔註208〕羅萬藻，《此觀堂集》卷四《汝南明業社序》，第424頁。

免原。夫所以致此之懸諸君子，安能不任其咎也哉？」〔註209〕矯枉過正，既失時文之體，又無古文之氣，最終落入不倫不類之境地。羅萬藻也用很大的篇幅論述了矯枉過正的危害：

> 蓋傷夫世之為選者，有矯枉過正之思而無澄源證本之理也，甚矣。……昔先民性情之理深而承沿之習淺，學問之力寔而聲名之意微，故其為文攜持孟荀，左右周孔，所謂一日失之敗亂立至，真有本之文也，二三十年間天下奇才異敏之士相黨而起，然性情沒於沿習，學問漫於聲跡，其為文自以為得而不自知其禍之所伏，末流轉相獎崇如乘敝舟而亂於決波蔑濡首之戒忘過涉之凶，有識之士於是乎激矣，仲尼曰：損益盛衰之始也。二三年間乃有慨然為先正者，體局音節，境境模擬，究其所得，亦複製之長短似爾，緩急生動之情噓之如死灰扣之，如濕鼓率天下之人而禍先正之文又必以此。蓋先正以性情學問之所有為文，而今者徒取先正之文以自嘉其所遁者多矣。漆園氏之言曰：造物之報人也，不於其人而於其人之天天者，自然而神理常動之謂，昔者聖賢之用激，也用其動，故曰：觀乎天文，以察時變，觀乎人文，以化成天下。今人之用激也過而止之，故慕誦先正而欲援以救世之人，反使先正之生理於是乎竭，則今之選文者，情存矯枉而不知其過，亦其罪也。予未及交禹錫而感其慨然之旨，蓋不獨以救天下之文，又將以救天下之為選者甚矣。〔註210〕

先輩作文沿之性理，不為聲名，語本六經，乃為文之典範。近世諸子舍本逐末，性情、學問皆湮沒不聞，風氣始惡，於是有識之士起而正之，以先輩之文相號召，但最終卻陷入「濕鼓率天下之人而禍先正之文」的尷尬境地，而這些拯救者卻不明白自己矯枉已經過正，所以羅萬藻發出「不獨以救天下之文，又將以救天下之為選者」之呼聲，確實是當時文社選文之現狀，結社諸子不可不察。

　　關於選文之聲名問題，羅萬藻在《庚辰正取序》中談到：最初鄉里風氣醇謹，三十年前不知有刻書者，更沒有沽名釣譽借書籍流通聲名的人，讀書積文名宿之士淡然戶牖，並不揚名天下，不可盡數。後選業自艾千子始操之，大士、大力熱情參與，至今無以為繼，「為是役尚自以為汰，不欲見其名若此」，

〔註209〕陳際泰，《已吾集》卷二《同人年譜社序》，第 609 頁。
〔註210〕羅萬藻，《此觀堂集》卷三《冀禹錫房選序》，第 396～397 頁。

他歎息「劉安呂覽之徒，借賓客盜名字，而其客顧甘為他人懸國門，作枕中秘書，且匿其名，後世無從表稱，以為可怪，然其人皆嗜利畏勢之徒，無志表見，或去戰國之風未遠，為人義俠殺身皆客所為，何況於名？若是則為他人懸國門秘枕之中，事皆成於習氣，固未有如無可之嘐嘐不居，寔不以賢智自見也，則無可之為人可知，其議論是非之所見亦可知矣。」〔註211〕千子、大士、大力諸人選文不為聲名，而劉安、呂不韋之人，羅萬藻稱其為「借賓客盜名字」，因其所編之書皆由門人匯輯而成，這些門客大多不知其名，後世也無從表彰，而劉、呂之人無選文之實，徒留選文之名，確實讓後人非議，也讓當今操選政者引以為戒。

其次，操選政者必須明確自己責任重大，「雖聖人不得不聽今操衡尺而進退士者」，「房選之任予不得不重其人，蓋將以服天下之遇者，又將以服天下之不遇者」，離合人心，撫壯剔穢，決濁流清，天下文字之質貌變化皆取決於此。「選誠非一人之事」，「故選之義二，一汰也，一存也，存之義復二，存異一也，存真一也。」選文有兩大功勞，一個淘汰不好的文章，一個保存好的文章，包括存「真」和存「異」。「蓋嘉隆以前，名公巨卿文字不傳於世者多矣，其著者獨行其藏稿，而世未有房書。房書之選自神宗中年而勢亦不得不有矣」，當士子成為進士時，房師集合其生平文章為「同門稿」，不下萬計，自此房書大熾。其中有「必傳之文」，有「不必傳之文」，有「必用於世之文」。〔註212〕在《國表序》中，羅萬藻也強調：「諸君子所去取必嚴屏列，必慎式於大雅」，「先輩之以制藝名家者，其心亦未嘗無憂於時，其所為亦未嘗非有所救，蓋先輩之卓然振起而卒以獨見於後者，亦必其時之習已漫漶無足道，吾輩特未之見耳，凡有所卓牀而為之者，必皆有所矯，則必皆有所憂，勢也，然先輩為之其身，而天下豪傑相與比才挈力，銖兩不敢自昧，上之人題之，自一二至三百之人，若成於人情素所比量差次之目，故當先輩之時，無房書，無行卷，無社選，而文字之習翕然亦其時然也，今天下不患無為先輩之人，而皆處於得失，不敢自必之數，欲其以議論為救也。捨廟廊而私山林之權，雖其道彌振，其風彌厲，吾猶將袁之，故書於今之為社選者，不得不重言其事」，〔註213〕先輩之時沒有房書，沒有行卷，沒有設選，文字依然

〔註211〕羅萬藻，《此觀堂集》卷一《庚辰正取序》，第358頁。
〔註212〕羅萬藻，《此觀堂集》卷三《張天生房書序》，第398頁。
〔註213〕羅萬藻，《此觀堂集》卷三《國表序》，第395頁。

能理足氣充，乃「文字之習翕然亦其時然也」。而今文風聚變，當今也有豪傑之士，為時俗所憂，方起而矯正，但一不留神，則應制之士扶持相反，功效復乖，訛譌漫衍，放蕩馳騁，文風復熾，先輩矯正之功也是徒勞。所以，既要防止歪風復熾，又要防止矯枉過止。選文應該以先輩之文為榜樣，特別是洪永到成弘之間，豐神識力、清凝典雅之文乃文之典範，「戊辰以來，矯枉過直之時當事所不免，才力之士不受束縛，益自跳訣遝多懼而取之者，由是觀之，矯枉之云曾無益於得失之數也，諸君子超然遠覽，將為先輩於其身而扶偏挽重以與當世為先輩之論，則人心服，人心服則有行卷，有房書，有社選，天下文字之習以翕然亦其時然矣。」〔註214〕陳際泰也說：「夫靡靡者不足為也，成弘氣舊亦在所更惟多讀而厚養之，以獲道術性地精神之用而又衷於制義之體，以遵路而從王讀之者，居然時文也。而聖賢忠孝之旨與古今得失之故皆以具矣。了白一題、處置一題未必遂能任天下之事，其視夫靡靡者亦要為近之江上。」〔註215〕

　　眾所周知，文社的重要功能之一就是選取好文供士子學習揣摩，操選政者有上下去取之權，如同良醫選藥治病，責任重大，半分輕率不得，而如今選文有一大困難，「夫天下之論自不可一，以其不一，遂復為人之所眾，操此以見取人之法漸不如古，然亦足使其人之已遇者、已貴者，倍嚴於所未遇未貴之人，而世之以文字取人者，其懼必先於所未取，此不為無補矣。嗟乎，今之論文字者，亦安所一哉？」天下取人取文標準不可能統一，人們往往有從眾心理，如今以八股取士，以文字取人，乃世所公認，而已遇者和已貴者對於未遇未貴之人的要求明顯更為嚴格，而取人者也明顯比被選者心裏更為忐忑，所以說，如今之論文者，很難用同一個選擇標準。「十五國之風，車牽馬負而輳於几案之間，心惱手煩是非炫瞀，譬人於黑白甘苦之辨也，此淺淺者，然少示之黑謂之黑，多示之黑更謂白，少嘗之甘謂之甘，多嘗之甘更謂苦，人之舌與眼無亂於黑白甘苦之時，而有亂於多之時，吾輩非自處情之甚未有肯為是言者，至於黑白異好甘苦殊嗜，嗜好黨分，意氣橫立，天下之色與味於焉變矣，雖易牙、離朱無以相定，此復不病於多而敝於僻也，夫治多以敬，敬則能別，治僻以虛，虛則能平、能別而乎，以此相文字之理，推之天下無不可。惜今之世未有能為此言者也，此程墨星之選以付之天下之論，

〔註214〕羅萬藻，《此觀堂集》卷三《國表序》，第395～396頁。
〔註215〕陳際泰，《己吾集》卷二《同人年譜社序》，第609頁。

予安敢知，而自予論之是書之成，殆光明敦雅，有得於高文典冊之意者也。今天下之文過高者其趾險，過達者其輔離，鬼魅之異不如人物郊島之孤，不如牧馬高文典冊之意，懼其持之不一耳，持之而一，是較然不欺其黑白甘苦之說者也，不自欺之謂能別，不欺人之謂能平。能別而平其所持，以補救之情亦焦然，如扁鵲之見桓侯，不欲遲之三日之後耳。」〔註216〕古之先王以德行道藝選用天下之士，如《詩經》十五個國家土風歌謠被匯聚採集到一起，不同人不同地區，不同喜好不同脾性，語言習俗，判斷標準，幾乎就沒有共通之處，情況可謂複雜異常。而如今「不病與多而敝於僻」，各種文弊突出，過高者，過達者，等等，更難用同一個標準，否則就是自欺欺人，也可能流於「以彼之不一害此之一」的境地，更別談選文持論了，而「治多以敬，敬則能別，治僻以虛，虛則能平、能別而乎，以此相文字之理」則可以作為一個參考的方法。

當時房書之選以張天生為最，羅萬藻感慨其選文之功：「今取榜中諸名輩所必傳之文，與所謂或傳或不必傳，不必傳而必用於世之文，揭揭焉標而懸之國門，使不遇者知遇世之人，要自有一段苦心，不則自有一段氣機，以此平諸士之慨，而絕少年僥倖之藉日，其功一。若夫遇世之士，生平鏤肝竭胃，自有獨知不遇之士，敷圈演頌，不得其所存，祗增戚耳，使吾選誠足命知己，則吾所奉之，人服其未必奉者，亦服吾所取之文，服其不取者，亦服此以息文字之誤，而風好事者忠厚之心，其功一。」〔註217〕雖然贊張天生之選功，客觀上也對選家們作出了要求，選文者既要讓中舉的人服氣，又要讓落選的人服氣，要緩解士子的憤慨和怒氣，還要平息驕奢之氣和僥倖心理，同時要引導文風趨於雅正，不讓忠厚之士心灰意冷。由此看來，操選政者不得不慎之又慎。

最後，操選政者必須明確選文目的──正人心、息邪說。

《孟子》有言：「我知言。」又曰：「我亦欲正人心，息邪說。」羅萬藻認為孟子此言放於今日之時代亦非常準確，當今操選政者就是要「以知言正人心也」。羅萬藻感慨今日制義可謂極盛，自其束髮讀書開始，時至今日方才對是非去取之術有所懷疑，如今「海內一家操觚談文之士，倍官吏而半農夫，倘未敢偃然樹幟，異端爭鳴，學術獨偷取逢世之語，靦顏自恣，輾轉相師，漫

〔註216〕羅萬藻，《此觀堂集》卷二《程墨星序》，第366～367頁。
〔註217〕羅萬藻，《此觀堂集》卷三《張天生房書序》，第399頁。

渙無已」,「豫章嘗以經書理義之文倡天下矣,逾數年而天下以豫章為戒,目之曰幽渺,邇者雲間則又以昌明博大之文倡天下矣,今年來復聞天下以雲間為戒,目之曰膚漫,夫幽渺豈豫章之始,而膚漫豈雲間之初哉?使予房書衡今日脫稿,不失為房書衡之初更逾年,倘相傳讀抄襲不已,轉曰成陳厭其陳也,亦復依傍別出詭幻百端攢蹙不屬之字杜撰生拘之章蝥,口棘心弊,已見於前事矣。當此之時,雖六經聖人之語,亦無不狼藉人間,磔裂可歎,而況於其餘,則雖有苦心自立之文,亦安望其保全於世人傳無恙者哉?若此者,所謂利祿之路然也。」〔註218〕「十餘年以來,自上而下諄諄以正文體為言,而莫之或應,應亦未有善者。⋯⋯翻然矯時俗應功令者,必知爾間乃善耳。」〔註219〕縱觀當今選家天下,半官吏,半農夫,異端邪說,充斥海內,唯獨豫章、雲間可謂當世文社之魁首,他們苦心孤詣選文救世,最終卻被曲解成「幽渺」「膚漫」等文病,反被人攻擊,百口莫辯,究其原因,「利祿」使然。羅萬藻認為此弊來自漢武立五經博士,以功名利祿相引誘,一經解至百萬餘言,大師至萬千人,繁複枝蔓,牽強附會,空洞無用,而人心始變。所以操選政者選文雖然本其初心,以良心選文,但不能保證其傳播過程以及傳播效果,人們的理解和需求千差萬別,這些都無法被選文者所控制。所以,羅萬藻認為選家必須始終明確自己的選文宗旨,「故其止人心之端在息邪說,息邪說之本在知言。今知言、正人心之學獨當在上耳。在上者,為天子求人以佐當時之治者也,其任既重,一旦操衡尺蒞諸事夤使庸昧者,斥剿說雷同者,斥杜撰不經理埋失類者,斥責天下之上將以上為知言,懲於不庸而謹於自見其心,庶當有救。不然下之所非,上之所是,下之所去,上之所取,雖百孟子生於今日,何能有救?然則予是選何為者也?予亦能為是選而已矣,使天下見吾選無欺昧,不本心性之旨,反覆疊見腐爛可穢之文,此予今日是非去取之所止也。」〔註220〕從「知言」「正人心」的角度看,羅萬藻認為應該自上而下統一標準,操選政者要明白如何通過文字正人心,息邪說,否則,一旦操衡尺者庸腐,則難以想像所取之人與所取之文將會引起什麼樣的後果和連鎖反應,所以羅萬藻疾呼「使天下見吾選無欺昧」,嚴守宗旨,所有不本心性的腐爛蕪穢之文皆在廢黜之列!

〔註218〕羅萬藻,《此觀堂集》卷一《庚辰房書衡序》,第342頁。
〔註219〕羅萬藻,《此觀堂集》卷二《湯佐平進士稿序》,第379頁。
〔註220〕羅萬藻,《此觀堂集》卷一《庚辰房書衡序》,第342~343頁。

第三，關於如何選文。

首先，「文章選而得工，豈不以人哉」。

陳際泰認為在明確選文標準之前，首先得明確選文者自身的修養和素質。「惟諸士審擇而處焉，以無負其地，無負其功，今與無負使者丞然之心。」〔註221〕選文者有了這種心理準備，還得有如下要求：「文章選而得工，豈不以人哉？天選之必得其人，其說有三，一曰氣合，一曰目明，一曰意平。」〔註222〕選取文章如同沙裏求金，沙必須達到一定數量才能淘金，如果用一撮沙去煉金，就是一種僥倖心理，選取文章也是如此，雖然「文章之選在先得其主名，其素為名下者雖不合而合者為多」，但如今人才消長日有不同，人與文未必是相對應的，有可能人多而文少，或者人少而文多，皆不可勉強而致，也不可被繁辭巧言所蒙蔽，這就是必須選文者「氣合」。「文之匿於辭內，與文之飾於眾許，皆足以炫人神識，而中之有無不可以遽知，以不易知之，文投以不甚能知之胸，其事有不可言者矣」，作者以辭達意，意匿於辭，讀者循辭求意，理解上多少會有點偏差，這就需要「目明」。「先入之言成於胸中也，然其心猶無他也，今有人焉，意所得子可使垢石變為美境，意所欲非可使西子立成醜婦，天下安能以身之察察受此械械者哉。先入之不平未若此不平之甚者也，故其一在意平」，〔註223〕「今天下財用乏絕，但禁刻十八房與天下大小社，稿錢直墨直昏直可得十萬，而歲而聚天下之刻文，便可塞今日常山缺口，誠謂選者無當為是有激之辭。夫有激之辭，非常辭也，乃若可貴則有之，如婁東諸君子是已，而張受先楊子常實為冠冕。」〔註224〕每個人都有先入為主之見，選文者也不例外，所以尤其需要「意平」，不能做「有激之辭」。在陳際泰看來，「氣合」「目明」「意平」乃選文者之基本素質，只有對自己有清醒的認識，才可能辨別文章之好壞，如婁東諸君子可為冠冕。

千子乃選文大家，也是選家之典範，羅萬藻推崇異常。千子房書之選自戊辰始，古今《文定》《文待》之篇，目至浩繁，「余嘗謂讀近日名手之文，遂使人不復能自珍其胸腹，而千子自有四科之選，亦謂近日文字有為先輩者，有出於先輩而益加新麗，固宜非某時所及也……夫千子生平高語，先輩視時

〔註221〕陳際泰，《已吾集》卷一《陝西武闈錄前序》，第600頁。
〔註222〕陳際泰，《已吾集》卷二《陳臥子十八房選序》，第608頁。
〔註223〕陳際泰，《已吾集》卷二《陳臥子十八房選序》，第609頁。
〔註224〕陳際泰，《已吾集》卷三《楊子常全稿序》，第617頁。

人應世文字，不直一錢，今驟有傾折，以至於是，陳龍川謂天下大物須是自家氣力，可以幹得動、挾得轉，然後形同趨而勢同利，非可以安坐而感動之也。文字至今日，天下之智勇過矣，作者與閱者俱處於不自容易之致，故天下非安坐而得之千子，千子固非安坐而得之天下之人也，明矣。」〔註225〕在先輩時文不值一錢的年代，千子能夠耳聰目明，如同自家氣力，選優剔劣，天下人皆可安坐而得上好佳文，其功就在千子。

其次，「上不癖於古，下不累於時」。

羅萬藻認為選文必須「以所存明所廢」，他提出一個基本原則：「兩廢而存一」——「上不癖於古，下不累於時」：「昔之所謂古者，以不累於時，今之人所謂累於時者，乃以其癖於古，癖於古而外無所謂累於時者，今之文然也。然學古無癖，癖者，其徒之為而失焉，獨其病類之耳。孔孟之在當世純乎所謂堯舜禹湯文武之道者，然自游夏顒孫之徒再傳，而襍出於戰國之際，與萬章、公孫而外，所謂後車數十乘之士，無其寔而有其習，其足為當世醜詆者，亦誠有之故，後世之短程朱者，猶指其襲春秋戰國之態，以明彼均然則春秋戰國之時，謂非孔孟成之不可，而自虛談孔孟，妄擾程朱，而外亦無所謂可詆切者，故曰：獨其病類之耳，故亦曰：學古無癖。」「吾固將本豫章山川風氣之所產，與其地先正學術教義之所遺，謂吾鄉文獻若是焉，事將在百年以前之人，而豈徒子所謂數十年之內者乎？」〔註226〕羅萬藻提出此種選文原則雖然是針對豫章而言，但對其他地方的選文同樣有指導作用，選文無非就是將一方之所產與先正學術教義之所遺兼容起來。「上不癖於古」即學習古人不能流於邪僻，「下不累於時」即不為時習所沾染，其實也是一種比較公允客觀的評文標準。

不癖於古，不累於時，具體說來有如下標準：羅萬藻在《庚辰房書衡序》中提出三大原則：「予之為是選也，上之性情學術，交融互析，沐浴古義，附以偷眷，為可乘之文，一也。次之才格岸然，附諸一切，或姿致清韶，佳言如屑，不失為用，一也。又次之理明致白，狷子自存，滌諸嚚溷，寧瑕母偽以為可寡過，一也。茲三格者持以盡吾正告天下之意可以救矣。」〔註227〕陳際泰在《塗伯子辛壬之間序》中說：「伯子之文，大海回風，得昌明之氣，碎智滑

〔註225〕羅萬藻，《此觀堂集》卷四《四科簡要序》，第410頁。
〔註226〕羅萬藻，《此觀堂集》卷一《預章名社序》，第352頁。
〔註227〕羅萬藻，《此觀堂集》卷一《庚辰房書衡序》，第342頁。

辯，亡所侵忤，而微辭精理，氣候分明，致廣大而盡精微，古人以學道，伯子得之以為文章。今世以成弘矯僻違兩隱之習說，固不處彼周未得其單復之數也。如伯子者，乃足以拯頹振靡，何者昌明與精微有以兼之焉爾。」〔註228〕在《同人年譜社序》中還說：「夫以文章收士，亦冀得乎道術，該博性地明通精神挺勁者而用之時義，雖法嚴而體空，辭義不能多著，然亦可以見道術性地精神之用而靡靡者，於是三者竟安取似也。一題不能了白，安望其能了白天下之事，一題不能處置，又望其能處置天下之事乎？」〔註229〕在羅萬藻看來，出之性情學術，義理剖析透徹，理明致白，條理清晰，佳言如屑之文才是可取之文，其他寧缺毋濫。陳際泰則認為取文最終還得以「道術」為標準，要從文章見其道術、性地、精神之用，要兼具「昌明」和「精微」，氣候分明。其實二人觀點殊途同歸，都是偏重不癖於古又不累於時的佳作。

最後，「如欲變其文，當先變其俗」——治理「好奇」之病。

自隆、萬以來，好「奇」似乎成為一股無法撲滅之風，「邇來異士輩起，才情畢放，奇思奇局奇股奇句皆出，從前無有不知先正有所抑忍而不盡乎，將求為今日而未至乎？」〔註230〕「關中文字有文太清先生者，以奇霸海內，後鮮有修其業者。」〔註231〕「夫世習詰奇與雄盡耳，僻難句界昌劣深妙難於句界，既已棘口不能疾，邀劣干深妙，復以違心不能賞詣，邀阻於外，賞失於內，不精不神蓋可知矣。」〔註232〕雖有豪傑數次革除，終究還是勢單力薄，不了了之。江右諸子認為革除「好奇」之風是操選政者首當其衝之任務。

羅萬藻認為操選政者要想起弊扶衰，「如欲變其文，當先變其俗，使人日用而不自知也」，所謂「風俗正則文章盛」，〔註233〕要想改變文風，首先得治理惡習，在潛移默化中滲透改革，文風治好而人不自知，就是最佳狀態，這又是對操持選政者的另一個要求。當代士子惡習風氣之一就是「好奇」，若「好奇」之風得以被糾正，昌明博大之文才能對士子起好的引導作用。要治「奇」，其中一個方法就是以「奇」治「奇」：「蓋二三十間文率弊於奇耳邇者，學人好奇之情稍定，復入而纏綿於名理幽約泮漁不能自出，其為患幾不可名而識者，

〔註228〕陳際泰，《已吾集》卷三《塗伯子辛壬之間序》，第620頁。
〔註229〕陳際泰，《已吾集》卷二《同人年譜社序》，第609頁。
〔註230〕陳際泰，《已吾集》卷二《鄭玄近新刻序》，第610頁。
〔註231〕羅萬藻，《此觀堂集》卷二《劉光斗進士新稿序》，第367頁。
〔註232〕陳際泰，《已吾集》卷三《塗伯子辛壬之間序》，第620頁。
〔註233〕羅萬藻，《此觀堂集》卷四《郡司李張長正公祖制藝序》，第415頁。

知其病生於奇，非以真奇震盪之不可耳。蓋元人讀藥書謂凡物生於是氣之中者，固必將有用於是氣也，何也？為有以勝彼之氣而生也，勝之則能治之矣。」近世「好奇」之風昌盛，所謂一物克一物，要治「奇」，則需用「真奇」震盪即可，羅萬藻認為「予以治奇之說望之張公祖之理也」，郡司李張公祖就是「真奇」者，其人品文章「並負海內人譽，而辱為撫司李，其人蓋恂恂聖賢之徒也，而其文則光色晶異，燦如霞城，望之不可目定，意之不得其精紐之所居，予謂此文字中真奇種也，崇此可以治天下之奇」。張公祖如同唐之韓愈，以古文改造駢文，以「奇」治「奇」，方有古文之興盛。所以羅萬藻呼籲「所謂操文字之權者抑亦可以得其一說歟」，操選政者也可從中借鑒一二。〔註234〕

　　另一種情況就是辨別「真奇」和「假奇」。陳際泰說：「天下之號為奇者，非能奇者也，局奇矣。按之而不得其法之所存，辭奇矣，按之而不得其故之所存，理奇矣，按之而不得其脈之所存，此文之三暗也。下以此為習，上以此為牧，傚之者心誠服其利，一哄而從之，而奇遂為天下所詬厲耳。」〔註235〕真正攪亂文風為天下所詬之「奇」乃不得其法、不得其脈之文，要麼辭奇，要麼理奇，幻渺尖屑，皆是以罕見為奇，為「奇」而求「奇」。此乃「假奇」，當批評革除。也有「真奇」者，如後學吳先民「束髮攻苦，諸所登木者變動不居，伎屢遷矣，而本其典常大要，皆有嘉隆大家意，大者與衍弘深追風太僕，小者亦復古崛開奕不落繁音，凡近日幻渺之致，尖屑之習驅掃殆盡。甚矣，先民之有志節也，有法可尋，有故可稽，有脈可味，如先民者，豈復易得夫奇者，天下之散辭也。」〔註236〕有理有法，有嘉、隆大家之意，可謂「昌明博大」之氣，此乃真「奇」，應該提倡。

　　羅萬藻又提出「奇平無定端，雍容衍裕而兼取之」，在《張平子文稿序》中，他以張平子為例，講述「奇平」兩端之論。平子弱冠就以奇震天下，也屢次因「奇」而落第，後自入深山，不與人交，人也不知其所為。平子不易其奇，六年後竟以其「奇」而中。平子沒變，但閱者心態已變，所謂情移慮遷是也，因此可知「學問之變，奇平本無定端，而為奇平之說者窒也」。「平子近日所為文悠悠焉，落落焉，凡險思激理，絕乎人世之談，寬以列之，曲以蕩之，周旋既極，隨其委而取之。奉其他日之所謂奇人文字之中而不駛於急，夫不

〔註234〕羅萬藻，《此觀堂集》卷四《郡司李張長正公祖制藝序》，第415頁。
〔註235〕陳際泰，《已吾集》卷二《吳先民新藝序》，第612頁。
〔註236〕陳際泰，《已吾集》卷二《吳先民新藝序》，第613頁。

駄於急則優以遊，優以遊則雅以適，能雅以適則譬五嶽之在大地，起伏自然，不害其坦，此以奇人平之妙理，世之好為奇者，不能究知也，此亦平子之極致也。」〔註237〕所以說「文字之論平奇兩端而已」，文字之奇平如同五嶽之在大地，起伏自然，平之奇之，奇之平之，看似兩個極端，實際上觀者角度不同，結果也就大相徑庭。所以操選政者在評判「奇平」之時，不可過於拘泥，也許他日之「奇」就是今日之「平」，不可不留心細查。

第三節　婁東派的八股文批評

　　張溥與張采惺惺相惜，作為婁東派的突出代表，二人在多篇文章中互相推崇、互相褒揚，作為為人為文之典範。縱觀二張文集，集中系統論述八股文理論的篇章較少，多零星片語，散見各處，關係到社事、選文、科舉、人才、德行、作文等方面，雖論述不成系統，但涉及面廣，亦有可資借鑒者，暫總結數條，以供參考。

一、關於科舉取士

　　關於科舉取士，前人論述較詳，至啟禎年間，無論是學校教育，還是時文創作，都已經弊無可返，各文社諸子登高而呼，起衰救弊，一腔熱血，雖略有成效，但積重難返，無法撼動其分毫。對於這點，張溥看得是比較清楚的，他認為自漢以來舉薦賢良，雖廢黜百家，獨尊儒術，士子進階之途還是多樣，「不聞專塗簡冊一於繩墨」。自隋唐開進士之科，唐代殿試制度較成熟，天下士子爭相趨附，「於是功名之路齊於一致，他品淆繁難與並轍矣」。宋代分進士、明經二科，本無輕重，但是「王安石獨申明經以抑進士，意欲黜離詩賦，盡歸經術，而矯枉過甚，其流偏激」，所以自南渡而後，士子多偏進士一科。迨國朝以八股取士，間雜薦舉，雖然未成定制，但國初旨尚簡要，風尚敦樸，還是錄取了一批有才之士，隨後「不就科目者猶有潔方守正之士隱名其間，浸尋而降，榮徑日開，利巧之徒穿鑿求用，專一法以制之」，「上欲舉廉，下皆敝車羸馬，上欲舉孝，下皆刲股廬墓」，情況開始惡化，「程弓撥矢不足以得將帥之才，削墨引律不足以畢公卿之智，與其數變法而無當也，莫若舉舊法而申儆之」。之所以「進士」稱號如此讓人趨之若鶩，「以其選之

〔註237〕羅萬藻，《此觀堂集》卷四《張平子文稿序》，第 416 頁。

之難也，其所以選之難者，以其學之皆出於聖賢也」，三年一大比，一國之中由鄉到縣，由州到國，錄取比例大概是幾十數百比一，「此一人者，天下之所望也，惟此一人之所恃者深，是以抗然自進而以為不疑，惟天下知此一人之所恃者深，是以甘為之下而群相慕傚，使不責之以實」〔註238〕，就是這種眾望所歸之感讓無數士子前仆後繼，義無反顧。進士立石題名始於洪武年間，以德才之士推崇褒揚之，可謂顯達於天下，張溥在《進士題名記》中說：「夫有志之士，援古自況，嘗陳列鍾石，追覽圖像，憪然久之，雖曠代不可庶幾之哲，發聲太息欲與同朝，今之碩人君子遠不逾二百年，近則五六十年，遽謂日月荒絕，末繇景行，度非大雅所以自處也……」〔註239〕在拜賜之日有殿語：「一曰士習視朝廷所尚尚典，實則日厚尚虛華則日薄，再曰取士不尚虛文，欲得忠鯁為用」，國初士習敦厚而不尚虛華與進士一階的平易近人無不關係，其後則日益荒蕪，難以遠追。由此看來，明末學校教育、考試制度、文章創作等諸多弊端，皆由於「進士」一途，「昔之論治者曰古之政與教一，而今二古之養士與任官同而今異，兩者皆害之大者也」〔註240〕，在《癸酉行卷定本序》中張溥也說：「不行封建不可以井田，不修學校不可以選舉，今天下庠序之法壞矣，猶幸有私居之論足以正其是非，傳於不墜，不得已而假時義以行之，託飛鳴之言，寓憂閔之志，非四亡又誰望焉。」〔註241〕在《周彝仲稿序》也說：「夫功名之至，私而有之者淺，公而用之者深。」〔註242〕所以，張溥認為必須「革其弊而務本焉」〔註243〕，所謂「先諸德而後諸事，蓋言本也」〔註244〕。

　　張溥認為要想革除弊病，必須革除這種「本學不明，以末事為功」的趨勢，否則，雖極天下之智，也是舍本取末。他在《劉客生稿序》中指出當今士子以為「文章之體，使人矜伐，故忽於持操，果於進取」，他卻認為「忽持操果進取者，此天下之躁士，自其性有之，非文章所驅也」，「夫庸常之士，慎無重視舉

〔註238〕張溥，《七錄齋詩文合集》館課卷一《進士說》，臺北，偉文圖書出版社有限公司，民國66年，第1085～1089頁。以下張溥引文出自該集者，只標注篇目、卷數和頁碼，其他略。
〔註239〕張溥，《七錄齋詩文合集》館課卷一《進士題名記》，第1170頁。
〔註240〕張溥，《七錄齋詩文合集》館課卷一《進士說》，第1089頁。
〔註241〕張溥，《七錄齋詩文合集》古文近稿卷二《癸酉行卷定本序》，第247頁。
〔註242〕張溥，《七錄齋詩文合集》古文近稿卷六《周彝仲稿序》，第642頁。
〔註243〕張溥，《七錄齋詩文合集》館課卷一《進士說》，第1089頁。
〔註244〕張溥，《七錄齋詩文合集》館課卷一《進士題名記》，第1171～1172頁。

業，重則其心益困；高明之士，慎無輕視舉業，輕則才無所歸」，〔註245〕這種心態直接導致士子對考試中三場的重視程度。其實，只重首場不重二三場由來已久，張溥認為：「二三場之不得其說也，皆繇於人之易視之，其易視之者非以為不足學也，以為學之而不及於用，則相與棄之也，已棄之日久而其說彌下，一旦欲出而責其所能，則勉以可應者為言而稽於所不信，於是守其鈔撮之文而沒其論議之實，君子常傷其身之已榮而言之無體，則智識淺寡同於堙曖，安在有達人之名乎？」「今之主文者溺近而忘遠，盡其涉筆之情及於經義，即已為勞，若無庸焉，矧其他乎。是以科目之出，人名傑然，而末場之作忽而不道，此予所私用憤邑，竊議為當今制舉之格，官損其兩試，並之一日，蓋深悲其無用而費時，上無所取之而下不必其見答也。」〔註246〕「蓋後場形體雖大，總括題目，不過數十小慧之士諷詠一月，大致可見，閱者厭棄所熟盡空，諸有則枵虛競長，於理無當，苟專取蹠，實汪洋之觀，觸目皆是，言歐蘇之言者非歐蘇，稱賈董之稱者非賈董，造富隨貧」〔註247〕，他與周鍾、張采等人日夜思救之，但「學者之緩急必繇於居上之好惡」，只能「踵舊文而增之益之」，從國初三場並重中取其法，挈綱整目，「安常而不言察當事之令，則曠績而不究，然則閔閔以存其謂之何，或者就所流閱，發其尤異，科不必其多，人而得其一，即可以為訓，則孔子之書、姬氏之籍，不至壅絕於王道也」。〔註248〕在《二三場合鈔序》中借馮鄴仙之口也說：「科場條貫大指在重二三場法，最簡當二三場之學，視第一場難且十倍，兢兢重之，舉世所知，獨嚴重之法……欲重論學先表論題，三年之內使人分習經史，即從本書標題數千，便人講貫，及試之日，源流粲如，策則分對策、制第二途，對策依問作答，問輒數十條，如宋帖括明其本末，不溢他語，制策直陳所學文章百變，古今萬言司其喉舌，無所不顯，表則據事，切韻必本，風雅短長易識也。」如此，則朝廷取士絕非空言。雖然當今格法少開，街巷市販、刀筆米鹽皆欲登廊廟，張溥認為如果以二三場試之，封策博雅者兼作論表，則高下立判。而當世絕才如陳臥子、楊子常、顧麟士等人，經學純儒，其所談二三場如「人衣會事，尋常切實」，雖「閉門造車，出而合轍」，如此，則不怕人才不至。〔註249〕

〔註245〕張溥，《七錄齋詩文合集》古文近稿卷四《劉客生稿序》，第370頁。

〔註246〕張溥，《七錄齋詩文合集》古文存稿卷五《增補舉要錄序》，第988～989頁。

〔註247〕張溥，《七錄齋詩文合集》古文近稿卷五《二三場合鈔序》，第541～542頁。

〔註248〕張溥，《七錄齋詩文合集》古文存稿卷五《增補舉要錄序》，第989頁。

〔註249〕張溥，《七錄齋詩文合集》古文近稿卷五《二三場合鈔序》，第543頁。

二、主體修養──才、學、德之辨

歷代讀書人無不強調「學成文武藝，貨與帝王家」，有德有才，方能實現自我、報效國家。時文作為進身之階，雖然要求繁多，但作為文章之一種，也必須發揮才德，積累讀書作文之經驗，也符合文章厚積薄發的基本規律。

首先，張采強調「天生我材必有用」，士子必須不負天地所生之才，如何盡其才成其才是第一要務。張采說：「天地生才不易，既生才，即日夜望其成，不啻父母之望子。世教衰，急趨功名，上者躭文章，不知功名是才子餘事。趨亦得，不趨亦得，與其趨也，三公竭貴。文章亦才子餘事，天地生之，所期不止此。若躭而畫，縱司馬相如，不過臨笻道客，西蜀文人，何足繫輕重。所以不肖絕去兩端，專事理學，非絕功名與文章也。絕功名將絕經濟，絕文章將絕經史。經濟絕，世何由治平；經史絕，世何由聞見。但理學中兩者具足，離之則為枝葉，不肖正絕去枝葉，專務根本耳。年丈文名在天下，其反而求之身心，一轉盼弘儒矣。兩程子及陽明，未嘗不教子弟應試，未嘗不教子弟讀書作文。至於字句商確，反覆不苟。蓋必如此，斯謂之成，斯不負生才者所望。不然，總謂之無成，亦總未盡所生之才。」〔註250〕天地生才不易，如同父母望子成龍，希望才士能盡用其才，而所謂「盡其才」並非專事文章，張采認為文章乃「才子餘事」，天地生才，絕不僅僅期望如此，而如今所謂的很多才子卻專事理學，只求文章功名，如此則經濟絕，文章絕。兩程、朱子並非不教子弟讀書應試，而是人要盡其才。張采在《陳似木稿序》中感歎：「陳氏子弟，得天者半，而成為似木，又無負乎得天之半者也。」不勝欣慰之辭溢於言表。〔註251〕張采非常推崇張西銘，說他結髮讀書，抗言忠孝，「天於張子，謂之何哉！富以才，賒以志，獨嗇其年。使才不竟用，志不麗業，倏忽莫測以死，則所以生張子者奚居？……為一代名臣，豈僅文章顯？即文章，龍門而下，張子曾不謂極。」〔註252〕他反覆強調，西銘乃天賦英才，不獨以文章顯，而天不假年，未能盡其才，實在一大憾事。

其次，強調文貴積累，需勤奮讀書，務為有用。張溥在《孫大宣稿序》中說：「鼓舞者非柔，縱木熙者非眇勁，言累漸也。以喻文字，千日之積一日之

〔註250〕張采，《知畏堂文存十二卷詩存四卷》卷一《答龔子書》，《四庫禁燬書叢刊》集部第81冊，北京，北京出版社，1997，第537～538頁。以下張采引文出自該集者，只標注篇目、卷數和頁碼，其他略。

〔註251〕張采，《知畏堂文存十二卷詩存四卷》卷二《陳似木稿序》，第563頁。

〔註252〕張采，《知畏堂文存十二卷詩存四卷》卷三《西銘近集序》，第550～551頁。

通，其道猶是。當夫積者默默，物化不關其懷，四時不形其意，其視聲名猶委
土也。迨通達能應榮聞周隨御者固然取諸懷，近則巧者詘心，誇大變慮矣。」
〔註253〕在《吳於民稿序》中也說：「夫聞名不必相見，一見即不能一日去，古
人交致皆然，讀書之道亦猶是也。誇氣而無當，侈交而鮮宗，世之求名者率
路也……是山同也，人則有異，書固在也，讀者難矣，得於民一卷之文，悟天
下無窮之業，知不在巢公之巢，壺公之壺也。」〔註254〕千里之行始於足下，
讀書作文尤其如此，歷代作者都能認識到這個真理。張溥形容其好友孫大宣
讀書：「閉門論誦，數更寒暑，間苦疾病，謝絕朋與退而著譔。」〔註255〕張采
形容張西銘讀書也是如此：「輒閉門構思，方其經營慘澹，人影擯絕，而名山
矜勝，嘗味一嚵。張子日高起，夜分後息，起即坐書舍，擁卷丹黃，呼侍史繕
緣。口占手注，旁侍史六七輩，不暇給。」〔註256〕張采評其友朱子強讀書：
「所得於經史百氏者，既浸浸矣，觀天知天，察地知地，其於古今治亂興亡，
與人生窮通榮悴，無不通微達幽。」〔註257〕也就是說，只有勤奮讀書，方知
天地古今，作文才能通微達幽。

所以，要想厚積薄發，讀書則為第一要務。張采經常感歎：「才學一塗，
患不足，亦患有餘。患不足者為不學，不學，則不能安其才。患有餘者，為不
知學有日進，不知學有日進，則不能安其學。單家儉族，粗任辭章，即矜忮不
攝。蓋寡所聞見，遂溢而為誇，則非才學之患，所以居才學者之患也。東南推
陳氏學，讀古經通，務立體用。」〔註258〕即使天生我才，也需後天努力，方
能成就大事，不學不能安其才，文章一途亦然，過猶不及。所以張采強調才
與學的辯證關係，「教子弟以文章者，當使之明於讀書」，工欲善其事，必先
利其器，要想作好文章，必須讀書，而且是讀好書，才乃必由之途：「如水然，
無用鑿封；如由然，無用壘崇。則非有他智巧，童而習之，以至於長，目不見
非僻之書，耳不聞淫麗之句，雖欲流而卑下，其道無由。故曰：良弓之子必先
為箕，良冶之子必先為裘。」〔註259〕得乎此，則通乎彼，積累到一定程度，

〔註253〕張溥，《七錄齋詩文合集》古文近稿卷二《孫大宣稿序》，第239頁。
〔註254〕張溥，《七錄齋詩文合集》古文近稿卷三《吳於民稿序》，第340～341頁。
〔註255〕張溥，《七錄齋詩文合集》古文近稿卷二《孫大宣稿序》，第239頁。
〔註256〕張采，《知畏堂文存十二卷詩存四卷》卷三《西銘近集序》，第550～551頁。
〔註257〕張采，《知畏堂文存十二卷詩存四卷》卷三《朱子強蒼崖子序》，第551頁。
〔註258〕張采，《知畏堂文存十二卷詩存四卷》卷二《陳似木稿序》，第563頁。
〔註259〕張采，《知畏堂文存十二卷詩存四卷》卷二《葉必泰稿序》，第564頁。

作文自然水到渠成。張采在《大士之燕草序》中借天如之口說：「多讀書則自能。」具體讀什麼書，張采認為一推韓柳，一推史書。「且文亦何容易，如集推韓柳……會稿竣，合前後古文二集，縹緗成冊，以擬韓柳諸家。」〔註260〕「吏事通於為學……今讀書非務不急，正恐典籍日遠，將與人情漸不近，故以居官讀書，為宜民大要。受之功利不足動，湛然高深，注於今古者有素。是以政有本末，溫溫養人。則受之作吏，皆其為學，二十餘篇中，有治道在焉。惟天陰騭。惟王三載考績。苟全乎為學，則小人是依。」〔註261〕無論讀韓柳諸家，還是讀二十一史，最終是為了「明理」，「子讀書時，即聖賢尋理，即理反求」，「即事循理，即理見性」，時文即載道之言，讀書即為明理，明理方能作文，如此，厚積薄發，循序漸進，「功至前後際，譬冬盡行春，機氣芽苗也」〔註262〕，讀書明理，則功到自然成。

最後，關於「德」的修鍊。自古「才德」一體，儒家強調有德者必有才，從來對士子的要求都是「德」大於「才」，在婁東諸子看來，要寫好八股文，「德行」的修鍊尤其重要，張溥與張采在多篇文章中反覆提到過，如「守身修德」「端身修行」「閉門靜思」「清廉」「忠孝」等等，都是作者之必備修養。

張采認為言由心生，強調致虛極、守靜篤，關鍵在「養」：「許子精養生，養生之言，曰致虛，曰守一，虛乃靜，一乃專，靜專之人其於邇言也固宜。」〔註263〕張溥在《沈鉉臣詩草序》中強調「清則憲綱行，勤則事物無不理」，讚歎沈鉉臣作品「涉目諷吟，必極情性」，且「生平純德，師法必言聖人，成名以來，敝居布服，恂恂書生，為令久，家且更貧」，贊其恬淡廉潔之趣。在《莊叔鼎稿敘》中他說：「志善者，進焉一辭退焉一辭，君子於此受之，可以終身而不讓……語云處動而靜，斯可以觀學矣。讀其文，盛雲雨蓄萬物，古人膏澤之所出也，且於理也當樂得而擊考焉。」處動而靜方能志善，可以觀學而作文。在《壽曹母張孺人五十序》中也說「淡泊寧靜，諸葛之遺言……夫篤謹之士患不廣大高明之家，思不恭儉二說者皆聖賢，所以造就人材，父母得之可以教家，子弟行之可以致孝……益篤於道，振先人之隳業而厚其將來。夫得天全者不求助於人」〔註264〕，張溥反覆強調其家學淵源，受經義，明古術，

〔註260〕張采，《知畏堂文存十二卷詩存四卷》卷二《大士之燕草序》，第553～554頁。
〔註261〕張采，《知畏堂文存十二卷詩存四卷》卷二《孫受之稿序》，第561頁。
〔註262〕張采，《知畏堂文存十二卷詩存四卷》卷三《羅繡仲儉齋新義序》，第573頁。
〔註263〕張采，《知畏堂文存十二卷詩存四卷》卷三《邇言序》，第575頁。
〔註264〕張溥，《七錄齋詩文合集》古文近稿卷五《壽曹母張孺人五十序》，第472～

直節勁氣，風流不減至今，在當地影響很大。在《房稿香卻敵序》中他談到其友人徐亦於乃異人，少年不樂家業，去深山事浮屠，性靜遠而能忍，在山中每日僅以勺粥果腹，斷酒止念，慮存精神，「若恍然於所謂太上之理者」，七年講於老子之說，再三年則陰陽星氣、醫筮雜家無所不通。張采則從其經歷所獲良多，「以為儒者之道始於父子，正於君臣，吾未能得君而事焉，猶之乎不學也。夫惟既得其君而事之，明其生平之欲為，然後功遂名立，休乎無營，徜徉空山之間，物機息而天復庶乎，其可安也。若然，則亦於不能邃釋於今之文有以也，謀國之大不容小已，求其事君之始，莫不緣制義為徑遂，雖士之輕萬物薄千乘者，欲因時以自達，循其所守能，兀而不俯乎，亦於瑩心遐照，遍察今文入意者寡，而終行尺度之中」，〔註265〕所謂「時藝」，也需修身養性，如徐氏一樣，在深山之中心齋坐忘，得其空曠之情、玄妙之思，君子父子之道則了然於胸，文章經濟也是囊中之物。張溥在《華方雷稿序》中說：「君子之立教也，使人學問必先氣質，其氣質根原必緣孝悌，夫能孝則知有親，能弟則知有長，達之於學古之聖賢則親也，今之正人則長者也，見聖賢而如子所以愛親，見正人而如弟所以承長，則內虛受而外勸勉，即欲卻而自遜於道不可得也」〔註266〕，學問還是根於氣質，氣質根於孝悌之道，如此道勝而文自至。在《徐朱二子合刻序》中也說：「以不相知之人與文而欲泛濫其稱述，雖累言數千與其人其文無與也。若夫習而道之者一言已當，況其多乎？是故聖賢之名遠大而難予，自士之有為者視之未見其不勝也，何則以其才與志命之也，夫定志於中而才及於外，奮其英果則有導心之善，闊其領涉則有忘形之勞，緣此而將無不達矣。……始起以清文，終歸於鑠行，亦儆之所積也。蓋吾郡之不文者類多治容服，好戲謔，無廉恥之思，見人之美則深刺忌，其賢者率以節義自高，忠厚寬易，樂人之善，如不及好身倡而不華於口語，凡士大夫皆然，雖緣於至性，殆成一風俗矣。」〔註267〕志於中而形於外，有導心之善與忘形之勞，則無不達，起於清文，終歸鑠行，若將節義忠厚推而廣之，則將成為風俗，有益世道。在《行卷小開序》中說：「以修身敬戒，則諸開之旨包矣，其文有曰：何修非躬？何慎非言？何擇非德？此帝王之辭達

473 頁。

〔註265〕張溥，《七錄齋詩文合集》古文存稿卷五《房稿香卻敵序》，第 1009～1010 頁。

〔註266〕張溥，《七錄齋詩文合集》古文存稿卷三《華方雷稿序》，第 844 頁。

〔註267〕張溥，《七錄齋詩文合集》古文存稿卷三《徐朱二子合刻序》，第 895～897 頁。

乎庶人者也，學者實其事，不敢廣其說，使濫耳而不切，未有涉而過竟焉，亦整敦之度，太山汲泉之測重淵矣。或者分殊之以為逸文之傳其意，是耶？非耶？無所用原也。」〔註268〕在《程墨大宗序》中說：「且修身大務，而文章次之，命又介乎然不然之間者也。不信乎命則不可謂君子之不遇，而泊少乎仁義，既信夫命則不可謂小人之必遇，羨其榮寵而忘其衰賤，使世有雄俊有為之士，當事而察。」〔註269〕在《龍壺稿序》中說：「天下有修之於闇而可得而舉者，其文之謂乎，及考其廢興，則王國之事若有世德焉，何則文之成就因乎其時，材分所出，有變有正，強而同之累代，而不喻要於齊，用則皆顯榮之具也。惟以文繫於人，以人繫於世，前之發揚不輕，而後之承受有敘，篇文之出，莫不明德行之流，道藝之本，以之推於古者隆盛之驗，如家至而日見，未或隱焉。」〔註270〕都是強調修身在文章之前，文章與人品相伴而生，不可偏廢。

　　張采也說：「學有體用，不以功業表見……論治須求根源，不當從半中入手者……守身修德，不可虛飾」，他強調陽明之「致良知」，「無現成良知……良知須實踐」「宋儒制行，足以取信，非空言動人」，精微謹慎，簡易真切，要有乾惕憂患之心，守身修德關鍵在於實踐躬行，而非空言。〔註271〕「讀書積古，端身修行，內事其親，外交天下之賢人正士……和敬相足，可謂順矣……此可以知君子之所以自處……君子思天之生我也，將以用我，則無一刻可以逸其身，與荒其心者。是故，遇不遇，皆有分焉。循分而求之，蓋未可苟暇也……閉門靜息，發悟成章，措辭為典……夫君子遇則以行，不遇則以言，以行以言，皆所以有立也，有立所以有終也。」〔註272〕雖然張采將才子之遇與不遇與其修養聯繫起來，但作為才子成才必經之途，還是需先修身然後作文，方能有所立有所終。

　　作為修身讀書之典範，張采最推崇其師興公先生，以及陳大士、張天如等人，士子當學習之。

　　其師興公先生，陶適性情，度日消月，雖其天定，不懟君父，不作怨尤，係再經冬，講論不輟，「功名之際，小斂鋒鍔，隨流平進，亦可坐致豐顯。然

〔註268〕張溥，《七錄齋詩文合集》古文存稿卷四《行卷小開序》，第 951～952 頁。
〔註269〕張溥，《七錄齋詩文合集》古文存稿卷四《程墨大宗序》，第 957 頁。
〔註270〕張溥，《七錄齋詩文合集》古文存稿卷一《龍壺稿序》，第 663 頁。
〔註271〕張采，《知畏堂文存十二卷詩存四卷》卷二《陽明要書序》，第 543 頁。
〔註272〕張采，《知畏堂文存十二卷詩存四卷》卷二《朱子強蒼崖子序》，第 551 頁。

於己則得，使人盡如此，國家何賴。則先生一再攖觸，其氣決心往，區區義發，豈暇身計。本不計身，適得顛躓，故曰天定……既有名實，復昌古學，率子弟選錄，不下數事，淮以南，文格為一變……晨入署，理正務，退則闔門著書……宵旦讀書之暇，取新貴房書，評量高下，斯其託寄，可謂淵至……今知先生所謂其於易學，不止象數，已平夷險，等哀樂，一之於忠孝矣。」〔註273〕居家則讀書作文，為官則心繫百姓，一切歸於「忠孝」二字。

其友陳大士，尊於天下幾十年，乃文社諸子之表章，「大士有言，吾輩如山中之鶴，無意爭人間腐鼠，獨表其聲為清高，猶欲殺而烹之乎。驟接此語，可為惻惻。夫大士固非一代之才，其為文，辨明起，日沒需火止，中間可得三十五六義」。張采訪其寓室，卷篇分積，丹黃之次，大士生平無師，五六歲時雖流落在外，經義自學能誦，七八歲隨父守田山下，三日通毛詩全義，能駁難注家，確實天分極高。平時與嫂氏以家務立文限，刺苧一縷，成文幾首，飯熟文幾首，湯熟文幾首，相鬥為戲，輒不失度。大士精通史學，為日不多，已盡二十一史，「服對，則質疑義，談古今，凡所稽核，必徵人徵地，名實不遺」，他自己如此修鍊，對其二子也不含糊，「士鳳年十六，士驥年十四。試之。鳳一口完十四義，驥完十義。子函其文示天如曰，見兩郎，知大士非假，此亦罕事，足以破疑」，即便如此成就，「名在天下，從未嘗有矜色」。所以張采說「大士之才，毋論今日，無倫前此後此，當絕倫輩」。〔註274〕

張采多次稱讚天如，認為他無論讀書，器識，作文等皆強於自己，也堪為典範，「專內者遺外，志大者略小，其天質然也」。張采在其文稿序中列舉了倆人許多舊事，倆人相交甚深，如同親兄弟，從其生平到其性情，無不推崇備至。「天如器識百倍予，相與晨夕，知不及，則益知不足駑馬逐驥，日瞠乎後」，「凡所謂者天如性近於君子，而又克砥為君子，克砥無多讓。性近則天人懸，鈍者屈矣。天如小予六年，所讀書較予不下多幾萬卷，卒未嘗有驕色」，「天如靜無侈言，難於發人過。予遇事風起，多失當，天如退而規諸是。兩人行止弗離，偶一事不經折衷，則數日不決。為文一首，不質對，終不輕出」，「正身修學，於凡經史之言，日不去目。漏過子刻，猶極莊敬。蓋其所躬行，雅與古人親。故若對師友，悅而忘厭爾」，「天如少孤，事母盡色養，與諸兄弟處，小大有倫，美惡有方。即今一日中，不在膝下，則坐斗室」，天如不

〔註273〕張采，《知畏堂文存十二卷詩存四卷》卷二《甲戌文規序》，第562頁。
〔註274〕張采，《知畏堂文存十二卷詩存四卷》卷二《陳大士稿序》，第555頁。

光是孝友躬親，還收養好友之遺腹子，視如己出，讓人感歎不已，「貴賤之際，人輒忘交，況乎其生死，且死者未嘗有知己之言者乎！以人之子為我子，而家之中無不以為我子焉，難矣」。〔註275〕「所謂七錄齋者，舊楹堊壁非有完美，終歲黽勉其中。正言端行，則古昔稱先王，切切忠孝廉節，辨論既多，長短乃著。則惟覺天如心平，且性厚。夫人日事誦讀，身叛其義者，縣天分薄劣。故矜己凌物，令人望而卻，況與久處，且弗求友聲，況於載籍。維心平而性厚，則五經六藝，如受師說，領家訓，通諸講習，因以畜德。故天如孳孳道古，使人忘其淹雅，樂其淵懿矣。且人倫之際，天如所處極難，乃事事反躬，上篤祖宗，近念父母」〔註276〕，此皆修身養性之典範。有如此之修養，必有如此之文章。「文者小道，天如視同敝帚」，「此舉子業，雖先資，直同敝帚，何足定天如衡量」「且文雖小道，又如之文，其於十二經之表明，與二十一史之詮次，皆有撰述」，在張采看來，文章小道，不足以盡天如之才，所謂「道明德立，功用豈止經史。然以天如之才而自期之遠且久者，是亦可以戒人之妄為而欲速者矣」。〔註277〕在《天如合稿序》中張采也說：「天如非名士，蓋賢士也」，「材質通敏，凡古今載紀，無不泛濫辭章，考厥故實。所為文既師表一時」，韓愈文起八代之衰，四百年後，得歐陽修推尊於人，張采認為「吾黨相期，雖个以韓歐為歸，第以文詞論，則韓歐之後，能不以繼緒之事，任諸天如乎」〔註278〕。

三、創作原則

（一）「復興古學，務為有用」之宗旨

張溥素來不喜時文，特別是當下之文，難以入眼，「予素不樂觀時文，近益復畏之，間以文質難者，讀未盡三四，義輒欠伸欲睡。是以年來房書社文之選，概屏不為，非獨省事卻怨，亦以便性所拙也」〔註279〕，張溥對時文現狀的批評亦隨處可見，如「布衣之言陛於有位，在位之人出言以利天下，其道一也……貢舉之文，即不若封事，章駁專主糾愆，然揚於王庭，其事最著，暶暶之目，且夕覽考，美王公者不必宜於國人，布公道者不必中於

〔註275〕張采，《知畏堂文存十二卷詩存四卷》卷三《天如稿序》，第566頁。
〔註276〕張采，《知畏堂文存十二卷詩存四卷》卷三《天如合稿序》，第567頁。
〔註277〕張采，《知畏堂文存十二卷詩存四卷》卷三《天如稿序》，第566頁。
〔註278〕張采，《知畏堂文存十二卷詩存四卷》卷三《天如合稿序》，第568頁。
〔註279〕張溥，《七錄齋詩文合集》古文近稿卷一《房書藝志序》，第117頁。

時會」〔註280〕,「文章大勢,三年一易,前後爭勝,各以相反為高……役役目前,私尊所聞,朝取暮捨,變化無塗」〔註281〕,「古文之道,與時秖相上下,盛衰之衡,因人所好,作者不能自縶,然物候既至,理有恆貴,欲以辨力矜尚,不攻而屈。當夫道風頹敝,士習懦論,四海同波,舟楫靡屆,與言大士之文,正仁義,明得失,孰不同聲姍笑,指為見怪者乎。乃介生一唱,六合從風,間有姣妬,外示不服而中含愧歎,齒牙治兵而詞實竊取,此亦足以見人心之不差大雅,難以妄託也」〔註282〕,「時義速朽,體近訓詁,欲以詩家之心強飾體貌,亦婦人冠側注耳」〔註283〕,當時制義時文之弊病可見一斑,確實讓人深惡痛絕。

雖然如此,時文作為士子唯一進階之途,幾百年來引無數士子竟折腰,皓首窮經,樂此不疲,作為晚明諸子結社的一大主要內容,如何革除文弊,如何寫出經世致用之好文,仍然是諸子不可迴避的問題。對此,張溥、張采等人也略有論述。如張采將作文喻作「治田」,有其獨到之處:「文章比諸言語,則有形而無聲」,「救荒莫先文章」,「文章雖類言語,形上道,形下器,道與器,吉凶使分。後此有事,即器其載道,豈直木棉,苗而秀,秀而實,穎且栗矣。余匪敢輕待文章,惟予望文章如歲,則先生其治田也。」〔註284〕作文如治田確實比較形象,無論從用途還是從法度著眼,二者皆非常相似。

張溥也一再強調「著作之難」,文章雖然小道,要想作好,也絕非易事。「讀書之難,難於均人,成文之難,難於顯意」〔註285〕,「夫著作之難,前人序之矣,聚其血氣而發其愁苦,以為謀而逮耇,勞損日見,失黃老養生之旨,而志士不畏勍力於衰重,甚言其可悲也。蓋盡人之百年為日不過三萬,欲周浹事物,歷天下之書,別名義分節數,積必使其用,問必知其出,亦已難矣。獨制義之為說則有減也,科不外於四子之書與一經之學,櫛比而達之十年則大成矣,三年則可小成矣,若粗言其通,因步驟之,正而無紆路之傷,觸於恒辨以自起意,日與月亦得至焉,而又整約於聖賢,所刺論非復景外之說、荒

〔註280〕張溥,《七錄齋詩文合集》古文近稿卷二《姚宮端沉瀅集序》,第 183～186 頁。

〔註281〕張溥,《七錄齋詩文合集》古文近稿卷一《房書藝志序》,第 119 頁。

〔註282〕張溥,《七錄齋詩文合集》古文近稿卷二《陳大士古文稿序》,第 193 頁。

〔註283〕張溥,《七錄齋詩文合集》古文近稿卷一《程楚石近業序》,第 141 頁。

〔註284〕張采,《知畏堂文存十二卷詩存四卷》卷二《全妻大業序》,第 558 頁。

〔註285〕張溥,《七錄齋詩文合集》古文近稿卷四《范聖則朱吉人合稿序》,第 385 頁。

宴之事，則情氣不蕩，知重廉恥，益為漱浣潔清之務、節身之便，無前於此，夫外無鑽礪之勞而內有長厚之益，謟奏不盡假於人而施之有旦夕之効，宜人人樂之矣，而服習者少則自安之念重也。蓋天下事勉於難則人強其難，安於易則人日以易，數月之功損為一月，必棄其數月者矣，百篇之要損為一篇，必棄其百篇者矣。不樂山之高而從水之下，順逆之勢也。況積精既殊，程驗相闊，亦何以諷乎？故安而不進者，下士之為也，既安之矣，而畏人議已，即有道者未之有辭而疑怨以形不好，反而尚其口，此緝緝翩翩之徒又甚於下士也」〔註286〕。在張溥看來，寫文章乃殫精竭慮之事，特別是制義這種「特殊」的文章，積日累月，年復一年，專攻一經，更是讓人勉為其難，痛苦不堪。所以，張溥說「文無五色，人為之目，文無五聲，人為之耳，及耳目既出，即欲不聲不色，世不可得，此文尚作者又貴選家矣」〔註287〕，「凡文章之來，其成有時，往有候，力過餘者必輕，旨甚深者必淡，當夫怒氣角立，人好鋒論，逮其智索，俛首不言，非前者見豐後乃鼓竭也。」〔註288〕張溥說：「文章所聚，猶地之生財，不可以國量也」「客生善文工詩畫，於世之技美無不能，而獨循循於聖賢之說，若以為金範土型不失尺寸，此之用心豈顏介所敢望乎……以客生之膚敏秀達，復致精於時藝，天下之物更無所難之矣。」〔註289〕要寫好八股文，需眼觀六路耳聽八方，文章方有聲有色。靈感來時，力度的拿捏也需不輕不重，否則轉瞬即逝也是枉然。像其友人劉客生這種詩畫技能無所不備之人比比皆是，但是都義無反顧選擇專攻一經，所以張溥說，若能將「時藝」這種束西鑽研透徹，那麼天底下將再無難事，也算由衷一歎了！

既然時文創作如此不容易，那麼在寫作的時候更要小心謹慎。所謂「復興古學，務為有用」，不僅是復社諸子的創社宣言，更是他們時文創作的指南明針。張采在《陳似木稿序》中強調「讀古經通，務立體用」〔註290〕，張溥也說「制義莫大於有用，莫實於尊注」〔註291〕，雖說這個主張是與其政治主張相表裏，但是在晚明文風惡陋的情況下，以此相號召，客觀上對於糾正文風革除文弊起到了先導作用。

〔註286〕張溥，《七錄齋詩文合集》古文存稿卷五《行卷大小山序》，第982～985頁。

〔註287〕張溥，《七錄齋詩文合集》古文近稿卷六《荊水合稿序》，第569頁。

〔註288〕張溥，《七錄齋詩文合集》古文近稿卷三《確園社稿序》，第324頁。

〔註289〕張溥，《七錄齋詩文合集》古文近稿卷四《劉客生稿序》，第369～370頁。

〔註290〕張采，《知畏堂文存十二卷詩存四卷》卷二《陳似木稿序》，第563頁。

〔註291〕張溥，《七錄齋詩文合集》古文近稿卷一《陳大士會稿序》，第73頁。

　　除此以外，二張強調最多的就是「為文之法」。關於「法」，自唐宋派、機法派、奇矯派先後迭起，相繼推揚，為文之法已趨事無鉅細，日益繁瑣無用。二張的「法」更強調「大體則有，定體則無」，從宏觀上瞭解當時文弊，有意識進行革除，並遵從一定的法度即可，特別是對「復古」的態度，尤需重視。

　　張溥說：「今日之文，限字善矣，莫若擇字，譬製器焉，匠人操斤，準節長短尺寸之數，如其規矩，使藉能液散，不選良木，物必速敗。然擇字有方，必先道古，敝敝而求宋人之刻楮業也，以難為高，不避深阻，隱侯之所賤也。……辭法兼者上也，得其一者次也，兩者皆劣即棄而不顧。」〔註292〕他明確提出「辭法」兼得之文乃最佳，缺一則次。「時文之說密矣，復以法苦之，不幾申商乎。雖然，苟無法焉，文益不治，是重困也」〔註293〕，張溥認為時文之法乃救文弊之首要任務，而時文之法必須有人引導，「今之能為文者，斲削者也，教文者以法者，持引者也」，「文之出於人也，有長短多寡疏密，自今思之，一法而已。有法之文，千言可也，百言可也。耕玄不教人以千言百言，而教人以法，是簡勝之術也。不然，觀古人之書而綴墨焉。夫童子而能之，其去時也幾何，柳先生傳梓人不貴斤斲刀削，而貴持引者，為其能教人也」〔註294〕，之所以文從心出，因為每個人都不一樣，其實寫文章無非就是一個方法的問題，若能掌握恰當的方法，千百言皆不在話下，所以「法」之為「法」，貴在能「教人」。此觀點亦道出「法」之延續性，自古而下，代相遞傳。

　　關於「復古」，張溥認為：「古人不必賢於今」〔註295〕，如果將古物與今物列置於前，一般人都無法分辨，而以古字與今字列於前，則容易分辨得多，也就是說「天道弗更，而書策代變」，「古日不必熱於今日，古月不必清於今月，可也，謂古文字不必美於今文字，則非高才羨知之言也」，同理，古人德行才智也不一定高於今人，如果一味重古而自輕，也是太過偏頗。人之善惡，一般如同天道一樣，很難改變，而文章則區別大矣。如果論古今文人之才，也不必有高下之分，假如讓韓愈作《左傳》，讓蘇軾作《史記》，才皆有餘，而時間不對，所以所謂「復古」也要綜合各種因素去看，「文理之齊若性情，而

〔註292〕張溥，《七錄齋詩文合集》古文近稿卷二《程楚石程墨選序》，第 237～238頁。

〔註293〕張溥，《七錄齋詩文合集》古文近稿卷四《王耕玄文訣序》，第 375 頁。

〔註294〕張溥，《七錄齋詩文合集》古文近稿卷四《王耕玄文訣序》，第 375～376 頁。

〔註295〕張溥，《七錄齋詩文合集》古文近稿卷一《章敬明令君稿序》，第 122 頁。

文才之分若面貌，文人古今之異亦面貌之謂也。夫執面貌以相求，行道之人寧有同乎。況今之與古也，惟不同之致變矣，而有甚同者存，所以其人可知其意，可知以今望古，不山南山北焉，如吾郡社中數子，端切人範為文要眇，變化難以恒仿，然發於胸臆，成於手中，無不可原而合也。以其所是者，古也，夫從今之文行古之事，有道者猶嘉之其兼焉者，益有信也。古與古處而不惑，視郡之為今人者若隔代焉」〔註296〕，所以為文最終還是發自胸臆、詞必己出者最好，且勿一味模仿古人，此語對前後七子甚至社中諸人都有警醒作用。

張溥並不反對復古，相反，他認為「作文之難未有甚於為古也」，問題是如何才能正確把握「古法」為今所用，而非字模句擬，剽竊抄襲。其中國初之「法」就是可循之路，「國初上稽古制，建立文舉，察言行以觀德，考經術以觀業，試書箭騎射以觀能，策經史時務以觀政事，又患士子綴采縟繁，捋摭聲病，論限二百字以上，策限千字以上，表式於退之賀雨子厚代，公綽上謝兩篇皆質訪實用不務虛文，乃越時濬蠹觀，銄失常語，或粗俊於口，即已云有施之於事，無細水短材之益，抑未知於所謂純正博雅優柔冒大者何等也。夫同文底績，所以大理利書，啟裏所以廣化，然必格之於人身，始可畢其一塗」〔註297〕，比如國初文章字數之限，皆錄實文，不尚虛飾等，皆可效法。國初自上而下，皆興古學，「明興，典籍咸有，文皇帝稽古，作人詔翰林儒臣黃公淮、楊公士奇等，採古直言匯錄成書，賜名《歷代名臣奏議》。於是昌言畢張，贊治資化，足與《通鑒》《通考》二書比烈矣。……文皇放黜百家，獨明聖學，尊經則有四書五經、《性理大全》，信史則有《歷代奏議》，博物則有《永樂大典》」〔註298〕，這些國初修訂的典籍多藏於內府，不達民間，好古者欲見未繇，但客觀上對於為文之士多有鑒戒，且「《奏議》之輯，非獨察古鏡，今亦急救諫也。殷監夏，周監殷，戒漢必以秦，戒唐必以隋，囚近世也。昭代之鑒，莫切於宋，故奏議載宋尤詳。然文章爾雅之指，則漸遠矣。西漢奏事，率尚簡直，簡則明，直則當，疏言之體也。文因世降，則簡者益煩，直者彌曲，陸宣公之奏疏，陳同甫之上書，劉去華、文文山之對策，皆當日時所豔稱，後代所師法，絜之於漢，不無駢詞贅語，必經刪翦，然後雅健可觀，讀而

〔註296〕張溥，《七錄齋詩文合集》古文存稿卷四《小題觚序》，第 960～961 頁。

〔註297〕張溥，《七錄齋詩文合集》古文存稿卷一《後場名山業序》，第 702～703 頁。

〔註298〕張溥，《七錄齋詩文合集》古文近稿卷一《歷代名臣奏議序》，第 88～89 頁。

不厭，況他文哉。沿至今日，奏議不倫，殆有數病，詳於頌聖，而略於言事，密於瞻顧，而疏於考據，學問不必其生平而因乎風會，文詞不必其選擇而安於便陋。遂至沐浴入告，不異文移齋宿，獻言或同俚諺，苟非代有偉人，力扶其敝，未有不貽誚國都見慚委巷者也。然詳論原委，古今長短亦各有端，詞尚體要，言無妄費，今之不如古也；觀變熟多，援證周篤，古之不如今也。」〔註299〕張溥從奏議這種文體之升降也可以看出古今之文各有優劣，各有取捨，所以最終的解決方法仍然是「大抵文緣風氣智巧，不能齊言，從道理至者，不可易有。能援不易之理，反往古之風，彌綸時事不備典雅，斯可謂善諫矣」〔註300〕，由此看來，「從道理至」無論古今，乃不變之至理，所謂「復古」「擬古」依然需本於義理，就時文來說，無非是本於六經，方能真正實現既代聖賢立言，又能言從己出。在《皇明詩經文徵序》中，張溥詳細辨明代言之體，認為時文最主要的特徵就是「代言」，「代言之體，從今則陋，從古則文，惟世不知，百年夜行」，「今以儒者代聖人之言，謂便其小數，不循本來，可以稱職名無過胡亡等也」，其好友子常好聚書，往往「以經為本，諸經書充戶牖，分別治之，以己業詩，欲成學訓天下⋯⋯五經一也，易言卦理，書本唐虞三代，詩存六義，《禮記》通《周官》《儀禮》，《春秋》明三傳，是非不如是者，毋寧不為」〔註301〕，只要「以經為本」，即無所謂復古與擬古了。

張溥認為太原存藝乃天下可效之法：「嘉靖之季，文尚弘邈，吾婁相國起而昌大其事，觀斯備矣。當時稱述大家者，咸雲琅邪探放六藝，太原綜切義理，兩家岳岳儒林間，四方車蓋輻湊其鄉，童子歌謠，丈人播說，未能先也⋯⋯制舉之道，各有其傳，漢人尊師，數世不易，唐初佐命，無忘河汾，遠言高山，忽於幾闥，非學所聞。今太原存藝，天下之方圓規矩也。循之者安，略之者敗，使不朝夕，誰執其咎」，「相國初應春官，試文成千言，淼浩博瑋，萬物涵負。後知貢舉，則簡辭命嚴，繩準約繁，使理體無跳躍。迨讀其課孫諸篇，長短豐約，不可一端，其要曰中理切事而已。坤厚載物，氣兼四時，發不能藏，斂不能出，皆非地所有，上之於天，事亦不全。觀相國之文，道器存焉。」〔註302〕其時文之所以成為規矩，歸根到底仍然是「中理

〔註299〕張溥，《七錄齋詩文合集》古文近稿卷一《歷代名臣奏議序》，第 92～94 頁。
〔註300〕張溥，《七錄齋詩文合集》古文近稿卷一《歷代名臣奏議序》，第 94～95 頁。
〔註301〕張溥，《七錄齋詩文合集》古文近稿卷三《皇明詩經文徵序》，第 284～285 頁。
〔註302〕張溥，《七錄齋詩文合集》古文近稿卷一《王文肅課孫稿序》，第 148 頁。

切事」而已。張溥經常誇獎友人子常、麟士二人之文，因其有「法」，「因題之位而起其制匠，章與節辨也，節與句辨也，周環本末而左右就裁，大約觀聖賢之辭，通已有之志，抑今時之意，赴當日之情……言理則際在清微，繇而論事則功歸顯約，讀其常解之文而天下之隆說性命者廢焉，讀其直敘之文而天下之曲折議論者廢焉」，為文之法二人獨得。張溥進一步指出：「有惑在百世而一日以明，千千之夫不異其慮而獨曉然以出，極其用致之入神，與夫漢之馬鄭唐之孔陸揖讓，而刺諸經之得失，升堂入室，未知誰後先矣。然積功累勞，若是之深而又不欲以博自見，嘿然寓指於文，蓋曰注疏之書，昔儒有之不敢復舉也，考類之書明之先進有之，而亦非後者所議也，謙謙之德遜於前人，而述者之所得終不能無所發抒以自達其訓誨，此小言之所以先史選而列乎四方也乎，善讀者繇文采而稽事理，亦有道存乎其間矣。」〔註303〕二人之所以時文寫得好，還是因為入神之故，工夫深自然積累厚實，文章有文采又能稽事理，此乃關鍵。

（二）為文需本於六經

復社諸子反覆強調「復興古學，務為有用」，無論是談復古，還是講文「法」，最後的落腳點都在「本於六經」，如此，方能致用。

張采強調「文章之道，性情所繫」〔註304〕，但言意情志皆當根於經傳，「文章非苟為辭，以達其意。意之荒忽，而欲修飾聖賢，崇獎仁義，是為奪罔，識者諱之。故依古文章之家，無不根抵淳厚，因體立說，所以通內志，序性情，未可或誣」，「凡經傳所稱，循理而求，堂室具在，即何不可學而至」〔註305〕，張采常說「時文為害，使人一生無文章，經史古文，正以扶養程文」，借陽明之口說「子業明經，而吾學表章六經，何用疑畏」〔註306〕，他在《春秋三書序》中也說：「宋康矦胡氏，排黜眾見，特尊聖經。我國家經術設科，獨取立學官，置博士弟子。惜乎制舉家襞織章句，等於射覆，經學頗殘矣……惟國家崇重六經，諸功在訓詁」〔註307〕，文之所旨在於達意，雖然內通志，外抒情，但是時文的特殊性決定了必須本於六經，此乃文之根本。

〔註303〕張溥，《七錄齋詩文合集》古文存稿卷三《楊顧二子小言序》，第 852～853 頁。
〔註304〕張采，《知畏堂文存十二卷詩存四卷》卷三《甲戌論文序》，第 582 頁。
〔註305〕張采，《知畏堂文存十二卷詩存四卷》卷二《張露生稿序》，第 559 頁。
〔註306〕張采，《知畏堂文存十二卷詩存四卷》卷十二《論文紀事》，第 694 頁。
〔註307〕張采，《知畏堂文存十二卷詩存四卷》卷二《春秋三書序》，第 541 頁。

　　張溥多次大聲疾呼「所悲者四海之內不乏深才美智而好甘異言，雖賢於博弈離道遠矣」〔註 308〕，「經學之不言久矣，學者驟明其說，則眾士有所不通，惑之而不得其端，則群與聚而議為迂闊……聖賢之路絕而不通，皆緣時文之道壅之也。樂於為時者禁其聰明之於便近，畢其生平之能以應有司，經文之效不顯於世則相與苟為利而已，上之人不欲以此擇士而下亦安於固然，不慮上之求責，復修其備，蓋俗學之成若有受授其本末然也」〔註 309〕，「經之為重於天下，不待今日明之也，然所以為輕重則有時焉，夫重而不輕者，經之質也，經而至於時輕時重，非承學者所敢言也，自後世之人為之也……率意不通而務盈其貌以表勝，不習於經者有之矣，習於經者無之也……夫時文一趨士人之志，日以荒下，諸子之說耳目不近，未知天下之有其書，作書之有其人，況乎五經之極深也」〔註 310〕，「所獨惜者上士厭其拘攣，下士苦其委沓，為高明之說者曰其書章甫而適越者也，於聖賢無當，或逃而之禪，或援而入佛者，比比也，卑者以為此功令之書富貴之周行也，可無高論。嗚呼！聖經之作不助清談賢傅之術，不資科第二者，交議其風日下。今遊五都之市，觀浩瀚之書，其從橫成列者皆講詁也，講詁不足又益以標意，託諸貴人，假之名舊，一句之中妄分脈絡，一字之內謬設主賓，使程朱復生，起而見之，未有不惡其煩投界水火也，聞有憤而投袂者欲追跡周秦，縱覽百代於四書講義，直棄不觀，謂但讀本文文字已足，又恐非中正不足定學者準繩，莫若取大全限之過者，俯焉不及者企焉，亦可多不貴少，不恨矣，既覽大全，復觀注疏，前人之闕足於後人，後人之善本於先哲一書具見，起予不遠，又孰有嚌嚌於聖人之門者哉。」〔註 311〕正學偏失，聖賢傳往之書荒廢，君臣父子之行不明，時文之道塞壅，各種弊亂紛起，必然之勢。所以他一再強調為文需本於六經的重要性：「今日時義固六經苗裔」〔註 312〕，「制義小道，枝流判分，考其緣來，本經為尚。五經各家通於時文，惟禮近之。昌黎稱《儀禮》難讀，然送李幽川一序，文法深簡，緣此而出。曾子固放文闊達，不存邊幅，議者謂其得禮之厚。然則稱聚之者，亦言本經而已。聚之措文覃秀，言皆芳澤，

〔註 308〕張溥，《七錄齋詩文合集》古文存稿卷五《程墨表經序》，第 1028 頁。
〔註 309〕張溥，《七錄齋詩文合集》古文存稿卷五《易文觀通序》，第 1001～1002 頁。
〔註 310〕張溥，《七錄齋詩文合集》古文存稿卷五《房稿表經序》，第 1031～1032 頁。
〔註 311〕張溥，《七錄齋詩文合集》古文近稿卷六《論語注疏大全合纂序》，第 608～610 頁。
〔註 312〕張溥，《七錄齋詩文合集》古文近稿卷六《莊叔飛稿敘》，第 600～601 頁。

準之以禮，貴多貴少，指各有當。」〔註313〕

　　張溥認為「寓器於道」「文者，賓也，善讀者能見其所以為文，則知實矣」〔註314〕，「不明乎六經而欲治一經，未見其能理也，不明於五倫而欲善一倫，未見其能安也，是以專經之號與夫人倫之稱，古之人重乎其嚴之，不敢輕以與也，不敢輕以受也，輕以與則有絕道之憂，輕以受則有不學之刺，然則今之為論者，其可忽乎哉？」「言經而極於一經，論倫而極於一倫，其道彌約，行之彌難矣」，「人文一致，雖遠在百世，其法可存也，寧獨今日哉？……復導天下以讀經盡倫之要，使之歸併一法」〔註315〕，張溥將六經與五倫聯繫起來，人如其文，以文觀人，如前所述，道德修養乃為文之基本前提，所以作文以六經為本的同時也需嚴其倫理的修養，二者相輔相成，可以歸於一法。他在《程墨表經序》中也說：「蓋君子之興，正經之立也，觀乎往矩治，則聖經先辨亂，則聖經先隱，周秦漢魏之事可得而知己。孔子折衷群聖，身立人極，領乎玄王素主，後世誦說之士累贊怡懌，名為周之文人，綜知文人之稱尊貴，重大不得輕也。夫不苟其名則當全其義，籠總而命之，不獨說書者欽。明文思以下篇家可問也，入國知教六者俱見之矣，即以時文質求服者，服此者也。序者，序此者也，身服其事而口序其文，非此則下矣散矣。」「若夫全列經意者，其文益清矣，闖穿全理，它物不亂違於世之才色，修聲而初分自足。」「夫好奇則必知古，知古則必知經，知經則必知所以為人，至於知所為人而文已畢精矣。故駁而不純之文，予所甚惡也，才而不德之士，亦予所甚惡也，然終反覆不能捨，以為文苟能駁焉，士苟有才焉，使其日增月改，漸與正邁，必有悔悟之心生，以求揖讓於孔子之門也。」〔註316〕由此可見，修習六經還得從道德修養開始。

　　張溥非常推崇楊子常之文，其文盛行天下，婦孺皆知，他將其與大士相提並論，認為二人如同劉邦、項羽各為雄盛，「子常每稱大士按題細氣微息，字不苟下，大士評子常文，又謂其清奧幽削，得秦漢之深」，二人相視如莫逆之交。究其原因，即「尊注論脈」，「注如律令，今有因類而傅益之者，律中之例也，脈貫四體」〔註317〕，周介生、張受先等人可謂倡用古學、學本通經的

〔註313〕張溥，《七錄齋詩文合集》古文近稿卷三《顧聚之稿序》，第343～344頁。
〔註314〕張溥，《七錄齋詩文合集》古文近稿卷一《章敬明令君稿序》，第122～123頁。
〔註315〕張溥，《七錄齋詩文合集》古文存稿卷三《房稿遵業序》，第835～838頁。
〔註316〕張溥，《七錄齋詩文合集》古文存稿卷五《程墨表經序》，第1026～1029頁。
〔註317〕張溥，《七錄齋詩文合集》古文近稿卷六《楊子常全稿序》，第637頁。

典範，與張溥志同道合，為復古通經作出了巨大貢獻，在《房稿表經序》中對此作出了詳細記錄：

> 自介生於酉戌之文倡用其說，四方始改形易慮，樂於道古，然倡者之意反且復之，主於接識人倫，正以聖人之事，而先使之就將高明，易於遵道遵路，顧無若其知之者寡也。沒美而為之得失之際，或有甚焉。要之古學，則已立矣，歷乎子丑百家競興，予與受先閉一室之內，靜目袪練以為德言之塗，久變極反，繼此而王者，其惟六經乎。是以志獲同方去，介生居五百里，動靜語言若與之應，介生發憤正業，聚一代之文而嚴為次第，號之經翼，乃兩易寒暑視所衰輯，率多大家舊文覽乎近日，即深微辭之傷若是乎？事之難成汲汲乎來者也，今則經文忽彰而聖人作焉，治氣之感證效不惑，顧念向時之言有其預者，未嘗不相對以怡也，然而人之為言，命意在彼則盡於彼，命意在此則盡於此，以今日而言經，所謂在此者也言經，而底於為人所謂盡此者也，試以經質之於人，觀乎字形，不離三才，則知其無邪矣，觀其擬言不逾五倫，則知其近人矣，故予嘗謂使今日有武健之子，日取五經摹而書之左右，周接無非鉅人之名，大雅之字，趨而之善也疾焉。朝相漸於意，尤有神明者哉。然則為之若是其易，而人與文俱難之，何也？蓋其始病於做法之異，而其既危於疑人之甚，則言有不能入者焉，抑知善無不可為經，無不可學古人之好名者，而實其所用，慕君子而從之初，而事其話言，久之而其行是焉，又久之而性情，無非是焉。若夫學者之通經縣奇以反平，因辭以達本，其道亦猶是也。夫天下方慮道之深玄不可，遂即而一開其途，經術之率循，曉然若從善之易，雖在童子無不知其可為也。

在晚明空疏學風的大勢籠罩下推崇復古通經，確實難度很大。張溥談到與受先作文必遵六經之舊事：「余間有作，諧少近於失經，受先即容辭俱危，不容再措小辨，臨事之際，受先有氣敢往排捍在前，復善以禮顏相開，擔夫孺子必論之曉曉然，使得疏明，而余多斂不即發，恒私自意念，彼必能先見也。至為文一端，余凡數徙，而受先彈毫之始即喜說道理，引繩墨全以識相長，初事於子，繼事於經，又繼則事經之大意，取於己之本有，受先每勸余安，靜對題准之人身，自然良心內生和氣，動盪引而成文……夫六經之有道德，猶家人之有父母，一日之間常呼父母，未聞其寬髀也，則余與受先之守，此亦迂

而嚴矣。」〔註318〕六經如同父母，為文者不可一日稍離。張溥也談到自己讀經學經過程之艱難：「余往者遐心馳博而不知所歸，既知學經，而冥心十年，迄無所就。竊恨六經道大，非一家之言可以綜討，欲倣古者集說之體，自周迄唐為古解，自宋迄今為通解，度其功，非二十年不成，又家無藏書，單力易困，日夜皇皇，如盲者望明，痿人思起。」〔註319〕讀經雖難，卻是為文之必經之途，有志於作文之士非下此苦工夫不可。而整個社會風氣的形成更有賴於這些有識之士的共同努力，無論如何，在啟禎之際，諸文社同志的努力確實取得了有效影響，這股勁風一直席捲至清初，直接影響了清初的士習文風，功不可沒。

四、文章代有風規——氣類相召

文與時變、代有升降的觀念自古以來深入人心，時文的遞變也必然會打上時代和地域的烙印，如何看待文與時變的問題也反應出作家的文章發展觀，對此前人論文多有涉及，二張觀點與之殊途同歸。

詩文一途，張溥在談論《詩經》的時候談到了文學與時間和地域的關係，「作詩其有原乎？曰有之，有之則何居？曰因乎其人，因乎其地，因乎其時。因乎其人者，何詩之為言，依人性情溫者不能為，急號者不能為，笑責后妃以無樂鍾鼓，告凡伯以勿傷日食必不受也。因乎其地者，何風俗之感積漸使然，流而不知若趨所熟，教南國之夫人以嫉妒，禁陳國之大夫毋好巫，必不察也。因乎其時者，何上令之民則之，上一之民百之，或溢為歌誦，或聚為愁歡，文武之民欲使其哀，草黃幽屬之民欲使其效，中林必不喻也」〔註320〕，文章與作者之性情有關，是因乎其人，與地域有關，無非是人情風俗之流變，與時代有關，無非時代風貌直接映射到詩文創作中，所以無論何時何地之創作，無不反應出當時當地之人情風貌。張溥在《徐錫余稿序》說「軼興軼衰者，文之常節，顧承其時而有發隆」〔註321〕，也是同理。

張溥曾在《歷科文針序》中提出：「選一代之文與一時之文，指同而法則有異。一時之文因材區覽，不求其全，以意遇之，物相當也；一代之文，立乎

〔註318〕張溥，《七錄齋詩文合集》古文存稿卷四《張受先稿序》，第 965～966 頁。
〔註319〕張溥，《七錄齋詩文合集》古文近稿卷三《三蔡稿題辭》，第 298 頁。
〔註320〕張溥，《七錄齋詩文合集》館課卷一《天保治內采薇治外解》，第 1143～1144 頁。
〔註321〕張溥，《七錄齋詩文合集》古文存稿卷一《徐錫余稿序》，第 671 頁。

當日，接乎後世，非質之備者，天下之人易之矣。」〔註322〕所謂「一代之文」多代表這個時代最高成就的作品，是脫穎而出的精華，是要傳之後世的，所謂「一時之文」可能在當時最為繁盛，數量最多，但大浪淘沙，未必都是精華。所以「所謂舉子業者，即一時之文也」，昔年歐陽修論文，「必要於道，期之孔孟，然後無負焉」，而所謂舉子業「則曰毋深之，順時而已，若是乎不欲其過也」〔註323〕。可見自古以來，「時文小道」的觀念根深蒂固，而士子對時文的功利心態也決定了時文很難出精品，所以「時文」也就只能是一時之文，很難躋身為「一代之文」了。

張采也說：「文章代有風規，生其間者，日隨流平下，則勢必極而之窮，窮乃思變。」文章隨時代變遷而發生變化，就拿時文來說，從國初到正、嘉，到隆、萬，再到啟、禎，可謂窮極變化，張采認為文章「窮乃思變」的主要因素是「有主變事者，起而更張」，這些豪傑之士審氣度時，扶持衰敝，非常材可擔任。在張采眼裏，陳大士就是這樣一個可以改變文章風氣的豪傑之士，天分殊絕，有「一流之識，中人之勤勉」，「以一人自足之學，舉數十年不謀之道」，張采大力稱讚大士有功於文章：「大士當萬曆間，其時溺於科舉之學，戒經史無問。稱古文辭者，或在山間林下，謂非儒生所應為。既丹黃家，取唐宋諸名集，量以己意，分章辨格，甚於秦律，遂使文心沮喪，騷雅斬然。大士以博綜之材，權衡今古，凡所為文，不限篇目，伸情引氣，注達而止。其時藝初成，習科舉者怪不敢視，久且姑置，我社諸子章而明之。方我社推大士時，凡高明之子，多不安其故，心機既動，故一呼丕應，今乃得輯其所為古文辭以行。」〔註324〕由此也可以看出，文隨時變是文章發展的自然規律，同時也是豪傑之士推揚改革之成果，確實有功當代後世。

文章除了「因乎其時」，還「因乎其地」。張溥說：「夫君子之有其身也，必將敬其身居其地也，必將重其地，何則身者父母之所出也，若以言其地，地者亦父母之所處也，是以始生之室老而不能忘少之所居，雖數徙而能名其處。」人都有鄉土情結，即使成人後遊歷名山大川，父母所居之地，一草一木都是刻骨銘心，很難忘懷，而這種對父母鄉里，對家園故土的諄諄之情不可能不在文章裏面體現出來，「凡此皆以成鄉黨廣忠厚而大其父母之善也，夫不

〔註322〕張溥，《七錄齋詩文合集》古文存稿卷三《歷科文針序》，第875頁。
〔註323〕張溥，《七錄齋詩文合集》古文存稿卷三《歷科文針序》，第875頁。
〔註324〕張采，《知畏堂文存十二卷詩存四卷》卷二《陳大士集序》，第544頁。

善之人產於名山大川，恒以行之，不若為其一國之辱，而天下羞稱其所居之地，有君子出焉僻狹之土，不登其方境之志，而常因以聞名於後世，然則地之繫於其人不亦重乎？況乎謠俗風物之紀秩乎有原也，是故君子以其德教乎邦之人，則稱其宗人，次序其譜，揚一族之美，名先代之器，而不為私及乎里黨，益可知已。」〔註325〕一地之風土人情、教化風物對作者的影響不可小覷，張溥在《葉行可令君稿序》中也說：「辭之輯矣，民之洽矣，時義蓋可忽乎哉。」〔註326〕在《江北應社序》中也說：「及歸而國表盛行，商丘之學與萊陽並著。間私自設論，京師天下之觀，中州文章之府，故城雖小，南北水道所經也，登萊為齊魯奧區，神明奇偉，昔天子嘗望祭焉，地氣相近，衣冠車騎相過從，語言文字往來其間，旬日大聚。且二宋宦遊之國，倫子授經之地，氣類召應，其來已久。」〔註327〕民風之洽，推及一方，地氣相近，氣類相召，形成不同的地域性文化或派別，則在所難免。在當時，如江右，婁東，金沙，松江等地，就是文社聚集、文人博興之地。

　　基於此種觀點，張溥論文多從地域出發，如齊魯、新安、吳地、豫章等，都具有鮮明的地域性。如《宋宗玉稿序》討論了「習聖人之書而不明聖人之文，罪之上也，居聖人之地而復不明聖人之文，服聖人之行罪且付伯焉」，他說：「齊魯之於文學，其天性也，斯之言，古有之而通之於今，或有未應，非地之氣遷，蓋亦學者之責也。然則積盛而衰，積衰而盛，功存乎人，忽焉而已。君子務其強者以正身，而率物又安可避天下之難，自墜厥聲乎？此萊陽諸宋所以突然決起為能立於海岱之間，比高絜深也。……且感應之理，以近驗遠，夫之報人，量其勤苦而又觀其及物，則淺深大小不可易也，昌陽遠邑素未著風聲，明禮樂倡教，自一人凡佩玦帶環者，無不謹士君子之法，樂於古者卿大夫之業，則齊魯之易志，向風誦德修道，皆斯人力也況其家之繩繩者乎，是以稱豫章者必言昌陽，稱昌陽者必言豫章，貫其同也，然豫章之縣來舊矣，而以今日之昌陽與之同稱，此豈有功名之說介於其間哉。」〔註328〕積盛而衰，衰極而盛，禮樂倡教，地氣變遷，學者崛起，文風自然一變。又如《顧重光稿序》討論吳地文風：「吳在春秋間，無所謂文人也，原風所自扇，

〔註325〕張溥，《七錄齋詩文合集》古文存稿卷一《橫谿錄序》，第 653 頁。
〔註326〕張溥，《七錄齋詩文合集》古文近稿卷四《葉行可令君稿序》，第 395 頁。
〔註327〕張溥，《七錄齋詩文合集》古文近稿卷一《江北應社序》，第 114 頁。
〔註328〕張溥，《七錄齋詩文合集》古文存稿卷三《宋宗玉稿序》，第 855～857 頁。

本楚大夫屈正，則以忠愛惻怛之情流創深雅，弟子宋玉景差唐勒盛昌其聲，漢有枚鄒嚴朱之徒相與彷譔音節員備，後則才俊繼足，各欲名家，然吳文多葳蕤而柔怨者，亦其遺也。……夫南人之學時所矜重，而又泳其洪源，觀於哲憲，此生民之詩所以傳也，覽於德之可慕，以窮遡文字玉弁金章而無古道者，吟詠不列，苟修身度，義遠蘇壤而紉椒桂，雖刺草之民亦次言於久遠，況士之圭璧者哉。」〔註329〕若能將遠古先正之遺風發揚光大，被於今文，則何患文風不正呢？再如《吳於民稿序》談到新安之地，「新安多承學之士，從遊者百輩，於民橫琴說書其間，開論大義，如壁聞鍾磬河出鼎文，後生美士，得一足傳。顧按班選矩，法歸先摹。君子命之曰，古非虛也。」「新安錯處萬山，車馬不至，若得同志數人載家而來，比室諷詠，薪菽不給，山草資之，挈前賢所撰，分體立功，不假異物，已足示來世，何患白頭鹿鹿乎」？在張溥看來，像新安這種文人聚集之地，若士子能承襲其遺風一二，就足以顯名當世了。如韋齊先生「倡正學，整大雅，南宋迄元，代生作者，大都俎豆聖人，恥達非據，二百年海內無與方轍，豈地氣有遷，抑人事善召歟」？〔註330〕類似論述還有很多，此不一一贅述。

除此以外，「字久彌顯，文章亦然」〔註331〕，文章如同書法，不光受大環境時代地域之影響，更多的是家學淵源直接的耳濡目染。在《鄧石函稿序》中，張溥說：「文章家蓋有疇人子弟焉，本業相世朗而不渝至，眷言成德則靈繹加，永其俊烈之一域坐而近，學而能美，故為自然耳。然推於所元，孝敬備矣。」「能文之君善言天地，能文之子善言祖宗，是以昔日之厚德必愛來者之秀氣，苟蕩然失節有無倫之行與不令之辭，皆非所以尊先人而重肢體也。」〔註332〕家學遺風，邪正一形，無所遷徙，君子小人，質已條分，根紅苗正，文章也自然規矩方圓，自成一體了。他在《房稿是正序》中也大聲感歎：「士負不常之資而抑於其鄉之人，不得安其所學，亦安在其有幸哉。故有接地而教不通，或狃於一家之論而終已不顧，余未嘗不悲其性情之失而歎夫先王之遺風遂絕也，於是賢子弟悔焉則怨於父兄之不明，出門而無所之則疑師友之不獲其正，然則居是邦而欲身為之勸，以表率其屬，不其難乎？」「余與維斗

〔註329〕張溥，《七錄齋詩文合集》古文存稿卷一《顧重光稿序》，第721～723頁。
〔註330〕張溥，《七錄齋詩文合集》古文近稿卷三《吳於民稿序》，第339頁。
〔註331〕張溥，《七錄齋詩文合集》古文近稿卷一《楊又如稿序》，第82頁。
〔註332〕張溥，《七錄齋詩文合集》古文存稿卷一《鄧石函稿序》，第712頁。

也汲汲於己之不修，而不敢謂相應之有，徒厚以遇其人而不必憂其寡恩而起望，此所謂自為正之理也，且執文以相難，文之高下不能強齊作與，論者可以安矣，約而歸之為人，為人之道有善而無惡，其亦可棄而不復歟，要之論文之正，亦無以逾乎斯也。六經之說本於先師，而制舉所習之書定乎烈祖，夫先師者天下之師也，烈祖者天下之君也，事其君而服其師者，天下皆是也，又何俟乎吾黨之多言乎！」〔註333〕文章之高下最終看為人之善惡，家學教養，雖然六經本於先師，而制舉之習定於祖宗，若能事其君服其師，本乎性情，秉承先王遺風，理學文行，備乎一身，「齊軌合致」「心同志合」「父子交難，見於語言」〔註334〕，也算後世學子之大幸了。

五、以人觀文與以文觀人

「比德」之法古已有之，松竹梅皆君子之喻，騷人雅士多好之。「有德者必有才」也一直是中國文學風格論之主流，婁東諸子的看法也不例外。張溥說：「中正之士，觀而比德，勤身澡浴，其言彌高，乃知申屠無燥濕之情，伯業有登高之才，非偶然也。」〔註335〕如前所述沈鉉臣「涉目諷吟，必極情性……詩非其人不工，古者格言，於鉉臣尤信。鉉臣生平純德，師法必言聖人」〔註336〕，「淵明之詩先去私意，程子之字不離恭敬……本於修正，放發為篇……交口其所為文與人」〔註337〕，有其生性純德，方有恬淡之趣，言為心聲，發放為篇，也才有性情之文。所以「以人觀文」與「以文觀人」確實有其合理性。

張采明確提出：「言者心聲，文又經思」，「耳治言目治文」，「即文相人，君子哉」，「言有物，行有倫」。他認為：「文與言相近而不同，言徵聲，聲絕則逝；文徵跡，跡留則傳。故人生三歲無不能言，而學士白首不能文者，文固言之最貴者也。……夫文之貴於言者，皆由心生。故自無而起，而天地萬物之所無，文不能飾以為有，則文蓋致無而撰有，淺斯著，近斯達。尚古之書，曰經曰典。降而子長誇麗，子雲艱深，質荒故文煩，內不足，故外難知焉。」〔註338〕在他

〔註333〕張溥，《七錄齋詩文合集》古文存稿卷三《房稿是正序》，第869～870頁。
〔註334〕張采，《知畏堂文存十二卷詩存四卷》卷三《甲戌論文序》，第582頁。
〔註335〕張溥，《七錄齋詩文合集》古文近稿卷四《范聖則朱吉人合稿序》，第386頁。
〔註336〕張溥，《七錄齋詩文合集》古文近稿卷一《沈鉉臣詩草序》，第65頁。
〔註337〕張溥，《七錄齋詩文合集》古文存稿卷四《孟晉堂稿序》，第948～949頁。
〔註338〕張采，《知畏堂文存十二卷詩存四卷》卷三《適言序》，第575頁。

看來，雖然文章和語言是不同的，一個有聲，一個有形，文章乃言語之最貴者，而語言乃從心而出，文之貴於言者，亦由心生，此乃一脈相承之理。「其文和且裕，其人當有養；其文栗且辨，其人當有執。有執，則不肖與奸人誣訟猾胥徒盜賊輩，將畏而革。有養，則礪齒洗耳之流，將樂而安。為惡者畏而革，為善者樂而安，則張弛皆宜，張弛宜而於從政於何有」〔註339〕，「蓋知文之難，則知言之難，知人之難也，夫固相因之事，亦相及之勢……其知人，其知言」，「於是舉子稍稍知所謂經史者，大指明倫復性，修道正身，一歸於聖賢，則視兩人舉子業，誠有原本，非意造」〔註340〕，張采認為言為心聲，德行乃為人之本，也是為文之本，什麼樣的人就有什麼樣的文，雖然觀人難，觀文也難，但從文觀人大約不會偏離太遠，如果舉子們能夠加強自身道德修養，特別是經史修養，為人之本外化為文，自然人好文也好。

張溥說得更明白：「文字者，人之布帛，德行者，人之身體，苟以文致寵，寵至而輕棄其德，是謂自忘其身，何衣裳為」〔註341〕，「凡文雖以集眾，字示華采，要繫之人身，亦一大物……先闇行誼，後略文字」〔註342〕，「才有淺深，無有古今，文有偽真，無有故新……身立乎惚不搖，其建馭文謀篇之繇歸也，故散者應後而正者處先，原夫天質地文，所謂受化養成之道亦有序矣，寧復可下上簪履顛倒衣裳哉？若吾夢鶴之與夢明夢文，誠哉其深於本者也，以學內治而美業流湊」，「吾始得其聲與，繼得其數與，終得其人與，庶無負於善讀矣，要之，得其人難也，知所謂得其人又難也，祥氣之聚，蔚為吉士，有名以自表，有體以別庶尊之至者，著作同焉，苟其非類則自沉脮也，不宜於雅而嫉妒發作，盛其言語，無聖人惻怛之誠而學五章之刺時，亦何以救哉？……君子勤修身而緩論物，即博於論物而要不可以越已，其人禮也，文如其周折規矩焉，其人仁也，文如其出入樂易焉」〔註343〕，「有其人然後有其文，無其人則所謂有其文者猶之乎無而已，是故其人是也，得一而可況其多乎？其文是也，一辭而可況其多乎？」〔註344〕「天下有修之於闇而可得而舉者，其文之謂乎，及考其廢興，則王國之事若有世德焉，何則文之成就因

〔註339〕張采，《知畏堂文存十二卷詩存四卷》卷二《劉候制義序》，第560頁。
〔註340〕張采，《知畏堂文存十二卷詩存四卷》卷三《治婁文事序》，第569頁。
〔註341〕張溥，《七錄齋詩文合集》古文近稿卷二《祝尊光稿序》，第210～211頁。
〔註342〕張溥，《七錄齋詩文合集》古文存稿卷一《彭燕又稿序》，第675～676頁。
〔註343〕張溥，《七錄齋詩文合集》古文存稿卷一《行卷扶露序》，第680～681頁。
〔註344〕張溥，《七錄齋詩文合集》古文存稿卷四《易會序》，第975頁。

乎其時，材分所出，有變有正，強而同之累代，而不喻要於齊，用則皆顯榮之具也。惟以文繫於人，以人繫於世，前之發揚不輕，而後之承受有敘，篇文之出，莫不明德行之流，道藝之本，以之推於古者隆盛之驗，如家至而日見，未或隱焉。」「於文乎人乎俱見之矣。」〔註345〕德行與文章，如同人之身體與衣服，孰輕孰重，一目了然，所以先有其人再有其文，如果立身端正，那麼謀篇有本，上文所說時代、地域之風氣相召，皆由文繫於人，再由人繫於一方甚至一時。從這個角度來看文與人之關係，人之道德修養尤其重要。所以以文觀人，以文區分賢佞則易於操作了，「重寓德義之指，時文特其概也，然而皆緊乎中，亦將以觀人之好惡，區賢佞焉」〔註346〕，「夫是三子者重五倫之義，敦六行之說，其自為治詳矣，其觀於人備矣，然每稱彥兼即頌歎，交發流賞極情緊是，知美士之感深也。」〔註347〕

　　由文觀人，所以朋友之間的信任也可以從文章開始，信其人而信其文，同時信其文而信其人，實際就是一體兩面的關係，人品與文品合二為一。在《許伯贊稿序》中張溥明確提出：「為文之指與取友之道，其意無不通也」，「朋友之好原其始合，皆在散遠，及乎不介則千里之情同於一室，是以賢邪既辨義不共科，即有志於闊大者不能更為並容之說，亂其可否，而正人與僕終身之性好氣尚皆依以不易，緊是文字之倫亦介然有君子小人之別，援此入彼情所不答，姑與之推移而意常不至，斯亦國風之正變，人地時物各自為區者也」。〔註348〕他在《錢元玉王開度合刻序》中也說：「朋友之際繫於五常，重身而毋邇於辱，慎交而無邇於禍非，必末事之謹也……蓋以明如是之為友也，即如是之為文也。」〔註349〕物以類聚，人以群分，為文之旨與朋友之道確實是相通的，朋友之姦邪，或君子或小人，與文章之正變是一致的，所以「觀文」也可以作為「交友」之一標準。關於這點，張溥與受先二人可謂深有體會，二人六年晨夕相對，起止不離書卷，談天說地，志同道合，對言著志，期以修身，視若莫逆，所謂「因其文而質言之，亦所謂其人之書也，觀於其書而後其人，可論君子所必先也」，「蓋其人文信之矣，其文散於四方，

〔註345〕張溥，《七錄齋詩文合集》古文存稿卷一《龍壺稿序》，第665頁。
〔註346〕張溥，《七錄齋詩文合集》古文存稿卷一《錢仲芳稿序》，第690頁。
〔註347〕張溥，《七錄齋詩文合集》古文存稿卷一《朱彥兼稿序》，第691頁。
〔註348〕張溥，《七錄齋詩文合集》古文存稿卷四《許伯贊稿序》，第940～941頁。
〔註349〕張溥，《七錄齋詩文合集》古文存稿卷五《錢元玉王開度合刻序》，第1017～
　　　　1019頁。

四方之人習所為文而思其孝悌忠信禮義廉恥之故，亦既信之矣」。所以張溥經常對張采說：「余之信子也，使人以他焉之文易其名，而以為子之所撰，以子之所撰飾而行遠，以為他人之作，余必辨之也。若行一事而不衷於道傳者皆以為出於子，道之人既紛紛矣，萬里之外余必為子白也，此非有朋友之私，愛以義斷也。受先之信余，亦大略同焉。」〔註350〕受先至孝，張溥感動五內，其孝悌忠信禮義廉恥聞之鄉里，即使二人之文署他人之名，二人依然能分辨真假，朋友之間的信任能達此等程度，也算三生有幸了。又如張溥評賀魯繕：「立談之際以誠相開，意不復有，彼此始信朋友之道繫於人倫，抑詩所謂既見君子其情猶是也……予猶記魯繕之論文也，惡雜而取要好信，而棄偽刪其繁，手足以雅聽袵席之上，時人之說不登焉，故其見於己之文也，亦無不然虛華，黜遣齊於敦雅，極其才變古書，老生不能逮智，而本指所趨，聖者之設目其規矩，則魯繕之言可謂不欺矣。夫不欺於已而已，有其誠不欺於人，而人服其當，繇其生有之質為議物之本，今之短篇大章，其四方之權衡乎？」〔註351〕交友作文，皆同此理。

張溥說：「士之遇不遇，於其文見之矣，然不於其所為文見之也」，「此命家之辭常與文家之一流也」，「且修身大務，而文章次之，命又介乎然不然之間者也。不信乎命則不可謂君子之不遇，而泊少乎仁義，既信夫命則不可謂小人之必遇，羨其榮寵而忘其衰賤，使世有雄俊有為之士，當事而察」〔註352〕，「夫存亡之際同於窮達，而理少變化，故窮者可以達，亡者難為存……君子業為其可恃，而感因其或有使賡虞之遇以氣炎者，當之必有內熱外虎之憂矣，惟賡虞坦焉以和，洛誦不輟而抗行前士，即來大通固無所根蒂於懷中也，故士哀不遇，尤哀於似遇而大有不然，而獨不可以難道德之徒」〔註353〕，雖然決定一個人際遇好壞的因素有很多，張溥認為歸根到底還是其道德修養，而這種修養在文章中是顯而易見的，古者往往以「命」概括之，其實「命」家之辭與文家之辭殊途同歸，所謂「以文觀文」是也。

文以比德，人品與文風相輔相成，很難分開來看，張溥要求文人要有道德修養，那麼關於文風，張溥更推崇「清簡」，在談論其友人趙我完的文章時，

〔註350〕張溥，《七錄齋詩文合集》古文存稿卷四《張受先稿序》，第963～964頁。
〔註351〕張溥，《七錄齋詩文合集》古文存稿卷五《賀魯繕稿序》，第1021～1023頁。
〔註352〕張溥，《七錄齋詩文合集》古文存稿卷四《程墨大宗序》，第957頁。
〔註353〕張溥，《七錄齋詩文合集》古文存稿卷一《呂賡虞稿序》，第684頁。

將其文風歸結為：「述造十年，文凡數變，邇者撰論，一歸清簡……不制之以規矩，示之以省要，無所命高。捨其舊常，尸祝先士，非獨法令宜然，人之好惡已先見之。」〔註354〕他將文風分為兩種：「夫為天之文清明，為地之文厚重，厚重之文多所發茂，功勞易見，若清明者空空爾，物稱絕矣。學者辨其難易，宜務為可觀，曷取夫寥廓不近施之道，沐浴而雕籽焉。然究乎大常地之孚蕃，皆從乎天援，天可以該地，君子所以尤尊天也，且地可學而天不可學，故今之以豐實博麗之章為貴人者，皆地分足者也。」〔註355〕「為天之文」清明，「為地之文」厚重，兩種不同的文風，張溥更推崇前者，如眉生之文就是「為天之文」。張溥有關「清簡」文風的論述頗多，暫摘抄數語如下，以作參考：

評錢行安之文：「其文節短而意深，言簡而體壯。」〔註356〕行安讀書「取精微，略形貌，縣昌黎河東，揖讓於叔皮之堂」，作文則思緒敏捷，不假思索。

評沈去疑：「久正而中雅，蓋秩乎古所獻法宮者也，既與介生諸兄弟庚復其旨，又大朗焉，著之於選則日光玉潔矣。」〔註357〕去疑材質深厚，耽於理學，則文章雅正，風格光潔。

評葉必泰：「文章之事，必先天然，次資問學，兼其致者，號名絕矣，否則一亦可以傳，此往論也。」在張溥看來，必泰天體奇妙，是「天人偉器」，年紀雖小，實乃儒林中之一大人，「必泰具絕尤之姿，殫天下之有，循而解節，復歸天然，其際不可以言說也。一往而合，與數變而合者，其功力分數殊也」。〔註358〕其文貴在「天然」。

評范聖則、朱吉人之文：「予嘗為論次，喻之山泉。山泉云何，一取之清，言其深也；一取之漸，言其序也。江海巨流，不如涓涓引其波瀾，乃放四極，以斯言奇則已至矣。」〔註359〕文之有序，如清泉山河，奇自「清」出。

〔註354〕張溥，《七錄齋詩文合集》古文近稿卷二《趙我完稿序》，第249頁。
〔註355〕張溥，《七錄齋詩文合集》古文存稿卷四《沈眉生稿引》，第935頁。
〔註356〕張溥，《七錄齋詩文合集》古文近稿卷三《錢行安稿題語》，第291頁。
〔註357〕張溥，《七錄齋詩文合集》古文存稿卷四《沈去疑稿序》，第943頁。
〔註358〕張溥，《七錄齋詩文合集》古文近稿卷二《葉必泰稿序》，第225頁。
〔註359〕張溥，《七錄齋詩文合集》古文近稿卷四《范聖則朱吉人合稿序》，第386頁。

評沈鉉臣「清則憲綱行，勤則事理」，生性純德，有恬淡之趣，為文「涉目諷吟，必極情性」〔註360〕，「清」自「德」出。

評楊子常、顧麟士之文：「言理則際在清微，繇而論事則功歸顯約」〔註361〕，「大士評子常文，又謂其清奧幽削，得秦漢之深，兩人相視莫逆」〔註362〕，清微顯約，清奧幽削，皆為「清簡」。

評章敬明：「清軌絕塵，海內誦歎……敬明穆行淵學，深於性命，其文寄尚高遠，不以寒暑燥濕變其音貌。予嘗私置評目，文家之有敬明，猶詩中之有靖節」〔註363〕，清軌絕塵如淵明之詩。

「若夫全列經意者，其文益清矣，關穿全理，它物不亂違於世之才色，修聲而初分自足」〔註364〕，講究經理，自有「清」意。

「清靜寧一，蓋於焉始」〔註365〕。

「莫若因殼至之品告以清明之說，窈窕肆變言人，人殊而酌於一理，安其起訖然後為文之得也。是故清文之無累，猶之潔士之無欲，無欲者萬行之所出，無累者萬文之所始。今有志聖人而學其辭者，不明乎聖人之意而惟辭之謀，則必將以春秋之所諱為學士之美談矣，欲懷往而抗俗其可得乎」〔註366〕。

「類同而氣清，外物莫之與間」〔註367〕。

「所以左右先生整潔風化者，其志猶一也」〔註368〕。

等等，綜觀以上論述，張溥之「清簡」與艾南英、吳應箕甚至清代方苞之「清」「潔」沒有本質上的不同，都是要求文章有清雅俊逸之氣，有澄明清遠之境界，同時文字簡潔顯約，文風天然無疵。可以看出，「清」「簡」之風也是明末有識之士振衰救弊的共同追求，因而在其文論中皆有體現。

〔註360〕張溥，《七錄齋詩文合集》古文近稿卷一《沈鉉臣詩草序》，第65頁。
〔註361〕張溥，《七錄齋詩文合集》古文存稿卷三《楊顧二子小言序》，第851頁。
〔註362〕張溥，《七錄齋詩文合集》古文近稿卷六《楊子常全稿序》，第638頁。
〔註363〕張溥，《七錄齋詩文合集》古文近稿卷一《章敬明令君稿序》，第 121～122頁。
〔註364〕張溥，《七錄齋詩文合集》古文存稿卷五《程墨表經序》，第1027～1028頁。
〔註365〕張溥，《七錄齋詩文合集》古文近稿卷四《葉行可令君稿序》，第394頁。
〔註366〕張溥，《七錄齋詩文合集》古文存稿卷三《天下善二集序》，第833頁。
〔註367〕張溥，《七錄齋詩文合集》古文存稿卷五《黎左嚴稿序》，第993～994頁。
〔註368〕張溥，《七錄齋詩文合集》古文存稿卷五《國表小品序》，第1057頁。

六、社事與選政

　　讀書會友，切磋文章技巧，是文社的一個基本功能。所以晚明文社諸子論文，尤其重要的一環就是如何利用結社來挽救士習文風和世運國風。張溥、張采等人也是輾轉南北，為挽救大明王朝的頹勢殫精竭慮，對成立文社的宗旨、意義、社規，選文的現狀、標準等都作出了獨到論述，在當時確實有其針對性和指導作用。

　　首先，明確立社之宗旨。

　　張采在《廣社序》中明確提出：「社義何昉？《禮》曰：『大夫以下，成群立社。』」「夫物以類應，放絲氣接。譬之大雅未發。不殊芸叟。而曰成聚成邑，……是知精神呼召，不係壚裏，彼著幾十，此解幾千，自謂有典，恐未通方也。」「社者，言乎其成群，自大夫以下，民族之秀者咸造。以當古賢能，當古孝悌力田，抑無負率子弟，牧人才之制矣。」〔註369〕張采說得很清楚，物以類聚，氣類相召，成群立社，志同道合之士為了一個共同的目標聚在一起共同努力，不離不棄，這就是結社！張溥更明確回答了他們這批有志之士的目標：「應社之始立也，所以志於尊經復古者。」〔註370〕「有志於考正者，夫亦明立社之始終，以求讀經之大要。」〔註371〕張采在《楊子嘗四書稿序》中談到創建「應社」的宣言：「毋或不孝悌，犯乃殺，窮且守，守道古處在官有名節。毋或墜，墜共諫，不聽乃黜。潔清以將，日慎一日。」〔註372〕不難看出，二人對結社的要求更注重社員德行的修養和實踐的培養，對文章就要求遵經復古，務為有用。

　　張溥曾談到應社創建之艱難：「立社之本末，進人之次序」「有感於應社之道不可以忽也，志成於昔年而事大於今日」〔註373〕「顧念應社草創，人文艱苦，介生持事，五百里內應者僅有十人，雲間一日而諸子彬彬抑至盛矣。余觀江南學者，類多開建，舉筆能文者不下數百輩，豈後生多才遽倍前人乎。大都今日為文，視前有數易，前患無塗，今明坦大道矣。前者師說窒之，時文敗之，今幸無事，童子八九歲能誦經史，積漸以往，何具而不善。前者無人起聲名，發高譽，為後學小子游說，今慮不文耳，苟有文，其聲必揚，此皆介生

〔註369〕張采，《知畏堂文存十二卷詩存四卷》卷三《廣社序》，第565頁。
〔註370〕張溥，《七錄齋詩文合集》古文存稿卷三《五經微文序》，第887頁。
〔註371〕張溥，《七錄齋詩文合集》古文存稿卷五《詩經應社序》，第1049～1050頁。
〔註372〕張采，《知畏堂文存十二卷詩存四卷》卷二《楊子嘗四書稿序》，第556頁。
〔註373〕張溥，《七錄齋詩文合集》古文存稿卷一《應社十三子序》，第659頁。

功高，在於學者善受也。雲間十七子，從勒卣、臥子、彝仲遊，否則各守其父兄之業，達於高遠。凡向所謂帖括制舉老生濡首不下者，盡麾去不觀，獨以聰明用之於正，一歲之中，已兼人數年，其誰跂焉。往余寓書勒卣曰，文章錯綜，諸子其猶夫子之牆矣。昨又語之曰，後銳甚勁，恐有拔宅而飛者，願先生謹避之。諸子學每上，余所稱誦亦屢遷，要以聖人為本，得其質矣。應社數人，歷風雨，涉時變，至深其所，飲食戲謔不敢隱於諸子，諸子以為近古也，而事之使無忘昔日乎，亦古人所為勩巾車也。」〔註374〕張采也說社中人員除了少數外，情況堪憂，世風日下，「且文章小技不足豔，自約社，從未聞子嘗有一辭之失，持身若處子，人固無猶加子嘗者。間有，第嘖嘖謝。六七年來，竊社事以賣名聲者變百出。」〔註375〕雖然文章小道，但是結社之初衷往往被「師說」和「時文」所敗，若能守父兄之業，以聖人為本，誦讀經史，必然達於高遠，不患名之不揚，許多社員並不明白其中的道理，急功近利，最終身敗名裂。

關於人品與文品的關係，前已論述較詳，人品高於文品，這是社中諸子共同的看法，所以張溥在考核社員人品時往往用一「誠」字：「應社之始立也，蓋其難哉，成於數人之志，而後漸廣以天下之意，五年之中，此數人者，度德考行未嘗急於求世之知而世多予之，其所以予之者何也？則以其誠也，無意於名而有其實，不嬰念於富貴貧賤而當其既至皆有以不亂。是故先與乎其人後與乎其文，為人之道有一不及於正者則辭之而不敢就，既與其人而文或有未至者則必申之以正，因其材之所命而樂其有成，是以邪僻之意無所形之於文，而四方之欲交此數人者，嘗觀其文而即知其人之無偽，則定社之大指也。」〔註376〕先人後文，不光是他們對文章風格的要求，同時更是加入文社的先決條件，此乃「定社之大旨」。

既然加入同一社團，那麼社中諸子應該親如兄弟，不分你我。張溥觀應社郡城十三子之文，有感而發：「十三子之中有一家之兄弟焉，有世兄弟焉，此以親相先者也，有同一師者焉，有師弟子同為友者焉，此以義相先者也。以親則情不可以概，以義則合不可以苟，此十三子之所綵名也。雖然論親與義而人與文或未至焉，其交猶可議也，論親與義而人文之道皆具乎中，則諸子之為友也，固百世之所觀也」，「知諸子之為人嚴於大節而略於苛怨，苟十

〔註374〕張溥，《七錄齋詩文合集》古文近稿卷四《震社序》，第363～365頁。
〔註375〕張采，《知畏堂文存十二卷詩存四卷》卷二《楊子嘗四書稿序》，第556頁。
〔註376〕張溥，《七錄齋詩文合集》古文存稿卷一《詩經應社序》，第1045～1046頁。

三子之外有誦聖賢之書行君子之道者，諸子未嘗不厚自詘抑進而與友也。寅卯之間，諸子之義亦稍見於天下矣，而不必言也，為子者必孝，為臣者必忠，如是而常焉，不如是而即以為大變，欲言之而無可也，故諸子之行日以遠，其氣亦日以靜，文之深指在乎必傳，而亢壯矯厲之意未或一動，使出而謀國家進退之際。」〔註377〕社中成員有的是親兄弟，有的是師友弟子「以義相先」的兄弟，既然都為一個共同的目標而奮鬥，那麼就不能再分親疏。在這一點上，郡城十三子可以說是為人為文之榜樣，求大同存小異，以大節為首，忽視苛怨，忠孝仁義，發於言表，文之必傳。張溥在《廣應社再序》中再次強調：「夫朋友之義與宗族之情，其本粲殊，比而同說則安稱焉，然而有其一者所謂親親之道，彼此之通也。且以十五國之人，各方峻阻，一旦而道姓氏稱兄弟，雖人事之應，求原其聲氣不可，謂非天也，天之所與德者上也，才者次也，再況其下則無之矣，是以社名之立義本周官，而今之文士取以為號，擇而後交，在久不渝，四海之大有同井之風焉，斯又王道之所存也。夫觀其緐來，朋友之戚繫於人倫，而士與士言，士歸之本業，出入進退不能離窮愁禍患，不能捨，若是而比於宗族，非過也。一不之慎而先搖其本。」〔註378〕社中兄弟皆來自五湖四海，生活背景各不相同，彼此都需要一個磨合的過程和時間，若能將朋友之義與宗族之情融合一體，那麼社本牢固，社事自然水到渠成，挽救民族危亡和士習文風的重任自然容易許多。

其次，對時文和選文有清醒的認識，著力批判，並以實際行動規範選政，以救文風。

時文之濫自萬曆以後變本加厲，雖然豪傑之士屢有起而革之，無奈積弊難返，無法撼動其分毫，對此，張采、張溥等人有著清醒的認識：「今且時藝相高下，虛尊小技，狃長予雄，則奈何。曰：制也。今之時藝，即周賢能，漢孝悌力田，用以率子弟，牧人才。故邑有社學，猶未離乎制也。且士不安鄉國，進求天下，又進而求古，情性使然。如鳳凰千仞斥鷃笑之，以斥鷃止知十步。日月經天螢火比之，以螢火止知尺光。無他，所志不廣，則識在區域。畎畝之子，推古抑今，適榮人賤己爾。」〔註379〕「慨時文之盛興，慮聖教之將絕，則各取所習之經，列其大義，聚前者之說求其是以訓乎俗苟，

〔註377〕張溥，《七錄齋詩文合集》古文存稿卷一《應社十三子序》，第661～662頁。
〔註378〕張溥，《七錄齋詩文合集》古文存稿卷三《廣應社再序》，第884～885頁。
〔註379〕張采，《知畏堂文存十二卷詩存四卷》卷三《廣社序》，第565頁。

或道里之遠難於質析，則假之制義通其問難，於是專家之書各有其本，而匡救近失先著於制義之辨以示易見。」〔註 380〕等等，此不一一贅述。因此，張溥大聲疾呼：「夫緣子常麟士之言則依法而不遷人慾，奮其聰明而有所不予，緣大士大力之言則弘人之才放於遠際，以文法牽之而有所不可，然而四子之詩皆獨立於當世，為士師表，及文成相觀千里，達信形聲，密同愛著，心本以是信學之至者，縱橫其辭不相傳會而理已，共域禮經之戒，雷同大易之言一致良有以也，是故誦詩之流盈於邦國，非四子則無所宗據，而豫章與虞山遂有兄弟之稱，一家之誼，迨澄嵐以齊魯之古學共立綱紀，而應社之詩作者益備書人書地觀風俗而知得失，蓋於諸家為獨全矣，然則有志於考正者，夫亦明立社之始終，以求讀經之大要。」〔註 381〕「不行封建不可以井田，不修學校不可以選舉，今天下庠序之法壞矣，猶幸有私居之論足以正其是非，傳於不墜，不得已而假時文以行之，託飛鳴之言，寓憂閔之志，非四亡又誰望焉。」〔註 382〕改革時文，訂立文法，通經復古，此亦立社宗旨之一，不可不重視。

　　時文如此，選文亦然。明中葉以後技巧機法泛濫，為迎合士子功利的需求和書商牟利的動機，時文選本大量流通市場，日益狹窄荒蕪。明末諸子為挽救時文之弊，提出「以選文救選文」之途，如江右章、羅、陳、艾諸人之選，形成浩瀚之勢，影響頗大。然而由於操選政者觀念的不同、內部的傾軋等原因，優秀的選本仍然曇花一現，很快無影無蹤，對此，婁東諸子亦痛心疾首。張溥說：「世之所謂選文者，吾憂之，非憂其說之長也，以其無一辭之有而盛矜己之色已，不自憂而吾代之憂也。然而其人皆一時之不足道者也，則吾之憂亦可以絕矣。夫惟有豪傑之流，喜學問善談說，借人之力以有其名，而邃然僻行而不反，則君子於斯不得不示以忠恕而加以慘怛，是蓋以憂悟之也。」〔註 383〕在《房稿王風序》中借友人之口說：「選文之難，難於作文，今日為甚。一文之出，評者百家，進退愛憎，各以其意，好事之目，不觀本文，先察評論，隨聲短長，波瀾在口，亦各欲予雄耳，何嘗有當於文字哉。孚不欲自為選，惟因人之選而正之故，不敢遽斯言也。」〔註 384〕「甚

〔註 380〕張溥，《七錄齋詩文合集》古文存稿卷五《詩經應社序》，第 1046 頁。
〔註 381〕張溥，《七錄齋詩文合集》古文存稿卷五《詩經應社序》，第 1048～1050 頁。
〔註 382〕張溥，《七錄齋詩文合集》古文近稿卷二《癸酉行卷定本序》，第 247 頁。
〔註 383〕張溥，《七錄齋詩文合集》古文存稿卷五《房稿文始經序》，第 1013 頁。
〔註 384〕張溥，《七錄齋詩文合集》古文近稿卷一《房稿王風序》，第 108 頁。

而好立奇怪者，低昂褒貶以示高則，近妄矣。一科之文類有絕尤，不攻其尤，不能表異，此近者選文之習」。〔註385〕另外如《易經》選者之現狀，「蓋眾經之文莫大於易」，之前雖有《易會二編》出，但很快就劣跡斑斑了：「易會二選已斑斑四方，逾年三選繼出，何前者見功之難，今者成事之易，又未嘗不太息斯文感慨以時也」「文則小變矣，言易之病數年，盛衰軌途不一，大率始禍詞章末邻，訓詁循久不更，旗轍俱敗，即大士新貴，千篇皆其梁間舊物，讀者以年推之，可以悟進」「每歎讀書之家謬是者無謙光之譚，畏縮者無登高之意，坐使神明日匱，絕學竟徂不覺。」〔註386〕「文字之有選，豈得已哉？觀乎洪瀾，惻隱之意勤焉，顧慮人之多言不可以直將自止也，而又迫於昧行之眾聞非道不知其過，見其下者而以為賢，苟聽之而不與之正，則終於荒矣，不顯不明而庸人之志安彌縫於物，而聖人君子善人正人之四選廢，亦誰之郵也？是以修業之士盛怨而不避無名而為之，蓋知罪之本末不言之有甚於言也。今衡文之家林林乎，夫人而命之矣，寓好惡於他人之作而號曰己書，使天下訓焉行焉，非其度其身可議也，非其律其聲可放也，若然則師繁諸胡為乎？」〔註387〕所以張溥得出一個結論：「蓋執選事者取捨之際，出於誠心，謂其文之不可廢也，然後表而著之。其風一改流為譏訕，蒙選之文，被彈彌酷，原其本意，欲新人耳目，便於通廣，於是志之所喜，揚文增麗，情之所惡，屈辭加辱。觀者不得其解，直以為然，或驟而相驚，樂觀戲謔，棄文不禦，訟言彼過。然則房書之選，乃人喜怒之一物，其無當於文，譬之瞽夫論星，或溢美為工，或專譏示直不知命則一也。」〔註388〕本來選者出於誠心，本著責任感欲將好文摘錄以流傳後世，但最終各以自己的愛憎私心、喜怒哀樂為選文標準，標新立異，迎合時好，牟取暴利，沽名釣譽，譁眾取寵，選文之初衷亦隨之大相徑庭了，所以張溥說「選文之難，難於作文，今日為甚」。

雖然時文、選文現狀都如此堪憂，但豪傑之士都是知難而上，知其不可為而為之，婁東諸子仍然誓將「以選文救選文」之法進行到底。張溥以選文為「救世之亟」〔註389〕，張采說：「文章小技，況於時藝，然既用以進身，即

〔註385〕張溥，《七錄齋詩文合集》古文近稿卷一《陳大士會稿序》，第 71 頁。
〔註386〕張溥，《七錄齋詩文合集》古文近稿卷六《易會三編序》，第 566～567 頁。
〔註387〕張溥，《七錄齋詩文合集》古文存稿卷五《行卷大小山序》，第 981～982 頁。
〔註388〕張溥，《七錄齋詩文合集》古文近稿卷一《劉伯宗房稿論文序》，第 104 頁。
〔註389〕張溥，《七錄齋詩文合集》古文存稿卷三《天下善二集序》，第 833 頁。

不復得自賤……余選房書，見佳篇之中，偶雜煩溷，擬改削一二，而勢不得止，恒連比接幅，因知年固未老，斯其一據。」〔註390〕張溥說：「言者心聲，文乃道器，議論可以不彰，人文不可以不錄。」〔註391〕「通取所作盡布刊刻，長篇短言備極大觀，不加點評，任人自得，此一法也；否則先擇選家，後辨去取，刪論精要，字櫛句比，出其精神，亦一法也。」〔註392〕在他們看來，只要秉承一定的原則並貫徹落實之，則文風必然能改變。雖然他們如無數先輩一樣過於樂觀，但其志可嘉，其行可表。關於選文的原則，在二張文集中多處可見，此處列舉數條，以資借鑒：

第一，「權量在心，然後可以權量天下」。張溥說：「凡人學問，有歲變者，有月變者，有日變者，予讀書而感於傳說，讀春秋而感於閔子焉，其論學至矣，歲以變成，物以變生，學亦如之，二李殆工其術者也，青來積文彌多，出其十之一，名衡言示世，夫權量在心，然後可以權量天下，文如青來，此長短輕重人者也，世何得而長短輕重之？」〔註393〕「文之至者，抑之彌揚，沉之彌著，所必然也。」〔註394〕操選政者要有「權量天下」之心，要明白文章自身的法陣規律，本著學術良心選出好文，一方面給舉子有所借鑒，一方面使優秀文章能傳之後世。

第二，「人無濫登，文無妄予」，「選之為言，去鄙登善」。張溥說：「凡以文至者，必書生平，先鄉黨，而次州邑，考聲就實，不謀而同，是以人無濫登，文無妄予。然踵而為之，其事漸難。夫一家之美，置之一邑，不易為工，一國之美，置之天下，見殊者少。蓋文物輻輳，愛惡相口，角才負長，後先不下，此必然之勢。雖逆睹者，無如何也。國表之初，英文駢聚，聲光外流，繼尚老成，一歸簡樸。或者疑功名盛衰之會，兆見於斯，不知物無常貴，時無常美，當事方萌芽，詆呵眾多，道不因詘，及物望既盛，隨聲稱妍，四海順流，勢不加長，是故或因排抑而益高，或緣贊助而見短，毀譽變化皆非本情。我所可信者，讀書行道不為升降而已。」〔註395〕「是以文之往來日益浩大，取之不勝。其取也，欲概而存之，奢而不可為，或簡擇其所，守則散求而不副，

〔註390〕張采，《知畏堂文存十二卷詩存四卷》卷十二《自題文稿》，第696頁。
〔註391〕張溥，《七錄齋詩文合集》古文近稿卷四《國表四選序》，第360頁。
〔註392〕張溥，《七錄齋詩文合集》古文近稿卷一《陳大士會稿序》，第71～72頁。
〔註393〕張溥，《七錄齋詩文合集》古文近稿卷五《李青來衡言小引》，第519頁。
〔註394〕張溥，《七錄齋詩文合集》古文近稿卷二《癸酉行卷定本序》，第247頁。
〔註395〕張溥，《七錄齋詩文合集》古文近稿卷四《國表四選序》，第357～359頁。

夫固知選之為言，去鄙登善，所為善存乎文也。」〔註 396〕「非義之無私者哉、若是而程墨之選，隱之者罪也，濫之者亦罪也。天子及乎庶民，不同位而總名之人，六藝之治不一法，而總名之經文可，非經則人可，非人與余之正告者，猶之乎初而已。」〔註 397〕張溥選文必先將此人之生平俚籍考聲就實，本著「人無濫登，文無妄予」、先人後文的原則，去偽存真，去粗取精，特別是「清簡」之言，尤為愛之，以此文章之變、升降之情皆可見矣。

第三，「復正之以社格，嚴之以選例，簡其人矣，而又取其文之數而簡之」。張溥說：「夫一經之學，人各為家而其事彌困，則莫若折衷於一以定其所向，故必同盟之人無不與聞乎，故而後其說可行，不得其人則無取乎多之也，既得其人則無取乎靳之也。雖然，吾黨於今之人既無所靳矣，而復正之以社格，嚴之以選例，簡其人矣，而又取其文之數而簡之，是何說歟，則未聞孔子之刪詩乎？」如同孔子刪詩，孔子行之不疑，後世也不以為過，所以要「進以決辭以正其所慮」。也就是「人文之數雖約而已，足以盡天下之望」〔註 398〕，「然則因其時而形之於選，因其選而有為之辭其說，亦可得而變與夫君子之自治也。嚴而責人以約，居已於不能而人無不為其可為，故引而之教也。」〔註 399〕「刪繁就簡」似乎是所有選家的一個共同標準，舉子何其多，文章何其多，各治五經者又何其多，如何從浩瀚無垠的文章裏面找出精品，「簡」之又「簡」是必不可少的。但同時，不能為求「簡」而「簡」，還需「藝不取於單經」，正因為經有「五經」之多，舉子所善各不相同，所以經常出現這種情況：「徵文之言其及貴廣而經義常不能應，則為之者少也。」有時候徵文廣泛，但是回應者少，「一經之文有所偏請而不獲，協之五經效益闊如，則致之者無其道也。夫亦度道理勤介紹，明其所望之有加而示以竟業之不遠，庶乎有遂也。是故四海之內凡為文字之國者，斯人之跡皆可得而至焉，況乎邦之哲人則版可數者乎，五經之書其流萬家有志者以己意衡之，別其長短，科其煩彙，則眾儒之稱並於一業，況乎文屬筆著顯辭之發明於口曉，尤為近今之凡，非

〔註 396〕張溥，《七錄齋詩文合集》古文存稿卷五《國表小品序》，第 1055 頁。

〔註 397〕張溥，《七錄齋詩文合集》古文存稿卷五《卯辰程墨表經序》，第 978～979 頁。

〔註 398〕張溥，《七錄齋詩文合集》古文存稿卷五《詩經應社再序代宋澄嵐》，第 1053 頁。

〔註 399〕張溥，《七錄齋詩文合集》古文存稿卷五《卯辰程墨表經序》，第 977～978 頁。

鮮克舉者乎？是以人之有之於四方也。申之以待見之情，告之以宴樂之期，其既也不得，其文不敢以旋，則五經之文其猶行者之衣表糇糧也，如之何其可緩也，故盡一社而請之，而藝不取於單經」。〔註400〕在求「簡」的同時，注意五經並重，各有持衡，就不會失於偏頗了。

第四，「以屬古而切今」。張溥說：「世有治亂則文士之辭因之為緩急，慮其亂而有緩辭焉，非其正也，幸其治而有急辭焉，亦非時之所與也」，「夫世之方棄亂而之治，文之方棄邪而之正，其數雖明於邪與亂之時，而因而持之，其力有倍於昔日之所為者，故世方治而一小人出，常足以為患文字之塗方軌於正，而或有立議不一，思為變亂者相傾其間，及其弊之見也，雖不至於勝，要之君子之御之也，則已勤矣，是以選文之說，推而致之，所有遠大未可謂徒及其事也。且昔之學者隨其酬覽發為篇詠，即山水亭樹之間草木興植之類，莫不念盛衰之理而慨然於國家之所以存亡，則謂稱文引墨，而不一察於當世之治亂，非人情也。」〔註401〕復社之宗旨即「復興古學，務為有用」，所以其選文標準也必須以此為準則，這就要求選家要通曉盛衰存亡之理，方能選出能為今所用之文。

第五，區分「房書之文」與「同人之文」。張溥說「集房書之文而進退之，與集同人之文而進退，之其為事均也，然而難易辨矣。房書之文，選捨便意因時為託，折衷於天下之通情而不必其人之接識，間有所存，指或近諛而一日之書，讀者諒焉，則以為無俟乎望之之備也。若同人之文，恢拓四海，不以常科事近囂庶而情多狃狎，苟習其姓名忘其文字，則一時以為罪而設辭無所立，故勢必出於廣塗而人皆修譽於有餘，選之者將從質焉，將從文焉，然不然之間猶未可知也。」「一科之變氣有先後，觀所通行同人之選，若為房書之接事，要其類文總德負耜行道者，不必其先之皆富貴也，立言於前而覽績於後，故房書未行而其文已達科目之人，使名不喻於同人，其文不無可惑焉，則知斯選之總紐風物嗣事若是其重也。」〔註402〕選「房書之文」自然不用理會是否相識，客觀評論便是，而「同人之文」選起來就困難許多，顧慮一多自然絆手絆腳，選文就很難客觀公正，加上一科之內風氣也有變化，有房書未行而已達科目之人，這些都要區別對待。

〔註400〕張溥，《七錄齋詩文合集》古文存稿卷三《五經徵文序》，第 888～889 頁。
〔註401〕張溥，《七錄齋詩文合集》古文存稿卷三《房稿香玉序》，第 880～881 頁。
〔註402〕張溥，《七錄齋詩文合集》古文存稿卷三《天下善二集序》，第 832 頁。

　　第六，區分「一時之文」與「一代之文」。如前所述，「選一代之文與一時之文，指同而法則有異，一時之文因材區覽，不求其全，以意遇之，物相當也，一代之文，立乎當日，接乎後世，非質之備者，天下之人易之矣。」舉子業乃「一時之文」，雖不求其全，也需參考「一代之文」的標準，務求傳之後世，「文之為名，不可輕受，而科目之說與金石之論復不相為通，選者又曷得而混諸韋子寅之，有是選也執衡自己，而常照俱絕，一科之內有其人與，否則幾於無之矣。即人之與於選者，其文備與，否則亦幾於不備之矣。嗟乎！以為國家取士之盛，縉紳先生負其能文者之眾多而約取嚴與不獲，以爵位之通顯列於文字之林，安在科目能量天下士哉。至簡稽既盡，廣之名社以足已志，雖子寅與人之周亦縠其慎乎，選者至也。夫始觀之於達人而終應之以四國，一代之秀偉雋紀者無不至於其前，而文之可否縠其進退，斯不亦豪傑之至，榮賞不德而罰無怨者哉。」〔註403〕

　　第七，「地有其人，人有其文，託於道路之遠，告以君子之志」。張溥與諸君論文，感歎「諸子左右其政，大約觀地之遠近別其文流，積數常多而取指貴少」於是刻《國表》諸集。張溥說：「夫文章之道，言人人殊，學者欲取而一之，域其煩約，採所長而被以有餘之名，優所短而長，其未成之美為之主者不亦難乎？然而君子有以辨之矣，出材之區不一其處，別用之道則存乎人，今以天下之大，概稱學者，舉繩尺而盡責，以太上之事議其不能而不予，以易至之說則人將虞大道之荒絕而安其舊常，苟或泛與謬取不稽其服，向狃於鄉黨之情而忘其久遠之論，則士無美惡，咸稱有群，彼此之意無所棄受，而賢者不得以表見二者，固物之通害也。當此而欲廣其教化之端，必使人皆明，其不得已多為之引，而終裁以正聖賢之道，或有存焉。……夫詠昔日之思賢，覽今日之求友，即而稱之，豈徒文字之謂乎？亦在斯人之倫無乎不淑也。是故地有其人，人有其文，託於道路之遠，告以君子之志，則與乎斯選者人倫之行，無敢闕如已。」〔註404〕地域性也是各大文社論人論文之重要參考標準，如前所述，一方之人情風俗，父子兄弟之相互濡沫和感召，往往形成獨特的地域文化和風格，選文時必須各地互重，無有偏愛，才能秉持選政。話雖如此，張溥選文還是有所偏重，如江右文士之風：「江右之為教，其功已見於天下矣，凡士之習其文者，莫不潔誠好學，務於古人之途，自明貴重……

〔註403〕張溥，《七錄齋詩文合集》古文存稿卷三《歷科文針序》，第875～877頁。
〔註404〕張溥，《七錄齋詩文合集》古文存稿卷一《國表序》，第655～657頁。

夫道德之士不樂言功名，功名之士不樂言道德，命於所性，弗能強也。抑趨
乎功名者，且與略道德之論，而以功名之說正焉，庶乎其猶有止也……江右
名士厚積而寡逢者，莫若大士大力文止，然慕義敦行之流從之，受經不遠千
里，未嘗見布衣輕於王公，及矜勢利者傴仰求食，則又有左嚴元公君斷先鳴
躍以示吾道之有用，折其氣焰而峻其廉隅，江右之教又何所負於天下哉。」
〔註405〕選文標準其實也是選家文章觀念的反映，如此推揚江右，亦可見張溥
文論之一斑。

除此以外，張溥還詳細記載了社中諸子選文之盛況，對社中操選政之主
力軍大為褒揚。「國表之文，凡更四選，其名不易。雖從天下之觀，亦以志舊
日，示不忘也。往者始事之秋，予與介生，約四方之文，各本其師，因其處。
於是介生、維斗、子常、麟士、勒卣主吳，彥林、來之主越，眉王、昆銅、伯
宗、次尾、道吉主江以上，大士、文止、士業、大力主豫章，曦侯主楚，昌
基、道掌、仲謀主閩，口嵐主齊魯之間。」〔註406〕「房書之選，莫甚今日，
以予所聞，吾黨諸子選本殆有十餘。臥子、受先、子常、麟士、吉士本最先
行，伯宗、次尾繼之，介生、維斗、石香所選乃晚出，指論各殊，宗尚一致。」
〔註407〕「蓋其志也。是以五經之選義各有託，子常麟士主詩，維斗來之，彥
林主書，簡臣介生主春秋，受先惠常主禮，溥與雲子則主易，振振然白其意
於天下，夫天下亦已知之矣。」〔註408〕社中諸子各主一地，或者各主一經，
分工合作，彬彬之盛，確為壯舉。

張溥非常推崇子常、麟士、介生、勒卣等人，雖然多有不遇，但張溥感
其「用意之忠厚，教人者無已」，「介生之選，博引群材，不沒小善；勒卣論尚
風格，裁口東西兩京；而止子常、麟士則本理切物，納天下於規矩。旬日之間，
選凡三見名家，先總見聞程墨，採覽當世行卷，復整齊大雅，義嚴而法。其說
曰，仁義之言求其備，非法之辭去其甚，我縣乎中正者而已矣。」〔註409〕「全
刻既病未遑，勢必出於刪選，此事何可輕屬，知非介生、受先不辦矣。介生於
丁卯之冬選大士傳稿，誦讀遍海內。今受先復集其已未刻諸篇，名為會稿，
與介生相表裏，乃信司馬子長讀《戰國策》，馬季長讀《漢書》，知言不易，非

〔註405〕張溥，《七錄齋詩文合集》古文存稿卷五《黎左嚴稿序》，第 991～994 頁。
〔註406〕張溥，《七錄齋詩文合集》古文近稿卷四《國表四選序》，第 357 頁。
〔註407〕張溥，《七錄齋詩文合集》古文近稿卷一《劉伯宗房稿論文序》，第 103 頁。
〔註408〕張溥，《七錄齋詩文合集》古文存稿卷三《五經徵文序》，第 887 頁。
〔註409〕張溥，《七錄齋詩文合集》古文近稿卷二《癸酉行卷定本序》，第 246 頁。

獨占人也。受先衡量文字，不概褒許，其引繩大士尤嚴，凡小品碎金，悉割去之，別為數種，不入會稿，曰予先其有用者。」〔註410〕他們都是張溥的得力助手，且選文規矩，義嚴法隨，兼顧以上各項標準，實乃選家之典範。

在這數人之中，張溥最為推崇介生。「介生為天下師表，十餘年來，晦明窮達，涉歷最長，不嬰其念。與之交者，望其粥粥，益深自下。予昔之見介生，與今之見介生，固猶是也。其為學問則從此遠矣。遠方之士間一過從，予必語之曰，君當見介生，何則見介生然後知名士之非奇中庸之莫及也。今者之選，半出介生，左之遠來相與論析，去取多寡，無庸心焉。交厚者不必其盡存，褒異者不必其識面，亦因孟樸之有發，其什一已足偉然爾。」〔註411〕「夫介生之功在天下深矣」，「夫既慕其為人，必將有偉行顯問昭於四方，豈徒文字之謂歟？」〔註412〕「祝尊光兄弟序次壬戌以來所謂房書文字之最者而行之，予讀之而慨然曰：觀乎斯際，介生之功大矣。壬戌以前，天下不知有文字也，壬戌以後，言文字者無人而不能也，始選高明之論，繼稱聖人之說，房書既盡而社文踵興，於是學者觀所取。」「予方悲壬戌以前，人皆夜行，不識聖賢禮義之訓，而不意又有欲嗣其說者，抑何不肖之未絕於世也。是故戊丑之間迄於今日，文字之治亂不可勝道，介生不言其功而天下歸之，豈無故歟？」〔註413〕介生之所以功在天下，首先其德行乃天下師表，是士子學習之典範；其次，十幾年來，孜孜不倦，選高明之論，繼聖人之說，乃立社之砥柱，所以張溥屢次稱介生「功在天下深矣」，不言其功而天下皆知，其惺惺相惜之情溢於言表。

其次是大士。「大士以易冠南宮，曩日社刻盡更為房稿」，「大士寓長安亦有易選，多以己文實之，然手筆在世，不可徑匿瑞五涉目，即辨又遍訪書林，徵之藏者，向時千篇袖然後聚，雖題文異同，間出在大士屋樑間，物已拂拭大半，羅子繡仲宜黃人，大士鄰邑上少精易學，得異人指授，近讀書受先所與瑞五，論易稱善，遂佐助點定大士經稿，二子學易昕夕不倦，其所持說更日輒進，大士諸本直能目間鼻觀，著其蘊要，子嘗歎經學放棄江河，今日大士易文亦其九經庫中之苞苴篋笥耳，推而出之，責在學者，然即此數百世不

〔註410〕張溥，《七錄齋詩文合集》古文近稿卷一《陳大士會稿序》，第72頁。
〔註411〕張溥，《七錄齋詩文合集》古文近稿卷四《國表四選序》，第359～360頁。
〔註412〕張溥，《七錄齋詩文合集》古文存稿卷五《房稿文始經序》，第1015頁。
〔註413〕張溥，《七錄齋詩文合集》古文存稿卷五《三科文治序》，第999頁。

解，讀聽古樂欲臥者比比也，瑞五髫也學大人之學，繡仲儒者靜而造大，其所為易文掉臂於大士之門，殆將歌出金石聲滿天地，今大士選成，予度他日二子文出，必有心知好之如今日之選大士者。」〔註414〕大士選文以《易經》為勝，亦可為選家典範。

最後，在《兩漢文選序》中張溥詳細分析了張受先與梅禹金選兩漢文之異同和優劣：

> 兩漢文世無佳選，曩聞梅禹金先生本最善，惜未見也。比歸家，受先漢文選成，讀之歎其神絕，然不觀梅氏本，心終不安。千里寓書朗三，索其故稿。朗三者，先生孫，學行能光大其先人者也。朗三鄭重祖父舊書，向度藏之，以予與受先之請，始出相示，讀之益歎受先之選精尤絕倫，與梅氏合轍也。梅氏之書，人自為第，意在網羅故聞，義存堙沒，斷碣碎碑，簡括恐後，閨房之辭，鬼神之句，云係漢代，一字必留。受先則以體用為主，大章短篇，事貴明顯，登其全文，緩錄殘闕。然梅本次世系，論存亡，人各成卷，據代修職，便於覽考。受先分建文體，矜張法式，篇以類從，上自詔令，下逮筆箚，疏別昭整，兼有華質。梅本聚書既多，采文尚隱，兩漢諸子襃然有書者，別為子家，不入文目，詩賦騷歌，漢體叢長，有韻之言，與文殊路，復設一選，不關其科。受先大致亦然，子書韻語別為選論，文始專塗，事雖不謀，理實同致，極通人之能事，可謂前不負述，後不嫌創也。且讀梅本者，案滅沒之事，臚闕疑之書，一文異傳，縱恣冥括，曹丕《典論》，鍾嶸《詩品》，緣此而生。讀張選者，尊國君，貶亂賊，崇令主，黜百夷，篇書其所來，人記其所出，賢愚治亂，發策煥如，如登宗廟朝廷，禮樂備矣。此文紀文選所為並行彌邵，無辭眩曜者也。往者受先昇，予念之數年，著作分任，從厥攸好，自漢迄元，代當有文，左右史書，記言記事，稽古為烈。受先慨然承業，今且施之功用，梅禹金先生則有《皇霸文紀》，至陳隋終焉。君子之學，何多同乎，予又幸不孤矣。〔註415〕

二人都是操選政之大家，都有豐富的選文經驗，二選本各有所長。相同處是

〔註414〕張溥，《七錄齋詩文合集》古文近稿卷六《陳大士易經會稿序》，第624～625頁。

〔註415〕張溥，《七錄齋詩文合集》古文近稿卷二《兩漢文選序》，第165～168頁。

梅本、張本都將子書、韻語分開選論，但各有側重。不同處則梅本網羅舊聞，義存湮沒之功稍勝；張本以體用為主，殘闕緩錄。梅本以人編次，便於考覽；張本以文體編次，疏別辨類。讀梅本則利於稽考，讀張本賢愚治亂多有發明。在張溥看來，此二選本對於操選政者皆有可借鑒處，宜學之。

第七章　從衰頹到殿軍：天啟崇禎時期的八股文批評（下）

　　天啟崇禎年間救亡抗爭與起衰振興並存，八股文壇則迷離空疏與慷慨悲歌對峙，文社諸子雖然陣營不同，觀點各異，互相辯難，最後或殺身成仁，或隱居出世，但是他們以八股時文批評為刀劍進行救亡圖存的活動似乎染上了共同的血色悲壯之氣。經過一百多年的沿革流變，數代知識分子嘔心瀝血的探討摸索，八股文各方面的理論總結雖然龐雜，但也漸趨完善，隨著明王朝的滅亡，以更加強勁的勢頭躍入後世。本章以艾南英、黃淳耀、吳應箕為例，將其作為明代八股文批評殿軍之人，以期對明代八股文批評的嬗變有一個較為完整的認識。

第一節　艾南英的八股文批評

　　艾南英（1583～1646）字千子，號天傭，東鄉縣上積鄉艾家村人。《明史文苑列傳》載七歲作《竹林七賢論》，「長為諸生，好學無所不窺」，曾師從縣令李精白、同鄉先達湯顯祖等人。南英七次落第，於天啟四年始舉於鄉，但是當時座主檢討丁乾學、給事中郝士膏兩人「發策詆魏忠賢」，南英「對策亦有譏刺語」，魏忠賢大怒，丁、郝二人被罷官，南英亦被罰停三科。自莊烈帝即位，又陸續參加考試，皆不第，以舉人終。時場屋腐爛，南英與同郡章世純、羅萬藻、陳際泰等人以興起斯文為己任，並選編、編輯、刊刻發行八股文選本，影響頗大，「世人翕然歸之，稱為章、羅、陳、艾」。艾南英之文與理論

在當時引起巨大的反響，親友後學甚至將之比作堯、舜、孔、孟，韓、柳、歐、蘇，其挽救時弊，釐定文體之功不可磨滅。其文古文時文合二為一，既有古文之紆徐曉暢，又有時文之開合錯綜，既有史遷之雄剛，又有醉翁之韻折，兼百家之眾長，獨步千古。同時文社興起，選本泛濫，復興古學，力排王李，或尊唐宋，或尊秦漢，以艾南英為代表的豫章社與以張溥、張采、周忠所代表的吳中文社，就選政問題展開了曠日持久的論戰。南英「負氣陵人，人多憚其口」，其性格耿直，堅守原則，指斥錯漏，直言不諱，於人多有得罪。加上當時復社實力強大，章、羅、陳、艾屢遭分化，這場論戰最後以南英慘敗告終。南英晚年著書故里，上疏陳事，關心國計民生。後清兵入關，南英投筆從戎，舉家抗清，亦以失敗告終，後憂憤而亡，享年六十四歲。〔註1〕

經由正、嘉諸公提出「以古文為時文」理論，將古文技法應用於時文創作，又及隆、萬諸公「古文時文合二為一」理論的闡揚，至啟、禎時期，古文、時文幾密不可分，古文理論與時文理論亦相互滲透參雜。南英論文，多以時文為主，旁及古文，甚至很多時文理論皆從古文而出，很多古文理論亦有時文痕跡。在隆、萬諸家論文基礎之上，南英再次重申舉業時文之地位，同時涉及文與質、文與時代、文與道、文與法、文之氣、文與神、文與人等古代文章學根本問題。南英一直以正興文體為己任，不遺餘力指斥時弊，大肆呼籲有志之士改革文體，並以選本為媒介，以圖力挽狂瀾。他推崇韓、柳、歐、曾等古文之法，恪遵傳注，講求義法，注重神氣，提倡雅潔文風，在當時引起很大的聲勢。可以說，艾南英為扭轉八股文風、探討八股技法、純正八股思想做出了較全面的論述和概括。

一、「古今文詞中之有制舉業，猶百官中之有相」：重申舉業時文地位

關於取士制度，前人理論多有涉及，無非是鄉察里舉與八股科舉相比較。艾南英認為：「三代之世，取士之塗稟於一，然士之進也似易而實難。戰國之世，士以其術自進，然士之進也似難而實易。唐宋以來，士不難於進而難於自立。至於今日之士，進也難與易兼行於世，而其難者至於廢頓轉徙而無所從。」自三代而下，取士制度不一樣，士之進退難易也不同，因為三代之世鄉舉里選之法，「士有賢能足以自興者，未有不列於朝，然士之致此者，必其孝

〔註1〕張廷玉等著，《明史》卷二二八《文苑四》，《四庫全書》本。

悌忠信，素孚於宗黨，而無間言，格之以誠，積之以久，其名非可詭立而冒飾也，故曰似易而實難」。到了戰國之世，「士各以其說干諸侯，以蘇秦張儀之才，致困於秦廷，辱於楚相，然天下分裂，諸侯各招致賓客，互收其所棄之士，不得志於此者，必得於其所敵，故曰似難而實易」。唐宋以來，雖有貢舉學校之設，「然士有以獻賦得官，而當時藩鎮所辟，有入為朝臣名公卿者，至宋則大臣之所薦舉，及其父兄姻婭所得任子，皆蔚然名世，偉人出其中，則是士之不難於進而難於自立者也」。而自入明以來，以四書五經取士，士子只要專攻一經，能做八股文，即使對其他書籍一竅不通，照樣可以登科仕進。此種方法看起來非常容易，南英卻認為「易者愈易，則難者愈難」，因為「主司可以易售，則士之進其勢有必至於難者」，於是高才積學，終身而不得志。這些士子既不能如鄉舉里選之世可以積行自見，也不能如戰國亂世之君可以互收其所棄，只能「求良主司者而售焉」。這種風氣，成、弘之前，士子不恥，隆、萬以來，「有志之士相率效之為焚舟之戰，致有鬻產貿貸而為之者」，士風日壞，士之不得志於時也愈烈。〔註2〕

雖然科舉取士讓士子難以相兼，與前代取士制度各有千秋，但是從洪、永以來立制之初，其取士之本心是好的。張良御評《萬永師近藝序》有云：「帖括一道束舉世聰明才俊，歛華就實，求學問有用之根柢，而踵習既久，流為浮浪，盡失先王設科取士本意，是以草野抵巇之徒，往往倡為廢八股之說，蓋激論也。自東鄉出，而歸唐諸老之業如五緯在天，芒寒色正，遂覺國家非此不足以得士，則謂八股之制雖百世不易可也。」〔註3〕雖然八股取士多有弊病，越到後來，其弊愈深，有識之士多口誅筆伐，但是「八股之制雖百世不易可也」。具體從考試內容四書五經來說，「《易》《書》《詩》《春秋》《戴記》各占其一以為業，而《學》《庸》《語》《孟》四子之書，則士皆合而治之。嗚呼，祖宗朝取士之法可謂盡倫盡制矣。窺其意，蓋以為六經之精微盡於四子之書也，詩三百篇其引見於四書者什而六七，聖賢之說，詩與諸儒之說，詩拘牽文義者，可謂殊矣。其語及於易、書、春秋者尤寡，然而吉凶消長、進退存亡之理，若四時行而百物生，無往不寓也。進而告其列國之君大夫，退而與其子弟言政，皆古帝王脩身齊家、臧否得失、褒譏之林。至於禮樂尤約言

〔註2〕艾南英，《天傭子集》卷四《段康侯近藝序》，道光十六年（1837）艾舟重校本。以下艾南英引文出自該集者，只標卷數和篇名，其他略。

〔註3〕《天傭子集》卷四《萬永師近藝序》張良御評語。

之，乃在視聽言動，治其性情之事。蓋六經之精微，至四書而源流癒合，踐履見矣，其神存，是以畧其器。」〔註4〕南英認為八股取士乃「盡倫盡制」，主要是因為六經之精微盡於四子之書，士子習舉業，就能存聖賢之神，略浮表之器。如果士子學之有道，必能思想純正，學識超群，相比其他取士方式，八股取士應該是最能錄取到符合統治階級意志的人才的一種方法。

所以，跟八股取士制度相匹配，時文的地位自然不可小覷。南英認為：「試卷雖小技，然於天人性命，皇帝王伯之道備矣。其視有力如虎，執轡如組者，自許當何如聊志焉，以自見也，且又以為國家之功令存焉？」〔註5〕「小之以文章扶世運，大之以功名獎帝室。其大者責不相及而盡，其小者亦庶幾忠孝之思。」〔註6〕「今之制藝必與漢賦、唐詩、宋之雜文、元之曲，共稱能事於後世。」〔註7〕「竊嘗謂文之備性命，見古今，虛靈圓，變千萬態而不可窮者，莫如時文，雖英雄能文章如漢武、唐明，使其復生，所為取士之法不能捨此而他。」之所以如此，就是因為其他文體各有弊病：「詩賦之弊校量聲律，誅求蟲鳥，相襲為蕪穢，今唐宋所傳取士之牘具在，讀之未有不終卷而厭者也。至於論策，雖今之程序已不免浮華補綴，而使士子以為首試，則分門搜繹，大同小異，勢必使四千人如一牘而後已，乃若性命之說，豈更有加於六經語孟之書。吾常取楞嚴華、嚴諸大部讀之，其大義不甚相遠，其究竟一說，每中卷掩而思之，則其逃遁重複，藏露首尾，未有不如吾所料者，然後知彼宗有不立文字之教，蓋亦厭其支離而無所底止也。」〔註8〕詩賦論策皆有弊病，最終讓人讀之生厭，惟八股時文「備性命」「見古今」「虛靈圓」，千變萬化，包羅萬象，不可窮盡。

舉子業在詩、古文詞等其他文體中的地位，艾南英將之比作百官之相：「夫古今文詞中之有制舉業，猶百官中之有相」。這是因為：「古今文詞可以無所不及，猶官人以材可以無所不器。獨為相不然，我國朝先正之論相也，曰：持心如水，以義理為權衡而已無與焉，而其自言也，則以疾惡太深為己病。古今文詞中之有制舉業，亦復如之制舉業者，以題為權衡而已，無與焉者也，疾惡太深，古人所尊事者，尚不可以為相，況於制舉業？而可以偏見

〔註4〕《天傭子集》卷一《今文待序篇中》。
〔註5〕《天傭子集》卷二《後歷試卷自序》。
〔註6〕《天傭子集》卷一《庚午墨恕序》。
〔註7〕《天傭子集》卷三《王康侯合併稿序》。
〔註8〕《天傭子集》卷二《詹曰至近藝序》。

偏才，御題為我乎？故仍舊例而分之，至於今天下之為選政者多仍吾意，不棄葑菲，故間搜諸社選以廣吾所未備，人因我，我亦因人，所以集眾思而示大公也。」〔註9〕在《李元雲近藝序》中艾南英也說：「今夫詩古文辭之為道，其原本經術，與舉子業無以異也。其首尾開合、抑揚淺深、發止斂散之局，與舉子業無以異也。為古文辭而不得雜取世說、諧諢以自累，與為舉子業而不得沿時趨習語，方言俚諺，以自遠於爾雅深厚之意，無以異也。蓋有為詩古文辭而不能為舉子業者矣，若夫精於舉子業者，未有不由於詩古文辭也。」〔註10〕舉子業本來就是文備眾體，兼有詩、古文詞之特點，就好像宰相率領百官，要遊刃有餘，方為好文。無論其經術源頭，還是文章技法、創作思想，舉子業與詩、古文詞都是本同而末異。所以說只要舉子業做得好，則作詩作文信手拈來，相反，詩文做得好，卻未必能做好舉子業，可見一斑。

二、「非將相之器而止於諸生之技」：重申舉業之弊

時文之弊經隆、萬到啟、禎號為極致，「為經生者不復省章句傳註為何語，諸子百家二氏皆可為宗，幾不知孔孟曾思為何人，此豈復有文字哉？東鄉艾千子起而大聲疾呼，而後天下瞿然復知有儒者古文之學」〔註11〕，「蓋向年文章之弊弊在偽子書，今日文章之弊弊在偽經術。偽子書之弊為魑魅魍魎，偽經術之弊為酸弊頭巾」〔註12〕。高暌也說：「蓋有明開國之初，宋景濂先生以醇正爾雅開風氣之先，迨宏嘉之際，前後七子相繼而起，皆聰明才智學力過人之士，倡為不讀唐以後書之論，其所著作較之唐承六代宋承五季之陋，迥乎其不相侔，然不無割裂餖飣之弊，斯時即有一一才俊灼然以為此非史漢之真派，然其才力不敵，未能與之爭也。賴有震川、荊川、遵巖、鹿門諸先生輩出，皆通經學古之儒，於是不徒以口舌爭，而務為醇正爾雅之文，以救正之天下，亦既曉然知所向往矣。厥後雲間有才士數輩，復吹王李之焰，斥荊川、震川為宋頭巾之義，此其人聰明才智學力皆能過人，其語言又足以聳人之耳目。」〔註13〕由於朝廷偏重進士之科，士子仕進無有他途，士子空疏不學、鄙陋無志，加上衡文者事權不一，時文日益腐爛，偽經、偽子充斥其間，割經

〔註 9〕《天傭子集》卷一《增補今文定今文待序》。
〔註10〕《天傭子集》卷二《李元雲近藝序》。
〔註11〕《天傭子集》卷一《總論》十二條。
〔註12〕《天傭子集》卷五《再與臨川張侯書》。
〔註13〕《天傭子集》卷一高暌《序》。

竄史，名農道法，無所不入。南英大聲疾呼，痛陳其弊，現略舉如下數條：

首先，朝廷偏重進士科，舉子應試艱苦異常。

南英認為：「國初用舉業取士，其意蓋慮徵聘薦舉久之長僥倖之門，故糊名易書示天下，以至公然，常多為之塗，不盡出於甲榜，但使士之稍能斯道，不致離經悖旨者，皆得出為時用，則得人之塗廣，非如今之偏重進士科也。」所以「豪傑有志之士生於今日，逢聖明之主欲見功業於當世，既不能如國初之塗寬而勢便，而內自政府，外自撫按，錮護資格明經乙榜，雖吏治如龔黃，廉如夷齊，議論如陸贄，直諫敢言如汲黯魏徵，亦終浮沉州縣，勢不得不借進士以自見，而其所為舉業以媒進士者，理道愈微，學術愈分，遇合愈難，主司之衡裁愈眯亂不敢誰何天下赴試之士如儀秦之游說，簡鍊揣摩，引錐自刺，求當而後已，不幸不遇，則亦往往有蘇君之時，儀何敢言之意，其堅且苦如此，且三年屈首，所歷窮愁隱約姑置勿論，雖當偕計吏赴春明，所過北風疾勁，塵埃蔽目鬢，凍如木冰，與郵從走卒，爭捨身中，時時聞驢馬溲溺臭，久習安若，更以為香美，往往寅而作枵腹，冒露而行日午始得食薄暮倉皇投止几案，筆硯不能精良，然猶展卷疾書，揣摩時務，冀倖經書題義一當闈中之目，此亦蘇秦簡鍊揣摩時也。然才窘力薄，學不足以應卒者，終不能為。」〔註14〕雖然取士之途廣，但是當今朝廷偏重進士科，士子要想有所作為，不得不以此為媒介，將其身家性命寄於舉業一途。刳心枯形，以求當於主司，不過也就是圖個溫飽，安居樂業。張良御評《梁飲光姜開先合刻北征草序》也說：「國家以進士取士，士自入學識字，其父師所耳提面命者，不過以此為大事了畢，所謂書中自有金屋玉顏者，此胚胎種得已久，一旦得志，只知為所欲為，如駕輕車就熟路，何處與之謀經國大業不朽盛事哉？湛甘泉所以說科舉壞人心術也。」〔註15〕

至於應試之苦，南英不堪其痛，在《前歷試卷自敘》中多次以「備嘗諸生之苦未有如予者也」來形容，並指出其文章皆出自「勤苦憂患、驚怖束縛」之中。現將全文摘錄如下，略作參考：

> 嗟乎，備嘗諸生之苦未有如予者也。舊制諸生於郡縣，有司按
> 季課程名季考，及所部御史入境，取其士什之一，而校之名觀風，
> 二者既非諸生駒陟進取之所繫，而予又以嬾慢成癖，輒不及與試，

〔註14〕 《天傭子集》卷四《梁飲光姜開先合刻北征草序》。
〔註15〕 《天傭子集》卷四《梁飲光姜開先合刻北征草序》張良御評語。

獨督學使者於諸生為職掌，其歲考則諸生之駒陟繫焉，非患病及內外艱，無不與試者。其科考則三歲大比，縣升其秀，以達於郡，郡升其秀，以達於督學，督學又升其秀，以試於鄉闈，不及是者，又有遺才大收，以盡其長，非是塗也，雖孔孟無由而進，故予先後試卷盡出是二者。試之日衙鼓三號，雖冰霜凍結，諸生露立門外，督學衣緋坐堂上，燈燭輝煌，圍爐輕煖自如，諸生解衣露足，左手執筆硯，右手持布礪，聽郡縣有司唱名，以次立甬道至督學前，每諸生一名，搜檢軍二名，上窮髮際，下至膝踵，倮腹赤踝，為漏數箭而後畢，雖壯者無不齒震凍慄，腰以下大都寒沍僵裂，不知為體膚所在。遇天暑酷烈，督學輕綺陰涼，飲茗揮箑自如，諸生什佰為群，擁立塵坌中法，既不敢執扇，又衣大布厚衣，比至就席，數百人夾坐，蒸薰腥雜，汗淫浹背，勺漿不入口，雖設有供茶吏，然率不敢飲，飲必朱鈐，其牘疑以為弊文，雖工降一等。蓋受困於寒暑者如此，既就席命題，題一以教官宣讀。便短視者一書牌上，吏執而下巡。便重聽者近廢宣讀，獨以牌書某學某題。一日數學則數吏執牌而下，而予以短視不能見咫尺，必屏氣囁嚅，詢傍舍生問所目，而督學又望視臺上，東西立瞭高軍四名，諸生無敢仰視，四顧麗立、伸欠倚語側席者，有則又朱鈐其牘，以越規論文，雖工降一等。用是腰脊拘困，雖溲溺不得自由，蓋所以縶其手足，便利者又如此。所置坐席取給工吏，吏大半浸漁所費，倉卒取辦，臨時規制，狹迫不能舒左右肱，又薄脆疏縫，據坐稍重，即恐折僕，而同號諸生常十餘人慮有更號，率十餘坐以竹聯之，手足稍動則諸坐皆動，竟日無寧時，字為跛踦。而自閩中一二督學重懷挾之禁，諸生並不得執硯，硯又取給工吏率皆青刓頑石，滑不受墨，雖一事足以困其手力，不幸坐漏痕，承簷所在，霖雨傾注，以衣覆卷，疾書而畢事，蓋受困於胥吏之不僅者又如此。比閱卷，大率督學以一人閱數千人之文，文有平奇虛實、煩簡濃淡之異，而主司之好尚亦如之，取必於一流之材，則雖宿學不能無恐，而予常有天幸，然高下既定，督學覆衣緋坐堂上，郡縣有司候視門外，教官立墀下，諸生俛行以次至凡案前，跽而受教，噤不敢發聲，視所試優劣，分從甬道西角門以出，當是時，其面目不可以語妻孥。蓋所為拘牽文法以困折其氣者又如

此，嗟乎，備嘗諸生之苦未有如予者也。至入鄉闈，所為搜檢防禁，
囚首垢面，夜露晝暴，暑暍風沙之苦，無異於小試，獨起居飲食稍
稍自便，而房司非一手，又皆薄書獄訟之餘，非若督學之靜專屏營，
以文為職。而予七試七挫，改弦易轍，智盡能索，始則為秦漢子史
之文，而闈中目之為野。改而從震澤昆陵，成宏先正之禮，而闈中
又目之為老。近則雖以公穀孝經韓歐蘇曾大家之句，而房司亦不知
其為何語，每一試已，則登賢書者，雖空疏庸腐、稚拙鄙陋，猶得
與郡縣有司分庭抗禮，而子以積學二十餘年，制藝自鶴灘、守溪，
下至宏正、嘉隆，大家無所不究，書自六籍子史、濂洛關閩，百家
眾說，陰陽兵律，山經地志，浮屠老子之文章，無所不習，而顧不
得與空疏庸腐、稚拙鄙陋者為伍，每一念至，欲棄舉業，不事杜門
著書，考古今治亂興衰之故，以自見於世，而又念不能為逸民以終
老。嗟乎，備嘗諸生之苦未有如予者也。〔註16〕

南英應試，從縣到郡到督學到鄉闈，冬天冰霜凍結，夏天暑熱酷烈，考試時
間之難耐，環境之艱苦，超乎常人想像。加上考官閱卷，乃訴訟之餘，多有不
公之處，屢試不第。後改弦易轍，時尊秦漢，時尊歐蘇，甚至空疏庸腐、稚拙
鄙陋之語、六經子史、百家眾說、陰陽兵律、山徑地志、浮屠老子之書，無所
不習，其唯一的目的就是務為合於有司之目。結果仍然七試七挫，老於舉人，
其艱辛苦楚超於常人。

其次，南英在《今文待序篇上》《今文待序篇中》《今文待序篇下》中將
舉業之弊概括為三條，一為士子鄙陋無志，不深求聖賢之理。二為即使深求
聖賢之理，或又溺於器，不知其精微之所在。三為有借舉業以文其禪者，弊
陋更甚。

在《今文待序篇上》中艾南英說：「事有傳於千百世之遠而後世疑以為非
說，有出於一人而天下或以為是君子闕之，至於制舉業亦然，則以其說傳於
千百世之遠，而亦或出於一人也。以予觀於今之學者，不特溺於所習聞而已，
雖其說僅倡於一時，權藉聲勢之人亦患然若終身之人而不敢他適，嗚呼，何
其自視之淺也。古之君子其自許也不輕，故其待人也不苟，其於論師取友，
矜慎詳復再三而後可，以韓退之之豪，欲屈一李習之而不能其持論也，常與
退之角，徽國文公以斯道為己任，其於龍川、東萊、象山三君子所學既不苟，

〔註16〕《天傭子集》卷二《前歷試卷自敘》。

為同三君子亦各自持其說，考其一時朋友切磋之助，皆後世所不及，而學術人才之盛，至今令人追慕而不能已。今者學一先生之言，惟恐其不肖，又惟恐其或攻之也，相與峻其營壘，嗚呼，何其自許之小也。至最下者又從而獵其詞，吾無取焉，而所錄於斯刻者，又間有所乙注，吾求無愧於聖賢之理而已。夫鄙陋而無志，不深求聖賢之理，而安於庸眾之說，此昔賢之所棄也。」〔註17〕南英認為當今舉子自視太淺，弊陋無志，囿於一家之說而務求逼肖，甚至終身死守成說、分門別派、營壘相攻，如此，則於聖賢之理大異其趣。

　　艾南英在《今文待序篇中》中說：「易、書、詩、春秋、戴記各占其一以為業，而學、庸、語、孟四子之書，則士皆合而治之。嗚呼，祖宗朝取士之法可謂盡倫盡制矣。窺其意，蓋以為六經之精微盡於四子之書也，詩三百篇其引見於四書者什而六七，聖賢之說，詩與諸儒之說，詩拘牽文義者，可謂殊矣。其語及於易、書、春秋者尤寡，然而吉凶消長、進退存亡之理，若四時行而百物生，無往不寓也。進而告其列國之君大夫，退而與其子弟言政，皆古帝王脩身齊家、臧否得失、褒譏之林。至於禮樂尤約言之，乃在視聽言動，治其性情之事。蓋六經之精微，至四書而源流癒合，踐履見矣，其神存，是以畧其器。今為舉業者，日取名物象數銖兩而配合之，蓋六經之句，三百六十屬之官名，鍾鼓玉帛匏土革木之器，無不見於學庸語孟之文，嗚呼，何其龕鄙而不倫也。其最陋者厭薄成祖文皇帝所表章欽定之《大全》，而驕語漢疏以為古，遂欲駕馬鄭王杜於程朱之上，不知漢儒於道十未窺其一二也。宋大儒之所不屑，而今且尊奉其棄，余其好名而無實，亦可見矣。若夫取刑名農墨黃老之學陰竄入以代孔孟之言，自以為奇且古，而不知其是非頗謬於聖人，此又馬鄭王杜諸君子所不屑也。」〔註18〕本來祖宗創取士之法是盡倫盡制，是可以窮盡四書五經聖賢之理的。所謂略其器、存其神，當今士子卻反其道而行之，沉迷形而下，溺於器而不知聖賢精微之所在，好名而無實，甚至取刑名農墨黃老之學陰竄聖賢之理，其弊益遠。

　　他在《今文待序篇下》中也說：「嗚呼，制舉業中始為禪之說者誰歟？原其始蓋由一二聰明才辯之徒，厭先儒敬義誠明、窮理格物之說，樂簡便而畏繩束，其端肇於宋南渡之季，而慈湖楊氏之書為最著。國初時功令嚴密，匪程朱之言弗遵也，蓋至摘取良知之說，而士稍異學矣，然予觀其書，不過師

〔註17〕《天傭子集》卷一《今文待序篇上》。
〔註18〕《天傭子集》卷一《今文待序篇中》。

友講論、立教明宗而已，未嘗以入制舉業也。其徒龍谿緒山闡明其師之說而又過焉，亦未嘗以入制舉業也。龍谿之舉業不傳陽明、緒山，班班可考矣。衡較其文，持詳矜重，若未始肆，然欲自異於朱氏之學者，然則今之為此者，誰為之始歟？吾姑為隱其姓名而又詳乙注其文，使學者知以宗門之糟粕，為舉業之俑者，自斯人始。嗚呼，降而為傳燈於彼教初說，其淺深相去已遠矣，又況附會以援儒入墨之輩，其鄙陋可勝道哉？今其大旨不過曰：耳自天聰，目自天明。猶告子曰生之謂性而已，及其厭窮理格物之迂而去之，猶告子曰：不得於言，勿求於心而已。任其所之而冥行焉，此中庸所以言性不言心，孟子所以言心而必原之性，大學所以言心而必曰正其心也。吾將有所論著而姑言其槩，如此學者可以廢然而思返矣。」〔註19〕一些「樂簡便而畏繩束」的士子厭薄敬義誠明、窮理格物之說，於是尋而他途，或摘取良知之說，或以禪入儒，或援儒入墨，則離聖賢之旨愈遠，舉業愈益弊陋。

第三，空疏不學之過。

自南英《今文定》《今文待》二選傳佈海內，房牘、行卷、社刻接踵而至，人文日新，正文體一舉頗有成效。在《增補今文定今文待序》中南英談到改革現狀：「十餘年以前士子談經義輒厭薄程朱，為時文輒訾訾先正，而百家雜說、六朝偶語與夫郭象、王弼、繁露陰符之俊句奉為至寶，今皆為眾所唾棄。而士子一稟程朱，雖如《蔡氏蒙引》《林氏存疑》，向所號為老生常談者，亦莫不明其繹贊經傳之功，而家有其書，人習其旨歸。至於制義摹規先正，又皆聰明才智倔強武健學力過人之士，中悔而改圖者不能悉數，及觀其所為古文詞，雖力量弗逮而已，能知宋元及國初以來作者之意，與近日立言者所以明秦唐漢宋文章相沿之法，是誰之力歟？海內有良心者，固當知其所自矣。」〔註20〕雖然改革沒有大規模普及，但是摹規先正，明瞭秦漢唐宋古文之法，還是卓有成效，大好前景指日可待，所以他發出「歎聖賢之道非果難明也，患無以倡之而已」之論斷，以期後學前赴後繼，矯正文體。雖然如此，艾南英還是認為：「制舉業中其流弊亦有二，以空疏枯寂為先輩，以直述傳注為尊旨。此非立教者之罪，不善學者之過也。夫先正豈不以高華典重鳴家，而近科房牘社藝其確然程朱氏者，靈奇怪偉，何所不有？以不善學者之罪罪立教者，

〔註19〕《天傭子集》卷一《今文待序篇下》。
〔註20〕《天傭子集》卷一《增補今文定今文待序》。

是猶見新法之悞國而訾周禮非聖人之書也，可乎？夫制舉業小技耳，君子明其理，正其法，其效已如此，況於發揮六經，兼綜諸儒之條貫，脩明信史，勒成一家，藏之名山，使其文按歐曾以上之旨，而及於史遷，其效又當何如也？然必分其為定、為待而附之何居？」〔註21〕在他看來，舉業諸種弊病，歸根到底，還是不善學之過。不善學，則弊陋無志，則空疏枯寂，則帖括經傳，則兼取雜說，則世風日下，積重難返。

艾南英在《戊辰房書刪定序》中說得更明確：

　　嗚呼，制舉之業至今日敗壞極矣，群天下聰明才俊之士，所奉甚尊，所據甚遠，而究歸於臭腐而不可讀，則豈非空疏不學之過歟？夫今之所據以為名者曰經也史也子也，是三者，兩漢而後立言之士不能外也，何獨於今人而疑之？然而有不然者，史自北明遷固至矣，為其君臣將相職官氏族戰攻治亂之跡，與舉業之文，既不相為用，至其風度韻格、馳驟迭宕、變化離合之微，非得其神者又無由而至，故為盜於舉業者遍天下，而卒未有入左北明、司馬遷之室，而剽其藏者，力不能也。獨諸子之言，浩渺寬博，以無所附麗為長，故文之誨盜者無如是書。然在當時已有黃老農墨刑名縱橫九家之異，其大旨既悖謬於聖賢，學者未能考正古文，則雖晉魏隋唐依託周秦諸子之目以自見，而亦為其所欺，甚則以劇秦美新之楊雄，而群然尸祝之習其書，效其詞，比於周孔魑魅魍魎之言，盈天下甚矣。其不學也，若夫目不讀諸子而剽襲人言者，即以是人為諸子，及其不足則雕琢偽詞以代之，其冒濫如是，固不足怪，於是有黠者出而悔之，於史不能，於子不可，又逃而曰尊經，尊經之名立，而天下之奉之者庶乎有辭矣。雖然亦有以古之為經者告之乎古之為經者曰：本之書以求其質，本之詩以求其恒，本之禮以求其宜，本之春秋以求其斷，本之易以求其動，未聞必襲粵若稽古之詞而後能為書。苟舉乾坤九六而遂可以為易也，且夫聖人之言各有所為而發，蓋有前後不相襲者矣。今必贅經語以就題，復強吾意以就經語，又況夫專經而不能通其解，業一經而悞用其四，若是而號於人曰尊經，吾恐先聖有知必以為穢而吐之矣。〔註22〕

〔註21〕《天傭子集》卷一《增補今文定今文待序》。
〔註22〕《天傭子集》卷一《戊辰房書刪定序》。

南英在文中多次發出此種呼聲：「嗚呼，今日制舉之弊已至於此。一人倡之，人人和之，遂至臭腐而不可讀，而吾以為此皆空疏不學之過也。」由於空疏不學，舉子不知經史子集為何物，不知孔孟聖賢為何人，沒有考證古文，動輒依託前賢，援入黃老農墨、刑名縱橫之說；或者剽竊人言，雕琢偽詞；或者冒濫誤用，贅經就題，差強語意，若聖賢有知，必定「穢而吐之」，南英稱其為「文之誨盜」者。就好比是富人、窮人、盜賊之關係：「富人鏹萬鎰臧獲萬指，無所不有，而若一無所有，三家之村稍稍溫飽，得一金而張皇動色。又有窶人丐夫焉，飢寒迫之，不得已而為盜，為大盜則剽富人之藏，不能為大盜則取大盜之所剽，而負販之遇水旱凶荒，則三家之溫飽者且將為窶人丐夫，而窶人丐夫之為大小盜者，執而歸司，敗又將入於刑焉。」〔註23〕可謂形象至極。

第四，非將相之器而止於諸生之技。

在《辛未房稿選序》中，南英認為有明以來，舉業一途與詩、古文詞並稱文章，「下之所習，上所登進，得其人以為扶翼太平之具，而進士舉業為尤重，然欲遂以諸生之技為將相之器，考之往往不合」，或者事業顯著，文章不顯，或者文章盛行於世，而事業卑弱，或者文章、事業皆不可表著。先輩如文成、文恪諸公，甚至楊文貞、于忠肅等人，於八股文章甚為精通，勾稽法度，局脈神韻，言之最詳，但他們卻並未以八股名之後世。而當今士子「登進士如引驥驤行康莊」，不求建功立業，徒以八股爭短長，「痛悲斯人之志荒也」。所以南英認為「謂其事之難而立言之果未易也，故其人志行往往不一」，「雄偉豁達之士，志在功名，一切舉業如芻狗弁髦，當時則用，過則己之不惜，以其文見瑕瑜於天下，其小心謹畏，明於聖賢之理；好學深思而得其故者，其視舉業又惴惴不敢自任，斯二者皆聖賢豪傑之徒……聖賢豪傑之徒所不皆任，而後儒者之事與焉。為之正其準繩，告以孔孟之旨，稽之功令，而切劘以文章大家之氣格，蓋曰：此非將相之器，而其事止於諸生之技也，治之之道必正己而嚴核之。嗚呼，士幸而登進士，其事業未可知，而其言語文章楷模當世者，已能卓然如是，吾蓋不能不厚望於斯人。至於一時行卷之盛，六七千首而所錄僅如是，吾雖不明言其故，然未嘗不掩卷三歎，恐其遂至於彫零磨滅而傍徨追惜，恒慮吾鑒之未精者，未嘗一日忘也，吾豈痛繩斯人者哉？」〔註24〕真正的豪傑之士不會為舉業所縛，他們往往以舉業為媒介，到達建功

〔註23〕《天傭子集》卷一《戊辰房書刪定序》。
〔註24〕《天傭子集》卷一《辛未房稿選序》。

立業之地；而好學深思之人則鑽研舉業，揣摩聖賢之理，幸登進士者，其文章楷模當世，而其事業未可知。若能好學深思，又能建功立業，將功業與舉業統一起來，則舉業之弊可避。

第五，事權不一之弊。

張良御評艾南英《庚午墨恕序》，認為該篇「極言試中事權不一之弊，致主司所衡之文與持論之心不合」〔註25〕，此乃舉業大弊。南英讀庚午所取試卷，發現叛經離道之言雖絕不復見，但時趨習語，臭腐剿竊之文，亦時時見於十之三四，他認為：「豈取士者持論與衡文不必盡合歟？抑勢有所不能也。論者謂昔之病病在偽奇，今之病病在臭腐，然自予論之是二者未嘗有兩也。數年以來才俊之士志存古博而不得其說，則纂組以應之，而題情之失者半，空疏不學之人從纂組而剿竊之者又半，纂組之所不備而益之以嗲以俚者又半，於是作者與衡文者困於聞見莫不以纂組為古博，以俚嗲為豐華，而不知其為臭腐，蓋此皆愚不肖之不及，非賢智之過也。幸而名人鉅公五六七輩出宰試事，其憂心之棘，救正之苦，人人不能自己，而所取終不能無憾，善乎。」〔註26〕其友人萬茂先推而言之：「聞闈中持議意，主清靈，清靈之品人不易知，督學持此議可以變化人才，主司驟持此議，士子無由測其意旨，分考無由測其津涯。」由茂先之言，南英始歎事權之不一：「士子雖無由測其意旨，然固有性而為之者矣，分考雖無由測其津涯，則固有以得人賀者矣，而終不能使取士之盡出於一，何也？夫衡文之道必耳目一而後去取之塗清。」但現在的實際情況卻是：「今兩畿各道之試典之者僅二人，而分之者常以十人，十五六人，二十人為率，是十數人者，其學問文章果盡出於一歟？自搜卷之禁嚴，而主考不敢下侵，所憑以拔士者皆自十數人，十數人之入闈以資俸，以薦剡，而臺官司道不敢躐推文望，十數人中大半自以為不期年皆臺省銓部，而典試者又半出詞館，例皆闒闒休休，不欲試其鋒而與之爭可否？且分考是科者必出於乙丑、戊辰，則所取者必與乙丑、戊辰為類，而後可，若是而奇偉非常之人與庸陋剿腐之人並進而錄無足怪者，於是典試者持論之初心愈以不白於天下，嗟夫，事權不一，主司不能持八股之衡，而況其他乎？」〔註27〕兩畿各道試典考官人數有限，有的又不是科班出身，士子個性文筆也不同，很難整齊劃

〔註25〕《天傭子集》卷一《庚午墨恕序》張良御評語。
〔註26〕《天傭子集》卷一《庚午墨恕序》。
〔註27〕《天傭子集》卷一《庚午墨恕序》。

一，加上考官士子都空疏不學，以纂組為古博，以俚諗為豐華，最終導致所取之人與持論之初心相去甚遠。

又如在《三與周介生論文書》中艾南英也談到閒來無事，遍讀房書，雖璀璨滿目，但缺陷頗多：「深文自有不動聲色，不煩斧鑿而成者，至於有意填古，則其出入子史，適足證其空疏何也？與題不肖一也。首尾氣脈不能渾成，雖借資一二古人，然一篇之中雜以鄙俚，湊以杜撰，軟語稚詞，本質俱露二也。不知遠師秦漢，而僅卑託晉魏，不為經史之磅礡，而為子書之俊詭三也。夫時文本以傳聖賢之神，一題入手，佳思滿紙，細細勘之，大半傍枝，蓋有終日兀坐而無一字可留者矣。及其衡文亦復如是。」作文與衡文實則二而一的關係，作文之弊病，也是衡文易犯之病。作文的時候容易與題不肖，容易本質俱露，容易誤入偽經偽子。衡文之時，也可能今日讀之精思燦爛，明日讀之則題外旁枝，如此衡文衡人，則多有偏差。

艾南英在《易一房同門稿序》中還談到衡文之難，所謂「竊謂衡文之得失固有天道，亦由人事。所謂人事，非獨以衡鑒之精也」。比如當今制度之密，可謂極致，「自萬曆之初改用京朝官出典試事，近雖經房分考，皆以甲科人望當之，故得人之數，在內惟詞林館閣為勝，在外則推官嘗以應聘出入得士為多。然詞林所主，半在南宮，稍經品題，則已謝舉業，登仕籍，通顯而鄉試赴公車者半，皆罷對同門之士，有數試而不得一二人，有數試而止得一二人，未有甫歌鹿鳴，旋入仕版，如公門人之多者，此非獨衡鑒之精而已也。銖銖而較之，至石必差，精神所感召，嗜好之所至，與衡鑒之精，皆出於人事，而天道所符，有在此不在彼者。明興以來，門生故吏之盛，無如西涯李文正公，西涯好士如饑渴，推轂汲引惟恐不及，論者徒稱其主會試者二，主應天、順天試者二，廷試讀卷者八，此皆以遭逢事會侈為美談，而不知西涯之憐才愛士，脫畧勢位，其精神有以致之也。公好士如不及刑名之暇問，奇者踵至，豫章名俊收錄殆盡，而闈中之報天以得人，償其明效大驗不誣如此，此吾所謂非獨天道，亦由人事也。公行且入銓省，門生故吏當倍今日，然世固有身都卿相而門戶高峻遇文人墨士，泛泛然如萍之浮水，隨其所止而不相值，讀予所以為公言者，固當爽然自失矣。」〔註28〕天道與人事可謂兩難，特別是人事制度複雜，牽扯廣泛，難以取捨，也給衡文造成很大的困難。

第六，有司之尺度不足憑。

〔註28〕《天傭子集》卷四《易一房同門稿序》。

　　南英認為當初太祖定取士之法，沒有規定八股排對及限定字數，但是禁用經史他語，不能跟宋經義論策類似。今日制舉業法者，遠非國初之制，士子皆取彼去此，號曰「今日有司之法度也」。今日舉業盛極必衰，士子多厭其繁文拘牽，傲然為一家之學，長短篇幅皆自由靈活，甚至泛濫他書，相以為高。至於國初之宋藝、論策，反而謂之「非有司之法度」。所以，「二十房進士之牘，其間叛經離道，似是亂真，往往而有，獨非有司之尺度乎？然學者庶機遇之，此如漢武求神仙，而海上燕齊迂怪方士皆言能不死藥丹砂可成黃金，何以異有司所收，所風動既復如是，視國初之制真偽有間矣，參著芩術藥之良也，悮用之可以殺人，豈必烏喙而後能乎？然則為有司之尺度者未可盡非，亦未可盡是也。」所謂「有司之法度」其實是相對的，時移事易，要辯證地看，如同珍貴良藥，誤用也是可以殺人的。在《萬永師近藝序》中南英談到他自己為舉業評選，操繩墨以律天下士，天下苦難而畏惡之者甚多，獨萬永師以為然。他讀永師之文，則不能用今日有司之法度去衡量。永師之文南英不以為非，南英之法度永師也不以為非，「豈以予之為說常欲畧去羈馬排腐之習，而行古人之質，勁於有司法度之中，而永師之邊幅由己泛及他書，為原本乎國初之制歟？如是而奇永師與罪永師者，皆未當也。」〔註29〕此二人可謂惺惺相惜，同時也說明「有司之法度」是相對的。

　　在《陳大士近稿序》中，南英明確提出「有司之尺度不足憑」。他認為大士乃海內知名人士，人們無不對他心畏口噤，有不滿的人則說「是不合於有司之尺度也」。這些人不管大士文章如何，有司是否取得良士，只認有司之尺度，何其弊陋！「嗚呼，有司之尺度，我知之矣，是其人果嘗親見堯舜禹湯文武周公孔孟而面命之，以為當如是歟？如是則雖千百世不易可也，若猶是今日有司之所為也，有司亦人耳，吾不深繩以聖賢之旨，而姑取秦漢唐宋大家之文，與今日有司之尺度，章摛而句比之格，格乎不相中也，意者今之世所稱先輩君子若王、唐諸老，庶幾卑之，無甚高論歟？然而取有司之尺度合之，則見其臃腫支離、氣棘理濛，而益不相肖也，然則有司之尺度何為者耶？」這些所謂的「有司之尺度」既非堯舜禹湯、周公孔孟耳提面命，也非秦漢唐宋大家之尺度，甚至將同朝先輩如王、唐諸公之文與所謂的有司尺度相衡，也難合之。如此，「有司之尺度」何足憑藉呢？南英認為好友大士之文「置王唐諸老弗論，其上之合聖賢之旨，次之與秦漢唐宋大家相上下，而排空出險

<hr>

〔註29〕《天傭子集》卷四《萬永師近藝序》。

以御其自得者，則雖其怨家仇人不能以相毀」，為什麼大士之文還是不滿於有司之尺度，有司不自罪，旁人亦不會以此罪有司，為什麼呢？「夫天下事不難於因襲，而難於創始，左國之後無左國，騷之後無騷，史遷之後無史遷，韓歐之後無韓歐，故大士之先無大士，大士之後無大士，海內效大士者至眾而終不能肖，無他，創與因之分也。雖然大士身為諸生，而天下翕然宗之，天下之為大士者，得其皮毛鱗角則已，皆躐巍科躋腢仕矣，此獨非有司之尺度所收乎，而至於大士，則戞戞然疑之，吾是以歎夫命之不猶也。有司之尺度既無當於聖賢之旨，而天下之為大士者，亦未嘗不得志於有司。」所以南英給大士稿作序，「不序其深遠之所存，而姑序其淺」，以此來證明「有司之尺度不足憑」。〔註30〕

第七，目之所見有物封之，不能盡環堵。

南英認為如果一葉障目，目有所封堵，則視線受阻，所見則不實，就好像江天萬里，目盡孤鴻，青山一發，杳無天際，那麼到底是「平生於遠」，還是「平而後遠」呢？很難分辨了，作文也是如此，「六經語孟之理平易質實，天下後世未有能盡其際者也。至於諸子百家之書，好為艱深詭異，與天下後世爭奇平之稱，然推之而不能達，按之而無深遠，以自藏彼，亟亟然欲其言之傳也，而不知其見之有物以封之也。準斯義以律今之為制舉藝者，將何去何從乎？夫理僻者詞必窒，詞艱者境必狹，今之雕琢其句，幽渺其意者，吾知其所挾矣。豈成宏、正嘉、隆萬以來，大家輩出，遂不知世間有繁露、太元、郭象、王弼之書，而待近日之摹擬割竄以為奇乎？抑厭之而不為也？噫，何其視先輩之淺也！」〔註31〕當今士子學六經語孟、諸子百家，不能深究其理，反而落入艱深詭異、好爭奇平之途，即一葉障目，不能達深遠之境，那麼為文必然「理僻者詞必窒，詞艱者境必狹」，甚至模擬割竄以為奇，皆目之有物封之不能盡環堵使然。

第八，買櫝而還珠。

南英認為「經史之後能為六經史漢之文章者，尚有數大家，而諸子之後無復為諸子者」，這是為什麼呢？「六經之理高深廣大，由其塗者千萬年而未有窮也。史屬辭而麗於物，所譏盛衰大指成學，治古文者蓋有不待勉而為之矣。若夫諸子之書，其大者僅僅莊周老聃、韓非、管仲、荀卿、孫武而止，既

〔註30〕《天傭子集》卷二《陳大士近稿序》。
〔註31〕《天傭子集》卷三《平遠堂社藝序》。

取必於一家之說，偏詖駁雜，無當於聖賢之旨，又況偽書百出，關尹尸鶡子華文子之類，皆魏晉間稚子鄙夫，竊古人之名以自見卑腐已甚，不待識者而辨也。其中如新序說林，一時君臣賢士讜言直論，雖多有可存者，而重見復出，破碎異同，不復為大家所法。至其為語貴尚矜僻，效之者不獨以艱深之詞文淺易之說也。馴至於詭異巧俊，傷理敗氣，而降為六朝之排儷，然後知子書之後無復為子書者。蓋先輩大家薄之而不為，非不能也，乃至今日而濫極矣。三家之村，稍識文字，輒用子書之僻詭者以文其淺學，嘐嘐然曰吾繁露也，吾太元也。夫太元之陋姑置不論，即董子一書，先漢樸拙疎莽之氣尚未漓也，此豈以句字為奇者，捨其大而效其細，何異於買櫝而還珠乎？」〔註32〕之所以六經史漢之後尚有大家，而諸子之後則無大家，就是因為六經史漢高深廣大，很難窮盡。而學諸子者，往往取一家之說，加上偽書百出，遠離聖賢之旨，以字句為奇，以艱深文其淺陋，至於矜僻詭異、巧俊排儷之境。捨其大而效其細，如同買櫝還珠，也是為文之一大弊端。其友廣益選《諸子玉粒》目的就是以此「正天下之為諸子者」，「吾以為摘諸子之長以正天下之為諸子，與窮諸子之短以正天下之為諸子，其歸一也。廣益於諸子之所長既已盡之矣，由吾前說而思之，諸子之所短不亦盡乎？故吾序廣益有進焉者，要使天下之為文章者，進而求之六經史漢，即天下之為諸子者，要當如老聃、莊周、管仲、韓非、荀卿、孫武諸大者而止，而為老聃、莊周、管仲、韓非、荀卿、孫武者，取其醇焉，而汰其疵，庶幾其可也。」〔註33〕此法可謂有效之舉。

三、如何救時文之弊

在《吳逢因近藝序》中，南英談到孟子「言才不罪才，而罪夫不能盡其才」之說，認為世間才有大小，若能人盡其才，則萬事可為，但也有「智薄而謀尊，力小而圖大」的情況，捨己之長，牽強屈就，往往適得其反了。比如自古到今，每到文章衰弊之時，總有有志之士起而救之，但是因為沒有很好衡量自己的才力，也沒有看到問題的關鍵，導致「救之而非所救」與「救之而失其平者」。比如「先漢之文枝葉扶疎，寓法於無法之中，東漢之人見其蒼莽樸拙，而以為未盡也。其勢必至於整齊排儷，浸淫數百年，以至李唐而終不能盡洗六朝浮蕪之習，此救之而非所救者也。歐陽、蘇氏數大家力追古道，其

〔註32〕《天傭子集》卷三《諸子玉粒序》。
〔註33〕《天傭子集》卷三《諸子玉粒序》。

仰師秦漢，雖百世無以加而議者，徒見南渡以後，至於不元之萎薾不振也，取左國史漢而抄襲之，幾無完膚，使讀之者嘔噦而不能已，此救之而失其平者也。夫救之而非所救與救之而失其平，其弊皆歸於陳腐，而失其平者為甚。蓋所謂智薄而謀尊，力小而圖大者。」〔註34〕所以救弊並非要盡其才，而是要找到問題的關鍵，集中突破，如果問題能夠解決，那麼是否盡其才也無關緊要了。舉業時文之弊也是如此，南英除了大肆指斥時弊之外，也從多方面談到救弊之法，如通經學古，以歐曾為法，多讀書，師友相助，學有所兼，等等，此皆有的放矢，有針對性，並非一味盡其才，於時文之弊確有就正之功。

（一）「不備不虞，不可以師」

古人曰：「不備不虞，不可以師。」南英認為「制舉業亦然」。出兵打仗貴在準備周全，方臨戰不亂，「當賊始發難也，使有聲望重臣告以逆順利害禍福，如韓昌黎之於王廷湊，眾必心動潰解，可不煩血刃。其次則州縣有能吏所部機快民壯操習有素步，止有法器械備具佐以保甲鄉勇，縣令能知其膂力籍址夫家之數以便宜從事，呼吸可辨度，雖中下小邑當得訓鍊千人，以千人禦叛卒三百，直草薙禽獮之耳。又其次則力不能禦，慮形見勢屈而甘辭智誘覆之隘道其眾可以詐阮也，計無有出此者，而待其燎原滔天，以海為歸墟，豈非不備之故哉？」「制舉業之為備亦如是而已矣。先正大家氣尊體具，不動聲色，理嚴而法肅，此昌黎之所以服廷湊也。其次則繁瑣曲折，貫穿周浹，隨其所遇，性命事功學問之理，左右逢源，若以多筭勝少筭，無足難我者，此州縣能吏之所以備倉卒非常也。又其次則學不足而才有餘，避讎規易，捨實際而擣虛，僥倖於一試，苟奪耳目，然亦可以集事此詐誘而覆人於險，非師武臣力也，然未有計不先備而能出此三者。」制舉業如帶兵打仗，也要準備周全，從宏觀的氣、體、理、法到具體的遣詞造句、首尾開合、貫穿照應之法皆成竹在胸，最後即使學識不足，也能發揮才氣，靈活應試，這些都取決於戰前之「備」。比如友人張培甫為文，就是準備充分，發揮無遺之人：「培甫為文，既已繁瑣曲折，貫穿周浹，其於題也，彌縫其闕罅，而有以待其不虞，所謂以多筭勝少筭者，於斯人見之，若夫氣尊體具，不動聲色，俟之而已矣，視夫捨實際而規險道，吾有以知培甫之不為也，培甫勉之，自茲以往，以吾之學御，吾所遇之題，若簡賦蒐乘，皇皇然立於強大之間，與如有倉卒非常之警者，天下豈

〔註34〕《天傭子集》卷三《吳逢因近藝序》。

有難事哉？」〔註35〕其人其文皆可作為士子周全準備之模範。

（二）「通經學古，以歐曾為宗」

張良御評《張伯美稿序》一文有云：「自羅整菴、陳清瀾沒，而王氏之學遂如火炎炎不可撲滅，得東鄉亦可謂狂瀾一砥矣。」〔註36〕國朝理學自正、嘉而下，王氏之說風行天下，異端突起，「當是時，修明程朱之學，與其徒力諍而勝之，如距楊墨、斥佛老者在閩，則張襄惠杏江右，則羅文莊兩先生之力也。雖其後邪說愈盛，諸柄人嚮用皆出其護教之人，而一時從祀中阻使聖道如一線未絕，後進知所從違，如神廟初年，御史石公檟給諫趙公思誠，皆言人所不敢言，實兩先生開其端。至於長樂少司寇環浦鄭公疏爭王氏從祀，特引文莊困知記襄惠《小山類稿》以為證，予於困知記註習頗詳，常欲取其條貫類入攻王氏斥佛老者，擬獨為書冠之蒙引存疑之前，使天下後學為四書舉業者，無為王氏所惑」。在南英看來，王氏之學無他，「其人束書不觀，遊談無根，必樂易簡凌躐階級而言超悟其高者，不過悍然不顧，而以不學為安，以不求於心為得，蓋王氏之學不獨便於籠。蓋矜倨包藏利欲之徒，而尤便於空疏不學者使之恬然而自足，若其人日以讀書窮理，考訂古今為事，其於聖賢之義毫分縷析而不能已，則其視王氏之學與佛老之書，徒見其淺陋而無味，狂惑而無稽，未有為其所動者也」〔註37〕。要救舉業之弊，徹底改變當時士子空疏不學、遊談無根之弊病，首先必須不為王氏所惑，以程朱為宗，習先輩之規矩，即通經學古、以歐曾為宗。

有明一代，以復古為革新，或宗秦漢，或宗唐宋，即使與南英同時且相交的吳中文社，也各有所宗祖，並且就選文標準是該師法歐曾，還是師法秦漢，雙方展開了持久的論證，各持己見，互不相讓，甚至關係破裂，大打出手。南英論文，力主歐曾，高畯在《天傭子集序》中說：「先生論文崇遵歐曾，以為適史漢者必由是而取徑焉。今天下之學者讀先生之書，即莫不知詆王李而趨歐曾矣，然歐曾非可不學而能也，倘徒見其文從字順，而遂欲以白腹從事，不流為訓詁，則流為粗野，偽歐曾又豈賢於偽秦漢乎？惟學者崇以通經學古為能事，庶不負先生啟迪後學之苦心矣。」〔註38〕張良御也說：「大概從

〔註35〕　《天傭子集》卷四《張培甫稿序》。

〔註36〕　《天傭子集》卷四《張伯美稿序》。

〔註37〕　《天傭子集》卷四《張伯美稿序》。

〔註38〕　《天傭子集》卷一高畯《序》。

《豐樂亭記》化出，以我之氣骨為歐之風神，更分別觀之。」〔註39〕「此等文真與震川玉巖集序頡頏，蓋其神氣純從歐曾大家醞釀而出，合之史公序贊，無絲毫之隔。」〔註40〕在南英看來，「言學之有源也，制舉雖小，然必本之經以求其確，本之史以雄其斷，本之諸子以致其幽，本之歐曾大家以嚴其法，若是是亦制舉之泉源也」。舉子業亦有源頭，經、史、子皆言之根本，而歐曾乃立法之源，其開合抑揚、進退離合之法乃時文立法之本。

關於論文是否主歐曾之說，艾南英與陳子龍曾經有過一番非常激烈的爭論。張良御說：「崇禎戊辰己巳間，陳大樽與艾東鄉爭辨文體，陳主文選，艾主唐宋，大家反覆不相下。時東鄉負海內宿望，以前輩自居，而大樽一少年與之抗，至詆訶攘臂，吳中後生相傳為快談。」〔註41〕雖數年之後，二人皆殉難，但陳子龍晚年文字亦是洗淨鉛華，獨存淡質，與南英所論殊途同歸，足見南英識見確實較眾人高出一籌。

在《答陳人中論文書》之中南英就陳子龍提出的幾個問題做出了犀利的辯答，雖然言辭刻薄，不惜惡語相向，但也充分客觀地說明了舉業必宗唐宋歐曾的理由。

首先就陳子龍「談古文輒詆毀歐曾諸大家，而獨株守一李于鱗、王元美之文，以為便足千古，其評品他文皆未當」的現象，艾南英認為陳子龍沒有細讀古今人之書，未見古人深處，顛倒是非黑白，告誡陳子龍需讀書十年，方可與之論文。特別是陳子龍所作的《悄心賦》，南英本欲置之不辨，但是憐惜子龍之才，方正告其文，認為「此文乃昭明選體中之至果、至腐，歐曾大家所視為臭惡而力排之者，不佞十五六歲時頗讀昭明文選，能效其句字，二十歲後每讀少作，便覺羞愧汗顏，而足下乃斤斤師法之，此猶蛆之含糞，以為香美爾。故張口罵歐曾，罵宋景濂，罵震川、荊川，足下所寶持如是不足怪也」。最後斷言陳子龍是「所志甚大，而所師甚卑」，雖然語言刻薄，但是不無道理，發人深省。

其次，就陳子龍「謂宋之大家未能超津筏而上，又謂歐曾蘇王之上有左氏、司馬氏，不當舍本而求末」的問題，艾南英認為陳子龍才是真正的本末倒置了。真正要師法左氏、司馬氏，則「捨歐曾諸大家何所由乎」？因為左

〔註39〕《天傭子集》卷二《隨社序》張良御評語。
〔註40〕《天傭子集》卷三《韓丹水先生詩文集序》張良御評語。
〔註41〕《天傭子集》卷五《答陳人中論文書》張良御評語。

氏、司馬氏的時代離我們今天已經很遠了，名物器數、職官地理、方言俚俗，
與今天都不一樣了，後世能看到的所謂左氏、司馬氏，獨存其神氣而已，而
「役秦漢之神氣而御之者，捨韓歐奚由」？就好像是秦漢之蓬萊山，離今也
遠，如同大海之隔，要想到達，必須借助舟楫，「夫韓歐者，吾人之文所由，
以至於秦漢之舟楫。由韓歐而能至於秦漢者無他，韓歐得其神氣而御之耳」。
如果僅僅取秦漢之名物器數、職官地理、方言俚俗而沾沾自喜，以為得秦漢
之神髓，則流於元美、于鱗之徒。所以「由韓歐以師秦漢」乃師法秦漢之捷
徑，捨此無他。但陳子龍不以為然，認為南英由韓歐師法秦漢是「捨舟不登，
而取舟中之一艦一艚，濡裳而泳之」。南英認為藉韓歐而至史漢，並非一艦一
艚也，因為「我既得其神而御之矣，何津筏之有？」比如歐陽諸公學習史漢，
「得其風度於短長肥瘠之外矣，猶當謂之有跡乎？猶謂之不能徑渡乎？」真
正的「一艦一艚」是剽竊史漢之字句以為得史漢之精髓，如王、李等人是也。

　　再次，陳子龍提出「宋文好新而法亡，好易而失雅」。艾南英認為這更是
無稽之談，他認為「夫文之法最嚴孰過於歐、曾、蘇、王者」？他引用王安石
的話「漢以前之文未嘗無法，而未嘗有法，法寓於無法之中，故其為法也密
而不可窺。唐與宋之文不能無法，而能毫釐不失乎法，以有法為法，故其為
法也嚴而不可犯」。南英認為這是至理名言，他之所以極推宋大家之文，就是
「以其有法」，他之所以稍病宋大家之文，也是因為「其過於尺寸銖兩、毫釐
不失乎法」，其法太嚴。有宋一代，能夠由乎法而不至於太嚴的，就只有歐陽
修一人，所以艾南英推他為宋之第一人。艾南英以法太嚴稍病宋人，而陳子
龍卻認為宋人無法，艾南英認為這是讀書潦草之過。相反，王、李之文則「徒
見夫漢以前之文，似於無法也，竊而效之，決裂以為體，餖飣以為詞，盡去自
宋以來開合首尾、經緯錯綜之法，而別為一種臃腫窘澀、浮蕩之文，其氣離
而不屬，其意卑，其語澀」，此乃「真無法之至者」，而陳子龍卻以為有法，真
乃貽笑大方了。艾南英明確指出：「足下以賦病宋人，誠是矣。然天下安有兼
材，必欲論賦則奚獨宋人，自屈平而後，漢賦已不如矣，楚以下皆可病也，然
則足下《悄心賦》何不直登屈子之堂，而乃甘退處於六朝，排對填事，柔靡粉
澤，如是而譏宋賦，恐宋人不受也。宋之記誠有如賦如文者，然亦其一二爾，
以此而病全宋，是猶見燕趙之醜婦，而遂謂北方無美女；見吳之粗繒敗絮，
而遂謂江南無美錦等爾。如是而以變亂古法罪宋人，宋人不受也。」〔註42〕

〔註42〕《天傭子集》卷五《答陳人中論文書》。

　　再次，陳子龍引李于鱗之言說「宋人憚於脩詞，理勝相掩，以為宋文好易之證」。南英認為他只聽說過孔子的「辭達而已」，沒有聽說過「辭之礙氣」之說。「辭之礙氣為東漢以後駢麗整齊之句言耳，彼以句字為辭，而不知古之所謂辭命辭章者，指其首尾結撰，而通謂之辭，非如足下之以矜句飾字為辭也。故曰：辭尚體要，則章旨之謂也」。陳子龍「以好易病宋，而以文之最者必難」，認為《易經》時代最上古，修詞最難，故文最高。《詩》《書》次之，《春秋》又次之。《禮經》出漢儒，故其文最條達，居六經末，以是為經之最差。艾南英認為陳子龍此種說法簡直就是癡人說夢，他說：「《易》雖自伏羲，然一畫爾，未有文字，象爻辭皆文王周公，故謂周易尚書目堯舜，始次夏，次商，乃至周，去文周象爻辭乃在千歲之前，足下謂書在易後，時代稍後，文遂稍不難，而次於易經，何謬至此也？且《易》之為經，原由象數，其體自與眾作異，若果以難為勝，則周公之書如洛誥、召誥、大誥，多士多方立政及大小雅頌等書，當時何不併作爻辭體，盡取初九初六潛龍牝馬之說入之耶？足下又謂禮經出漢人，故文最條達，以為文之高者必難，卑者必易，時代遠者必難，近者必易之證。如此則何必漢儒禮傳也，孔子孟子可謂條達矣。孟子想足下所不屑，至於孔子足下，宜稍恕之，得無以條達，遂為論語病耶？抑足下生平不悅宋儒，遂併孔子論語視同宋儒語錄，不復論其文耶？抑可謂孔子生春秋時，故其文遂不及易經，不及書、詩耶？且孔子左北明同為春秋人，而論語條達，不同左傳，何也？又不同後之公羊、穀梁，何也？然且無論論語，即易經上下繫傳，皆出孔子，其語皆條達，不似文周象爻，則足下亦將抹去孔子繫詞不入易經，獨存文周象爻辭耶？文各有所主，各有時代，唐宋之不肯襲秦漢句字，猶孔子之語必不為易、書、詩也。」如此論文，則必以楊雄、太元、唐樊宗師、宋劉幾之文為最，而陳子龍所尊崇的空同、鳳洲等人乃正、嘉時人，則與他所說最古最好相差千里了。至於陳子龍所說的「唐後於漢，故唐文不及漢，宋後於唐，故宋文不及唐」，艾南英認為更是謬以千里。按陳子龍所說，則明不如宋，又何來陳子龍所尊崇的王、李諸人呢？所以艾南英奉勸陳子龍「宋之詩誠不如唐，若宋之文則唐人未及也，唐獨一韓柳，宋自歐曾蘇王外，如貢父、原父、師道、少游、補之、同甫、文潛、少蘊數君子，皆卓卓名家，願足下閉戶十年，盡購宋人書讀之，然後議宋人未晚也。」這些觀點可謂鞭闢入裏，發人深思。

　　最後，南英就陳子龍又「痛詆當代之推宋人者，如荊川、震川、遵巖三

君子」做出總結：「嗟乎，古文至嘉隆之間壞亂極矣，三君子當其時，天下之言不歸王則歸李，而三君子寂寞著書，傲然不屑，受其極口醜詆，不少易志，古文一線得留天壤，使後生尚知讀書者，三君子之力也。」他認為陳子龍不能這樣苛求荊川等人，雖然他們的文章比不上韓、歐諸君，但是比起王、李諸人，則猶如雲泥之別。至於陳子龍對遵岩稍恕，還說其少年師從秦漢，此亦是大謬。遵岩少時確實抄襲秦漢句字，但是後來悔之不迭，其集中未收錄少作一字，不知陳子龍何以見之，「遵岩以其少作為臭腐而足下追歎之，然則足下乳臭時更勝足下今日耶？」至於其他人，像宋景濂等，陳子龍之所以也痛詆之，都是因為他不知「古文」二字，讀書不深，論之不詳，所以錯漏百出，前後矛盾。〔註43〕

　　另外，在《再答夏彝仲論文書》中艾南英也提到：「人中乃欲尊奉一部昭明文選，一部鳳洲滄溟集，弟所視為臭腐不屑者，而持此與弟爭短長，又欲盡抹宋人即歐曾大家不能免，可謂病狂喪心矣。」他認為「近日李何之論文，如夢中人對人說夢是也。」「人中於時文近日名流中，無此辣手，無此靈異，若其所作古文，所論古文則一臭腐卑陋勦襲塗抹之學而已。」史、漢、歐、曾、荊川、遵岩、震川等人與王、李相比較，「真若一入芝蘭之室，雖非古清廟明堂，而芳潔自在，一若入糞廁屠肆腥穢撲鼻」。古文一道，「自史記後，東漢人敗之，六朝人又大敗之，至韓、柳而振，至歐、曾、蘇、王而大振，其不能盡如《史記》者，勢也。然文至宋而體備，至宋而法嚴，至宋而本末源流遂能與聖賢合，恐太史公復生不能不撫掌稱快。至元與國初而有振有不振，至嘉、隆之王、李而大敗，得震川、荊川、遵岩救之而稍振，此確論也，雖太史公復生不能踰吾言。」所以，要救舉業之弊，必須通經學古，要詳參古人之書。艾南英對陳子龍、夏彝仲等人提出參詳古書的順序，即：「《震川集》弟竟未暇細閱兄所評，然大約不欲兄急躁讀之，蓋此老留心《史記》，摹神摹境，假道於歐。歐者，《史記》之嫡子，而此老則歐之高足也。願兄澄心靜氣，日取《史記》《左傳》反覆讀之，看古人所以為古人者何如？然後日取韓、歐兩集，看兩公之所以摹古人者何如？然後泛及於宋余諸公，則不待比擬而皆合矣。然後又泛及於國初諸公，又泛及於近日荊川、遵岩、震川數公。」〔註44〕以此可作參考。

────────────

〔註43〕《天傭子集》卷五《答陳人中論文書》。
〔註44〕《天傭子集》卷五《再答夏彝仲論文書》。

（三）善於讀書

要通經學古則必須讀書，不僅士子要讀書，進士、考官、選手也要讀書，如此才能有學、有識、有才，為文方有根本，不至於流於偽經偽子、濫惡腐穢之文。

艾南英在《甲戌房選序上》中明確提出，要正文體，則進士、考官皆要讀書：

> 嗚呼，今天下言正文體者問其難歟。數年以來，上所以風示士子，訓厲學臣，與夫俞鐫考官，黜解人法令，如是嚴且具，而文體終不能正，何也？始者主司慕悦新奇，奇士未收，而先收填劂割裂、竄經贅子之文，其文外似富而中甚貧，而天下之士既以為憂。近者主司稍稍悔之，思返古道，歸於純雅，純雅未收而空疏庸腐之人雜然並進，甚則謬誕無稽之文儼然列之房牘，而不畏天下之議，其後豈文體終不可正歟。原其心非不欲為國家收得士之效也，而所收終不能如衡文者之心，又何歟？吾以為此皆不讀書之過也。士子淺陋而不學，則弱者安於庸腐，強者相競為填劂，而衡文者亦復如之。衡文者淺陋而不學，則以庸腐為醇雅，以醜雜為奇古，其識量所至，固無足怪。成宏正嘉以來濟之應德諸君子載籍既博，故其理確，其詞雅，驅役百氏於筆端，而不見其跡，而當時衡文者能觀數君子於高簡樸淡之中，見其讀書破萬卷之勢，今也不然，故愚謂為禮部禮科者，與其言正文體莫若勸天下士多讀書，與其勸天下士讀書，莫若勸進士多讀書。夫今之進士皆將來鄉會兩試為主司、為分較、為提學，使為府縣提調官，有師帥衡文之責者也。使其皆讀盡天下書，豈有失士之懼哉？而二三大臣以天下為己任，當思年來東西交訌，盜賊縱橫，吏不職，民不安，無以副上任，使皆由士無實學。倘能請於上鄉會兩試分考諸臣，無以科俸資薦及衙門規格限其任，使特命大臣考試其文，必擇通經學古能文章，留心舉業之人以為考官，如此而文體不正未之有也。善乎，今翰林寄庵傅公之言曰：伯樂非徒能相馬也，其奇乃在於相相馬者。今之大臣其必能相相馬者而後可乎，相相馬者必以讀書為主。〔註45〕

之所以這麼多年，從上到下，一直以「正文體」相號召，但收效甚小，就是因

─────────────────

〔註45〕《天傭子集》卷一《甲戌房選序上》。

為主司或者好新奇，或者好純雅，導致所收之人往往與所好之文相去甚遠。而士子，或者填剽割裂、竄經贅子，或者空疏庸腐、謬誕無稽，此皆不讀書之過。士子不讀書，則淺陋不學，主司不讀書，亦識學淺陋，不辨良莠，以庸腐為醇雅，以醜雜為奇古。所以「正文體」最有效的途徑就是讓天下士子多讀書。又由於士子中舉之後成進士，進士乃將來之主司考官，有師帥衡文之責，所以進士更應該多讀書，以期通經學古，將來再為國家收取有識之士。所以，伯樂可以相馬，但是能識伯樂之人則更需具有識人之資，尤其需要讀書。

艾南英在《甲戌房選序下》中也說：「今天下文章之柄上自宰執侍從，下至州縣長吏，所取士有鄉會墨卷，有十八房書，又有提學使府縣小試之牘，然士子所宗仰稟以為是非，必曰某墨選、某房選、某考卷選，觀其去取，朝夕而置之几案。然則今天下之為選政者，以草莽而操文章之權，其轉移人心乃與宰執侍從及提學使等，故子既以正文體之事責備今之進士當多讀書，而又責備今之為選政者尤必多讀書，選政濫，則天下之文章愈敗壞而不可支。數年以來偽經偽子，雖作者不能無罪，然使無諸選手為之揚波助瀾、大書特讚，則天下之士何由而見之，而其禍遂上中於國家。十餘年來每私語人曰：某科之有某文，逆璫秉政之兆也。某科之有某文，夷寇薄通薊之兆也。某科之有某文，登兵亂秦賊遍五省之兆也。取其文而大書特讚之，則選手之罪其何所辭於天下？」〔註46〕由於選手選文直接為舉子服務，文風士習走向很大程度上取決於選手選文。近年來偽經偽子充斥坊間，士風益壞，此乃選手為之推波助瀾、大書特贊之過，最終禍及國家取士皆空疏不學，貽誤天下。所以選手之識見尤為重要，非讀書不可。

讀書很重要，若讀書不博，識見不高，則國家不能錄取合格人才，但是讀書也必須弄清楚讀什麼樣的書。當今讀書之大病則在於「分先輩與古學為兩塗」，這是非常不利的，「以先輩之如題起止為譏駁，夫文之如題起止不假傍襯，不煩枝葉者，二百七十年僅一王文恪，即文恪稿中如題起止之文僅數篇而止，天下之文果皆如是，此真足以副在上風厲學臣之意矣。且文不如題起止，則一句之題可冒以全節之文，全節之題可冒以全章之文，此與經義帖括何異？而主司何必據朱子章句以功令命題耶？若夫分先輩與古學為兩塗，則尤非矣」。所以，「真能為秦漢者，先輩大家也。今不以先輩之渾雅高樸為深於古，而以近日之生吞活剝為古。夫役古者，役其神氣而已。若直剝其句

字使天下之人皆效之，有不共歸於臭腐乎？將百萬之眾，貔貅萬灶，寂然無聲，此真將才也。列家珍於庭，今日如是，明日如是，與客觀之，舉目而盡，三日而厭去矣。且今之抄填句字者，不過乙丑戊辰而始，豈自洪永以至萬曆之季，名卿碩儒項背相望，遂無一人能抄填古人句字者，而待今人始為之耶？況其所抄填者不過左傳、國語、國策、史記、漢書、老莊荀列管韓之文，此皆天下士子童稚所習，父師之所董，而夏楚以求其記憶者，今論進士之文遇其一句數行出自諸書，遂謂進士，學問莫大於是，又何其待諸進士之淺也？況其所謂秦漢者，特陽浮慕之，而所用乃在魏晉梁齊，六朝排偶靡麗之習與時務策略誇大之語，以是為秦漢，天下其孰許之？若夫漢唐以後，君相事實，必不可以入學庸語孟之時，老莊管韓刑名法術功利之說，必不可以代孔曾之語，莽操之權奸必不可以比擬伊周，五燈之宗傳必不可以陰竄程朱，雖聖人復起，不易吾言。」〔註47〕如此，假使選手皆多讀書，必不致此，那麼所謂的兆璿、兆夷、兆盜之文將不復存在。所以，如果只勸人讀書，而不摘其所選之文，其過猶大。

另外，讀書還必須讀舊本，讀全本，才不會一葉障目，以偏概全。他之前「遍閱時賢之書，割竄經史，稍更彙例，便以為足，吾以為果爾名異實同，何不仍其舊本，使天下讀古人之全。此如隸農佃良農之田，歲更其畝分合而縱橫之，終非隸農之田也。其最可笑者，歷代全史為書二十有一，又有司馬文正通鑑，有朱子網目編年書法，體至備矣。而節要類編詳略諸刻，紛紛災木，果何意也？史記漢書家有全本，天下童子所共習，而今日某評，明日某選，欲以此自附於古學，古學果如是已乎？名臣奏議出，自聖祖欽定，流佈民間已二百年，果欲嘉惠後學？何不使坊賈盡欽遵聖祖之舊，而必欲更刪詳略之，則荊川之《右編》，姚養谷之《右編補》，已覺多事，又胡必踵此未已也。自予選《今文定》《今文待》，後諸刻因仍稍加異同，往往如是，又有明襲予之議論，而又以師人為恥，欲故自貳如吾鄉之某某者，此其心又出前人下矣。然斯刻也，增為十科，又附以二選之所未有，則雖謂仍二選之全可也」〔註48〕。坊間選本大多割竄經史，摘錄彙編，經子史漢之體例文法皆支離不全，讀這樣的書不僅不會增加識見、通經博古，反而會誤導舉子，使文章經義章法皆亂，絲毫無補於舉業。

〔註47〕 《天傭子集》卷一《甲戌房選序下》。
〔註48〕 《天傭子集》卷一《十科房選序》。

（四）師友相助

南英在《青來閣二集序》中提出「四倫待師友而全」的觀點，認為：「今之言文者，言其時代與其法與詞而已，而未嘗深考古聖賢之所存，夫聖賢之所存見於書者非為文而發也，其於君臣、父子、夫婦、兄弟、朋友之道，如饑渴之於飲食，未嘗一日而離其於五者。造微極變，深思遠慮，則雖聖人之徒有終身不能盡者矣。以子貢之賢，至願息於事父事君而不得，而孟子之所以稱舜者，亦不過曰察於人倫而已耳。夫必舜而後察，宜乎聖賢之書，賡續以見之，經緯以端之，此君子之所終身，而亦後世衡文者之所本也。乃若師友之倫，其尊不如君臣，其親不如父子、兄弟、夫婦，然其相成之義，相須之急，常與四者並重，而人之於君臣父子兄弟夫婦疏濶而不治，阻隔而不通，則常待師友而後全。士而有志於聖賢，則是道也，將若何而可？然以其相須之急也，賢者將過而慎之，於是陳義愈高者，常恐門庭狹而意氣肆。門庭狹而風流不接，意氣肆而士友不附。所以相成者既廢，而天下乃有不能全於君臣父子兄弟夫婦者，豈獨斯人之罪哉？」雖然師友之誼在五倫裏面就「尊」與「親」來說不如其他幾倫，但是其相成相輔之義，與其他幾倫並重。從另一個角度講，君臣、夫子、兄弟、夫婦之間疏闊阻隔之弊反而「待師友而後全」，自古聖賢都行之終身，這也是後世衡文者之所根本。在此篇序中，南英認為其友方應詳的文章就是「此非先生之文，而先生盡倫之書也」。萬曆以來，房稿盛行，士子剿襲割竄，天下制藝衰弊不堪，非通經學古無以救之，「其於舉子業推而上之，觀其盛衰始終之故，以為人心國是之所由，諰諰然欲障狂瀾而東之，其汲引天下文士，無論識與不識，為之發明其所自得於聖賢之旨，又為之聯上下疏戚之交，以生威輔勢者，不啻如韓子之於李翱、張籍，歐陽子之於介甫、子固諸人也，然先生陳義愈高，門庭愈廣，而意氣愈恭，雖後生新學無不人人自以為得。」師友相交，則門庭廣闊，意氣愈恭，如同前代韓、歐，其提攜後輩之功不可磨滅。南英高度讚揚方應詳：「先生譬之開瓊林大盈之積焉，其剟取而盡去近世文人譏侮嘲謔以待後進之習，其急交遊而護持斯文，見於前後序記尺牘之篇者，窮通得失，死生憂患，無不畢備，至於紆隱曲折，讀之而可涕，不獨受者知之，雖天下之讀其書者可想而知也。蓋先生因文章而敦師友之誼者如此，至讀其所移當事諸書，及與一二友生謀其父子兄弟之間，則又先生以師友之誼而全人於君父，以造微而極變，故曰此非先生之文，而先生盡倫之書也，性情之所極而文生焉，若是又何必論其為先秦，

為兩漢，為唐宋大家，而後足以定先生之文哉？雖然先生生於伯安汝中二君子之邦，二君子之言盈天下，而先生文章議論不獨不沾沾於其鄉之大人，而二君子毫釐千里之謬，亦似有待先生而後正者，又予私心所向往，此固不足以盡其什一也。」〔註49〕方應詳樂於交遊，提攜後進，因文章而敦師友之誼，因師友之誼而全君父之倫，造微極變，極之性情，發之文章。在《劉亦裴先生稿序》中艾南英也說：「自古文章節義之士，雖其天性固然，而師友淵源有不期而合者。歐陽文忠公以直諫敢言聞當世，而兩蘇為其門人，議論時政，與人主相切，鄺徵國文，公倡道東南，韓託胄之諍草封事數萬言而未已，而蔡文節道州之行不挫其志，蓋師弟子之道至是無愧矣。夫士苟能明賈誼、陸贄之學，而見之言，或斥逐於一時，而終大用於世，其出處進退，師弟子同之，其文章議論固有以券之也。」〔註50〕如同歐陽修與兩蘇，其師友相切磋，議論時政，發之文章，出處進退，師友同之，方無愧於此道。由此可見，師友相交大益於文章寫作。

　　南英認為師友相助，首先得益於先輩之首開風氣並且提攜後輩之功。前世文章衰弊、埋腐滅裂之際，總有人出而振之，以開風氣之先，推而廣之，天下宗之，雖才力有大小，但是闡繹光大，後之趨之者甚眾，「君子常歸功於其開風氣之先者，不可誣也。然是人也，不獨以文章振一時之習，而其汲引後學，孜孜如恐不及，亦未有不同者」。比如唐代韓愈，宋代歐陽修，力挽六朝五季之陋，天下翕然宗之，風氣為之一變。同時韓愈對於李翱、皇甫湜、張籍等人，歐陽修對於二蘇、介甫等人，汲汲皇皇，扶而進之，韓、歐之急弟子不亞於父子兄弟之情，這種師友之誼相對於文章研習何其有益。「然是二子者，天既假以壽考得大成其文章，而又尊位光寵於朝，可以盡汲引當時之士，故後世無以過。嗚呼，士生不必皆才，或才矣，而又不必皆假之以年，使其至於尊位，光寵其文或未至於純粹而止，與夫雖欲挽回一時之士，而其功或未就者，此君子所以痛惜歎恨於斯人也。然而其所自就與其所以就人者，已足以自見於後世，則君子尤恨其時之短，而歎其事之艱。自周秦以來，文章之士獨賈生、屈原同傳於史遷，使原以天年終，其文未必僅僅哀怨而止；使誼不自傷悼，少假歲月，其損益當時，豈斤斤時政一疏以自表見？彼其合而傳之者，蓋悲其遇而又幸其文之足以自存也」。艾南英友人周伯譽就是韓、歐式的開風氣之先的人物：「吾

〔註49〕《天傭子集》卷二《青來閣二集序》。
〔註50〕《天傭子集》卷四《劉亦裴先生稿序》。

以為伯譽之鄉，開風氣之先者斷自伯譽始。」伯譽就生活在時文軟靡勦襲之時，學者莫不記誦帖括，趨於時弊，伯譽獨按古經術之旨，佐以歐、曾以下百家傳記之長，「其師模軌範近仿西安徐子卿、方孟旋，而遠追歸太僕，至其所自得，方圓隱顯，隨題豎義，不獨其時相與非笑之，雖其鄉之大人亦或以為非，而伯譽不顧也。其融鑄古今未必無遺痕，其開閣進退與題神相遠近者，或時稍戾於法，使天假之年，其所就方未止，而不幸伯譽死矣，然即其所自就與其鼓舞招招徠一時之士者，已足以表見於全楚。既而為伯譽所為者愈益眾，獨伯譽為於當時，所不為之時，不牽流俗，取捨為尤難也……伯譽急朋友如不及，四方之士以伯譽為歸，與之言文，必衷於古，雖病急，猶惓惓舉海內通經學古之文以相勸勉，其尊人亟戒之，而伯譽不以為疲。」〔註51〕伯譽不牽流俗，開鄉里風氣，招徠文士，以通經學古相勸勉，對於改革文風，治療流弊，其功甚偉。至伯譽死後，四方友朋皆至，肆閭巷之人擁門聚觀，環棺而哭，庭不相容，甚至於棺前扶而撲之者，至今以為美談。雖然其文章專業不如韓、歐，但其急於交遊、護持斯文之功，古今之人少有相及者。

　　先輩推進後世之功很大程度上還取決於其文章的傳播，「制舉業之有先輩名稿，猶昔人文集之有古文也」。「制舉業之體自八股而外，為兩半、三平、四平，為前後截，為散體，其局雖一，然常以出於近科纖俊軟腐者，為時文而出於先輩，能根據經史理學，高偉樸拙，傑然百名一家者。為古文猶昔人文集其名為碑誌序記傳狀之體則一，然自昔以排偶摘裂，較量句字，如唐之王楊盧駱，宋之楊劉體者，號為時文，而中問傑然，深厚雄博，絕去羈馬，如唐之昌黎先生，宋之歐陽子者，乃名為古文。故古學常易晦，而時文常顯於天下，推之今日，則以時文躐科第者十常八九，而以先輩古體進者十不一二。至於少年後輩模襲坊刻，方言俚諺，無所不入，問之以先輩姓字已不能舉，而況於誦習其文乎？推而上之碑誌序記傳狀之體亦然。歐陽公得舊本韓文於漢東李氏，徒見其浩然可愛，而因歎天下無能言韓者，又自歎亦以方從進士以禮部詩賦為事，不獲盡力於韓文，及其舉進士及第，官於洛陽，尹師魯之徒皆在，乃相與作為古文，而韓文遂行於世。然則古學之易湮在昔已然，不獨今日也。然學者苟能自信，則其易湮者固當大行於世，雖今之為先輩者，亦當如韓氏之文久而愈光，理固有當然者。」〔註52〕古學易晦，時文常顯，所以

〔註51〕《天傭子集》卷二《續刻周伯譽遺稿序》。
〔註52〕《天傭子集》卷三《王承周制藝序》。

今日以時文獵科第者十之八九，而以先輩古體進則十不一二。先輩古文往往根據經史理學，深厚雄博，高偉樸拙，而少年舉子往往模襲坊刻，方言俚喭，無所不入，稱引雜博非聖之書，與浮華不根之語，連先輩姓字都不知曉，更別說去仔細研讀了。但是先輩至理之文久而愈光，先輩提攜後進與後進研讀先輩之文是相輔相成的。「此不獨見守溪、荊川、歸、胡數先生之舉業，如韓文之久而愈光，而一時倡導之力使天下知先輩之必傳於後，因以推原共故，則又知先輩之所以傳者，為其尊經翼傳，本於北明遷固之氣格，而剗除一切浮豔剽竊之為可貴」〔註53〕，如同歐陽修之於韓愈，子固、子瞻之於歐陽修，後進學習先輩、表彰先輩，先輩倡導、提攜後輩，其文必傳，其風氣必轉。

先輩提攜之功效如此顯著，那麼「慎選師儒」則尤其重要。今日為舉業者多怪妖龐雜，南英認為其根本原因在於「教士之法廢」。士子不知通經學古，選政混亂，空疏不學，結黨橫議，如張、吳之徒，為之爪牙張吻，「一經未通，而矢口十三經，網鑑節要未讀，而矢口廿一史」，從而人心喪亂，亂臣賊子則接踵而來，國變將起，其危害並非只在文章領域。所以，「為今之策，莫若慎選師儒，如前代書院山長有司，常擇名儒，主其教事，使得吾惟易者數輩當之，而更倣元人例，一切文籍皆行中書省，申呈史院，然後牒本路較刊。至於子書之詭誕，禪燈之荒謬，六朝之排腐，盡焚其書，不以引污士習，而舉業選亦準，是為去取，因以補教官及督學使之所不及，庶幾人心正而風俗醇，亂臣賊子必不接踵於世矣。」「嘗考宋制郡縣教授就舍人院受題五道入等者，方以其名白省臣，而閭里句讀必從所屬試，經義合理方許為人師。然後知宋之理學文章儼然與三代比隆，固程朱歐曾諸君子之力，而當時師儒之任所輔亦良多矣。」〔註54〕前代學院師儒之制度較完備，師儒選擇較嚴，多名師主事，詭誕不經之語皆被摒除，選業亦準，所以人心正而風俗醇，亂臣賊子必不會出現。

但是師道不易，要為人師，自身條件則必須過硬，「夫聖賢之道高深廣大，將發其蘊以為文，雖極聰明才力之士，未有能盡之者，蓋必循天下古今之藏，以求其故，而又能極天下古今之變，以窮其新，然後可以為師，若是則聖人猶以為歉，而戛戛乎難言之也」。天下之大，許多鄉聖先達雖未見其人，但心師之，各見其技，以極幽深高異之觀，可獲頗多。艾南英說：「然後知吾向所

〔註53〕《天傭子集》卷三《王承周制藝序》。
〔註54〕《天傭子集》卷四《重樂軒初選序》。

謂數先生者，其人非不以文章道德擅一時之宗，而卒未嘗掩後進之長而蓋之，使其必由吾徑而後已者，彼蓋知聖賢之道高深廣大固如斯也，而昧者不察，乃欲以淺衷腐見繩鄉國之士，逢之則喜，逆之則怒，嗚呼，是何視聖賢之道若是其卑且淺也。今讀四君子之文，其視矜己自足之儒，所得淺深，孰是孰非，世必有能辨之者。吾是以愧夫師道之難也，彼於天下古今之故，吾既有以窺之矣，而於所謂知新之學不尤謬乎？夫物固以承乏為貴，而亦有攘眾讓以為尊，取礜浮圖為講師，而被以其衣，導以其旗，取病顙之駒，而膏其鬣劀其脽，此以承乏為貴也，攘眾讓以為尊其類，亦若是而已矣。故書所見以序四君子之文，而又以愧夫今之好為人師者，使其讀四子之文，愧而返焉其可也。」〔註55〕真正的人師不會掩後進之長，不會以淺見浮說繩鄉里之士，不搞專制，不搞承襲，「物固以承乏為貴，而亦有攘眾讓以為尊」，能做到這點，方可為人師。

　　師友交遊與文章學問相輔相成。在《丁喜哉近藝序》中南英提出「遊非獨以壯其文」。他認為：「太史公周行天下，名山大川非獨以壯其文而已，蓋將以考正六藝，究觀漢世，創置沿革之故，與夫秦所以併天下，劉項所以戰爭成敗之跡，古之君子其學往往如是。予常以身驗之，二十餘年間，北渡淮東之濟，汝求九河故道，考之禹跡大半非故，其後復從襄鄧宛葉過鄭魏，以入燕趙之故都，觀唐宋以來舊史所載用兵故地，或合或否，至各長老所指次，靖難師南渡，與中山王比定中原，諸處又往往有得於傳記之外者。至於風土習俗遷變，不常免於泥古之非，然後知太史公周行天下，非獨以壯其文而已也。」〔註56〕交遊天下，所見土風地形、吏治民隱，奇人異事，以及艱難險阻、情偽之變，皆可「以證向時所學所考」。交遊與文章互通有無，互相考證，於學大有裨益。在《偶社序》中艾南英也說：「然後知交遊之難，不獨文章學問不易得，而始終無問為尤可貴也。」師友之間常相聚握手，道生平，聞其名，讀其文，見偉人，逢故舊，或羈旅不得志，或死生貴賤，緩急相助，「因憶二十年來交遊漸廣，向時壯心盛氣，妄謂不宜以菲薄待天下士，其後出遊吳楚，歷江南北至燕趙，所見向時聞聲相憶者，既見乃或不能盡饜，予懷心竊怪之，又未知他人視我亦復如是與否，然後知交遊之難，文章學問之不易得為可貴也。而其中又有始得甚歡，繼而落井下石以為快，與夫悠悠莫莫，緩急不相顧問，既別去等塗人無

〔註55〕《天傭子集》卷二《四子合刻序》。
〔註56〕《天傭子集》卷四《丁喜哉近藝序》。

異者，然後知交遊之難，不獨文章學問不易得，而始終無問為尤可貴也。因憶二十年來，一時同遊，與魏士，為鄧仲子，數君子意氣偉然，握手歡笑，日相往來，飲酒角逐為樂，少時又以諸生謁李孟白先生，尤與其長公百藥往復談笑，上下今古，歡倍儕輩士年中始哭仲子而銘之，至今以不能為仲子立後表章遺稿以為愧已，又哭吾士為而殯之，其遺集尚存，其所訂明十二大家古文詞業尚未竟，皆以奔走南北不能為之終事為歉已，又哭吾百藥亦以不及問其手輯天文佛籍六壬占候所得異於人者，以告於世，而現在數君子仕者仕，困者困，或經一二歲不得見，不復長相聚如曩時，然後知交遊之難，雖使賢人君子常在於世，與夫平居握手相聚，亦遂以為異，數不可得者，尤可歎也。」〔註57〕可見交遊之難，文章學問之不易得。

（五）學有所兼

張良御在評《李龍侯近藝序》中說：「吾老友咸大咸嘗言，明之天下八股壞之，予謂先輩舉業名家何嘗盡無經術，直至末代乃成不尷尬東西耳，以舉業兼詩古文辭，又兼諳達時務國體，不得不以東鄉結三百年人文之案。理學原兼事功，但三代下用程朱不起，故看程朱事功不出陽明事功，攙和權術，正其學問，源頭不清，有以致之東鄉，亦不免為新建所震耶。」〔註58〕張良御在這裡高度讚揚了艾南英「以舉業兼詩、古文辭，又兼諳達時務國體」的觀點。在該序中，艾南英認為宋朝考課比較科學，公卿子弟除了文章學問外，多諳達時務國體，人才吏治之美常由此出。而明興此制，「止於大臣之後，考其人，雖貴至尚符璽執金，吾庸庸碌碌求其為通達國體者而不能，而亦未有自致其身，為名卿大夫者，豈有以限之歟？獨於舉子業輒能傳其家世最著者，如今天下所稱四先生，為守溪、荊川、昆湖、方山之子若孫，無不以舉業名世，而其餘數十名家後先相望，二百餘年中不能悉數，豈非一代之人心學問以一代之制所重輕為盛衰歟？然細考其人，雖能以舉業世其家，而求所為通達國體者，亦不多見，豈上之制亦有以限之歟？抑其學固有所不能兼歟？」〔註59〕他在《蔡大尊課兒草序》中也說：「國朝古文詞之業，根本經術，規模子固，必推王道……竊謂吏治文章何殊之有？」〔註60〕當今士子多一味務求

〔註57〕《天傭子集》卷三《偶社序》。
〔註58〕《天傭子集》卷三《李龍侯近藝序》張良御評語。
〔註59〕《天傭子集》卷三《李龍侯近藝序》。
〔註60〕《天傭子集》卷四《蔡大尊課兒草序》。

舉業，能以舉業世其家，而少有能通達國體或者兼學他技，不可謂不與國家之制有關。艾南英說：「然予觀今之為舉業者，非獨自二於時務國體而已，又與詩古文詞為二。夫制舉之業豈盡伸於今而屈於古，見之空言而不見之實事哉？周孔之業輔之以史漢之氣，得共源流而合之，何往非經國籌邊之檗。當國初時，制舉一道尚屬草昧，故金華文章不以八股名，而三楊不以程文課士為相業，震川、荊川始合古今之文而兼有之，然未及於國也。至於王文成之事功及詩古文辭，與其典試之程序儒效彰彰矣，即近者江陵辛未之錄，讀其程文則富強之學，任事之勇，權變之略，凌厲恣睢之象，與之俱見，況於今日制舉之業日盛日工，固有什伯此者，然則學有所不能兼，即曰不能以舉業世其家可也。故吾序龍矣，序其制舉業而已矣，序其制舉業，則學之所兼可想而見也異，日過龍矣願操是言以竟之。」〔註61〕理學與事功本來就是二而一的關係，舉業與詩、古文詞更是一而二的關係。關於舉業與詩、古文詞的關係，前已論之，舉業在詩古文詞中，有如百官之有相，能作詩作古文詞，未必會作舉業，而會作舉業，則必定能作詩作古文詞。所以所謂「學有所兼」，不光是留心世務，執經問業，諳達國體，而且能詩能文，全材以備，這樣方能互相促進，有益舉業。

　　理學事功雖然相兼，但為文還是必須防止墮入貫穿習氣，要保持文章自有的特質。艾南英說：「觀其澄理靜氣，徵軌合度，此即詩人所詠節儉正直之象，至於雄深古健，光景震礴，此即文武吉甫萬邦為憲之理，而予尤以為難者，在洗一切宦稿之習。夫宦稿之盛莫盛於隆萬，士大夫高睨濶步，厭薄準繩，或借浮屠老子之書以為奇，或騷人遷客感憤時事，附以經義，數者皆八股之蠹也。取是以較公之文，得失相去，必當有以予言為然者。嗟夫，制舉業之濫極矣，支離剽竊為木之災，士子罔所適從，今以家傳式，多士受公之教者，不白趨庭之訓已也。善乎，公之言曰：得意則旁通，泥跡則迕相。由斯言以告天，天下為記誦者，固不必以學步先輩為迂，亦不必以鑱削時華為異矣。公存心忠恕，其後必昌，吾又因序公之文而併及之。既見公之兼材，而又以見生平所誦習，晉江兩先生為古今文詞之宗，欲盡聞其流風遺韻者，殆必至於今而無憾也。」〔註62〕自隆、萬以來，宦稿興盛，多以時事附以經義，或取浮屠老子之書以為奇，雖然學要有所兼材，但必須言之有本，根於經術，

〔註61〕《天傭子集》卷三《李龍侯近藝序》。
〔註62〕《天傭子集》卷四《蔡大尊課兒草序》。

不可泛濫不著邊際。

另外在《葛山詩義序》中南英還提到「為詩義者，必不能捨學問而孤言性情」。在五經當中，惟《詩》與其他諸經稍有差異，南英自幼對於《詩》，「僅能言毛鄭考亭之說，得其章句訓詁而至於習詩者，所為制舉業則未嘗悉其離合縱橫，與諸大家所以立言之旨」。他認為「詩義重言性情，而輕言學問考訂之事」，人多為輕俊巧媚文，有明二百七十年間，「詩義之至，無如守溪、荊川兩先生」。為詩義，並非只是草木鳥獸、郊廟朝廷、師兵燕享、禮樂器皿之用，王制亦存其間，所以「為詩義者，必不能捨學問而孤言性情」，「孟子不云乎：上無禮，下無學，然後知成周之世，其下未有不學者。故雖閭巷小民、遊人思婦，皆能言其所見如此也。今讀公詩文，其尺尺寸寸，銖累黍較，合於王唐大家者，自愧非詩義崇門不能明其所至，而至於徵文獻，比事理，典貴莊嚴得於稽古之力者，雖自揣非專門亦能仰窺公之什一。嗟夫，八股之業，非學不可，而又欲去其跡，獨經義異，是經義中惟詩與春秋又異，是如公之衷文質，揆古今，不為輕俊巧媚，故私心嚮往以為難，雖然詩亡久矣，竊謂三百篇後，惟安世房中之歌，庶幾近古明興，郊廟樂章，金華草創，古奧不逮兩漢，右文之主必將有及者，端望於今之名人，而公方隨巡，方之使攬轡問俗十五國之風，當有見諸施行者，八股詩義固不足以盡公也。」〔註63〕學有所兼要求為詩義者也須學問、性情兩者兼顧。

（六）其他方法

在《王子鞏觀生草序》中南英提出「學求其是而不為異」，並引歐陽修之言「君子之學求其是而已，非為異也，使天下皆為異，則安見好異者之能獨為異也」，認為學問實實在在就好，如果都去求「異」，那麼「異」也就不存在了。「今之言文必尊兩漢，然兩漢之士獨董子明天人賈生識時務而已，上林、子虛、兩京、三都，讀其文，不過如今之學究據通考類要之書，分門搜索，相襲為富，求其一言一字出於其心之所自得，無有也。客難、解嘲、賓戲、七發、七啟、七辨、七徵之類，前創後師，命辭遣意，如出一轍，此與今之稚子執筆為八股文字，摹仿抄襲，有何差異？讀其文不終卷而使人厭惡。鄒陽獄中一書已開六朝駢偶庸穢之習，雖太史公以千古一人，亦為其豔冶所惑」。所以南英認為兩漢之文不必盡衰，而極衰之文未嘗不自兩漢始也，

究其原因，「是數子者非有見於道德性命之旨，能言其中之所自得，中無所得，故遂以浮華為異，而效之者又以為異而趨之，故其文至於庸靡臭腐而不可讀。」由此觀之，「同」與「異」也須辯證來看，「文之好為異者，未有不至於同，而文之不為異者，雖欲同之而不能也」，如同孔子所說「君子合而不同，小人同而不合」，不同未必不和諧，相同未必和諧就是這個道理。為文也是如此，比如兩漢文章燦爛之極，眼花繚亂，看似不同，實際大同。制藝一途，自震澤、昆陵邁步成、嘉之際，立規矩方圓，文事興盛。而萬曆之後，淺薄士子「中無所得，而以浮華為尚，相習成風，其文非經非史，非韓柳歐曾諸大家之言，其人皆登館閣臺省，則自南宮之試至兩畿各道，所為典試事梭分闈者，又皆其人主之居高，而呼其應愈眾，而近日十八房稿之文為甚，於是制藝中大都以里巷之語代聖賢之言，遂至於庸靡臭腐而不可讀者。」推究其根本原因，乃「中無所得，乃以浮華為異，而至不能為異」，文章之根本是發自心聲，若單純以「異」求「異」，肯定不能為「異」，而只能趨於「同」。相反，如果能本之於心，以《易》《詩》《書》《春秋》《禮》《樂》之言代《語》《孟》之文，以古雅深醇之詞洗里巷之習，則必定導致同中有異，因為「為义而根六經、本道德亦聖人之門所當然爾，非有異也」。艾南英友人王子鞏能於時文浮靡惡習之時自拔於流俗，「率其中之所自得，不以世俗之浮華為異，而期與世人同」，雖同則異。所以「好為異而卒至於同，此漢之詞人所以儕於稚子也，不為異而又卒不能同，今於子鞏見之然」，「若子鞏者可謂學求其是而不為異者也」。〔註64〕

　　在《鄭超宗稿序》中南英提出舉子為文「外強中乾」之說，很多文章看似才有餘，實則中不足。他說：「自予觀之，世之才人未有患其有餘者也，獨患其不足耳。夫其澤而有光，其轉折而下，若放江河而趨之海也，可謂有餘矣。然而文者，稟聖賢之言而為之，傳其精神，其文如是，其題情不如是，借境於外，而扶疎其枝葉，剝剝其形似以為有餘，則豈非不足之患，據於中而外為有餘，以蓋其短哉？」〔註65〕要改變這種「外強中乾」之病，則必須「扶質而立幹」，「中有餘者其本固」，淵然之色，弈然之光，旁魄屈注，自不能已。在《鄭元錫稿序》中艾南英還說「時文之弊久矣，弊在近名，有意近名，故矜大侈肆，而不中於程」。要改變「近名」之弊，也必須內據於中而外為有餘，

〔註64〕　《天傭子集》卷二《王子鞏觀生草序》。
〔註65〕　《天傭子集》卷二《鄭超宗稿序》。

所謂「古之有得於道者非僅一端而已，蓋有內全至性而外若遺夫事物者矣」。南英考其言，「大都深於柱下、漆園之旨而用之，及其施之於事，如昔人所稱凝塵滿席，坐理晏如，與夫騎驢到郡，盡撤屏障，法令清簡，皆其明驗也。其為人至於土木形骸，其於言也，未嘗諍也，其於人也，未嘗倡也。和之而已，間或發為文章，則機清辯約，中節而理解。蓋古之君子外示坦蕩，而內全至性，其足於己者，無事於外也，故達之為言，推之以及於政者，如此予求友於天下多矣。」內全至性，外示坦蕩，發而為文，則達矣。其友鄭從周、鄭超宗、鄭元錫皆是無意於名，內足於至性之人，「從周之質行而古心，超宗之才識明敏，旁通曲暢，皆吾畏友也」，元錫「其神情蕭散淡然，若不以世事攖其心者，微窺之其胸中，浩浩落落，若元氣之包孕萬物，未可以一端測也。已而讀其制舉之文，則所謂機清辯約，中節而理解者，蓋將求其儔於嗣宗、叔夜之間，而世俗所為諧耳目，洽律度者。其文雖不盡廢，然要其中有介然與中異者」〔註66〕。元錫無意於名，所以深造自得，而出人意表，其文亦如是。艾南英認為要達到這種內有所得、內全至性之境，則需「謝紛囂，觀古人之深」。其友人吳仲升古心質行，謝紛囂，觀古人，十年間，其文三變，「戊辰以前臨川之派盛行，是時仲昇華實兼資，既而一切褁程先輩，汰華就質。近二三年又幾於行無轍跡矣，超簡軼便，當以一語當人百千言，如題而出，無一語不合體要」，古之君子「立言經世，未有不由於深居隱求，熟復網羅，古今人質言質行，而能自見於後世者，若虞機張往，省括於度，則釋此前志也」。〔註67〕其本固，則必無外強中乾之病。

四、關於時文創作

（一）論「道」「法」「辭」

長久以來，「文道之辨」眾說紛紜。所謂「文以明道」「文以載道」，與「文以緣情」說並駕齊驅，在文論史上秋色平分。八股時文從六經出發，代聖賢立言，其「文以明道」之本質更為鮮明顯然。

南英認為：「文以明道為主，道勝者文不難而自至，是故有得於道，則本之中者有餘，然後知明而理足，知明而理足，然後能自守，能自守然後能極其心之所明，而發諸外者無窮，而光且大，既光且大，然後於聖賢之言能

〔註66〕《天傭子集》卷三《鄭元錫稿序》。
〔註67〕《天傭子集》卷四《吳仲升稿序》。

廣其所藏之質，而不泥其跡，故其時有以自立而其後可以傳。」文章有道，則內裏充足，智明理勝，極心之所明，發諸於外，然後能明聖賢之旨，文章且能傳之後世。在艾南英看來，孔子六經之後，能明道者甚少。諸子百家皆無得於道。秦漢以來，只有董仲舒一人能明於道。下至魏晉千餘年，「其書僅為詩史之所述」，皆不為明道者所宗。一直到唐代韓愈起而振之，澤乎仁義道德，文道之義始明。繼而曾鞏以六經之文為諸儒倡，王荊國、蘇眉山並生其時，其文皆以明道為主，能開深純之先，無事理之障。王安石又以六經之旨創為時藝，當時士子為文，奇古淵博，莫不澤於道，其文法可以備見古今精通性命。有明以來，成、弘之際，王鏊、唐順之之文為學者推為極盛，南英認為此乃中衰之漸。此兩先生為文謹守題跡，而不能廣聖賢所藏之質，有歉於光大之氣。南英認為自王安石以降八百年來，大士之文千古一人，其「以明道為主，本之中者，知明而理足」，遠遠高出秦漢魏晉之上，「蓋非大士之時藝，而即王荊國之時藝也。非王荊國之時藝，即荊國與南豐眉山之文也。故大士文雖於知者時時見疑，而大士屹然自守不為稍屈，又以家貧館穀二三豪富之門為之代筆，長短豐約，方圓平險之度，隨其人為俯仰，莫不極其心之所明，應之無窮，而成以光大，其於聖賢之言，周情孔思，隨方互見，皆能廣其所藏之質而不泥其跡。此無他，有得於道則本之中者有餘，故其發於外者有不得而知也。」〔註68〕

　　眾所周知，八股時文的格式非常嚴格，破承八比、起承轉合，不能自由發揮，此乃八股文之特色，亦是後世詬病之焦點。八股所承之法利弊參雜，如何化弊為利，則關乎文章好壞。艾南英認為：「國無法則亂，家無法則讟」，「天下事豈有以無法而成者哉？」「法」之於文章，如同水之有源，「夫今之論文者，譬之論水不必論瞿塘，不必論金焦，當論其有源耳。江水惟有源，故至瞿塘而能險激，至金焦而能洄洑，至海而能江洋浩渺，魚龍百怪，學之有源者，何不可之？」相反，北地濟南之文，則「學者束書不觀，止取左國史漢句字名物，編類分門，率爾成篇，套格套辭，浮華滿紙，如今市肆賣壽軸祭文文字者」，這些文章如同兒童嬉戲，不願束於法，父師以詩書督責，則蹙額相向。「彼畏宋人首尾開合、抑揚錯綜之嚴，而不能為也。畏宋人之古質樸淡，所謂如海外奇香，風水齧飾木質將盡，獨真液凝結而不能為也。」〔註69〕有

〔註68〕《天傭子集》卷四《陳大士合併稿序》。
〔註69〕《天傭子集》卷五《答陳人中論文書》。

宋之文法之備極，其首尾開合、抑揚錯綜之法乃後世為文學習之典範，如同詩之格律，「詩之有律，猶兵之有法也」，其首尾結撰，淺深開合，抑揚點奪，有餘不盡，皆取之於「律」，南英認為：「寄流動於排偶，不為律所縛，而終歸於律者，惟老於法者能之。而思之獨造，韻之沉雄，皆附法以見，而後能傳於世。」〔註70〕真正將「法」用於化境之時，則出於「法」而不為「法」所縛。艾南英認為為文之法也如同用兵之法，「觀籍之所以敗，高帝之所以成，則高帝以法而籍無法」。項羽和劉邦，之所以一敗一成，皆由於法。項羽雖然驍勇善戰，但不學兵法。而劉邦以全秦之盛，身自為法，絕其餉道，以分其力，任憑項羽所向披靡，其所恃固已淺矣。其他如漢武不能得志於稚斜、盛唐無突厥之患，皆用兵法之得失，所以天下事沒有無法而成者也。正是深明於此，南英不敢貿然為詩，在《張龍生近刻詩集序》中談到他為諸生二十年，一直到近十年才敢作碑記敘論之文，近五年才敢作詩，即使作詩也只敢作古樂府歌行體，不敢作律詩，就是因為「憚其法之嚴」。自隆、萬以來，許多以詩名海內之人，皆有「滅法而棄規矩者」，即使如此，南英仍然憚其法嚴，不敢以無法自便，因為他知道天下事沒有無法而成者。由此觀之，為文作詩皆必依於「法」，但是又要不為「法」所束縛，將淺深開合、抑揚點奪之法靈活應用，思之獨造、韻之雄渾，附而見焉，則其為「老於法」者也，所謂「不縛於律而終歸於律者」是也。

艾南英在《四家合作摘謬序》中取大士、大力、文止與他四人先後制舉之文，錄其合於「法」與「道」者為集，分析四家之功過。他認為自春秋而後，聖人之道中絕，道之不明者久矣。漢唐諸儒僅以章句訓詁、箋解疏說以為足以發明聖人之意，其說稍為淺顯。宋程、朱兩夫子出，而後聖人之道全。但是聖道如天，天不可盡，有時而舛。程、朱及其門人，雖然於聖賢之書有所發明，但往復辯難或離或合，尤多瑕疵。所以，「士不幸而不親見聖人，又不幸而不親見七十子之徒，又不幸而不親見程朱兩夫子，即親見之如呂如謝如游楊，猶有譏焉，而欲使制舉之文盡足以代聖賢之旨，求其純而無駁，固已難矣」。文章除了要明道、尊法之外，還必須兼顧「辭」。「辭」之著者，自周以來，老、莊、荀、列、管、商之書，亦有怪奇偉麗之文。自西漢而至唐宋，詞章之道中絕，六朝軟靡柔媚之習盛行於世。至大士、大力諸人，纖詭靈俊之文亦時有之，即所謂駁雜不純之弊。艾南英說：「夫讀孔孟之書而持論不盡

於正，既離其法與道，而氣格、詞章又不盡出於先秦西漢，而降為六朝之卑，謂之無罪焉不可也。然而有可原者，老於場屋，始師秦漢以為堅古，中變其志，轉而為纖俊，點竄晉魏，窮極幽渺，且示吾才之無所不可，生徒滿座，作為文章，因人造就，使之服習，弟子學一先生之言，過而存之，於是大士、大力之功不勝其罪。至於坊賈梓人，選手龐雜，不能定是非之衡過，存其少作，則予與文止皆不能免。如是則略其全而追論其一節，果可謂之罪歟？」〔註71〕所以，單從詞章道法來論四家之功罪，不可一概而論。歷史淵源，文章流變，甚至市場需求、選手讀者心態皆可影響之。但不管怎樣，舉業至萬曆之季已經卑陋至極，四家文對於挽衰救弊功不可沒。艾南英說：「自四家之文出，而天下知以通經學古為高，原其意以為聖賢之理，推而上之，至於精微廣大，而要當使之見於形名度數、禮樂刑政，以為先王治天下之大經大法存焉，而於聖賢所以脩己待人、處事應變，必言其確然者，為可見可行之理。及其放而之於文辭，則又欲於八股中抑揚其局，錯綜其句，出入於周秦西京韓歐蘇曾之間，以為个如是，則制舉一道不能見載籍之全，而不如是，恐於立言之意終有所未備，則勢不得不搜獵經子百氏，網羅遷固，兼總唐宋大家而始變，而及於董江都再變，而入於郭象王弼，好奇愛博之勢相激使然，無足怪者，而天下亦遂駸駸向風矣。」如此，則功勞至偉，但同時端倪亦現。士子既知通經學古為高，則宗法聖賢之理，放之於文，則抑揚其局，錯綜其句，上法歐、曾等人，但為力求其全備，則搜列經史，網羅百家，兼總唐宋名家，遂至好奇愛博之勢。其他模擬仿傚不得，則掇拾餖飣，浮誕成風，其辭非魑魅魍魎之談，則臭腐而不可讀。所以，文章盛衰沒有定數，昔人並非一定盛於今人，當時的汗牛充棟，到今日的凋零磨滅，文章傳於世者少矣。真正流傳的經典無不是「上本孟孔，中法程朱，而一稟於帝制」，能將道、法、辭兼綜，靈活應用之文。

（二）論「實」與「虛」，「形」與「勢」

關於「虛」「實」「形」「勢」之辨，老、莊而下，前賢多有論述，此不贅言。南英認為三尺童子都知道文章之妙在虛不在實，「虛實」與「形勢」實乃一體兩面的關係。「夫實者為形，虛者為勢，形與勢常患其不能合而至於離，與夫能合之而亦無當於文者」，文之可貴在於「形」與「勢」相合併靈活應用，

此雖老師宿儒未必能知。「轉盤石於千仞之上，其形非不魁然大也，乘高趨下，其地非不峻急也，然而塹留木拒焉，則不能達，無他，形實而不能運故也。嬰兒之軀至微也，當其蹈手舞足則反趾及領，而無不如意，鷹鵰乘風而擊，而飛燕之微，常捷出其上而制之，無他，勢虛而便利故也。然嬰兒能運其臂指而不能運千鈞，飛燕能遂鶯鳥而不能摶九萬，而以六月息」，轉盤石於千仞之上，「形實」而不能運；嬰兒蹈手舞足而反趾及領，飛燕捷出鷹鵰之上，皆「勢虛」而便利。所以文章亦是如此，「常患夫形勢之不能合而至於離」。所謂「至微而形」「鉅細至顯」，並非形大勢大即能相合，而是「形」「勢」至其鉅細能各足其性之所得，而無羨於外，則「形」與「勢」不難而合。為文者皆知文之難於「勢」，且自顧其力之不足於「形」，往往「小其形以就夫勢」，以至「其議論不必根經術而鑄百家，其氣格不必法先秦而迫西漢，其開闔首尾、抑揚錯綜不必於韓歐蘇曾數大家相表裏」〔註72〕。如此，則所謂「勢」，「不過為空疏無學而機鋒便給者之所託足，乃詡詡然自以為得文之虛」。要救此弊，則必須正其「形」，則「勢」不難而自至。南英讀其後輩李生之文，非常讚賞，認為「非有餘於形而不足於勢，亦非有餘於勢而不足於形，蓋形勢合焉者也」，其原因即在於李生能不囿於「形勢」鉅細之論，而是「足其性之所得而無羨於外」，文之「形」與「勢」相合，不必盡出於其巨。在老莊看來，鉅細一也，由巨可以至細，由細可以至巨，不可拘泥於此，「形」「勢」方合。

除了為文虛實離合之「勢」，還有「天人之勢」。古之聖人與今之君子在人事遇合之際多有不同。春秋諸賢周遊列國，以依人為慎，「古之聖賢擇而後依，今之君子非不能擇，勢不可也」。今天下一家，共稟君父，士子從庠序到里社，到得志鄉會試，到仕而為官，有有司、督學、房師、撫按、館師等人督教，因利乘便，置身其中，「今之君子非不能擇，勢不可也」。所以，「古之君子擇而後依，以人事合，今之君子以天合而已」。自古以來，天下是非成敗，不可勝數，原其旨，皆非本意，「事勢之流相激使然」。而於舉子業則不然，「當其矩矱聖賢，則雖父子兄弟有不相謀而是，非離合之際，師友不相庇，此無他，士平心而觀聖賢之理，見明志決與入而鶩聲利之場，同異相軋者，勢固不侔也」。〔註73〕也就是說，舉子業與事業人事不能一概而論，為文之是非離合，雖父兄師友不相謀和，至於互相傾軋，其「勢」固不相侔也。為文能

〔註72〕《天傭子集》卷二《匡廬小草序》。
〔註73〕《天傭子集》卷三《國門廣因社序》。

自立者，「以其無愧於聖賢而已，無愧於聖賢，必無愧於君父」，即可。

（三）論「氣」與「神」

在《劉士雲近稿序》中艾南英將為文之氣比喻成天地春夏秋冬之氣，「天地之氣其在春夏，雖蒸發蔚薈，而物之能自見其天者寡矣。至於秋冬，然後寥廓而氣清，水潦縮而源泉見」〔註74〕。同理，如果文章只有春夏而無秋冬，則學者亦無法見其「天」。艾南英友人劉士雲之文高古奇奧，疑似專屬春夏之氣。後改變風格，以簡淡為宗，風霜高潔，刻露清秀。然而秋冬之氣，除簡淡而外，亦有幽遠靜深之境，為文者也不可忽之。所以，艾南英認為真正好的文章應該是「包孕元氣之文」，是「天與人與地參焉者也」〔註75〕。

艾南英認為：「古之至文未有不以氣為主者，氣有斷續而章法亡矣。氣之斷續，非不能文者犯之，能文而巧俊者犯之也。」「氣」乃文之根本，氣斷則章法亡，而這種情況往往是能文且巧俊者容易犯的錯誤。自東漢以降魏晉，先秦渾樸之風漸消，琢句飾字、新詭巧俊之風熾極，文之「氣」則斷。至唐宋韓、歐兩人出，秦漢之文章方粲然於天下。在魏晉六朝時期，並非沒有「輔嗣之易、子元之莊」，而是纖詭靡麗不足登作者之堂，因為「文至於句而求之，而後以為工，則其用力不已迂，而其自待不亦淺乎」？南英認為制舉業三百年來，除開陳大士和章大力，沒有「輔嗣子元」，此二人雖然「以輔嗣子元衿飾其句字」，並不失「渾樸之氣以行乎其間」，但是仿傚此二人的士子卻「意必幽渺，語必詭俊」，於是其文氣日益纖細消索，不能達文之至。南英友人陳興公則不以此為然：「興公為文離篇而論其句，離句而論其字，其奇詭相激，視輔嗣子元無以異也，及棄其字而求其句，棄其句而求其篇，則渾樸之氣行乎其中者。」〔註76〕張良御在評語中也說：「東鄉論文，擔唱出一氣字，是秦漢大家相傳法乳。」〔註77〕秦漢渾樸之氣乃時文之所缺，所以南英力倡以「渾樸之氣」救大卜為文者。在《與周介生論文書》中他說「夫文之通經學古者，必以秦漢之氣行六經語孟之理」，即使韓、歐、蘇、曾等大家亦是秦漢之嫡子孫。但是今世為文者卻不懂這個道理，不知古文為何物，一味剽獵弇州、于鱗之古以為足；或者割裂補綴六朝之浮豔，飾之史漢之皮毛；或者以晉魏之

〔註74〕《天傭子集》卷二《劉士雲近稿序》。
〔註75〕《天傭子集》卷二《楊郁門近藝序》。
〔註76〕《天傭子集》卷二《陳興公湖上草序》。
〔註77〕《天傭子集》卷二《陳興公湖上草序》張良御評語。

幽渺纖巧為清譚、為元慧；或者襲大士、大力輕俊詭異之語以為足；或者製造一種似子非子，似晉魏非晉魏，鑿空杜撰之言以為真大士、大力之文。艾南英說：「夫文之古者，高也、樸也、疏也、拙也、典也、重也，文之卑而為六朝者，輕也、渺也、詭也、俊也、巧也、排也，此宜有識者所共知矣。」〔註78〕秦漢之古非粗心浮氣、俚語巷說所能盡語，要想袞輯秦漢之「氣」，則需多讀古文，出入誦之，氣自渾樸，文自工。

在《李元雲近藝序》中南英談到其友李元雲之制藝「奧而經，核而史，渾成而章，爾雅而文」，此非人人能為者也。李元雲之所以能達到這種境界，乃「凝神」之故，「事之疑神者，常在有無滅沒之間」，非人力可為，如同靜觀遠眺，「朝霞落日，河流春樹，城郭人民，如在襟帶，至於所面三角故山，近數十里，疑無不可見矣。然非晴明不能見，晴明而欲雨，疑乎不可見矣，而又若可見，至於晴明之極，而反不能見，則其理不亦誕哉？」〔註79〕為詩、古文辭、舉子業亦如同晴雨之辨，「靈氣恍惚，不期其合」，皆自得於有無滅沒之間，此乃「凝神」之故。

為舉子業者必須通經學古、「凝神」之外，還必須「取古人之神氣而御之」。學古人到底是學古人之神氣還是學古人之詞章，南英認為是非常顯然的。學古人之詞，才氣不足，則轉為剽竊，剽竊不能，則繼之杜撰，「取天下偽經術、偽子史，點竄奇詭，新豔奪目，又從而捷取焉，被之以青紫，其為誘奪耳目，視朱雀長干，雨花牛首，畫舫歌臺，一切遊觀之勝，奚啻十倍」，看似燦爛奪目，實則浮華無用。真正學古者「取古人之神而合之於聖賢之理，言其心之所信，而不言其所疑，足於中而無待於外，若是則豈有能奪之者哉？」〔註80〕學古人之神，方能中有所足，為文底氣充足而發之於外，則古淡思深，韻幽致遠。在《與沈昆銅書》中艾南英也說「古文一道，其傳於今者，貴傳古人之神耳」。學習古人必須能辨別古人之「神」，比如韓愈和歐陽修，雖然同為古人大家，但其區別頗大。「即以史遷論之昌黎碑誌，非不子長也，而史遷之蹊徑皮肉，尚未渾然。至歐公碑誌，則傳史遷之神矣。然天下皆慕韓之奇而不知歐之化」〔註81〕。艾南英認為韓愈得史遷之皮肉，而歐陽修得史遷之神。

〔註78〕《天傭子集》卷五《與周介生論文書》。
〔註79〕《天傭子集》卷二《李元雲近藝序》。
〔註80〕《天傭子集》卷三《子魏合刻序》。
〔註81〕《天傭子集》卷五《與沈昆銅書》。

韓之「奇」與歐之「化」，學習古文者不可不察。雖然制舉業限以題旨，拘以排股，欲於其中行以史漢之神，可謂難矣。但亦不可為精儷之句、纖俊之字，而誤入梁隋之陋習。史遷、歐陽公之磅礴大氣，首尾渾成，乃西漢精神，舉子當學之。在《四與周介生論文書》中艾南英也說「夫師古文猶師古人也」。在偽經、偽史、偽子泛濫之時，以杜撰為實，浸成套語，讀之欲嘔，士子不知古文為何物，此時學古文、古人之「神」尤為迫切，南英將之稱為「救時之藥」。其實，古人之文與其人並無分別，古人如莽操、林甫、盧杞等人皆可為師，古文如經籍秦漢，雅質樸典、高貴古淡，序裁生動，離合隱見，「寓法於無法之中，必盡肖之則必決裂體局，破壞繩墨而至於無法，故韓歐蘇曾數大家存其神，而不襲其糟粕」。所以學古人、古文者當存其神，棄其糟粕，最終達到學「法」而至於「無法」的境界，此時，亦可達為文之至。張良御評《朱咸一近藝序》也說：「凡古人文字皆有一副真精神，讀者亦以己之精神赴之，使吾之心與口與古人有度曲倚和、管絃相入之趣，所謂詠歎淫泆，其味深長者也，外間小生只如念千字文、百家姓便不解這話頭矣。」〔註82〕為文傳古人之神，古人之神留於文中，與讀者之神相合，則共鳴產生矣。

（四）論古文標準——「潔」

自正嘉以來，「以古文為時文」之理論快速深入人心，到萬曆以降，古文時文趨於合二為一之勢，古文理論與時文理論亦時有參雜滲透。艾南英認為制舉業之道與古文常相表裏，學者之患，就在於患不能以古文為時文。上子為文往往好誇大而剽獵浮華以為古，「其弊亦歸於庸腐」。古文自周秦而後，惟太史公為世所推崇，雖論者頗多，但皆未得其要領。艾南英認為太史公之文最能以一字概括者乃「潔」字，此字也是為古文時文之要領。他說：「予常因是言以考其書，竊謂遷之文去其所載《尚書》《左》《國》、荀卿、屈、賈、長卿諸篇，而獨觀其所序次論略者，可謂潔矣。文必潔而後浮氣斂，昏氣除，情理以之生焉，其馳驟迭宕，嗚咽悲慨，倏忽變化，皆潔而後至者也。」可能有人會認為一「潔」字未必盡史遷之文，比如蘇洵說史遷之文「淳健簡直」。其實，探其實質，「淳健簡直」亦「潔」之謂也。蘇洵認為史遷最多為後世所詬病者乃「裂取六經傳記雜於其間，以破碎汨亂其體」，「《尚書》《左傳》《國語》《論語》之文，非不善也，雜之則不善也」。由此觀之，史遷雜引《尚書》

─────────────

〔註82〕《天傭子集》卷二《朱咸一近藝序》張良御評語。

《左傳》《國語》《論語》之文尚被後世所譏，何況是當今時文所剽竊，更是雜亂無章，其流毒猶甚。於是南英「以是繩今之為古文者，而因並以是繩今之為時文者」。當今之世，天下方翕尚浮腐餖飣，經語子語，日趨於臭敗，獨金聲傲然不屑為之。艾南英認為為文最能得史遷之「潔」者只有金聲一人，雖然金聲為文與古人多合，但一「潔」字就能盡金聲之文。他說，金聲之文「浮氣斂，而昏氣除，惟其潔而已，其抑之而奧，揚之而明，非不種種具善也，然非潔焉無以至正希」。所謂「潔」者，大約「以樸為高，以淡為老」，此道除史遷之外，韓、歐、蘇、曾數君子，其卓然能立言於後世者，皆以「潔」為高。所以，要救當世為文之弊，則必須摒除嘉、隆以來剽獵浮華以為古的庸腐之習，否則不能為古文，不能為時文，更不能達金聲之「潔」。〔註83〕

（五）「制科中亦有二天——強大之天與賢德之天」

在《黃章北近藝序》中南英引孟子之言「天下有道，小德役大德，小賢役大賢；天下無道，小役大，弱役強，斯二者皆天也」，他認為制舉業中亦有二天，「強大之天」與「賢德之天」。如孟子所言，則「荊楚之猾夏，嬴秦之吞併，皆天之所為」，《史記》裏面所記載的秦人詐誘坑殺降卒幾至百萬，並世世代代懸韓、魏、燕、趙之民的首級於秦庭，以懲效尤。艾南英將此舉歸於「天」，乃天道之不仁，是「強大之天」也。至夫子修《春秋》，筆削予奪，於荊楚尤嚴，不得與諸夏齒常，其書止於獲麟，頗為遺憾，不知夫子活於秦之昭襄、始皇朝，將作何評價呢？長久以來，聖賢皆欲「挽強大之天為賢德之天」。因為天道並非不仁，比如殷周以下千有餘年，待秦力戰諸侯，卻二世而亡，此亦天意不樂其為強大之天，數窮理極，終歸於賢德之主。天道運行，賢德之天終將戰勝強大之天。

具體來說，成、宏、正、嘉之際應該是自制科以來得人最盛之時，當時「主司之所錄者，皆輿論之所推，輿論之所推者，必盡為主司之所錄」。出現了王鏊、錢福等大家，天下翕然宗之，此乃「賢德之天」也。而至於今日，則「主司之所錄者，未必皆輿論之所推，輿論之所推者，未必盡為主司之所錄」，以俚語諺說、浮薄不根之文簧鼓後進，並以此進退天下之士，而士子亦從而宗之，「彼非以其賢其德服人也，以其強大服人耳」。空疏庸稚之人以俚語諺說、浮薄不根之文得以仕進，被以冠服，隆以爵寵，又使其子孫世代富厚，惡

〔註83〕《天傭子集》卷三《金正希稿序》。

性循環，此乃「強大之天」。所以制科之業三百年來，「賢德之天」與「強大之天」常相御而行。其所舉之人至於三萬，而以文垂世者不過數十名家，除此數十名家之外，其他人皆湮沒無聞於後世，至其後學問其姓字而不可得，由此看來，「雖制科中強大之天終不能勝賢德之天」〔註84〕。南英友人黃章北為文以圓美濃麗為主，但為之不遇。其後霜降水涸，葉落歸根，剗除浮華，獨存古質，繼而得中。從章北之近藝可以看出，「唐虞三代聖君賢相之事業，其精微則窮理盡性，以至於命之學，於是乎御之以才，則必司馬遷、劉向、韓愈、柳宗元、歐陽脩、蘇洵、曾鞏之文章，如是而遇於世則為賢德之天，不幸而不遇，則金石可滅，而吾文不可朽，其為賢德之天固在也……人以華，吾以朴，人以浮，吾以臭，人以俚語，吾以經術，人以補綴蹭蹬為篇法，吾以淺深開闔首尾呼應為篇法，以共俟夫賢德之天，而以文之公評付之後人可也。」〔註85〕士子為文不要以一時的遇合為念，要堅於自守，忠於為文之旨，不為世俗所宥，終可待賢德之天。

（六）「事之至難者莫難於御眾」

韓信點兵，多多益善，並非多則善，而是能駕馭多則善，所以艾南英認為「事之至難者莫難於御眾」。比如一家之主，其子童僕，能調配恰當則為高。韓信論兵，乃「將百萬之眾如使一人」，所以多多益善，否則智愚勇怯，雜糅不齊，金鼓之聲作而敗端見矣。讀書為文亦然，「至於上下數千載，什什伍伍，井然於吾心，而又融洽其神情，使達於吾之手與口，此何異於將百萬之眾，呼吸運用如使一人者哉？」讀書為文學一先生之言而止是很容易的事情，但是要將上下千年融會貫通，口手協調，如同將百萬之眾，呼吸運用如使一人，則是非常困難的事。南英認為國朝著述之富無踰於楊用脩，其生平所編輯之文可謂有眾百萬者，但他為文卻萎爾不振。究其原因就在於雖有百萬之眾，不能呼吸運用如使臂指，雖多無益。如果有人能博如用脩，役使載籍於古文辭，並將舉子業兼而有之，使其性靈與其學術相輔而行乎聖賢之旨，則其文必佳。但往往有這樣一個現象，許多博學之人作詩、古文辭皆佳，一遇舉子業則窮。究其原因，南英認為「彼其所傳者古人之神也」，其蘊藉古今，具數千年載籍之理而無性靈之妙，至蹈襲古人一句一字而不可，即所謂「將百萬

〔註84〕《天傭子集》卷二《黃章北近藝序》。
〔註85〕《天傭子集》卷二《黃章北近藝序》。

之眾如使臂指者，又在言語文字之先」，只有將古人之神與百萬之載籍融會貫通，將載籍之理與性靈之妙合二為一，文章方佳。

（七）「窮而後工」說補論

自太史公「發憤著書」而下，經韓愈「不平則鳴」與歐陽修「窮而後工」說之推揚，人們已經形成這樣一個思維定勢，越是窮困不得志，詩文創作就越好，越是經歷慘痛，其詩文越是動人肺腑。眾所周知，《孟子‧告子下》有言：「是故天將降大任於斯人也，必先苦其心志，勞其筋骨，餓其體膚，空乏其身，行拂亂其所為，所以動心忍性，曾益其所不能。」韓愈也說：「夫和平之音淡薄，而愁思之聲要妙，歡娛之辭難工，而窮苦之言易好也。是故文章之作，恒發於羈旅草野；至若王公貴人，氣滿志得，非性能而好之，則不暇以為。」艾南英卻認為事實上未必如此。比如其友李宗文《德山五義》即取孟子苦心志、勞筋骨、餓體膚、空乏拂亂之語，各為一義，以志其道途之苦。但宗文本人家世貴顯又年少有聲，並非窮愁羈苦、有大不得志者，為什麼其言窮苦之狀至詳至切呢？南英認為一般來說人們講「修辭立其誠，不誠未有能辭者也」。如果以宗文之辭觀之，其窮餓空乏之狀，鉤章棘句，層見側出，可謂誠矣，但以其文觀其人則不可。所以詳觀孟子之書，「則見孟子之所謂天者，其於天所以待聖賢之道，猶有所闕而未備，闕而未備故不能無啟天下後世之疑。且天下之厄聖賢也，蓋有不必窮餓空乏者矣」。又如周公以文王之子、武王之弟、成王之叔的身份輔政，可謂至尊至貴。讀其詩，雍容醇雅，何其盛也。及其遭難，棲遲東山，風雨飄搖，其詩歌依然曉曉。所以，所謂「天之所以厄聖賢者」，未必皆出於窮餓空乏。為聖賢者，有富貴福澤之人，亦有大不得志者。由是觀之，「天之所以厄人，與凡為感憤不平者，果不待於窮餓空乏也」〔註86〕。南英認為宗文之《德山五義》雖然其言愈苦而愈工，但並非窮而後工。因此，此論可以補於孟氏之闕。在《國史采韻語序》中艾南英引太史公之言「詩書隱約者，欲遂其志之思也」，推究其意，則即「發憤著書」之說，如左丘明之徒，皆意有所鬱結，不得通其道，故述往事，思來者。但是孔子虞夏、商周之書，不韋《呂覽》之書，韓非《說難》之書，皆得志於時之作也，所以「窮而後工」之說未必放之四海而皆準。假使太史公遭難之時，能見風使舵，進退於人主之前，那麼他還能協六經異傳，勒成一家之言嗎？答案是

〔註86〕《天傭子集》卷二《德山五義序》。

否定的。所以艾南英認為為詩作文，並非如史遷所說，要意有所鬱結不得通其道方能使文章工整。

五、「惇尚質實、抑退浮華」──論文與質的關係

　　關於文質之辨亦是歷來文章家必論之焦點，所謂「文勝質則史，質勝文則野」，要達到「文質彬彬」才好，孔子此論也是歷來論「文質」者必遵之規矩。在晚明一片詭異怪誕、浮華糜爛之風的浸淫下，艾南英也發出「惇尚質實、抑退浮華」之呼聲。他認為：「文章之道始而質，終而文，然後盛極而衰，迨衰矣，又有維且挽之者而後盛，豈不以其人歟？然二祖之世可謂質矣，其文不甚著見，成宏而後，乃稍可紀，不獨追思一時人心風俗、節義事功之概，而祖宗朝惇尚質實，風厲學官之意，亦往往而合，然則所謂質者，可謂非盛歟？」〔註87〕在《溫伯芳近藝序》中他也說：「古今世道人心之變，始乎質，終乎文者，勢也。文章亦然，始於樸，未有不日趨於華。」「文章之質勁無過於西漢，而自號為絢爛莫甚於六朝，非韓歐大家力返之世，安知質勁之始為西漢，而絢爛之僅止於六朝也？」自洪武以來，尊學庸語孟之書，尊考亭之章句，因裁以為題，敷陳詞義，如出聖賢之言，其道精微變化，可謂盛極。但是如同其他文體的發展規律一樣，八股文也不免墮入從「質」到「文」、由盛而衰的過程。艾南英認為為文並非一概求「質」，而是如孔子所說達到「文質彬彬」的境界方才為佳。所謂「善為文者反是，始於樸，漸入於華，要歸於返樸」〔註88〕，真正會作文的是始於樸，漸入華，最後還是要返璞歸真。在這篇序中，南英引蘇軾之言「漸老漸熟乃造平淡者是已」，「非平淡也，絢爛之極也」。所謂「平淡」乃絢爛之極，那麼「質」與「文」也就是二而一的關係了，兩者皆重，不能偏廢。南英說他為制舉業，三十歲才知道平淡為高，四十歲才能做平淡之文，「蓋學問漸充，識思愈進，筆力愈勁，視世人所自號為絢爛者，不啻如鮑魚腐草而已」〔註89〕。所以，為舉子業，要達到文質彬彬，則必須「質」「文」並重，「以質有其文為文之盛」。艾南英說：「吾痛悲夫文采盛矣，而功名不立，視祖宗朝惇尚質實、抑退浮華之意，抑何遠也？夫數十君子者勳猷著於竹帛，其或楷模後進廉頑立懦至矣，然則所謂質者，果可謂

〔註87〕　《天傭子集》卷一《今文定序篇上》。
〔註88〕　《天傭子集》卷四《溫伯芳近藝序》。
〔註89〕　《天傭子集》卷四《溫伯芳近藝序》。

非盛歟？若夫商文毅、薛文清、王三原、羅彝正、蔡介夫、鄒汝愚、王文恪、王文成諸君子，皆以賢相名銓理學事功忠義正直，兼有制舉之長篇章，流播久而愈鮮，所謂彬彬質有其文者，非耶？高山仰止，景行行止，雖不能至，然心鄉往之矣。」〔註90〕可謂精當之論。

　　雖然「質」「文」必須相諧，但是作為制舉文，其「質」還包括「經國之業」，在《傅伯子稿序》中艾南英說：「文之至者至於文而止……文之篇章當考古，而文以經國則當證今。」其實，制舉業與詩賦、紀傳、序志之類皆「以文為至」，都必須「考古」「證今」：「所謂證今，非獨詩賦紀傳序志而已也，雖制舉業亦有之，其氣象與理皆是也。至於經國之文，則當代尤重在令甲，非詞臣不得溢文，自太祖設宏文館與文淵、文華之稱，而殿閣坊翰皆以學士蒞之，豈姑捨德行言語政事之科，而獨以游夏名其官歟？蓋謂四科必待文學而全也。然吾竊意其文，一切代言敷奏，政教號令，所以訓勅百官，威約四夷，與夫制詔冊命，尚循世俗所為四六之規，齋醮青詞，閒雜浮屠老子之說，疑一文士能辦之，其所證據亦民間載籍所有爾，而必使之習讀中秘，發金匱石室之藏，又多積年所而後至其官，然後知祖宗朝深意存焉。蓋欲其稽按先朝典故，不獨考古也，而使之盡讀人間未見之書，吾所謂證今殆謂是歟？然又以為有作而任其事，坐而論之之異也。又以州縣之吏入讀中秘，則近制尤審矣。由是觀之，士不素學而能當從官，大臣之列學不考古證今，而能為經國之業者，未之有也。吾因是而以權衡今天下之為詩賦紀傳序志者，又因是而以權衡今天下之為制舉業者，果其考古證今，成之於學，而至於文，則文之能事畢矣。」〔註91〕雖然孔子設四科教學，四科必待文學而全。但是文學也必須考證今古，有經國之任。成之於學，而至於文，這才叫真正的文章。南英友人傅伯子為文「勃然而雲蒸，蜷然而龍變，鮮芳吐而藻實」，南英認為其乃「至於文」：「夫理道之蘊，性情之事，言之常患其樸略而拘謹，將以行遠而盡飾，又慮其韻以肌掩，巧以力奪，今且如觀元圃之積玉，而奏刀遊刃以盡其長，蓋伯子窮古之變，汎濫於縱橫浩博之書，而居室遊御，鴻顯高壯，皆足以練漬其神明，又從先大司寇家乘之餘日聞，今相國過庭之訓多識典故，糸稽先達之遺論，吾所謂考古證今者，宜其文之通達治體，博碩豐容，以至於斯也。天之所以厚伯子者至矣，故吾為之弁而暢言文之說，如此然則為文者必至於文而止，而有文章經國之任者，其

〔註90〕《天傭子集》卷一《今文定序篇上》。
〔註91〕《天傭子集》卷四《傅伯子稿序》。

亦顧名而思義也夫。」〔註92〕就是說的此理。

在《答夏彝仲論文書》中南英談到「修辭」，認為夏彝仲「視古人太輕，視今人太重」：「夫以司馬子長、劉向、昌黎、永叔之文，兄捨其根本六經，與其法度章脈變化生動、雄深古健之大者不論，而曰止於辭，則視古人太輕也。且又取易、詩、書、春秋三傳、而亦曰是皆古聖人飾字而為之，則視古聖人又太輕也。因而及於浮華補綴，塗東抹西，左剽右竊，取史漢句字割裂而餖飣之如今之王李者，皆得附於聖人脩辭之旨，是又視今人太重也。」南英認為夏彝仲對於古文大家以及聖賢之言只止於辭，而對於如今剽竊剿襲、割裂不綴之時文卻又賦於聖賢修辭之旨，其實質還是沒弄清楚修辭是什麼。針對夏彝仲「以句字崇飾盡脩辭之義」與「以劃盡辭華，歸之平淡者為非」，南英詳細談論了修辭之原與古文之辨。他引用「脩辭立其誠」「詞達而已」「辭尚體要」來作為為文之標準。修辭立其誠，則不以浮華為誠。詞達而已，則不以臃腫駢麗為達。辭尚體要，則有體有要，即章旨結撰之謂，而不以餖飣剽竊句字為體要。此三者其實都是一個意思，即為文不以浮華靡爛為達，而以體要章旨為達，如此而已。他認為：

> 蓋古人之所謂辭命辭章者，指其通篇首尾開合而言，非以一黃一白一朱一黑儷字駢音而謂之辭。如此則古今文章何必司馬遷、劉向，何必昌黎、永叔，只一六朝人可謂辭華之極矣。則兄且銖銖而法之乎？即如太史公，弟與兄所首推者，然每讀其文，譬之神龍行天，雷電惚恍，而風雨驟至，百昌萬物承其汪濊，皆各有生動如澤之意，此豈可以句字求之？今試取《史記》，去其所載尚書、左、國，及屈原、長卿、騷賦之文，而獨取太史公所自為贊論序略者讀之，其句字可謂惆質無華矣。太史公豈不能效易、效書、效詩、效三傳而為之乎？無他，時代各有所至，效昔人而贅其句字，未有不相率歸於浮華者，若兄之所謂俚雅則有分矣。每見六朝及近代王李崇飾句字者輒覺其俚，讀《史記》及昌黎、永叔古質典重之文，則輒覺其雅。然後知浮華、舉古質則俚雅之辨也。百物朝夕所見者，人不注視也，則今日獻吉、于鱗、元美剽竊成風之謂也，用功深者收名也，遠不為當時所共怪，則必無後世之傳，則韓歐大家與今日有志斯道，力排陳言，不為浮華補綴之謂也。蓋所謂陳言，所謂浮華者，

〔註92〕《天傭子集》卷四《傅伯子稿序》。

韓則指晉魏齊梁而言，歐則指唐季五代而言，今日之君子則指王李而言，其為戛戛乎陳言之務去一也。其為用功深，為當世所共怪，一也。其推尊司馬遷、劉向、賈誼、董仲舒者，得其雄深渾健，古質而幽遠，非若王李之推司馬遷、劉向，得其皮毛剽竊塗抹，使十歲豎子皆能贅其詞，竊其字，而遂謂之修辭也。〔註93〕

真正的「修辭」並非詞藻字句，而是首尾開合、結撰構造而言。真正講修辭之人，如太史公，其文字皆恫質無華。所以說，「文質」之辨，其實亦俚雅之辨。六朝文字及近代王、李文字，燦爛之極，同時也浮華之極，也「俚」之極。而史遷、昌黎、永叔之文，平淡之極，古質之極，也「雅」之極。今日為時文剽竊成風之人，並非剽竊皮毛陳言，就能稱之為「修辭」，其必須如古文大家所言，力排陳言，去浮華，達古質幽遠之境，方有可救。如此，至於史漢到底是以古質為尊，還是以浮華為尊，則一目了然了。

關於夏彝仲「以平淡為非」的論點，南英更是大不以為然。在《平遠堂社序》中南英曾提出「以山水平遠、衢術坦直為文之極」，他認為東坡所謂「非平淡也，絢爛之極」的說法，並非崇飾字句所能得。東坡為文元氣磅礡，隨物賦形，如同奇巇險壁、怒濤飛沫，非裝潢修飾所能為。真正的古文是平淡古質不為繁華，今人往往以碑、銘、序、記、傳為古文，主要是相對八股時藝而言，「如以碑銘序記為古，則韓歐有之，王楊盧駱輩皆有之。歐陽公得舊本韓文乃始知為古文，其序蘇子美曰：子美之齒少於予，而予學古文乃在其後。蓋昔人以東漢末至唐初偶排摘裂，填事粉澤，宜麗整齊之文為時文，而反是者為古文，譬之古物器，其黳質必不如今，此古文之所為名也。若以辭華為古，則韓之先為六朝，歐公之先有五代，皆稱古文矣。今之王李其文無法，其句甚鮮，其究也甚腐，吾常取其稿觀之，掩卷而觀其題，輒能測其中所用官名，所用地志，所起所收若何，什不爽一，後生小子不必讀書，不必作文，但架上有前後四部稿，每遇應酬，傾刻裁割，便可成篇，驟讀之無不鮮華濃麗，絢爛奪目，細按之一腐套耳。兄以為時文乎？古文乎？韓歐復生，戛戛乎陳言之務去必自王李兩人始，世間聰明學問不多得，兄高視闊步，奈何一以挽近自安如斯也。」〔註94〕古文、時文之辨並非以詞句修飾為準，王、李諸人剪裁割裂、篡改剽竊而為文，雖然讀起來鮮華濃麗，絢爛奪目，但無古文之

〔註93〕《天傭子集》卷五《答夏彝仲論文書》。
〔註94〕《天傭子集》卷五《答夏彝仲論文書》。

「質」，仍然腐爛不堪。所以，古文、時文之辨，即「文質」之辨，即「修辭」與浮華之辨，「辭達而已」之變，即「辭尚體要」之變，此數種，皆二而一的關係，作文者不可不察。

六、「一時之論，非一代之通評也」──論文與時代的關係

所謂「時運交移，質文代變」，文與時代的關係，自劉勰而下，詩詞文章領域多有論述。艾南英也認為文章盛衰與風俗世態相表裏，評價一個人的文章以及某人的文章是否會流傳後世，都不可草率定論，一代有一代之制度和風俗人情，應全面客觀地看。在此基礎上，艾南英總結出明代自洪、永而下舉業時文變遷的歷史。

南英認為「欲觀千世，先觀一世之變」，制藝之升降亦然。他說：「八科之中評衡較量孰盛孰衰，孰創孰沿，引用雜博非聖之書，孰倡孰效，尤可考而知也。若其所更歷人才進退法令寬嚴，則萬曆之季泰昌，天啟而後二十餘年間，世變風移往往如是。」〔註95〕世變風習往往影響文章評論，一時之評，也不能作蓋棺定論，在《今文定序篇下》中他說「一時之論，非一代之通評也」，比如說從成化到嘉靖，以守溪、荊川、昆湖、方山為四大家，是否可以成為定論呢？他認為：「古以詩文並著一時，因以名其家，自蘇李以及建安黃初，至於唐宋代有名號，然卒未有兼綜條貫，備眾家之體，而能盡廢一代之長者，又況乎稟聖言以為經，其理深微廣博，其目繁委，苟有好學深思而得其故者，豈盡不足庚續發明，補四家之所未及耶？故謂四家之言足以盡一代之通評者，非也。」自古以來，詩文之體，多有變化，從漢至唐、宋，還沒有出現那種「兼綜條貫，備眾家之體，而能盡廢一代之長」的人，何況是制藝這種與時俱進的文體呢？所以以守溪、荊川、昆湖、方山為四大家，決非一代之通評。雖然守溪、荊川等人，通經博古，能發揮聖賢之理，但其尤有未足之處。就其評者來說，有的人牽於所見，以俗變相類，論卑而易行，不能深究先正之法；也有以前的文章傳至今日，後代看來，並非盡傳先輩之言，從汗牛充棟到彫零磨滅，不可勝數，反而後傳者之言立。如此種種，不可不察。如今之舉業，兼備眾體，「雖使游夏復生，不能盡學庸語孟之奧，蓋得其旨要者十未五六也。又進而求其性情，且夫以今人之詞代聖人之言，與以古人之詞代聖人之言，均之非聖言也。然必曰：與其今也，寧古又何居？然則合一代之

〔註95〕《天傭子集》卷一《八科房選序》。

長，尚恐未能盡學庸語孟之奧也」〔註96〕，學庸語孟之深奧並非一人兩人能盡其旨，今人古人之闡發皆非聖賢之言。隆、萬而降，更是雜以方言俚語，其不悖於聖人之旨者少矣。所以，文章與時代相始終，都是與時俱進，不能以一時來評定一世，也不能用一世來評定千世。

　　自古文章盛衰都是與風俗淳澆相為表裏，如果風俗已壞，那麼人心巧偽浮薄，無所不至，文章則要麼纖詭柔媚，要麼恍洋誕漫，無有例外。比如「自三代迄兩漢，惟春秋之世去周初未遠，而其時列國之名卿大夫其辭見於盟會聘問者，溫柔敦厚、徵禮度義、無巧偽浮薄之氣，可謂盛矣。至於戰國之士，傾詐險刻，雖父子兄弟有不可知，宜其文之恍洋誕漫而不能為聖賢之徒，無足怪也。乃若兩漢之君崇尚經術，一時風俗之厚，三代而下無與為比，雖至衰敗之餘，縉紳之徒猶能抗志於強暴之間，至於廢錮殺戮，而其操愈勵，故其時文章爾雅，訓辭深厚，猶足見商周之遺。降而晉魏，風俗之淫靡亦已極矣，而其文亦纖詭柔媚，僅足以供諧謔」〔註97〕。從三代已降，經春秋戰國至兩漢魏晉，士風日離，文風日壞，無足怪也。他在《隨社序》中也說「文章之離合與天下離合之勢相為終始」，而文章離合之勢與天下離合之勢皆取決於「時」：「且夫天下何常之有唐虞之初天下未盡平也，而荊揚之地則已皆其巡狩以贄玉帛死生之國，禹之治水，披山通道，而嶽之為衡，敷淺源之為廬阜者已見於經。至於成周之世，宜共幅員之廣，十倍於昔，然江黃之盟，以霸主經營數年，而後定吳疆之役、沙汭之役，無歲不尋其民於干戈，計其時士之得見易象與魯春秋而聞十二國之風者，亦無幾矣。由今論之，其人不獨以通經學古相慕悅，而節義風尚亦若父子兄弟、手足頭目之相護持，人徒以為是文章聲氣之合，而不知高皇帝之神武，與列聖之休養生息、涵濡覆育以有今日也。」〔註98〕一個時代有一個時代之制度，一個時代也有一個時代之文章，人處於其中，其人之風尚節義與文章之聲氣相合，與國家之休養生息、涵濡覆育亦相始終。在《子魏近藝序》中艾南英也說：「文章之淳漓與夫人之精神相應，而風氣習尚能移之。」比如其同宗子魏與他分地數代，其衣冠語言、婚娶祭葬之俗，都盡從其所遷之地，但子魏雖然方位遷移，卻並沒有隨波逐流，而是「所持必堅，所入必深」，以自信之力拒浮豔之氣，其

〔註96〕《天傭子集》卷一《今文定序篇下》。
〔註97〕《天傭子集》卷二《河漢居新藝序》。
〔註98〕《天傭子集》卷二《隨社序》。

為文為人皆被服寒素，恬於勢利，不嬉遊歌舞，不飾聲譽，慎言獨行，晦處靜俟，「以求是非成敗、清濁文質之衷，故其功力所及，能苞孕百家，以發為壯偉深厚之勢，而其嗜欲淡，機智淺，如深山學道之夫者，又能降心柔氣，以代聖賢之精神」〔註 99〕。所以雖然風氣習俗能影響文章之淳漓與人之精神，但也不是絕對的，如果能堅毅自守，本於所持，則文章自然不被風尚習俗所化。

在《王康侯合併稿序》中艾南英也強調「一代文章之盛衰常以一代之制為輕重消長」。比如「自古言文章必歸翰林」這一現象，朝廷官員，即使是宰相，也可以雜以他材，唯獨翰林學士非文人不可。在當代「既盡屏書畫技藝之流，使盡出制舉之科，而又以為儲養論思之地，宜其文章爾雅訓詞，深厚炳然，與三代同風」，南英認為當代文章首推者，當數宋潛溪、楊東里、歸熙父、王道思、羅景鳴、唐應德等人，此數人以制藝名家，遠不能與韓、歐並肩。至於碑、傳、序、記，在古文體中所號為法最嚴而局最變化不測者，則雜取太倉、歷下之陳言，以苟且應酬。其他如制誥之文等於誄墓，「褻王言而輕國體」，完全黑白顛倒，這還能稱為文章嗎？當代制舉業，三百年來每科必數人，人必數首，即使窮鄉僻壤、童子白屋崛起之秀，也頗能知聖人之言。這些士子以制舉業位居榜首，翰林文士多出於此途。三百年名人卿相、理學文章之選，皆由此科而出，其文章亦由此制度所影響。由進士而翰林，由制舉業而文章，皆由一代之制度決定。張良御評《王康侯合併稿序》也說：「文章必歸翰林，翰林之文章不在八股業，用八股業為翰林，乃是本朝之所重，而翰林以是無文章矣。」〔註100〕由當代翰林制度可以看出文章之盛衰流變。

時代風尚習氣與文章相表裏，還表現在同一種文體的盛衰上。如「明興二百七十餘年，人文輩出，獨史學不逮古人」，艾南英談及當時所見史書有雷司空、鄭端簡所著二書，但是司空闕志載，而端簡序述過簡，傳體又多木備，遠不逮前人。其友人誕先《國史采韻語》較之此二書，多有可陳之處。索隱述贊之法古已有之，比如《史記》貫穿經傳，馳騁古今，其意難究，唐代司馬貞《史記索隱》則為之釋文演註，又為述贊而終之以韻語。音義並重，注文翔實，約文歸旨，約旨歸律，使後世讀書「由尺寸而得尋丈：「後世讀史遷之書，如觀江河之水，波濤洶湧，變怪萬狀，由是而觀索隱，所為述贊猶澄湖止水，

〔註99〕《天傭子集》卷二《子魏近藝序》。
〔註100〕《天傭子集》卷三《王康侯合併稿序》。

各有涯涘，片簡之義，已得全意，則謂《索隱》非史記功臣不可也。」由此看
誕先《韻語》，則其志明矣，「合二百七十餘年而為書，合全書而為古四言詩
之韻體，又復刪煩取要，而疏注其間，馳騁亦既勤矣。今而後有緣史遷，而成
《明史記》，有緣《明史記》，而為述贊者，其必以誕先為首功也」。有明一代，
史學衰退，亦由時代使然，「嗚呼，遷生西漢之初，比於班書微為古質，自昔
已有斯言，其絕去排比聲律，時固使然，古今文章升降之際，其可以概論乎
哉？」〔註101〕

　　另外，關於文章是否傳之於後世，南英引韓愈言：「文章不為當世所共怪，
則必無後世之傳。」他認為此論頗待商榷，如果按照韓愈的理論，那麼他自己
的文章則不可能傳之於後世了。所謂「當世與後世之人心一也，天下豈有不傳
於當世而能傳於後世者哉」？就拿韓愈自身來說，他以六經之文，倡之諸儒，
其摧陷廓清之力，天下翕然宗之，此非「為當世所共怪」者也。如果真要談「為
文而為當世所共怪者」，莫如楊雄，「至有覆瓿之譏，可謂極矣」。楊雄之文雖然
世傳其書，但僅僅將之作為先漢之書，附聲逐響，苟自誇大，並沒有「深信而
篤好者」，亦不能辨其善惡美醜。楊雄之文「勤取太初曆法，銖兩尺寸，陰用其
實，而別為名以新之，其文如孺子學語，號嗄未成」，蘇軾稱其為「以艱深之詞
文淺易之說」，雖楊雄復生，無以自解。由此看來，為文果真為當世所共怪，則
豈有傳之後世之理呢？所以，「楊雄之元既為當世所共怪，而又不為有識之所
賞，若退之之文則當時已為有識之所賞，而僅為流俗之所怪，故其文有傳不傳
之異」。又如友人鄭從周之文，為客觀公正，南英做了一個實驗：「予與從周聚
旬月，見其每一藝成，質之孟旋，孟旋以為然。質之賀廷玉、易曦侯，廷玉曦
侯又以為然。夫廷玉以吳越之靜秀，其文圓細刻露而不能不推從周之醇深，曦
侯以楚黃之剽勇，其文豪宕奔放、疏節潤目，而不能不推從周之雄剛。至於孟
旋以義法之宗，表裏兼至，而亦不能不推從周之安和備美也。」因此，文章之
傳於後世，乃「不為當世所共怪而又為有識之所尊」方可。

　　文以代變，自洪永、弘治、隆慶、萬曆以來制舉業流變紛呈，南英在《重
刻羅文肅公集序》中將洪永、弘治朝文章盛衰完整勾勒出來：

　　　　國朝文章之盛莫盛於太祖朝，劉文成、宋文憲、王忠文、陶姑
　　　　孰輩，不獨惟幄議論，開聖子神孫億萬年無疆之歷，而文章一事亦
　　　　遂為當代之冠。至於蘇平仲、高季迪、解大紳、方希古，或專以詩

〔註101〕《天傭子集》卷四《國史采韻語序》。

文，或兼有節義，後先二祖之世，雖由草昧開天，士崇實學，不惑
於流俗苟且之見，亦由唐宋大家之流風遺韻，典型未遠。洪永而後，
文章浸衰矣，楊文貞、王文成雖卓然自成一家，而兩公以相業事功，
不專名文章風矩，所激後進，無由觀其標指，一時文章之權無所主
持，於是宏治之世邪說始興，至勸天下士無讀唐以後書，又曰非三
代兩漢之書不讀，驕心盛氣不復考，韓歐大家立言之旨又以所持既
狹，中無實學，相率取馬遷班固之言，摘其句字，分門纂類，因仍
附和。太倉、歷下兩生持北地之說而又過之，持之愈堅，流弊愈廣，
後生相習為腐勦，至於今而末已。〔註102〕

在《歷科四書程墨選序》中將隆、萬以後的文章流變勾畫出來：

嘉隆以前姚江之書雖盛行於世，而士子舉業尚謹守程朱，無敢
以禪竄聖者，故於理多合，又以其時去古未遠，士習淳樸，內外臣
工先期揣摩資格，當為考官預搆，錄文必確當，乃已或卑禮厚幣求
名儒臣公代撰，所錄而士子中式之文得於榜，後改牘自書，名曰公
據加以省直御史布按二司為監臨官得自總裁，試卷多收人望，而先
朝大臣留意人才，如楊文襄之知席太傅，僅以河南省試黃河策屬以
河事龍貴州之遷，當時大吏風屬文人如此，故程墨二牘必傳者，先
輩為多自興化、華亭兩執政，尊王氏學，於是隆慶戊辰論語程義首
開宗門，意端兆於此矣。此後浸淫無所底止，科試文字大半剿竊王
氏門人之言，陰詆程朱，近復佐以諸子百家、管商雜霸之說，故去
理愈遠，而先輩預自撰錄，其流弊至於主者未入闈，而試目已傳佈
中外，監臨官得與簾內事譏防不密，大臣子弟多幸收者，於是萬曆
十三年復申嘉靖初閣臣羅山張文忠公議，改用京朝官為主司，其錄
文稍刪士子試牘，而試牘以闈本解禮部行磨勘之法，然則今之程墨
人才非盡遜先輩也。學術異而整暇與應卒又異焉，故曰有幸有不幸
也。吾將詳其事於《貢舉志》，而姑選錄其文如此，且使是古而非今
者有所折衷焉。嗚呼，俯仰十五朝，大比於鄉與會試，天下士之歲
幾至於百，士之遇合者可謂盛矣。然予所選錄止於如是，雖先達諸
選亦止於如是，豈皆凋零磨滅不復見於世歟？夫遇合矣，文章不概
見，或文采著矣，而道德事功較科名之數孰多寡，吾既不能無感於

〔註102〕《天傭子集》卷四《重刻羅文肅公集序》。

斯文，若夫以遇合之故，有門生座師，有同門同籍，膠纏錮庇，相

與擁戴，唻使齮齕異己，先朝往往見於傳記，而數十年來封疆大故，

宮府大議，成心意見，亦皆繇此以出，世道之憂可勝歎哉。〔註103〕

由此可見，嘉、隆以前，士風淳樸，無敢以禪竄聖，謹守程朱，於理多合，有司錄文，確當公正，多收人望。後王氏之學興起，浸淫無所止，剽竊模擬，陰詆程朱，雜以諸子百家、管商雜霸之說，去理愈遠，大臣子弟多舞弊而進。萬曆以來，改京官為主司，行磨堪之法，此風稍正。所以，文章之盛衰，士子之遇合，皆由世道。「文有文有質、有升有降，或採時髦，或惟先民，是程不能強繩以畫一，獨怪盡天下聰明才智之士，極文之變於理，終未盡合其詞，或不盡雅馴，有識者遂相與是古而非今，若此者非盡人事，蓋有幸不幸焉？」〔註104〕說的就是這個道理。

七、論風格

自孔子而來，道德、文章乃二而一的關係，從人看文，以文觀人，歷來論文者也皆以此為準繩。舉業雖小技，亦可以觀人品。士子習聖賢之言，輔以儒先之說，發而為文，以用於世，往往遇則行，不遇則更其志，自少至壯，遷就時趨，其為文至於屢變，如果最終得志，又往往以「屢變而愈工」為託詞。南英認為此理甚謬，「夫明聖賢之道既端其始，豈有屢變而後合者哉？其始既端，中變其志，未有不戾於道者也」，只有自始至終端聖賢之旨，沒有屢變而反合的道理。如果開始其志為端，中變其志，則最終其志不端。比如蘇秦、張儀之徒，時則縱，時則橫，奪於利祿，不能守其初志，太史公以兩人為「傾危之士」，其父母、妻子亦復以兩人之得志不得志為榮辱。勢利移人，古今一也。今之為制舉業者，像蘇秦、張儀這種人，就數不勝數了，所以「舉業雖小技，可以觀人品」。艾南英友人王登水則不以升沉榮辱為念，「傲然獨行其志」「至於二十年間不奪其初志，不以屢變為逢迎，則因其文可以知其人」。南英有言：「自少至壯，衷文披質，根據經理，考其先後進退，無不一軌於程者。當丁未庚戌，士為浮膚寬博之文，而登水不因為色收。當丙辰己未，士為衰世黯質之狀，而登水不因為華削。當乙丑戊辰，士為剽腐割綴離經叛道之文，而登水不因為偽古。至於屢試屢刖，其尊人體心，先生

〔註103〕《天傭子集》卷一《歷科四書程墨選序》。
〔註104〕《天傭子集》卷一《歷科四書程墨選序》。

信登水之學愈堅，氣愈壯，若不以登水之遇合為優者，蓋登水不為儀秦，而其尊人忠厚正直，不因勢利為憂喜，視儀秦之父母妻子相去何啻什伯。」〔註105〕登水不逢迎世俗，堅守初志，八試終乃得遇，由其人可以推知其文，由其文可以讀出其人。在《王康侯合併稿序》中艾南英也說「蓋考其文，益以知其人，知其人而後益知其文之不可及也」，其友人康侯之制舉業「溫仁諄覆，衷禮度義，亦如昔人所稱讀南豐曾氏之文，如見三代宿儒衣冠言動」，其人亦如其文。他在《河漢居新藝序》中談到其友人陳君祗若，艾南英說其人「循循如處女，其恬於勢利，如高僧逸人，其友誼篤厚，乍而與之交，穆然如不能出口，久之而愈親也」。後得其文《河漢居》讀之，其文「渾厚堅固，如其為人，其按節徵度一據於法，叩其神情於聖賢之言，不爽尺寸」，究其原因，還是因為其人切實不浮，中有所本，則文如其人，所以天下「未知祗若之為人者，觀其文而可也」。況且人之於文，「其所取悅，何常之有巧者能俊偽者，能竊浮薄者，能為不根之論，傾詐險刻者，能為縱橫捭闔無可端倪之狀，而世之人固且以為奇而悅之，君子學有本源，則於數者固未嘗以為難，何也？取其文，而以聖賢之言銖銖而較之，又取其神而合之，不相肖也。夫為制舉藝而不合於聖賢之言，又何所用之？吾所深歎於巧偽浮薄者，其以是乎？」〔註106〕學有本源，為人直接決定為文，其神若能與聖賢相合，則其文不難而自至。特別是制舉業，如果不合於聖賢之言，則必流於巧偽浮薄，一無所用。

　　文如其人，人如其文，雖一門之內父子兄弟亦各有所為，不求苟同。艾南英在《二嚴合刻序》中談到嚴氏父子兄弟世濟其美，但風格多樣。印持望其外如高僧逸人，其兄弟忍公、無勒皆以制舉名家，艾南英說：「忍公兼工古文辭，有所得輒形於詩間，遊戲於近體四六，風藻流麗，與歐陽六一、王荊國相上下，而退然若不欲使人名以一長。無勒雖與予交淺，然頗聞其蕭疏閑放，遠跡市塵。」其尊公順庵先生則以道德貽謀著稱，可謂源潔而流清。其子弟子岸、子問亦然，子岸父乃印持，子問父乃無勒。「子岸文如達官貴人袍笏甚都，而儒雅自將，未常有癡肥頑重之累。子問名理清言，片詞居要，讀之若弓燥手柔，以巧服人者，皆制舉中名篇也」，這都得益於家門雍睦，父兄之教，子弟之學，先輩順庵先生之澤如「江河之大，本源既盛，枝分派委，從而匯

〔註105〕　《天傭子集》卷四《王登水二山課藝序》。
〔註106〕　《天傭子集》卷二《河漢居新藝序》。

之，欲不為海不可也」。〔註107〕但是自古以來，多有父子兄弟共成一家之學者，「然細觀其所為，各有獨致」，其為人為文風格各異。比如眉山三蘇，世所著稱。然子瞻、子由之高峻簡質，皆遜老泉，世人皆知坡公之縱橫恣宕，而不知穎上之深造自得，沖淡平夷，精於理道，甚至於聖賢精微之理，所以「兩蘇兄弟自相師友，其文之不苟為同，且有如是者」〔註108〕。又如，南英從弟翼雲為文，其意匠經營與他相去不遠，但其奧衍幽異，自得於耳目之表，則不屑屑然求為苟同，可見一斑。

　　既然文如其人，父子兄弟也不盡苟同，那麼知人之難、衡文之難則可以見矣。世傳歐陽修誤辨子瞻、子固二人，按照常理來說，子固受業其門，子固以六經之文典重醇深，向為公所推服。子固之經術，子瞻之縱橫，歐公應該是熟知於心的，但是碰到《刑賞忠厚之至論》，歐陽修卻無法分辨是何人所為，可見「知人之難」。昔「夫子習其音而知其人，推古聖賢之道以行於今，其知人亦若是」，但三代以降，風雅之道變而為後世之文章，後世之文章又變而為取士，又變而為唐宋之論策與今之時藝，其氣格愈卑，其文辭伎倆不甚相遠，但是糊名易書之策行世，雖熟知其子弟父兄亦難以分辨，可見「衡文之難」。南英認為「衡文之難，非獨辨其美與惡也，因是以知其性情與吉凶禍福之所至，眼如望洋，心如王四國」，何況是當今制舉業，其氣格愈卑，其伎倆愈近，要識人知文則更難，所以衡文能力之高低亦可見一斑。又如陳興公之文，艾南英說：「甲子之役磊齋吳公分司試事得陳興公，而予房師李載其先生即於闈中識之曰此陳生也。予師得予卷，而吳公亦於闈中識之曰此艾生也。已而揭榜，皆然，一時以為美譚。」雖然二人房師皆能辨認出對方弟子之文，但由此可見房師辨人識文之功力非常重要，艾南英說：「夫興公為文極天下恢奇詭異之觀，而予以疏散淡拙率其誠，然則予師之知予也較難。然予師固常令泰和習興公也，久而吳公於予無夙昔之雅，僅以十年行卷意測卜度，因以證之塲中，而知其人，則吳公之知予也尤難。」此皆因其文以知其人，與歐陽修失子固相比，此兩先生尤難也，「夫古之文人根本道德，行於深微而出之以誠，然皆不欲苟取一時之譽以自餒其氣，而後為天下後世之所宗，然以語於制舉藝，則其難於受知也，常至於悔其所持」。〔註109〕

〔註107〕《天傭子集》卷三《二嚴合刻序》。
〔註108〕《天傭子集》卷二《從弟近藝序》。
〔註109〕《天傭子集》卷二《易三房同門稿序》。

八、論文社與選業

　　晚明文社興盛，多是一些志趣相投、詩酒風流的文人聚集成社，以揣摩時文風氣、精研八股，進而謀求科舉功名為主。文社之間也因為不同的選文標準，不同的觀點主張以及不同的利益紛爭而互相傾軋排擠。社團之間講宗派意氣，各立門戶，有時甚至勢同水火，以至大打出手的地步。但其互通聲氣，作文會友，特別是一些優秀時文選本的推出以及文社之間就選文宗旨反覆辯難，確實為糾正時弊、純正文風起到重要作用。

　　在《瀛社初刻序》中艾南英提到「文社之煩莫過於今日，而其衰也，亦莫甚於今日」，究其原因，在於「門庭狹而意氣肆，門庭狹則風流不接，意氣肆則士友不附」〔註110〕。艾南英認為天下事勢，有以人敗，有以天奪，皆以二者相激使然。先輩即使宦退林居，亦留心章句之學，待先輩逝去，則風流盡矣，後學無從請教於先達之門，則門庭之狹，意氣之肆，此即以「人敗」者也。馮具區、李本寧、黃貞甫數先生在時，文網尚寬，人持數先生一刺，或致才名傾動，或介之轂上，天下賢士附數先生以成名者，時不乏人。而今文網愈密，天下多事，士大夫無能為先達之門人，所以文章聲譽風流不接，此際以「天奪」者是也。所以文社興衰與否，先輩號召組織之功甚為重要，如果風流不接，士友不附，則師友唱和論文必然走向衰敗。艾南英多與友人論文，但性格耿直，往往出語不敬，多有得罪人之處，如吳次尾評《四與周介生論文書》說「千子嘗從講於東林為復社者亦傍東林之後，以故千子篤於同學，又篤於論文，不惜與之力爭，其譏訶切直，固有人所難堪者，一時聲氣之宗，不以為愛朋友與文章之道也，而直疾其異己」，「千子過責介生，人心始有異同」〔註111〕，甚至與陳子龍大打出手。以艾南英為首的江西豫章文社與以張溥、張采、周鍾為首的復社在論文標準、文學觀點等多方面都有激烈的論爭，甚至號稱豫章江右四家的章、羅、陳、艾之間亦多有分歧，後世評論也多毀譽參半。如吳次尾評《三與周介生論文書》說：「金沙周介生為復社盟主，其選文行世亦與千子埒然，人品心術固迥然，沉瀣井泥之不同，即其選文也亦一誠而一罔，千子篤於論文，周則藉以為聲氣籠絡之用，故艾選持論斷斷，雖同席者不相假，而周則包羅遷就無所不可，於門戶豪盛之家尤逢迎婵娿，故艾當時即為世所欲殺，而周雖身敗名辱，至今猶有護惜稱道之者，其所操

〔註110〕　《天傭子集》卷四《瀛社初刻序》。
〔註111〕　《天傭子集》卷五《四與周介生論文書》吳次尾評語。

術然也。」「周介生選文推豫章，甚至其推千子尤為過情，某逆知天下有議其後者，而不謂即千子也。」〔註112〕他將艾、周之爭上升到人品心術的高度，可見一斑。

文社一個很重要的工作就是選文，以此指導士子為文。當今文弊日盛，艾南英認為「救斯病也，莫若以今日之文救今日之為文者」〔註113〕。為此，他重操舊業，多次增刪選本，以唐宋古文為典範，使士子能通經學古，得其為文之本末源流，如此，當今舉業之病方可稍治。艾南英曾編選的八股文選本有《皇明今文定》《皇明今文待》《戊辰房書刪定》《戊辰房選千劍集》《庚午墨選》《辛未房稿選》《甲戌房選》《八科房選》《十科房選》《歷科四書程墨選》《增補今文定待》《四家合作摘謬》。同時還編選了《皇明古文定》《歷代詩文選》《文劉》《文妖》《文腐》《文戲》《文冤》等古文集。還選評《歸震川稿》，編訂《四書語錄》《書經論文》，另外還有《古今全史》《禹貢圖注》等。其書由於屢次遭禁，戰亂兵火，傳本稀少，現今所能見者僅《天傭子集》，《四書語錄》《書經論文》《歸震川稿》選評、《禹貢圖注》及少量八股文。

首先，明確「選政之難」。在《四科盛業序》中南英談到：「今天下選政之盛，莫盛於吳。」「吳多君子，非獨師友，淵源以故，去取詳明，而所居據東南之會，四方所輻輳，徵材博而為時多暇，獨吾鄉以郵寄艱徵，文多所浮沉，而所謂房選者，賈人爭先競利，復逼時日，又不暇師友究晰，以相從事，雖目力專利者為之，不能無憾。至於歷科則異，是合諸名選以成，選取材博，而為時多暇，疑無不可得志者，然所摘皆出名選，如摘馬遷班橡之書，觸目多愛，而俯仰二十年間，作者皆已入侍從九列，又往往有避顧先達之疑，無已則進求之古學，而又有大謬不然者，西山之正宗以同時大老不敢去取為斷，成公文鑑中興以後，淳熙以前，無所附益，而西山特效之獨怪昭明，以撫軍監國之重姚鉉課吏，錄書為薛映所牿，徵材之富如此，且兩家去漢唐皆數百年，何所疑畏於枯竹朽骨，而濫穢未清，讀者往往多憾惜。然則時可為矣，而裁鑒不能盡當當矣，而不能不格於時古之人猶然，況士以制舉一技，與近日科名覿面後先，暴長護短，天性固然，雖徵材博而為時多暇，安往而如吾志哉？」〔註114〕張良御評該序說「有裁鑒之精而又不為時格，東鄉隱然自負矣」。也

〔註112〕《天傭子集》卷五《三與周介生論文書》吳次尾評語。
〔註113〕《天傭子集》卷一《戊辰房書刪定序》。
〔註114〕《天傭子集》卷四《四科盛業序》。

就是說，選文要去取詳明，有裁鑒之精，但當今賈人爭利，無暇細加究晰，暴長護短，割裂剽襲，選本往往多弊，可見選政之難。

其次，明確房選之禍。艾南英認為「以房選正天下者如此，以房選禍天下者又若彼」。自壬戌乙丑以來，以房選禍天下者不可勝道，當今士子學無所本，為文捉襟見肘，畢露其醜，君子憂之，則以房選正天下，殊不知世人好惡取捨不盡，折衷於道，去此而取彼，於是則有禍天下之書。艾南英因此歎息流涕：「天下之言無所折衷，有大儒為之別黑白而定邪正，天下曉然知所去取矣。一時並起之，彥相與翼贊闡明，各以其說行世，而或其名位容貌未即傾動一時，然雖暫屈於目前，終必伸於異日。蓋數年來某某之選，其中皆目不知老莊荀列管韓為何書，偽作子語以欺世，與夫三禮戴記尚書易六十四卦，顛倒改竄，詞義俱舛，傲然相尊為經術，予所深惡而痛絕者……其則以三百進士之公牘僅成萊陽蘇州之社刻，逢我者喜，逆我者怒，如鬼如蜮，互相標榜，以臭腐八股尊之為六經以上極，自古至今，文人未有之稱許，至於先撰評語抄集成部，臨時附之每篇之後，於題於文，毫不相涉，而三千大千面壁蒲團和盤托出，粗野和尚之語，下至西廂琵琶牡丹黃梁之曲，盡寫入四書文評。若大曲媚新貴興現任有司冀其人入作房，考希求物色寡廉鮮恥，無所不至，近則以白丁多財，其文侏傴鴃舌，尚未成句，亦傲然執筆，譏訕時賢，自附於孔子得列國之寶書。此其人又在某某之下，有靦面目莫此為甚。」〔註115〕此數年來選本一時並起，選家皆不知經史子集為何物，顛倒改竄，逢我者喜，逆我者怒，如鬼如蜮，互相標榜，腐臭惡爛。至於士子為文則剽襲模擬，臨時抄附，題文毫不相涉，粗野妖媚之語，寡廉鮮恥之曲，無所不入，為禍甚烈。艾南英友人子魏之選則頗改時轍，子魏為文絕去近日浮豔，其選亦如此，去取嚴詳，評許珍重，艾南英斷言「知其擯斥濫惡，盡洗房評之習，其功最多，因以知子魏之選久而必尊，雖暫屈於一時，而終伸於異日者，非予一人之私言也」〔註116〕。在《寄陳大士書》（卷五）中艾南英也斷言陳際泰「計兄之功在天下，而兄之罪亦半在天下」。所以為選政者不可不慎。

再次，明確選文宗旨。眾所周知，艾南英選文主唐宋，主張通過學習韓愈、歐陽修去學習秦漢古文。陳子龍、張溥等人主秦漢，推崇王、李等後七子理論。當時的現狀就是「海內今日尊崇大士、大力者，更不知其渾古高樸，師

〔註115〕《天傭子集》卷三《子魏房選序》。
〔註116〕《天傭子集》卷三《子魏房選序》。

法六經秦漢者何在？而僅摭拾其一二輔嗣子元，幽渺詭俊之譚，相與雕琢糢糊，甚至學繁露者，竟以杜撰為繁露，習郭註者竟以杜撰為郭註，稍進者亦僅留心句字，使其俊詭，而先秦西漢高古拙淡之氣亡矣。使人冤大士大力為晉魏抄手，猶可言也」。士子皆置六經秦漢不道，而降為六朝卑弱纖俊、軟靡巧儷之文，韓、歐大家所擲棄不屑且力排之者，今人反奉為著龜。在《再與周介生論文書》中艾南英引周鍾之言「世之將治，其文多仁孝忠厚之言；世之將亂，其文多陰謀詭俊之譚」，認為風氣遷移有極有漸極，一味模擬學習則必然久失其傳。因為「取鼻祖之形而傳之，日傳一紙，十失其五，日傳十紙，非復吾祖矣。鼻祖之形如故也，非吾祖而以為祖，子孫之罪也。不責其子孫，而特罪其祖曰是其形固多變也，有甘受其獄者乎」〔註117〕，取鼻祖之形而傳之，久必面目全非，但是鼻祖之形如故，無任何變化，不責其傳鼻祖之人，反而責怪鼻祖其形多變，這是非常荒謬的。他認為「古文一道，今時士子半為時集所眯，封閉塵腐，無出頭之日，雖日告之以先王仁義禮樂之旨，無奈其虛氣所至，不能復知妍媸之所在。弟意嘗謂告人以古文人必不能盡知，千古文章獨一史遷，史遷而後千有餘年，能存史遷之神者，獨一歐公，歐公之文每提耳而命之人不知也，況欲其遍讀古人之書而知好乎？」〔註118〕可謂一語中的。

周鍾有《經翼》一選，艾南英有《文定》《文待》之選，南英選文的目的乃「使我輩之文與三代同風」，「意在存一代之文，使人得觀制藝中後先升降之變」。他認為周鍾之選「以《經翼》題篇，宜簡核而精，志在存經，不在備選也」〔註119〕，此皆選文之宗旨。除此以外，艾南英還手訂秦漢以來至元文為《歷代詩文選》，又訂國朝諸公為《皇明古文定》，又有《文勸》《文妖》《文腐》《文冤》《文戲》五書，目的在於取古文之無當者正告諸人，則人知避矣，「人人知避，必發憤讀書，讀書然後知古人高深誠拙之所在，不復為浮華補綴、無根本之言矣」。《文勸》收錄生吞活剝，斷章取義的抄襲之文，《文妖》收錄標新立異、離經叛道的鉤章棘句之文，《文腐》收錄生搬硬套的拙劣模仿之文，《文冤》收錄欺世盜名的溢美飾非之文，《文戲》收錄低劣滑稽的遊戲之文。艾南英以此五者作為寫作之禁戒，讓天下後學知道什麼才是真正的古

〔註117〕 《天傭子集》卷五《再與周介生論文書》。
〔註118〕 《天傭子集》卷五《再與周介生論文書》。
〔註119〕 《天傭子集》卷五《再與周介生論文書》。

文，同時亦警示為選政者，該如何選錄時文，以期有益士林。

再次，明確「是房選以人重，非以房選重」。戊辰之冬，許伯贊所衡《戊辰房選千劍集》成，南英因此感歎「以為房選雖微，能稟天子以號令天下，蓋有尊天王大一統之意，雖聖賢所不能必者，而是書能必之」。南英曾三過吳地，見其士習好競，相與爭短長是非。先王之教，道德一致，風俗相同，即使《易》《詩》《書》《春秋》之成書，前後相去千年，而學者賡續發明如一人之說，此乃理當而無二也。其後，先王之教失，諸子百家各自名篇，其理不能至當，其說則繁雜不一，乃未修其本以勝者也。今天下一統，承襲高祖皇帝之尺度，以六藝孔子為標準，士子群而角之者日眾，此亦未修其本而勝者也。此乃「聖賢有不能必者此也」。當今取士，三年一科，得志者之文即使奇言怪字，淺中膚說，如果幸而入選，則莫不以為理所當然。那麼士子之語言文字獲登房書以得表見於世，與語言文字雖表見於世但世之尊奉其著作不如尊奉其房選，兩者孰優孰劣，不可一概而論，此即「尊天王大一統之意也」。所以艾南英認為許伯贊生長吳中，又「時與去疑、天如、介生遊所居既天下精兵處，所見文章議論旌節相望，當必有持平於中，祖六經而宗王制，吾所謂聖賢所不能必者，必之伯贊，是房選以人重，非以房選重也。易、詩、書、春秋之道，中更秦漢學者，昧於師傳，角而不勝其爭，與放楊墨，闢佛老等其說之不一，事勢固然無足怪者，不幸而處卑伏闇，吾之文章不見信於世，而取世之所共信者為房選，以挽回斯道，是伯贊之志也，亦去疑、介生、天如諸君子之志也。尊天王而大一統，得斯說而存之，可以無相尤矣。」〔註120〕

最後，消除門戶之見。自萬曆以來，如同漢、宋，朝野議論莫盛於金壇，一時正人君子皆以金壇為宗，制舉業亦歸附金壇。但「議論宗金壇者，自申王當國以來，常與吳越分，而獨與吾豫章合。惟制舉業則金壇與豫章最合，而又未始與吳越分」。艾南英認為理道之微，非門戶可比，其於制舉業，「每斥遠交近攻之說，而常慮金壇不能與金壇合」，天下事勢分合，要以理為宗，選業尤其如此，要排除門戶之見，互取所長，各掩所短，選文方有益於世。

第二節　黃淳耀的八股文批評

黃淳耀（1605～1645）初名金耀，字蘊生，一字松崖，號陶庵，又號水

〔註120〕《天傭子集》卷三《戊辰房選千劍集序》。

鏡居士，南直隸蘇州府嘉定（今屬上海）人。崇禎十六年進士，生性耿直，淡薄名利，「名士爭務聲利，獨澹漠自甘，不事征逐」，不願為官，返鄉執教。清順治二年，嘉定抗清起義，與侯峒曾同為首領。城破後，與弟黃淵耀自縊於西林庵，留下絕命書：「弘光元年，七月初四日，進士黃淳耀自裁於西城僧舍。嗚呼！進不能宣力皇朝，退不能潔身自隱，讀書寡益，學道無成，耿耿不昧，此心而已。異日夷氛復靖，中華士庶，在見天日，論其世者，當知予心！」黃淳耀精研經籍，造詣深粹，詩文自成一家，崇陶淵明，故號陶庵，文章質樸淡雅；善書，法顏真卿，亦工繪事。著有《山左筆談》《陶庵集》等。「為諸生時，深疾科舉文浮靡淫麗，乃原本《六經》，一出以典雅。」黃淳耀厭惡時文華而不實，對科舉取士、時文創作與革新皆有獨到見解，與門人陸元輔組織「直言社」，倡導實學，經世致用，名重一時。

《四庫提要》有云：「湛深經術，刻意學古，所作科舉之文精雅純粹，一掃明季剽摹譎怪之習，天下皆傳誦之。而平日講求正道，孳孳不倦，尤能以躬行實踐為務，毅然不為榮利所撓奪。如吾師自監諸錄，皆其早年所訂論學之語，趨向極其醇正而平易可近，絕無黨同伐異之風，足以見其所得之邃。文章和平溫厚，矩矱先民。詩亦渾雅天成，絕無儒響，於王李鍾譚余派去之惟恐若浼，其立志之堅確如此。卒之致命成仁，垂芳百世，卓然不愧其生平，可以知立言之有本矣。」其詩文成就及對明末科舉時文之改革，可謂的當之論。

一、科舉論

黃淳耀曾作《科舉論序》《科舉論》上、中、下三篇及《科舉論後語》，系統論述了科舉取士之弊病與革新之途，希望能取法三代以下漢唐宋元之法，行薦舉、歲貢之科，倡導實學，改革學校教育，進而改變士子陋習與文風。其說切中時弊，有理有據，乃振聾發聵之一劑良藥。

首先，在認識上必須「通其變使民不倦」。任何事情都有其盛衰規律，取士制度也不例外，三代以下取士之法，漢之薦舉，唐之詩賦，宋之經義，數起數廢，至明初「高皇帝釐正經術，宗濂洛之義理，存先漢之注疏，使士子有所據依，於是釋老莊列影響依附之言廓然盡矣，且其制有論，有詔、誥、表、判，有時務策，三場並重，而科舉之外有辟舉，有歲貢，三途並用，故我國初得人之盛，雄視西京，士子之應科目者無上書覓舉之弊，無群聚京師之擾，

無請謁舉主之際，規制之善，漢唐宋皆不及也」〔註121〕，自憲宗而後，三途廢其二，科舉始獨重，三場只重七義，七義又只重三義，加上八股文寫作日益工巧，士子日趨鑽營，科舉取士逐漸失其本意。於是有論者認為應該廢除科舉，也有人認為有明三百年八股取士出現了無數文武忠孝之士，祖制應該遵行不變。黃淳耀認為，這幾種說法都不可取，《易》曰：「通其變使民不倦。」科舉之法不用廢除，在遵行祖制的前提下，只需因時而稍變，並參以漢唐之薦舉、歲貢之法即可，所謂「其大者適與我祖制同，而其小者質之立法之意」，如此，則何為不可？

　　其次，要達到改革科舉之目的，必須提倡「實學。」國朝以科舉取士，其目的在於「明經」，而非「晦經」，然而今之制義，則足可稱之為「晦經」，完全失去設科之本意。從宋代帖書墨義之記誦，到剖析義理之大義，到明初因循取士，將士子功名與通經與否相提並論，一脈相承。黃淳耀認為將當時之經義與國初之經義相比，前者剽剝割裂、無根遊談，後者言約理明，渾厚樸直，高下一目了然。究其原因，無非「惟昔之為經義也易，而上下之好尚出於一，故士子氣完力餘，得以究心於天下之實學。惟今之為經義也難，故士子勞精神，窮日夜以求工於無益之空言，而不可施於用，且為之者益多，則其趨益亂，趨益亂則上之人無所據以定其取捨，而其途益惑，趨亂而途惑，則士子益咎其文之不工，而無暇於實學，實學荒則其不遇者文質無所底，而其遇者以貪冒為得計，以廉恥為迂疏，且盡舉其所以徼幸於科名者而推之於政事之間，而科舉之法遂大敝。夫科舉之法敝，則郡縣無循吏，疆場無能臣，欲寇盜平而四裔服不可得也」。科舉之法大敝，其根源在於「實學」二字，國初士子氣完力餘，得以究心於天下之實學，所以為經義易。而當時之士子日夜求工於空言，無暇實學，則文無根底，各種寡廉鮮恥盡出，而上下益亂，「科舉之敝所以至此者無他，上之人不知驅士子以出於實學，而聽其所趨，反相率而從之故也」。如此，想要實現「明經」之目的，則癡人說夢矣。具體來說，黃淳耀認為應該如此改革：「吾故以為將驅天下之士而使之出於實學，則必宜復祖制五篇之法，於七義中減其二道，而閱卷必三場通較，不以一場為去取，經義取辨析義理而已，浮華者務在必黜，則士子亦安肯故為其難以出於必不利之途哉？論則求其馳騁經史，表則求其駢麗四六，判則求其明習法令，策則求其曉暢治道，此雖與經義等為空言，然工拙易辨也。……吾又以為當寬

〔註121〕黃淳耀，《陶庵全集》卷三《科舉論序》，《四庫全書》本，下同。

其較閱之期，使得研覈再四，以定其去取。至於士子平日所習之書，若經若史，一以頒諸學宮者課之，而盡焚其私刻，使耳目不淆，此數者行，則天下之實學可以漸而復矣。」〔註122〕要倡實學，則必須恢復祖制三場五篇之法，從根本上廢黜浮華，論、表、判、策皆從實處著手，並寬以較閱之期。另外，由學官督促，嚴格士子平日所習之書，經史之外，一律不入，以正視聽，如此，則天下實學可望恢復。

再次，要倡實學，「非嚴薦舉之法、重歲貢之科不可」。黃淳耀認為，所謂「實學」最終還是要落實到文字言辭，歷來很多文武才學之士都覺得科舉文字難，比如司馬光不擅長四六，後來者如陳真晟、胡居仁之流，則不屑為科舉之文，「天下篤實之士皆格於科舉而不進」，如此則「實學」之法又流於空言。若要落實到「實學」，則「非嚴薦舉之法、重歲貢之科不可」。薦舉之法自漢代以後，雖多有行之，但收效甚微，主要是不得其方，「漢世之舉賢良方正也，天子臨軒親策，至於再至於三，其所言上自君身，中至貴戚大臣，下及宦豎，皆直言極論，無所忌諱，不稱者罪坐舉主，有保任之罰。夫人情畏罰則不敢妄舉，而知上之重已也，則不憚於直言，故兩漢得才為多」。明初朱元璋等人亦行薦舉法，並且親自校閱，仿照漢代，不稱職者亦坐舉主，甚至貶謫，所以國初文武忠孝之士遍布朝野，人才頗盛。當今也不然，名為保舉，實則試以策論，人們都知道薦舉遠不及科舉，所以從上到下皆不重視，於是薦人者或取諸場屋而不第者，或取其親近友好之人，名不副實，最終導致「薦至而不知其稱否，姑試之而姑爵之，而薦人者又不尸其罰，則又安能拒不肖之幸濫而致奇偉非常之人哉？」雖名為薦舉，實乃魏晉九品中正之遺續。所以，若要明薦舉之法，則必須直言求之，並重其罰，方能湊效。〔註123〕

所謂「重歲貢之科」主要是針對當時士子輕歲貢而發。按國初制科，歲貢之科在薦辟之下，科舉之上，儒生在校先德行而後文藝，歲課月考其法甚嚴，成材者循序漸進，經過嚴格考核方擢為給事中、忝政主事等官，所以才有「南北之二雍與郡國之學校表裏稱盛」之景象。當今士子輕歲貢之科，導致「士之廪於學而歷年多者，無賢不肖皆得貢，既貢則使之為學官，歷一二遷至縣令或郡佐，輒注下考罷，去之故士之為歲貢者，齒暮氣衰，榮路有限，其自待甚輕，在學校則壞學校，在州郡則壞州郡，上之人知其如此，復姑寬

〔註122〕黃淳耀，《陶庵全集》卷三《科舉論上》。
〔註123〕黃淳耀，《陶庵全集》卷三《科舉論中》。

之曰：是齷齪者為可矜憐而已」，如果朝廷所取之棟樑，皆此等齷齪可憐之人，則科舉之弊甚矣。黃淳耀認為，學校的當務之急是選取「學官」，「學官得人則士子之賢不肖可辨，而歲貢之舊可復」，但同時「所謂學官者不復可求之於今日之貢舉也，或取諸薦辟之中，或擇諸甲科之內，務求其德醇而文高者，俾居其職以行先之以學課之其廩於學者，不可專取文詞，苟孝友忠信發聞於鄉者，學官言於督學，覈實而廩之，然後教以文學，而擇其士之尤異者，不待年而貢之闕下，而天子即用薦辟之法親試之，試可則不待選舉即為錄用，其次則俟其材成，循次貢之國學以待甄敘，一如祖宗朝授官之法，有文無行者勿貢，誤貢有罰」，此所謂「重歲貢之科者也」。如果薦舉之法明，歲貢之科重，則士子是「實學」有了落腳之處，科舉所取賢能之士，不出於薦舉，則出於歲貢，則必然也。〔註124〕

再次，當今人才難於自立之根本原因乃「積於學校而病於科舉」。每到考試之時，考官申明學制，限定字數，禁用子書等等，以為文體士習之病皆在於此，黃淳耀認為自漢唐以來，法定未嚴，諸弊蜂起，士習文病積年已久，根源在於學校教育。所謂「太學」，即天子教化天下的禮儀之宗。從虞周開始，到漢代鴻都門學，本來皆以經術相招，後卻淪為尺牘、玉書、鳥篆之所。宋立三舍之法，考較藝文，參以行實而降陟其間，類似今日獎誘人才之方。此等皆非太學之將養人才之所。國朝之初亦援納例行，一百多年來，遂為功令，諸弊叢生，「士以廩增附之額，分其入粟之等差，而其餘則學校之廢棄者入焉，紈綺之不學者入焉，商賈之多金者入焉，此何為乎入粟之後掛名其間有終身未嘗跂胄監之席者，問其人則國子生也，此何為乎？然而士之貢於學，舉於鄉者，猶施施然與之並列，則使東漢之士復興，南宋之儒可作，吾不知其歎息又當何如也」，其他還有學官、科歲年限等問題，唐宋所無之弊，國朝盡數皆有，幾十年來，所謂革新，而弊病日盛。黃淳耀認為，「援納之例必當禁絕，而一以勳戚命官子弟及士之貢於學，舉於鄉者，實之妙簡，儒臣以為祭酒司業，其立教則當以胡瑗之教，湖學及朱子分年立課之法為準，督學則簡其考較，即以科試為歲試，合格者使之試於鄉，否則黜之，而不必又為歲試，使士子得休其力以從事於學」，若此二者行，然後薦舉、歲貢之法可隨之實行，革除科舉弊病指日可待。〔註125〕

〔註124〕黃淳耀，《陶庵全集》卷三《科舉論中》。
〔註125〕黃淳耀，《陶庵全集》卷三《科舉論下》。

　　另外，關於「騎射」問題，雖然是學官之古法，明初高皇帝也用以試士，而後卻久罷不習，一擔舉責，文學之士十有八九都不能勝任，黃淳耀認為「騎射」與薦舉、歲貢相比，實乃本末之關係，「其本之未立，則不可齊其末」，「東晉猶能立太學，徵生徒，而謂今世不能者，謬也」，「學校興人材盛，則其所得有過於騎射者矣」，所以綜上所述，騎射應該「暫罷而徐議之」。〔註126〕

　　最後，關於「科舉」問題，有諸多發難者，黃淳耀在《科舉論後語》中一一作出了解答。如有人說人才如蓬生麻中不扶而直，天將降大任則必有其成才之路。黃淳耀認為「金玉之生於山川也，制之而後生焉，範之而後成焉，不遇良工則沒於丹矸朽石之下而已矣，子何從知之？由今之道而不變，吾慮人材之日沒也」，金玉需良工琢磨，千里馬也需伯樂賞識，如今科舉體制不變，則人才終將埋沒。有人說朝廷取士在於求取奇士，而不是中等才質的人，科舉經義困住的都是中等人，奇士是不會被困住的。黃淳耀認為每三年一大比，所取之士約三百人，難道這三百人都是奇士嗎？無非是中等才質的人脫穎而出而已，如此則天下奇士不知居於何處了，其根源仍然在於「所學非所用，所用非所學也」，現存科舉制度是無法獲取真正的奇士的。有人說黃氏所謂薦舉制度與漢代之對策換湯不換藥，「以行求之，而以言取之」。黃淳耀認為自堯舜以下，其制度如此，「天子赫然震動，引見闕廷而親策之，假以言色，通以問難，則人之賢不肖出矣。夫人才之赴人主，如百鳥之追鸞鷟也」。關於如何評判學官之賢與不肖，黃淳耀認為「如東漢之先試博士可也，如虞集所云令長，各自禮聘亦可也，其任必久，其擢必優，所以廣教化、隆儒術也」，「以待教諭之擇賢者而聘之，亦我國初之制也」。關於暫罷並徐議騎射問題，有人認為「今一旦欲於二三場責經史時務之實學，於薦舉責賢良方正之全材，於太學鄉學責有道之師儒，率教之生徒，不已亟乎」？黃淳耀則引宋葉適之言，「今宜暫息天下之多言進舉，無親策制舉，無記誦，無論著，稍稍忘其故步。一旦天子自舉之，三代之英才未可驟得，亦不至如近世之冗長無取也。」從明初朱元璋開始行科舉之法，後雖停十餘年，其時人才輩出，如果能採取葉適之言，並師法朱元璋「通變宜民之意」，那麼什麼人才求取不到呢？等等，有關辯難之言甚多，黃淳耀皆以實學改革科舉，改良薦舉、歲貢之途，以此改變士習文風，為挽救大明王朝的沒落殫精竭慮。〔註127〕

〔註126〕黃淳耀，《陶庵全集》卷三《科舉論下》。
〔註127〕黃淳耀，《陶庵全集》卷三《科舉論後語》。

二、主體論

第一，「存心養氣之說」。

黃淳耀早年即仿古人遺意，作《自監錄》數篇，「每日為夜必書之，兼考念慮之純雜，語言之得失」〔註128〕。《四庫提要》亦有云：「皆其早年所訂論學之語，趨向極其醇正而平易可近，絕無黨同伐異之風。」其核心觀念即「靜心養性」「存心養氣」乃讀書作文以及為人處世之前提。黃淳耀轉王守仁去官之日語：「心本是活物，怎教他定得？今人流放於物慾，此是樞都不在臼子裏，若要拿定此心，則是樞都死煞了，須是終日開合而不出臼子。」又引黃山谷之語：「治經之法不獨玩其文章談說理義而已，一言一句皆以養心治性。」「父筆力可扛鼎，他日不無文章垂世，須要盡心扵克己，全用其輝光以照本心。」王守仁去官，之所以能夠意氣自若，都是能拿定此心，心是活物，不能自控，但可「修養」，要想治經作文，則必須「養心治性」，「心」鍊好了，則無事不可為。王汝驤有言：「世之詆病時文者，謂其氣體之非古耳。若得左馬之筆，發孔孟之理，豈不所託尤尊而其傳當更遠乎？愚故謂有明制義，實直接史漢以來文章正統，得先生文懸之為鵠，其亦可以無疑也夫。」〔註129〕他自己的文章即得益於「氣」好。

在《陶庵自監錄一》中，黃淳耀集中系統論述了如何「靜心養性」，現將有關論述摘錄如下，以作參考：

斯須照管不到，則外好有潛勾竊引之私，不可不察不戲謔，亦存心養氣之一端

人當危險處、疾病處、戰陣處、祭祀祈禱處，則邪心有攝而不萌，若能常如此時，何患學道無成。

蕩滌塵埃，渙然出於萬物之外，常想鳳凰翔於千仞氣象。

獨立不懼是何等氣槩

澡身虛心曰齋戒，深居靜室曰安處，收心復性曰存想，遺形忘我曰坐忘，此攝生之大畧也。

學者涵養有道，則氣味和雅，言語閒靜，臨事而無事。

過字要認明白不是行一過當事說一過當話才謂之過，凡應事接

〔註128〕黃淳耀，《陶庵全集》卷十九《陶庵自監錄一》。
〔註129〕黃淳耀，《明文鈔六編‧啟禎文》評語。

物時存一將迎心、留滯心、籌算心，此心便生種種葛藤雜暗而不光明矣，心既雜暗，處事便不得當，諸惡連類而起矣。所謂學人，當從本源處用力，若末流上縱然補救得一二事，畢竟病根尚在，他日復發。……須與掃除一空，坦然豁然則動靜如一，而學問有入手處矣。若靜時惺惺一動，便覺忙亂，濟得甚事。

先輩云要人感悅怕人惟此私心也，今試從應事接物時靜察之，若此念洗滌不盡，如何便要學道。

心逐物移便不中節，即怒時驗之可見。

清虛則明，雜擾則暗，心體只是如此，朱子大學注以虛靈不昧訓明德，確不可移。

朱子大學序云：俗儒記誦詞章之習，其功倍於小學而無用，異端虛無寂滅之教，其高過於大學而無實，數語道得破說得盡。

心與事原不相離，學者未能即事明心，所以靜時不失動時，便失了程朱格物盡之矣。陸象山亦云：近日於人情物理事勢上做些工夫。

靜時最要養，未曾養者多不中節。

細思此事，直須動靜交攝，然非宴居獨處為靜，應事接物為動，切莫分作兩橛。

心欲安靜，慮欲深遠。

簡言工夫難做，言動相連，多動便不能少言。

閒事少思，閒言少說，閒人少接，閒地少去，閒書少看，閒文少作，若能如此，雖終閒也好。

自念平生病痛苦於輕言，苦於貪味，苦於忿無含宏之度，苦於懦弱無剛特之操，反觀內省，何曾脫得小人氣味，而今學問更何所求，倘能改去此病，何樂如之，雖死無憾，此萊峰先生自儆語也。近裏著己真實學問，人苦心如此，余尤喜其一字一句可作，不肖箴砭故書而誦之。

心清則神清，神清則氣清。

凡事只畏精誠二字，精誠而不能立事者未之有也，方士說內養

　　總是襲取工夫，蓋彼所知者，無暴其氣，而不知持其志也，氣一則動志，若養到純熟，自然有些效驗，但臨事用不著，一經撓亂便失之耳。

　　　　人我心，得失心，毀譽心，寵辱心，輕輕放下。〔註130〕

　　所謂「養生之理與學道亦不相背」，黃淳耀很多為學作文之理論都來自於養生，許多養生理論又來自病中，如「病中思昔人語云，曾於病中會得移心法，蓋移其心，如對君父，慎之靜之自愈也」，「只將喜怒哀樂愛惡欲七字微細分別，便見通身病痛，我兩日不熱而煩，不寒而慄，防為試事，防為疾病，防為思家，刻刻流轉，累心之至乃至累身，可以悟矣」，「心氣定便和無疾」，「勿以小小逆順為喜怒，勿以小小得失為重輕，勿以小小毀譽為榮辱」，「子魚翁謂余病當由心鬱，昔人謂治病先治心，讀書作文只宜隨力待時，此余要藥也。治心之一說，余嘗以之勸人，亦嘗怪聞。初上人臨病不能治心，以致不壽，今身病乃自不能排遣，故是根器下劣，可不猛省」，「黃昏時須靜坐乃睡，明日方有精神，若一日勞役至晚，乘困倦便睡，明日精神殊減」，「貪饕損福，兼非攝生之道，戒之」……從病中習得移心之法，所謂「移心」，即「治心」，無非宋人所說「不以物喜，不以己悲」，掃除七情六欲，不以榮辱毀譽喜怒上心，靜坐養神，心定則氣順，氣定則胸中泰然，臨事而無事。反之，人生在世，會遭遇各種風浪，驚憂懼怕，亦無用處，「人之處世如舟行江湖中，如余所處，蓋無風未能行耳，尚未遇惡風逆浪，檣傾楫摧時也，無風時易悶，惡風時易怕，欲他日不怕，且學今日不悶」，「累心」才會導致「累身」，要想不怕，首先得學會不悶，心中寧靜，則悠然致遠。

　　作文亦然，需「存心養氣」。具體說來，首先要從本源處用力，控制住各種「邪心」使其不復萌動，蕩滌塵埃，獨立不懼，即老莊所謂「心齋」「坐忘」，涵養有道，則氣味和雅，掃除一空，則動靜如一，學問方有入手之處。其次，心逐物移，清虛則明，雜擾則暗，心清則神清，神清則氣清；心與事不相離，動靜相輔，一體兩面，不可分開，心則安靜，慮則深遠，即事明心，脫得小人氣味，則已接近真實學問，要達到這點，必須「靜養」。

　　第二，讀書之法。

　　黃淳耀認為作為讀書人，需「半日靜坐，半日讀書」，如此一二年，工夫

〔註130〕黃淳耀，《陶庵全集》卷十九《陶庵自監錄一》。

到位，學問定長。如陽明所說，「知行二者必不相離，離之不可以為學」，修身養性固然重要，讀書明理則是為學之基本功，偏廢不得。具體說來，讀書有如下要求：

首先，也是最重要的，讀書也必須以「養心」和「養氣」為第一要領。黃淳耀借曾子之言「尊其聞則高明矣，行其知則光大矣。聞道也不以養口耳之間而養心，是謂尊其聞。在父母之側則願如舜文王，在兄弟之間則願如伯夷季子，是謂行其所知」，讀書聞道以「養心」為務，馬虎不得。「讀書先令心不馳走」，則事半功倍，然後「須一言一句自求己身」，方見古人用心之處，習得真理。同時必須「擺脫萬慮，使此心清清空空」，就如同少年時期，無憂無慮，清明自來。昔人有云：「韓子因學文而見道。」確實如此，待年長，讀經太多，障蔽聰明，反而不能發揮，如果不讀書，又此心茅塞，山谷所謂「對鏡則面目可憎，向人亦語言無味」，即為此感。所以，讀書明理，時時澆灌，不為無益。具體來說，「學問須從治心養性中來，濟以學古之功，三月聚糧可至千里，但勿速成耳。通知古今，在勤讀詩書，文章壯麗在筆墨追古，至於夜行之行不見之美，極須留意晷說」。若得習靜讀書之趣，則「理趣會心，神融意暢，雖戶外鍾鼓鳴而風雨作，不復覺也」，若能達此境界，則心中雜念盡除，閉戶讀書，頗多有益。

其次，工夫不能間斷，所謂一曝十寒也。先儒有云：「要如為九層之臺，須大著腳，始得念之。念之多觀古人法言，亦只是說話全不濟事。」冰凍三尺非一日之寒，九層之臺，起於壘土，任何事情貴在堅持，今日士子翻看語錄，兩天打魚三天曬網，也是枉費工夫了。心氣不定，則諸念紛起，工夫間斷，則前功盡棄，讀書為文切記「莫將精神浪費也，莫汲汲皇皇，今日讀一書，明日要用，今日做一事，明日要成，但該做的事該讀的書只恁做去讀去」。具體做法，則是「日間無所用心之時太多，則不當用而用者有矣，今卻立定課程早起看時義數篇，粥後看時義經義十數篇，飯後看史記十葉、文論二十葉，餘功臨舊帖一紙，或靜坐，凡事間斷總不好」〔註131〕。工夫不間斷，還必須「耐煩」，「不耐煩生於欲速，欲速甚害事」，很多事情都是欲速則不達，特別是做學問，「只逐日做正經工夫，每夕查一日過失，無負學道初念」。且「學問以自見其性為難」，每日工夫，三省吾身，若能從中見本性初心，則「無適而不當」。

再次，「膽欲大而心欲小」。讀書需精治一經，求精不求博，知古人關捩，

〔註131〕黃淳耀，《陶庵全集》卷二十一《陶庵自監錄三》。

然後見經傳之指趣。文章是表面，讀書才是根本，「不以世之毀譽愛憎動，此
膽欲大也。非法不言，非道不行，此心欲小也」，本固才能對抗風雨，古之特
立獨行者，皆用此道。

最後，參考古人讀書法，以故革新。黃淳耀認為學者之通病有四，「若欲
速成，患人不知好，與不己若者處，求賢扵俗人」，人之通病有十，「喜論人
之過不自訟其過，嫉人之賢己，見賢不思齊，有過不改，而必文不稱事而增
論，與人計較曲直，喜窺人之私，樂與不肖者遊好，友其教試反己而思」，若
能一日三省吾身，每日去一過，則去道不遠。如此則可學習古人讀書之法，
「致遠者不可以無資，又當知向聞其道理之曲折，然後必致而無悔，鉤深而
索隱，溫故而知新，此治經之術，以使人知向也。博學而詳說之，別支離以趨
簡易，此觀書之術，以使人知道理之曲折也」，昔日大禹治水，三過家門而不
入，不矜不伐，則「世間知書能文，亦不足驕人」，「治經欲鉤其深，觀史欲馳
會其事理，皆須精熟涉獵，士朝而肄業，晝而服習，夕而計過，無憾而後，即
安此古人讀書法也」，如此習得讀書之法，則為文有根基矣。〔註 132〕

第三，勤則不匱。

首先，必須明確思想認識。「春前看二程書發學道之志，遂將舉業看得輕
了，不知父毋之心如何望汝，汝卻悠忽如此，即此一念便不可以學道」，同時
「經學之不明，自不務實始也」，「東萊所謂讀書不作有用看者，益深有感於
俗學之弊矣」，也就是說，端正思想首先要正確看待舉業，其次讀書作文需從
「實」處著手。很多士子讀了一二十年書，一旦遇事，跟閭巷人無異，或者偶
而聽到什麼俗語格言則終身服行，「今人於六經四子之書童而習之，究其所用
則止以應科第而已」，而將佛禪子書當成「內典」，為大方所笑。其原因在於
讀書不作有用看，無的放矢，「此言切中末學之病，可謂深錐痛扎矣」。

其次，牢記「勤則不匱」四字。黃淳耀以張文定公幼時讀書例，也「限定
課程，惟節日稍寬以息其力。……早起看周易一卦，隨筆錄主意，看經文選
四書文，文限閱五十篇，看史記蘇文三六九，作文兩篇，此今歲課程，來歲尚
欲精密，憶謝象三謂三六九作文必宜三題兩篇亦不濟事，向來所以不熟者只
坐少作之故爾，今當次第益之限定，不完者罰抄時文十五首」，可謂安排詳盡，
用功勤奮。勤奮的同時還須把握時機，否則亦屬徒然，如顏之推家訓有云，
「吾七歲時誦魯靈光殿賦，至於今十年，一理猶不遺，防二十年之外所誦經

〔註 132〕黃淳耀，《陶庵全集》卷十九《陶庵自監錄一》。

書，一月廢置，便至荒蕪矣。」黃淳耀自己也有類似經驗，幼兒所誦千字文等蒙學，至今猶記，十歲以後為俗學所困，經史大義皆未通曉，後待成人，再欲鑽研，往往事半功倍，所以說「時過然後學則勤苦，而難成追誦」。先儒有云：「一事上窮盡，他可類推，此貫通覺悟之機也」。無論讀書作文必皆如此，今日格得一物，明日格得一物，工夫不斷，如左腳進一步，右腳再進一步，「接續不已，自然貫通」，否則一件事情沒做好又換另一件，斷斷續續，終身都不會有所長進，相反「做工夫到微密處，著力不得，開口不得」。

再次，「記誦欲精不欲博」。今之士子多有「好博之病」，往往耽誤工夫，黃山谷有云「學者喜博而常患不精，泛濫百家不若精於一也，有餘力然後及諸書，則涉獵亦得其精」，就黃淳耀自己來說，也好博，往往「釋卷而茫然」。朱子有云：「讀書理會一件便須精此一件，此件看得精，其他文字亦易。看山谷讀書法甚好。」「人做功課若不專一，此心先散漫，何由看得道理出？須是看此一書只在此一書，讀此一章更不看後章，讀此一句更不看後句，此一字理會未得，更不看下字，如此則專一而功可成，一循序二無欲速。」這都是強調舉業學問貴專貴精不貴博，即使有餘力涉獵他書，也需精益求精，這樣有的放矢，學問方得日進。〔註133〕

三、創作論

關於如何作文，先輩論述事無鉅細，黃淳耀雖然在此基礎上有所增補，其論文重點仍然在於「養氣」「明理」「學古以革新」等方面。

第一，作文之原則。

黃淳耀認為「知用兵之法則知行文之法」。昔杜牧論兵法稱之為「盤中走丸」，丸之走盤，橫斜圜直，隨丸之滾動變換盤之角度，需隨機應變，「不可盡知其必可知者」，如此方能丸不出盤。又如蘇軾論文，如萬斛泉原，不擇地而出，一日千里，滔滔汩汩，隨物賦形，行於所當行，常止於所不可不止，此乃文章之化境。行文之法如同用兵，整體規劃之外，更多的是文從字順，隨物賦形，隨機應變，不能拘拘為時俗之文，絆手絆腳就很難寫出曉暢之文，當時士子之文則「如著敗絮行荊棘中」，確實要引起思考。總的來說，就是「經之以杼軸緯之，以情思發之，以議論鼓之，以氣勢和之，以節奏人人之所同也，出於口而書於紙，而巧拙見焉。巧者有見於中而能使了然於口與手，猶

〔註133〕黃淳耀，《陶庵全集》卷二十一《陶庵自監錄三》。

善工之，工於染也。拙者中雖有見，而詞則不能達，猶不善工之，不工於染也」，此當為作文之準則。

同時，黃淳耀引蘇洵與歐陽修論文之語：「老泉與歐陽子書曰：孟子之文語約而意盡，不為巉刻斬絕之言，而其鋒不可犯，韓子之文如長江大河，渾灝流轉，魚黿蛟龍，萬怪惶惑，而抑遏蔽掩，不使自露，而人望見其淵然之光、蒼然之色，亦自畏避不敢逼視。執事之文紆餘委備，往復百折，而條達疏暢，無所間斷，氣盡語極，急言竭論，而容與閒，易無艱難勞苦之態。」他認為蘇洵評價此三者之語非常精當，可以當成「文訣」。從中不難看出，此三者之文將理、情、議論、氣勢、節奏等各方面融會貫通，化用無痕，曉暢明白，條達舒暢，同時又紆徐迴環，渾灝流轉，言約意豐，從容嫻雅，無偽飾枯竭之病，確實可以作為後人為文之典範。〔註 134〕

第二，為文之態度。

黃淳耀曾說：「讀書作文既無果銳精強之力，又無優游漸漬之功，所以日就荒落。」在他看來，要想作文好，必須具有精強之力與憂防之功，但在作文之前還需有個良好的作文態度，否則一切努力亦屬徒然。他曾引學書之法論文章之法，當今士子並非不想把字寫好，主要是態度不好，「吾生平雖作一小束亦不苟，且程子謂即此是學」，在程氏看來，一絲不苟的態度對於做任何事情都是首要前提，做學問尤其如此。〔註 135〕

在《陳義扶文稿序》中，黃淳耀著重論述了為文之「誠」。他尤其推崇義扶之文，將其稱為「珷金虹璧」，愛不釋手，「取機法於王唐，取理氣於歸胡，精之以濂洛關閩性命之書，博之以遷固韓歐雅正之文，上有所規，下有所逮，正有所本，旁有所參，然後研精覃思，自名其家，出其餘力足以救今文與今之偽」，雖其最終效果差強人意，甚至是誹譽相半，但其為文之態度還是值得士子學習。陳義扶「為文則可謂誠矣，誠則必傳」，那麼怎麼樣才能做到「誠」呢？「無欺人之言，無媚人之韻，是即予前序之所謂誠也，誠於文者必遇，予言則既驗矣，而誠於文者必傳，余言其不驗者乎？雖然義扶之誠於文也，則以其誠於人者為之本也」，也就是說，光「誠」於為文還不夠，其根本在於「誠」於為人。唐之張均、蘇渙，宋之丁謂、呂惠卿，其詩文本於風騷，根於經術，可謂「誠」，但其文不傳，其原因就在於其人不誠。

〔註 134〕黃淳耀，《陶庵全集》卷二十一《陶庵自監錄三》。
〔註 135〕黃淳耀，《陶庵全集》卷二十一《陶庵自監錄三》。

而義扶不同，「孝於其親而信於朋友，其持己也訚訚然，若有所畏其謀道也，藚然惟恐失之，視名利如脫髮，視進取若不得已」，不追逐時俗，不謀求名利，此所謂「誠於其為人者也，以此而為人，亦以此而為文」。黃淳耀直接繼承了孔子之道德人格說，好的文章必定是從好的人格而出，有好的人格，方有好的文章，二者一體兩面，合為「誠」。〔註 136〕他在《陳義扶近藝序》裏面也強調：「昌黎之文不云大怪小怪乎？歐陽子之文小子輩不有議之者乎？卒之怪且議者不能使二子不傳，以二子之誠於為文也，吾子之文誠矣，誠則必傳。」〔註 137〕即文誠則必傳。

同時，黃淳耀認為要想寫好文章，還須文必己出，不剽竊模擬。自明中葉以來，在復古大潮之下，士子模擬剽竊似乎已成家常便飯，文武志士幾經變革，收效甚微，其弊有愈演愈烈之勢。黃淳耀引李習之言：「六經創意造言皆不相師，故其讀春秋也如未嘗有詩也，其讀詩也如未嘗有易也，其讀易也如未嘗有書也，其讀屈原莊周也，如未嘗有六經也，如山有岱華嵩衡焉，其同者高也，其草木之榮不必均也，如瀆有濟淮江河焉，其同者出源到海也，其曲直淺深不必均也，論文有至理。」〔註 138〕為文需本於六經，而經典從誕生之始，就互不相師，語孟老莊如同五嶽江河，其高低深淺各不相同，方為經典，亦為後學者之典範。

另外，作文還需融會貫通。如「漢人得一經必聚五經，諸儒共讀而詁之」，黃淳耀曾以此方法讀《易》，「求之於詩，得易之性情，求之於禮，得易之法度，求之於書於春秋，得易之事業，乃至二十一史之記載，莊列諸子之微言，屈宋蘇李以下之詩騷詞賦，一卷一篇所見，無非易者」。他又恐其溺於文，於是端居靜思，斂耳目、聚精神以求，如此十五年也未曾讀透《易經》，然後出其為舉業文章，自然隨手拈來，不求工而自工。而自漢以來，治《易》者不下千百家，「其精者發揮理性，其犏者為陰陽術數之言，而其至犏者為今之制舉業」，如今看來，其精者日益遠去，其犏者雖然不能說不是「易」，無非「金玉」與「瓦礫」之區別。今之為文者需學漢人之融會貫通，學一經必熟參其他經典，共讀而詁，避其偏頗，如此則當時各種文弊皆不治而愈。〔註 139〕

〔註 136〕黃淳耀，《陶庵全集》卷二《陳義扶文稿序》。
〔註 137〕黃淳耀，《陶庵全集》卷二《陳義扶文稿序》。
〔註 138〕黃淳耀，《陶庵全集》卷二十一《陶庵自監錄三》。
〔註 139〕黃淳耀，《陶庵全集》卷二《易文自序》。

其他論述如：「用心於帖括，誠可謂作無益之事耗有涯之生，然今日進退無據，勢不得不濡首於此，且莫當作閒事，莫看作難事。」「為文於未握筆先橫一畏難之念於胸中，困苦堙鬱精彩氣勢皆消鑠矣，安得有文？」「吾少時為文頗不至底滯，惜此時師友不得力，年馳歲流，加以人事牽率，今遂忽忽無所成就，念之可懼，自今以往，宜刻刻儆醒，勿嬉戲過日。」「為文固不可以易心掉之，若凝斂太過，則巉而乏氣象。」「高山無窮，太華削成，鸞鳳一鳴，蜩螗革音，涵古茹今，無有端倪，鯨鏗春麗，驚耀天下，栗密窈眇，章妥句適，精能之至。入神出長江秋注，千里一道，詭然而蛟龍翔，蔚然而虎鳳躍，鏘然而韶鈞鳴，日光玉潔，周情孔思，千態萬貌，平澤於道德仁義，炳如也。此劉夢得、李習之、皇甫持正李漢，稱誦昌黎之文也。握筆時當作此想，不可自安凡陋。」等等，皆是討論作文之前必須保持之態度。〔註140〕

第三，文以氣為主。

黃淳耀在文中多次論及「文以氣為主」，如「文章小道耳，然以氣為主，氣弱者雖為之不至也，試看古人擺落萬物，高蹈獨往，文章安得不妙」，「韓子曰氣盛，則言之短長與聲之高下皆宜，言氣得所養則律度自我出文，斯妙矣。柳子亦曰文以氣為主，文字從肺腑中流出，自然峻拔不群」，「曩日婁子柔先生謂予曰：子文太精緻，不如放縱為之，使氣昌詞流，則必勝矣。此余良藥也」，等等，他認為今日時藝大多「氣多不貫，意多深棘，詞多冗長」，此弊積年日久，要治此病，必須「疏通以養氣，條達以命意，鮮榮以措詞」，此乃治病之良藥。〔註141〕

黃淳耀所論之「氣」與先輩之「氣」並無太多不同，「氣者受於冥冥不可為也，不可言也，然機在得失之際」，他引王荊石《與林秀才書》一文，若將此種冥冥不可為不可言之「氣」揣於心中，能老至不憂，能人不知不悔，能獨弦哀歌不落莫，立於此，則「足折傷壯夫之氣」，所以「思將抽而苦斷，辭欲前而且卻不得不出於脂韋軟熟，以幸無敗，而不知騏驥之敝策，不如驽駕之得路也」，黃淳耀認為荊石先生所言乃「文章家妙訣」，後輩士子習之不盡。〔註142〕

雖然自古以來，講「氣」者多，但講清楚明白者少。「氣」如此微妙難言，黃淳耀認為文章之氣最終還是出自文人之「氣」。他曾說：「凡為文章，必使

〔註140〕黃淳耀，《陶庵全集》卷二十一《陶庵自監錄三》。
〔註141〕黃淳耀，《陶庵全集》卷二十一《陶庵自監錄三》。
〔註142〕黃淳耀，《陶庵全集》卷二十一《陶庵自監錄三》。

神理骨法達於氣勢藻澤之間而後止，文無氣色是山無煙雲，春無草木也。」又說：「吾之斤斤於二三子者，非以為文而已也。人能平其心，易其氣，與聖賢之理相傳而行，則為人之道亦不遠矣。」文之氣如同山之煙雲，春之草木，失之則姿色全無，而人之氣若能與聖賢之理相傳而行，則為人之道亦通。能將人之氣與文之氣融會貫通者非其友雍瞻不可，「雍瞻之人與文，其雄於壇坫而重於鼎呂者垂二十年，則遊於其門而入室焉者，其人與文之淵源不亦深且遠哉」？從另一方面再次說明人品與文風之關聯。〔註143〕

「氣」之大者，關乎國家政治，「氣」之小者，關乎舉業文章。黃淳耀認為有明三百年來，之所以有崇禎甲申之變，河決魚爛，不可收拾，雖然南明偏安思治，但寇未即殲、民未即安，其根本原因在於「士大夫才多而氣弱也，才者所以用世也，氣者所以用才也，氣有餘則激不足則弱，激與弱均非所以善其才，而弱為甚」，「昔者東漢之末，士大夫競為危言訐辭，污穢朝廷，批抵卿寺，卒至以身塞禍，而國家之亂亡隨之，其氣激也。南宋之末，士大夫佔佔倪倪，拱手圜視，以苟歲月，陳同父謂之風痹不知痛癢，積數十年而國亦亡，其氣弱也」。當今天下之患在於類似東漢，而不是類似南宋，黃淳耀曾以此論文，認為科舉文章之庸虛狹陋，戉削單疎，剽剝割裂，冗防浮蔓，其惡不可勝數，一言以蔽之，「曰弱而已矣」，韓愈曾說「氣」就像水之浮物，水大，則不管物體大小，皆可浮起，「氣盛則言之短長與聲之高下者皆宜」，確實是至理名言。人有底氣，則文章自然水到渠成，如其友人徐定侯之文「於物理事變無所不窮，於三代兩漢之能言者無所不仿，於性情無所不抒，於矩法無所不合，森乎如翔鴻班馬之行也，渾乎如滄江八月之濤也，凜乎如壯士之怒髮上指而色不變也，充乎如元夫碩士雍容鳴佩而風采焴爛也，牢籠怪奇，穿穴險固，破黤冶之堅陣，擒雕巧之酋帥，其殆。昔人所謂氣高天下乃克為之者矣」，此乃昔人所謂「氣盛言宜」之論。〔註144〕

第四，「學文之端急於明理」。

如今舉業文章鄙陋可厭，刻意趨時，句摹字仿，面目可憎，「世儒捨性命而談事功，捨事功而談文章，是以事功日陋，文章日卑，而詖淫邪遁之害浸淫及於政事而不可救，蓋天下之徂攘數十年於茲矣。」〔註145〕黃淳耀認為其

〔註143〕黃淳耀，《陶庵全集》卷二《兩徐子合稿序》。

〔註144〕黃淳耀，《陶庵全集》卷二《徐定侯行卷序》。

〔註145〕黃淳耀，《陶庵全集》卷一《上座師王登水先生書》。

原因就在於「效顰學步」，「義理不明，掩題便不知何物也」〔註146〕，他認為「制義之所言者，理與事而已」，雖然古人已經無法與之辯論，只能「惟取鎔傳注，不為所汩，而後達於文辭者為至事，則比物連類，博取約出，大足以極萬物之狀，而細足以發瑰怪之文」，對於作文者，此二者不能偏廢，但當今舉子之文「言理而失者，拘守繩尺，無所發明，其弊至於質木瘠酸呫之無有；言事而失者，穿蠹淫辭，移此儷彼，其弊又如美錦覆阱，履之立陷」，失之「理」或者失之「事」，都不足以寫出好文章。從文章流傳來看，六經以後「言事者備於史，言理者詳於子」，「史之所以推遷固者，以其羅絡千載，善敗得失，的然可見也，此以理言事也；子之所以推荀揚文中者，以其各言所明駁互見而其精者固可施諸萬世也，此以事言理也。夫事理合而後可以立言。」言事者首推史遷班固，言理者莫盛於荀揚文中，「理」與「事」合則可立言，而後可以作射策決科之文與古文辭等，黃淳耀非常推崇其友人陸道協，才高智多，博覽群書，「其意毅然欲追唐宋作者，視近代能言之家蔑如也，所為制舉業精於擇理而辨於論事，當其震盪捭闔，奇氣鋒出，如韓白提百萬眾鏖戰於河山之間，定而觀焉，則又粹然以清，盎然以和，蓋駸駸乎入古人之室矣」，其文達此「理」「事」兼備之境界，可為文章典範，也可以此救世。〔註147〕

　　科舉之文代聖賢立言，若能從史料中吸取技巧筆法，無可厚非，但其重點仍然在於「明理」，黃淳耀曾借張文潛之言：「學文之端急於明理，如知文而不務理，求文之工世，未之有也。」為文如同水流之奇變，「夫決水於江河淮海也，順道而行，滔滔汩汩，日夜不止，沖砥柱，絕呂梁，放於江湖而納之海，其舒為淪漣，鼓為波濤，激之為風飇，怒之為雷霆，蛟龍魚鱉噴薄出沒，是水之奇變也，水之初豈若是哉？順道而決之，因其所遇而變生焉，溝瀆東決而西竭，下滿而上虛，日夜激之，欲見其奇，彼其所至者，蛙蛭之玩耳」，江河淮海之水可謂「理達之文也，不求奇而奇至矣」，「激溝瀆而求水之奇，此無見於理而欲以言語句讀為奇，反覆咀嚼，卒亦無有。此最文之陋也」〔註148〕，理達之文，不求奇而奇自至，相反，文之無理，空洞無物，徒以言語句讀求奇，則無根遊談，奇崛詭虛而已，無理之文可謂當今文病之最，所以要想作好文，則必須「明理」，此乃為文之第一要務。

〔註146〕黃淳耀，《陶庵全集》卷二十一《陶庵自監錄三》。
〔註147〕黃淳耀，《陶庵全集》卷二《陸子百義序》。
〔註148〕黃淳耀，《陶庵全集》卷二十一《陶庵自監錄三》。

第五，學古以革新。

明代復古大潮席捲各個領域，詩文、時文無能幸免，文壇各路人士聚訟紛爭，矯枉過正，始終未能取得良好效果。在明末文弊泛濫士習惡陋的情況下，如何正確復古顯得更為重要。

首先，黃淳耀認為：「文未有不復古而能開宗者」，在他看來，復古與開宗乃二而一的關係，沒有復古而單談開宗，毫無意義。如詩之李杜，文之韓柳，都被稱為「開宗」者，然李杜之前有盧駱沈宋，雖沿襲齊梁餘波，「至少陵一則曰風騷，再則曰陶謝」，李白慨然以大雅不作為己任，「是李杜之於詩不過能復古而已」，韓柳之前有多人提倡復古，但其駢儷之弊未除，於是「昌黎始能本原三代兩漢，力追孟荀遷固之文，而子厚亦云參之穀梁，參之孟荀，參之莊老國語離騷太史諸書而後為文」，所以「韓柳之於文亦不過能復古而已」，其他領域無不如此，開宗名義者無不從復古開始。

科舉為文亦然，黃淳耀痛陳明末制科弊病，之所以文風惡陋，久治無效，其根源在於不能正確復古。「二十年來制舉業之文凡數變，始剽諸子，繼填六經，繼又傅會諸史，近則六朝之丹腺粉澤無不竊焉，其作俑者咸自以為奇，創不移時，而聲色俱腐，讀者嘔噦從之矣。此無他，惟其不能復古耳」，真正的復古乃震澤所言，「得先正之理法氣機而變通生焉」。所以，黃淳耀非常推崇其友人董聖褒，認為他的文章「精於理而嚴於法，厚於氣而靈於機，齋房九莖之芝，清廟三歎之瑟，神采流渙，而音節霏微。」究其根源，乃荊川、方山諸公之風流彌劭，神理一也，之所以取得如此成就，「聖褒之能復古也」，黃淳耀發出呼聲：「後數十年學者之宗師聖褒，亦如聖褒之宗師前哲無疑也」。董聖褒能在巨人肩膀上再跨出一步，先復古，再開宗，這才是學古的正確途徑。〔註149〕

其次，正確復古一個重要內容就是學什麼樣的古人。在《自監錄》中黃淳耀強調「學古人要學第一等古人」，即使力不能至，也多少有勉勵作用，天資高的人往往「易悟難修」，他形象地描述了初學者偶有所得的狀態，「初學一有悟入，當如竇兒得珠，珍重保守，若偟得偟失，如夜光明月在手」〔註150〕。具體說來，第一等古人至少包括這些：「求義理於六藝，求事蹟於二十一史，求萬物之情狀於騷賦詩歌，求載道之噐於漢唐宋數十家之文章。」黃淳耀經常「編劃規撫，涵揉齅括，放而之於詩若文之間，有一言之合道，一篇之追

<hr>

〔註149〕黃淳耀，《陶庵全集》卷二《董聖褒房稿序》。
〔註150〕黃淳耀，《陶庵全集》卷十九《陶庵自監錄一》。

古，則欣然以喜至於忘食」。〔註151〕在《吳見末行卷序》中記載了黃淳耀與其同榜吳見末論文之語，吳認為黃之文甚似曾、王，黃認為自己「非能似曾王者，直好曾王者」，他談到了榜樣的作用，曾王並非模擬對象，而是真心喜好的對象，真心喜好，自然日夜揣摩，到自己為文，自然信手拈來，毫無模擬化用之感，黃淳耀引宋潛溪評曾文之語：「信口所談無非三代禮樂」，評王文「如海外奇香，風水齧蝕，木質俱盡，唯真液靳然而存」，好的榜樣就會起到這種滲透作用，黃淳耀認為吳見末之文就符合這種得其古人真髓者，「吳子之文春融而不迫，醇質而有光，子固氏之作也。嚴勁而能裁，古雅而有體，介甫氏之作也」。黃淳耀並以此總結二人文章之異同，實則也是學習古人之標準：「取理解於先儒而未嘗墨守訓詁，取氣脈於古文而未嘗剽賊陳言，取矩法於先輩而未嘗睍睆於程尺之內」，「居省寺，則有疏議之文，居史館則有制誥之文，紀一代事蹟、實錄直書則當學遷固之文，玩思神明、嚅嚌聖涯，通天地人而為言，則當學六經之文」〔註152〕，如此這些，皆為「第一等古人」，是真正的學習對象。

最後，正確復古的另一個重要內容就是到底應該學古人什麼，黃淳耀的答案是「師其意不師其辭」「得古人之神而遺其貌」。

在《陳義扶近藝序》中，黃淳耀著重論述了學習古人需「得古人之神而遺其貌」。韓愈之學孟子，歐陽修之學韓愈，「二子之似古人者神也，非貌也」，「先輩之嚴於師法而精於用意」。今之制義則不然，專學「古人之貌」，如今所謂的帖誦家或言古文，或言先輩，看他們的「古文」，大多乃「先輩者襲績而已爾，拘牽而已爾」，拘牽襲績肯定寫不出好文章，於是鹵莽者一切反之，「以陋為奇，以腐為新，以俗為雅，以穢為華，而制舉業之道日以敗壞為可歎也」，從前後七子始，復古之弊日盛，明末時文更是變本加厲，幾乎乏善可陳，雖然有「王唐以機法倡之於前，歸胡以理氣振之於後」，但真止懂得學古的人屈指可數，文氣終將更壞。在黃淳耀看來，思泉乃真會學古之人，「讀思泉之文未有言其似守溪者也。予聞思泉日置守溪之文於座右，心慕手追，久之乃以其博大名家，即思泉亦以昌黎學孟自況」，即使每天心慕手追，讀其文也找不出相似之語。〔註153〕

〔註151〕黃淳耀，《陶庵全集》卷一《上座師王登水先生書》。
〔註152〕黃淳耀，《陶庵全集》卷二《吳見末行卷序》。
〔註153〕黃淳耀，《陶庵全集》卷二《陳義扶近藝序》。

　　黃淳耀之友人陳義扶就是一個懂得怎麼學古之人，黃對其評價非常高，認為他是「以高奇之才斂入規矩」之人，「常取機法於王唐，取理氣於歸胡矣」，「可謂得古人之神而遺其貌者歟，以王唐歸胡救今文之敝，以義扶之文救王唐歸胡之敝，其誰能易之？」在他看來，能救當今之文弊者，就是此等善於學古之人。黃淳耀對他的文章非常推崇，「讀其文如齊魯大儒揖讓興俯於朝堂也，如大將用兵變八門為六花也，如丸投區矢赴的流雲在岫而風出之也，如湖江之水蘊珠涵璧而吐吞羲娥也」，可謂愛好非常了。陳義扶對於如何學古，也有自己的心得：「軼理而背法非文也，墨守理法之中，土木據尊位而餓隸，入嚴家亦非文也，於是精之以濂洛關閩性命之書，博之以遷固韓歐雅正之文，上有所規，下有所逮，正有所本，旁有所參，然後研精覃思，一於制舉業發之。」可以作為當今士子之參考。〔註 154〕

　　黃淳耀之宗伯徐公文章傳天下，以元老鉅人為世推重，砭陋起衰，為徐氏家學，論文頗為精當：「文自六經至七大家，而精髓始盡，勦賊者遺其首尾」，「昌黎文不模史漢而得其精神」，「古於辭而不古於意，如夏畦之學漢語」，很明顯，這是譏諷當世之鏤琢言語、盲目擬古，自號秦漢者，同時也道出了學習古人之實質。承其家學淵源，其曾孫徐宗題盡得其先祖之藏書，沈篤嗜古，壯思湧出，其制舉文「上遡經訓，下攬諸家，旁貫橫陳，高翔捷出，模範山海，排戛雲霆，洗削纖巧，藻繢大章」，可榮登作者之堂，也是正確學古之典範。黃淳耀有個著名的「瑤玉之辨」：「陸務觀有言歐王蘇諸公皆科舉之士，彼在場屋時苦心耗力，凡陳言淺說之可病者已知厭棄，如都市之玉工瑤玉雜治，積日既久，望而識之，一旦取荊山之璞，以為黃琮蒼璧，萬乘之寶，瑤固不可復欺」，若當今士子不管讀書為文皆為陳詞濫調，久而久之，不知經典為何物，一旦經典出現，方覺被欺。今之科舉文與古之科舉文不同，而由科舉之文進入古文一途，道理亦然，只有找準學習對象，學習結果才不至偏頗。〔註 155〕

　　針對近世「一宗秦漢，一學太僕」之弊，黃淳耀義憤填膺，在《答歸元恭書》中給出了強勁有力的答案：

　　　　夫謂文必宗漢學昌黎已非其至者，宋以下姑置之此說，非也，
　　夫漢人文章如遷固之史，賈誼董仲舒劉向之奏疏，七製之君之詔

〔註 154〕黃淳耀，《陶庵全集》卷二《陳義扶近藝序》。
〔註 155〕黃淳耀，《陶庵全集》卷八《徐宗題制義序》。

令，其雄健飄忽，淳深溫粹，固已極語言之妙，而宜為學者之準則矣。然而近代空同、大復、歷下、弇州之宗漢也，得其皮毛，唐宋諸公之宗漢也，得其神髓。得皮毛者似之而不似也，優孟之學叔敖也；得神髓者不必似之而似也，九方皋之相馬也。試取遷固諸人文字讀之，又從而深思其意，然後知昌黎所謂師其意不師其辭，與所謂古人為文本自得者，真超然獨見之言矣，然後知昌黎以下諸公之善於宗漢矣。若夫何李諸公之宗漢，徒摘其成文章，緒而句繪之，天吳紫鳳，顛倒裋褐，而顧自詫其機杼之工，真不滿識者之一笑也。今欲避去昌黎及宋以下諸公而直言宗漢，其說不為不高，然不免陰翼空同大復諸公，而反操入室之戈，以向漢人也。且學漢人之文，譬如學孔子今生，孔子之後而學孔子，其能不由師傳一蹴而徑至乎，抑必如孟子之私淑諸人乎，如不免私淑諸人，則昌黎以下諸公固吾所私淑之以學漢者矣。又有說焉，以唐宋諸公為學漢猶淺言之也，漢人之文從六藝出，唐宋諸公之文亦從六藝出，以唐宋為學漢者，直謂得其氣脈以行文爾。若其議論之高，治擇之精，庸有遠出於漢人之上者，漢人間或有疵，如孔門之有樊須宰我，唐宋人間出於漢人之上，如後世之有濂溪明道，使濂溪明道與樊須宰我之徒差肩而立，不問知其優劣所在矣。夫漢人之文與唐宋之文既同出於六藝，則不學六藝又烏可以學漢哉？此說既明，則近學太僕之言誠非卑論也，蓋太僕之學韓歐，猶韓歐之學西漢，皆所謂師其意不師其辭者也，皆所謂自得者也。由漢以後有唐宋諸公，由唐宋以後有國初方宋諸公，國初諸公既沒，當刪去何李王李之文，而直接以荊川震川諸公。欲觀海者必沂江湖，欲登□者必由津筏，此不易之論也。〔註156〕

仔細梳理，黃淳耀認為漢人之文章如遷、固、賈誼、董仲舒、劉向等人已極語言之妙，是學者之準則，所以後世學者宗漢者多。近代之空同、大復、歷下、弇州等人所謂宗漢，只得其皮毛，而唐宋諸公方能得其神髓，「得皮毛者似之而不似」，「得神髓者不必似之而似」。唐宋韓歐之善學古，能「師其意不師其辭」，所以「不必似之而似」，所以能青出於藍。近世諸公所謂宗漢就只學漢，完全摒棄忽視唐宋諸家，殊不知唐宋韓歐等人亦是從學漢而來，而漢與唐宋

〔註156〕黃淳耀，《陶庵全集》卷一《答歸元恭書》。

皆從六藝來，不學六藝又如何學漢，如何學韓歐呢？「太僕之學韓歐，猶韓歐之學西漢」，所以，無論是宗唐宋還是宗秦漢，其方法依然不變，「師其意不師其詞」則能在學習中超越，在參悟中滲透，不求似而自似之。在《州邑文紀序》中黃淳耀也說：「士之讀書嗜古有師法者，視旁邑亦差過之，言古文者率知泝唐宋以進於秦漢，師其意不師其辭，其剟剝形摹，緝拾字句者，則曰此非文也。言詩歌者率知泝三唐以進於漢魏，以博取為工，以自然為至，其比擬荒澀，造作纖巧者，則曰此非詩也。父以此詔子兄，以此訓弟子，弟推其旨以見於時文，大抵雅而澤，華而不靡，尊傳注而不失之拘，本經史而不失之雜，而其才氣振踔者，則又極其奔詣蘄至乎古之立言者而後止。」〔註157〕說的都是同樣的道理。

四、風格論

　　黃淳耀論文有個特點，即論文最終會論及其為人。如前所述，他所推崇的友人像陳義扶、徐定侯、陸百義、董聖褒等等，其文章冠絕天下，跟其為人密切相關，黃淳耀以大量的篇幅論其人與文，如陳義扶「無欺人之言，無媚人之韻，是即予前序之所謂誠也，誠於文者必遇，予言則既驗矣，而誠於文者必傳，余言其不驗者乎？雖然義扶之誠於文也，則以其誠於人者為之本也……故亟稱義扶之為人以告世，且自勗焉」。〔註158〕董聖褒「舉於鄉，其文為四方所尸祝，吾知後數十年學者之宗師聖褒，亦如聖褒之宗師前哲無疑也。聖褒為人澹泊，堅靜在貧，如客頃過嬠城，與餘數共晨夕，汪然不見涯涘。吾又以知聖褒之文皆本於聖褒之人也。然則以聖褒之文為能開宗能復古者，其猶輕量已夫」。〔註159〕陸道協「才高智多，年未及壯，讀書盡四庫，其意毅然欲追唐宋作者，視近代能言之家蔑如也，所為制舉業精於擇理而辨於論事，當其震盪捭闔，奇氣鋒出，如韓白提百萬眾鏖戰於河山之間，定而觀焉，則又粹然以清，盎然以和，蓋駸駸乎入古人之室矣。會道協刻其稿百篇問世，屬予序之，余為述其所見如此，以告世之讀道協文者。若夫道協之為人，寬通靚深，貌若子房，而志烈恢然，有翁歸文武之器，此又非余所能測矣」。〔註160〕徐定侯「生長右族，高曾以下至尊大父先生暨尊甫先生皆學有淵源，為世偉人而難弟儀侯復互相師友，

〔註157〕黃淳耀，《陶庵全集》卷二《州邑文紀序》。
〔註158〕黃淳耀，《陶庵全集》卷二《陳義扶文稿序》。
〔註159〕黃淳耀，《陶庵全集》卷二《董聖褒房稿序》。
〔註160〕黃淳耀，《陶庵全集》卷二《陸子百義序》。

壯盛之氣全注語言，是以年未勝冠，即與儀侯同舉於鄉，未幾，進捷南宮，天下誦習其文，咸謂賈生終童復出於世也。今定侯筮仕山陰政績之美，行將追配趙清獻范希文諸公，璽書召用海宇又安有日矣，若其操筆授簡，亦必為天子撰平淮之碑，勒摩崖之頌，不止見奇製舉業而已也。余與定侯稱同年生，風期相尚，恒有祖生先我之歎茲者，定侯版行其國門之文，猥以弁詞見屬，輒為道其素所感慨於世者，而欲救之，以定侯之人與其文，余之傾倒於定侯者至矣」〔註161〕，等等，皆以文論人，以人論文。

在《葉念庵先生遺稿序》中黃淳耀借陸務觀之言「前輩以文知人，非必鉅篇大筆也，殘章斷槁，憤譏戲笑之詞，皆足知之」，認為制義雖為人歷來被稱為小道，但「為之者之心氣浮實，學問淺深，可求而得也」，什麼樣的人有什麼樣的性格脾氣就會有什麼樣的文章，「其人深，故其文抑之而奧，其人通，故其文揚之而明，其人寬，故其文廓之而大，其人潔，故其文澄之而清」，其友人葉念庵可謂「稟厚而發遲，志愨而得精者」，陶庵悚然歎曰：「此非先生之文也，先生之人也。」從文中可以看出作者之苦心致力處，從文章可以看出人品，人如其文，文如其人。〔註162〕人一旦形成自己的文風，則頗難更改，黃淳耀借朱子之言：「文字有筆力，有筆路，筆路隨時增益，筆力自二十餘已定旨哉言也。」所以「子美夔州之詩頓挫沉鬱，東坡海外之文精深華妙，此筆路也。誦雲垂海立之篇，觀帶余馬後之句，已知其晚年所造如此矣，此筆力也。」此筆力與筆錄之差異，也是其人之天性與後天努力之區別，因「其文之無定而信其行之有定」。〔註163〕

人之稟賦天性除了自己修養外，與家學淵源亦相關聯。在《金懷節時義序》中黃淳耀就東漢季和、太丘後人文質彬彬之盛況提出疑問：「何其祖父之質而子孫之文也？」他認為「蓋文者質之餘也，子孫之文，祖父之質之餘也。祖父以文教，文勝則質漓矣，夫子孫之質日漓，則了孫將不能有其文，是故韓愈之文比於荀揚，而其子有不識字之誚。李杜之詩上規風雅而宗武伯，禽無聞焉，文勝故也。夫惟祖父以質教而子孫以文應，則質有其文，質有其文則文之行於世也，益遠此荀陳二氏之後所以多賢歟」。自孔子而後，普遍認為一篇好的文章必須「文質彬彬」，質仍然是根本，先祖之質，無文而傳，

〔註161〕黃淳耀，《陶庵全集》卷二《徐定侯行卷序》。
〔註162〕黃淳耀，《陶庵全集》卷八《葉念庵先生遺槁序》。
〔註163〕黃淳耀，《陶庵全集》卷二《遲社題辭》。

而愈到後代，往往以「文」相教，文勝則質漓，質漓則文亦不復存在；相反，先輩若能以「質」相教，則子孫有質必有文，質有其文方能傳之後世。其友人金群玉先生以孝友至行，為一鄉所宗，聲名遠播，爾宗乃其長君，懷節則先生之孫，爾宗之子也，其家學淵源可謂深矣，「爾宗之所聞於先生者，皆忠信孝友立身事君處朋友之道，懷節之所聞於爾宗者，皆先生之道也」，懷節立身處世、為學作文皆承襲家學，「朝而肄業，晝而服習，夕而計過，無憾而後即安，其修於身者粹如也，其積於學者充如也，其發於文辭之間者沛如也，是宜其制舉業之文，淵奇灝博，英華瑰麗，為吾黨所屈服歟。異日，懷節立朝以經術陳便宜發明家學，當如荀氏之慈明仲豫，有功於人，有紀於史」，修身方能作文，積學後發，方能成功，黃淳耀認為若懷節能發明家學，也算有功於世人了。〔註 164〕

　　雖然人品與文風千絲萬縷，不可偏廢，但對於好的文章之標準，黃淳耀也有其看法，他認為「評詩者以深穩端潤為上，以怒張筋脈、屈折生柴之態為下，惟文亦然」，簡單來說，用「輕清」二字可以一言蔽之，「子不見雲之在天乎？頃刻百變而不知輕清故也。地產之精者莫如金玉，瑞者莫如麟鳳，然而麟不能為鳳，金不能為玉者，輕清不足也。是故輕清而後能變化，變化而後謂之奇」，針對明中期以後為文好奇之風，黃淳耀認為「奇」需從「輕清」中來，「緩急豐約，動中精要，章止句絕，餘思滿衍」，自然奇從中來，若單純求奇，反而會遁入奇譎怪誕之途，「世之求高求奇而卒於不高不奇」，才高氣奇自然不求而自工，抉精剔華，斐然可觀。黃淳耀評文多用「清新俊逸」為標準，「秋水芙蓉，倚風獨笑，清新之謂也。千金駿馬注坡驀澗，俊逸之謂也」，「夫文至於清新俊逸，則天下之美盡矣」，「沉思獨往，不阡不陌，汗瀾卓詭，詰曲幽異，讀者為之舌撟而不能下口，咕而不能合，輕清果足以蔽之乎？」制義時文若能達此境地，則「其古學日進如水湧而山出」，在經史騷賦基礎上，屢變而益工，不求奇而奇至。〔註 165〕

第三節　吳應箕的八股文批評

　　吳應箕（1594～1645），原字風之，改字次尾，號樓山，安徽貴池人。明

〔註 164〕黃淳耀，《陶庵全集》卷二《金懷節時義序》。
〔註 165〕黃淳耀，《陶庵全集》卷二《上谷五子新撰評詞》。

末著名社會活動家、文學家、復社領袖和抗清英雄，與劉城合稱「貴池二妙」。工書法，性豪放，喜交遊。吳應箕科場失意，屢試不第，轉而精研詩文，刪選時文，結社交友，指導後學，與張溥、方以智、陳名夏、陳子龍、張自烈、黃宗羲、黃淳耀、錢禧等互為師友。明亡後，舉兵抗清，兵敗被俘，於順治二年（1645）十月不屈而死，死後私諡文烈先生。乾隆四十一年（1776），朝廷追諡忠節。〔註166〕吳應箕著述甚豐，今傳有《樓山堂集》二十七卷。沈喬生稱頌：「先生真離富貴貧賤生死外，獨存天地正氣者，要而論之，固百世師，豈僅稱節義文章為一代完人也哉！」〔註167〕《四庫全書總目提要》云：「明末稱復社五秀才，應箕為首。其克全晚節，尤不愧完人。」陳元珖評價：「齊山精宿孕奇英，復社巾箱有盛名。護善獄中冤吐氣，揭奸榜上逆銷聲。傷心直北巢遍寇，淚眼江南舉義兵。餘事文章足千古，簡編風雨劍縱橫。」〔註168〕

　　吳應箕認為要寫好文章，其決定因素有很多，比如「不博學深思而求文之見道者，亦否也」〔註169〕，「嘗閱今人之文，其援引鋪衍似古人，才學所不及，不知所以不及古即在此」〔註170〕，「濟天下事，惟識與力。識為指南之車，力為行舟之舵」〔註171〕，「新作妙甚，理、體、識、法都備」〔註172〕，要博學深思，要有深厚的才學和識力，才能讓文章言之有物、言之有理。所謂「半世文章百世人」，吳應箕之《讀書止觀錄》多輯錄中國先秦以來讀書古訓和讀書掌故，既有讀書之法，又可察為人之道。「止觀」二字，原為佛教用語。「止」就是止息、寂靜，「觀」即明察萬物。「止觀」乃佛教修行的一種方法，吳應箕名其書曰「止觀」，一方面代指讀書所達到的境界，一方面與陳繼儒《讀書十六觀》相應和；另外，「止觀」也有「觀止」的意思，吳應箕在《讀書止觀錄・引言》中說：「觀必如是而觀止矣，夫觀而止於是。」從某種程度

〔註166〕夏燮：《忠節吳次尾先生年譜》附《遺事》，見《續修四庫全書》集部第553冊，上海，上海古籍出版社，2002，第480頁。

〔註167〕沈喬生，《樓山堂遺詩小引》，見《樓山堂遺文》卷首，《續修四庫全書》集部第1389冊，上海，上海古籍出版社，2002。

〔註168〕陳元珖，《題明人集・吳次尾》，見顧廷龍《清代硃卷集成（379）》，臺北，臺灣成文出版社，1992，第336頁。

〔註169〕吳應箕，《樓山堂遺文》卷二《李源常稿序》，《續修四庫全書》集部第1389冊，上海，上海古籍出版社，2002，第20頁。以下吳應箕引文出自該集者，只標注篇目、卷數及頁碼，其他略。

〔註170〕吳應箕，《樓山堂遺文》卷四《與沈眉生論詩文書》，第41頁。

〔註171〕吳應箕，《樓山堂遺文》卷十五《答陳定生書》，第35頁。

〔註172〕吳應箕，《樓山堂遺文》卷六《又與源常箚》，第66頁。

上說，此書乃舉子讀書之指南，有很強的實用價值，此不贅述。吳應箕作為復社後期領導人之一，承襲二張「尊經復古」的論文觀點，以文救文，以文救世，要求務為有用。總體說來，其時文理論以「理體」為中心，並系統論述了「氣」「理」「法」「道」「經」「清潔」等重要的八股文批評概念和範疇，對士人舉子的八股文創作與鑒賞提出了諸多實際建議，對改變明末各種不良士習文風有很強的針對性和操作性。

一、「以理以體」──「理體說」的提出

至宋、明以下，「文以載道」說大倡，八股文代聖賢立言，其孔孟儒家之道更待彰顯，但從正嘉以來，技巧章法日盛，而孔孟倫理日衰，很多士子專事剽竊模擬，甚至不知孔孟為何物，晚明諸家力砭時弊，皆倡「本於六經」「尊經復古」。在此背景之下，吳應箕對前輩時賢之理論進行反思與整合，提出「理體說」。其「理體說」是在其經世致用的實學基礎上的八股文寫作理論，雖然他沒有明確界定並系統加以論述，但是在很多序文裏屢次提到，多與作文和論文有關。在《崇禎丁丑房牘序》中吳應箕明確提出「理」「體」說〔註173〕：

> 夫予往者之論文也，以理以體。理者為聖賢之論所從出，學術之邪正於此分，性道之離合於此辨也；而體者則謂文有一定之章程不可變，有自然之節敍不得亂也。由今思之，是二說者其跡也。執二者之說，以跡合之，猶易也。〔註174〕

不難看出，吳應箕所謂的「理」就是聖人之道，是程朱之「理」，是士子舉人代聖賢立言之「理」，也是時文寫作的根本出發點。「非聖人之言不道，非六經之理不稱，而於二氏之學及讖緯術數之事深加排斥，然後知王佐自有真也」〔註175〕，所謂「體」即「文體」，為文之法，是一篇文章具體的結構安排和選詞造句，包括字法、句法、章法等。如徐師曾所說：「夫文章之有體裁，猶宮室之

〔註173〕章建文《吳應箕研究》（安徽大學出版，2009）從古今文論角度提出「理體」說，然自明中葉以降，古文與時文合二為一，二者概念往往籠統混用，晚明文社以文會友，切磋八股技藝，「文」在多數情況下指代八股時文，故本文沿用此說。

〔註174〕吳應箕，《樓山堂集》卷十七《崇禎丁丑房牘序》，《續修四庫全書》集部第1388冊，上海，上海古籍出版社，2002，第560頁。以下吳應箕引文出自該集者，只標注篇目、卷數及頁碼，其他略。

〔註175〕吳應箕，《樓山堂集》卷十四《與周仲馭論四家文集序》，第535頁。

有制度，器皿之有法式也。」〔註176〕在《又與孫碩膚職方書》中吳應箕評價
趙南星有云：「至其文章跌宕有法，而詩之頓挫亦有子美風，此真三朝一人也。」
〔註177〕他在《答陳定生書》中也說：「弟嘗謂張侗初之評時義，鍾伯敬之評詩，
茅鹿門之評古文……彼其一字一句皆有釋評，逐段逐節皆為圈點，自謂得古人
之精髓，開後人之法程。」〔註178〕「所寄新藝較去秋大自開合矣。」〔註179〕
「總紀綱，挈要領，一切兵、刑、錢、谷，各責之所司，而己不與，故其政即
以不相陵侵而愈治，不至於繁碎而難周，此所謂大體得也。」〔註180〕等等。
文之「理」是內容，是主旨，文之「體」猶如人之體，是規範與秩序，究其實
質，「理體」無非是為文之內容與結構安排。具體來說，「理體」有如下內涵：

　　首先，「文者，生乎心者也。」

　　按照一般寫作的規律，好的文章皆從心生，但科舉時文代聖賢立言，必
須按照一定的體例和方法以窮聖賢之理，最終導致「理比眩而心離矣，法泥
則心亦往往去之」，更有甚者，「志蔽於所喜與愓」，最終流為「背心之言」。所
以雖然文從心生，但科舉時文的特殊性決定了士子言為心聲的侷限性，試問
天下制舉之文有多少是可以從心而出呢？相反，近世舉業惡陋，文風凋敝，
士子全然不知何為心，何為理，何為法。吳應箕認為其友人梅惠連是個例外，
他能「上下聖賢以研理，出入古今之文以行法」，「未嘗詭於理也，未嘗佻於
法也」，能將「理」與「法」融會貫通，成功避免「眩」與「泥」之弊病，究
其原因，在於「其心有所守而不亂」，並且「進之而仁義道德之旨，又進之而
治亂得失之故，益進之而幽明生死之變，皆其所包而畜者之即可推者也，抑
即可舉而措者也」〔註181〕，所以由此看來，文從心生與「主於明理而束之以
法」是可以兼容的，而真正的好文章必然是從真心而來，同時又不悖理法，
這是遵循「理體」原則的前提條件。

　　其次，「根極義理，發為文詞」。

　　與許多先輩強調文道關係一樣，吳應箕也認為文章創作，必須「義理正」，

〔註176〕徐師曾，《文體明辨序》，《文章辨體序說》，北京，人民文學出版社，1962，
　　　　　第77頁。
〔註177〕吳應箕，《樓山堂遺文》卷四《又與孫碩膚職方書》，第43頁。
〔註178〕吳應箕，《樓山堂集》卷十五《答陳定生書》，第545頁。
〔註179〕吳應箕，《樓山堂遺文》卷三《答陳定生書》，第35頁。
〔註180〕吳應箕，《樓山堂集》卷九《擬進策·持大體》，第489頁。
〔註181〕吳應箕，《樓山堂遺文》卷二《梅惠連稿序》，第21頁。

要用儒家之道來挽救世道人心，時文創作本來就是代聖賢立言，在明末士子空疏不學、遠離現實的思潮下，尤其要「發明經理，論定成一家之言」。黃淳耀說：吳應箕「文者，貫道之器也，不深於道而有至焉者，否也」〔註182〕，鮮明表達了其文以貫道的文章觀。其他論述如「有道之文不必人人皆見，而人亦見之又見之者必非常人也。」〔註183〕「本之經術者淺，能為世用之言寡也。」「制義者，文之極則也。以文範理，以理準數。」〔註184〕明道需本於經，「夫聖人之道，六經其燦然者矣！」〔註185〕文以貫道，所以對知識分子的要求就更高，「所謂道者，豈不散見於六經以來之書乎！則不博學深思而求文之見道者，亦否也。」〔註186〕「夫天下之道不難辨也。以忠孝立身，以天下國家為念，便可引之而為吾徒。忠孝以臨之生死而後明，天下國家必試之實事而後見。」〔註187〕「天下之物，其至者皆可傳也。而傳有大小，以百工技藝等之，則書畫最矣，上之有詩賦焉；彼能古文通經史之學者，曰詩賦其小者也；而修名節、立事功者，又以博學能文為後，則書畫為益不足道。」〔註188〕在他看來，道來自六經，作為知識分子，不博學深思，不以忠孝國家為念，不修名節立事功，是很難以文見道的。「士志於道」就是強調知識分子的社會責任，詩文創作必須「憂國愛民之念無篇不寓」〔註189〕。文章要反映現實政治與社會問題，而不能沉迷於個人流連觴詠之間，吳應箕在《讀書止觀錄》卷二中借柳宗元之口提出正確的為文態度「柳子厚曰：『吾為文章，未嘗敢以輕心掉之，懼其剽而不留也；未嘗敢以怠心易之，懼其弛而不嚴也；未嘗敢以昏氣出之，懼其昧沒而雜也；未嘗敢以矜氣作之，懼其偃蹇而驕也。抑之欲其奧，揚之欲其明，疏之欲其通，廉之欲其節，激而發之欲其清，固而存之欲其重。此吾所以羽翼夫道也。』讀書者當觀此。」〔註190〕但同時，「刻印一技耳，然非窮六書之蘊，究秦漢以來所留傳之玉璽、銅章，不能得此中之彷彿，故雖技也，而理寓焉……彼古人天鏤神劃自有不易者在，而今反以用意失之，故知技也，而進乎道則能精其理

〔註182〕吳應箕，《樓山堂遺文》卷二《李源常稿序》，第20頁。
〔註183〕吳應箕，《樓山堂遺文》卷二《李源常稿序》，第20頁。
〔註184〕吳應箕，《樓山堂遺文》卷五《易會序》，第59頁。
〔註185〕吳應箕，《樓山堂集》卷十六《四書大全辯序》，第549頁。
〔註186〕吳應箕，《樓山堂遺文》卷二《李源常稿序》，第20頁。
〔註187〕吳應箕，《樓山堂集》卷十四《覆方孩未先生書》，第539頁。
〔註188〕吳應箕，《樓山堂集》卷十八《陳定生畫扇記下》，第577頁。
〔註189〕吳應箕，《樓山堂遺文》卷四《又與孫碩膚職方書》，第43頁。
〔註190〕吳應箕，《讀書止觀錄》卷二，合肥，黃山書社，1985，第23頁。

者為深遠矣。」〔註191〕技中寓理，由技進道，由末源本，技道合一才是最終要求。

最後，「廿一史者，六經之梯也」。

吳應箕與復社諸子一樣，都強調文章必須「裨益治教」「資於勸懲」，要有用，肯定文章的經世致用功能。「以空言取士，而其言之中繩墨當尺度者，即一途之中不能自信，況乎天下事？取其不自信者，以庶幾其有濟庸可翼乎？」〔註192〕「以無用之文，無論得不得，皆以靡國家漸痼寐，如此士奈何以文自矜哉？」〔註193〕「古文一道，弟嘗歷覽弘正以來作者，竊有未滿。蓋本之經術者淺，而能為世用之言寡也。」〔註194〕「獨弟向有國瑋之選，所收集者已可成帙，中間明道辨惑及能為世用之文亦多。」「最後一書，雖未奉報，然未嘗不服足下，識深而論正，又所見者極大也。」〔註195〕「即其文工矣，而學無原本，於經術淺者，言終不可為世用。生不揣於古人之書頗有論究，而於當世之故亦間能發明其言，或自可為一家。」〔註196〕等等，類似論述很多，在他看來，即使能做到文以明道，但如果不能為世所用，不能將所學用於世道人生，那麼仍然是無用的。

既然如此，要如何使明道之文有用呢？他的答案是出經入史，由史通經，「廿一史者，六經之梯也，雖未能由源及流，而溯流以窮源，此或亦讀書之法耳。某又嘗自妄念，若從此遂畢命著述，數年內於史事當有成書；俟十年以後，讀書日深，交友日廣，見事日多，智識日益，然後發明經理，論定成一家言，則吾事濟矣。」〔註197〕他強調學問必須本於經術，方有本可依，再致力於史，由史通經，才能經世致用。陳維崧評吳應箕的史論：「意氣雄偉，倜儻非常，所著樓山堂史論，高文老識，成一家言，有極筆之歎矣。」〔註198〕「有能治廿一史之人而不能治文乎？有治經史以為文之人而其文一如六朝五代之為韓歐所嘔棄者乎？」〔註199〕「弟近時讀史甚深，每怪李卓吾以評水

〔註191〕吳應箕，《樓山堂集》卷十九《書筳弟篆刻圖後》，第586頁。
〔註192〕吳應箕，《樓山堂遺文》卷四《崇禎癸酉科牘序》，第42頁。
〔註193〕吳應箕，《樓山堂遺文》卷五《賓王集序》，第59頁。
〔註194〕吳應箕，《樓山堂遺文》卷四《與沈眉生論詩文書》，第41頁。
〔註195〕吳應箕，《樓山堂遺文》卷三《與楊維斗書》，第34頁。
〔註196〕吳應箕，《樓山堂集》卷十三《上金楚畹督學書》，第534頁。
〔註197〕吳應箕，《樓山堂集》卷十四《復楊維節國博書》，第541頁。
〔註198〕陳維崧，《湖海樓文集》，《忠節吳次尾先生年譜》附《遺事》，第493頁。
〔註199〕吳應箕，《樓山堂遺文》卷一《黃韞生制義序》，第5頁。

澌傳手眼評史，鍾伯敬以評詩歸手眼評史，俱可發一笑。吾兄讀書當從此入，由史及經，是因流溯源。」〔註200〕「夫然史不可無論，尤甚於國不可無史也……使其所為倚伏晦明者，自吾論之，不獨其人與事為不爽，而舉異事同計與異人同行者合千載上下而覿若觀火，則文之力也。」〔註201〕能治史者必能治文，史學乃六經之源，這是士子讀書之方法，也是為文明理之必經之途，只有本於史，才能本於經，亦才能發明真理，才能從根本上改變士子空談無根之文風。昔人所謂以史明鑒，即是如此。

二、「理體」與「法」──對「以古文為時文」理論的反思

時文之法由唐宋派引古文之法入時文創作，再經機法派、奇矯派推波助瀾，到明末已經熟爛靡麗、慕新尚奇之極。明末文社諸子對前代八股文的批評很大程度上都源於此，但八股文從朱元璋始，就強調為文之程序規範，所以也不可矯枉過正，吳應箕認為治衰救弊的關鍵點還在於「主於明理而束之以法」，如何讓「理」「法」得到統一和協調。

關於為文之法，吳應箕更傾向於文有定法，在《歷朝科牘序》中，他多次強調「古人所稱大器者，無有越規矩準繩之中」，「不可易之法」。要救治弊病，「當先從其源流本末備論之」，每種文體剛剛興起的時候，多無定體，到了一定程度，方有規矩準繩之備，歷來取士之文，詩賦策論，無不如此，本朝之科舉文，雖然前所未有，但「行之既久，其法加嚴」，雖然不像詩賦策論可以窮極才學，但麻雀雖小，五臟俱全，可以說在非常有限的篇幅內，將歷代文體濃縮其中，且發明經義，揣摩聖賢，更是要求「理深」「法嚴」，「以甚深之道殫致於至狹之幅」，對士子綜合素質的要求就非常高了，幾百年來能符合這個要求的屈指可數。場屋之文也叫「程畺」「程墨」，很大程度上就是對時文之「法」的強調，而當今士子則「名然而實否」，「操不然之說以為苟可獲焉」，生心害政，使科舉之文弊不可返。吳應箕尤其痛恨成弘以後文，雖然強調「法」，最終卻完全拋開內容單純講「法」，則又走入另外一個死胡同，其弊更甚。袁宏道也說「法因於弊而成於過」，所以吳應箕認為救弊得先正其本源。時文之法詳於成弘，盛於萬曆，到萬曆末則窮極流弊，其末流更是變本加厲從場屋程墨亂之，所以，「欲科舉之文不亡，當先從場屋之程墨論之；欲成弘

〔註200〕吳應箕，《樓山堂遺文》卷六《又與源常箚》，第66頁。
〔註201〕吳應箕，《樓山堂遺文》卷一《梅惠連萍廬史論序》，第5頁。

之文再睹，於今又當先從其源流本末備論之」。但同時也要警惕「盛者使可復，而其敝也未嘗不可反」，士子需牢記「主於明理而束之以法」，在理的基礎之上談「法」，為文方有根基。〔註202〕在《陳殿贊序》也說：「其為文抒導性靈而無不根極於理要，驟馳古文而未嘗逾越於法矩。」〔註203〕皆是此理。

至於如何「以古文為時文」，吳應箕明確提出「上下聖賢以研理，出入古今之文以行法」。首先必須明確當今形勢並確立學習方向。士習澆薄，文風惡陋，必須採取適當措施振衰救弊，此乃明末有識之士的共識。吳應箕對此也十分焦急，「今世古學日荒，文體愈降」〔註204〕，即使有先輩起而行之，也多有矯枉過正之弊，「有六朝之靡麗而昌黎興；有五代之浮冗而廬陵出。國朝承宋元餘風，然後獻吉起而矯枉過正」〔註205〕，且如前所述「其盛者使可復，而其敝也未嘗不可反」即便稍有成效，其敝可反，「然同一學古矣，今之人又取韓歐所掃除六朝五代之古以為古，而反以唐宋為卑」〔註206〕，「今天下之文恥言唐宋，實不能不六朝五代，未嘗不曰：吾讀漢以前書而不能為北地者，病在趨舍亂而志不立，倖其苟可以成而力不逮。」〔註207〕吳應箕深刻地認識到要尋求切實可行的有效方法，可謂舉步維艱，需更多志同道合之人前仆後繼，方能撼動冰山一角，全面改革文風時弊才有可能。

與前賢一樣，吳應箕也主張「師法貴遠」，通過對經典古文的學習來挽救當時衰頹文風，所謂「古文」即「左史以來之諸書也」〔註208〕，實際上更多是指秦漢、唐宋之文。「夫文章一道，蓋難言哉！自當時言之則舉曰時文耳，乃韓歐當其時皆薄時文為不足道，而抗言學古，何也？豈非聲病比偶之習以取世資，則不得不從俗轉移？從俗則不能獨行其志。未幾，時過而文亦棄，而不自惜。若碑序論記之文，所謂立言以傳世者，故師法貴遠，而持議無嫌於高，若是者，非古無取焉，於是別其所作曰古文亦宜也。」〔註209〕「上下聖賢以研理，出入古今之文以行法」〔註210〕，「大材罕兼通，古今同歎。是故

〔註202〕吳應箕，《樓山堂集》卷十七《歷朝科牘序》，第561頁。
〔註203〕吳應箕，《樓山堂遺文》卷五《陳殿贊序》，第54頁。
〔註204〕吳應箕，《樓山堂遺文》卷五《易會序》，第59頁。
〔註205〕吳應箕，《樓山堂集》卷十六《陳百史古文序》，第552頁。
〔註206〕吳應箕，《樓山堂集》卷十六《陳百史古文序》，第552頁。
〔註207〕吳應箕，《樓山堂集》卷十六《陳百史古文序》，第552頁。
〔註208〕吳應箕，《樓山堂遺文》卷五《庚辰房牘序》，第58頁。
〔註209〕吳應箕，《樓山堂集》卷十六《陳百史古文序》，第552頁。
〔註210〕吳應箕，《樓山堂遺文》卷二《梅惠連稿序》，第21頁。

相如工為形似，二班之長情理，優見於此，劣亦居之。嗣是以降，康成有精經之譽，顏陸擅有韻之聲，乃其後而昌黎生矣。理學振興，又越數百年，而周程作亶其難哉！其他文士亦可類見耳。明興，作者輩起，號稱兼器亦有數家，比潔古人，斯為特盛間稍衰微矣。」〔註211〕「秦漢及唐宋大家文，其可傳者，由本生華，去其繁蕪而已」〔註212〕，「弟亦嘗肆力經史而出入於八家矣」〔註213〕，「弟觀昌黎之文抵排異端，攘斥佛老，不為流俗所恐喜，真所謂起八代之衰者。……歐陽子所謂力正文體，敢於抹一世之才士者也。」〔註214〕「八家文選，深暢鄙懷」〔註215〕，不難看出，以上列舉的諸多古文大家當中，他最推崇的仍然是唐宋八家，特別是韓、歐古文，在他看來，就是深得「理」「法」之人，乃士子為文之典範。

其次，吸取成弘以來「以古文為時文」之精華，用古文來改造時文，真正實現古文時文的合二為一。關於「以古文為時文」理論，自成弘以來，幾乎各家各派都有所提及，吳應箕在某種層面上融合了唐宋派和七子理論精華，雖然兼法秦漢與唐宋，但更傾向於唐宋派，與歸有光、王慎中理論一脈相承，強調由史入經，經世致用，以事論理，但又不能空談無根，承襲「義法」，標舉「理體」，強調文風質樸剛健。吳應箕曾說「文章自韓歐蘇沒後，幾失其傳，吾之文足起而續之」〔註216〕，彭而述評吳應箕「貼括藝獨宗震川、思泉諸家，冀其必傳，不屑鉛華媚人，既已戞戞不入俗目，而公氣又睥睨一世，凡世所號為巨公碩匠罔不兒蓄之」〔註217〕，黃宗羲也說：「甲子、乙丑間，周介生倡為古學……又數年戊辰，張天如易之以注疏，名為表經；未幾，吳次尾以八家風動江上；陳臥子以時務崛起雲間；而艾千子以先民矩矱，短長當世：要皆各有長處。」〔註218〕

關於如何學古的問題，吳應箕也強調「活法」，主張學古但不能泥於古，否則也是死路一條。「茅鹿門之評古文，最能埋沒古人精神。而世反效慕恐後，

〔註211〕吳應箕，《樓山堂集》卷十六《韓姬命文集序》，第551頁。
〔註212〕吳應箕，《樓山堂集》卷十五《與劉輿父論古文詩賦書》，第545頁。
〔註213〕吳應箕，《樓山堂遺文》卷四《與沈眉生論詩文書》，第41頁。
〔註214〕吳應箕，《樓山堂遺文》卷一《與艾千子書》，第8頁。
〔註215〕吳應箕，《樓山堂集》卷十五《答陳定生書》，第545頁。
〔註216〕侯方域，《樓山堂集序》，《樓山堂集》卷首。
〔註217〕彭而述，《讀史亭文集》卷十四《吳義士傳》，齊魯書社1997，第178頁。
〔註218〕黃宗羲，《馬虞卿制義序》，《黃宗羲全集》第10冊，杭州，浙江古籍出版社，1993，第70頁。

可歎也。彼其一字一句皆有釋評，逐段逐節皆為圈點，自謂得古人之精髓，開後人之法程，不知所以冤古人、誤後生者，正在此。」〔註219〕茅坤論文注重字詞句，而沒有注重古人精神，最終將流入「死法」。「古文之法至八家而備，八家之文以法求之者輒亡。夫文不得其神明之所寄，徒以法泥之，未嘗無法也，捨其所以寄神明者而惟便己之為求，天下豈有文哉！況以論八家乎？」「以其文有法度之可求，於場屋之取用甚便，而襲其詞者但蘄以動悅有司之一日，非必真有得於古人不傳之妙而師之也，於是文之精神以亡。」〔註220〕「法」必須與「神明」相攜，任何偏頗終將導致法亡。若以此用之場屋，為取悅有司，學其皮毛，精神全無，也是毫無用處。「予友百史其於古文有韓歐之志者也，而獨不鄙棄時文為不足學，揆製作之所始而一，考衷於理義，其文亦既見於天下矣。邇益研精於此，務求合於聖人之道而止」〔註221〕，「僕觀本朝以文名者，莫盛於弘、嘉之際，嘗妄論之。如王李所訾毗陵、晉江者，其文未嘗不暢，然終不能免俗，譏之未為過也。王李亦未嘗不整齊，其言於經術甚淺，千篇一律而生氣索然。空同才高氣勁然少優柔之致，自矜於法而溪徑不除；王維楨嫻於體矣，亦未能暢所能言。故韓柳歐蘇之文求之本朝，實無其匹也。世之無占文也久矣，今天下不獨能作，知之者實少。小有才致便趣入六朝流麗華贍，將不終日而靡矣；高者亦言史漢韓歐，然不過抄襲其句字而已。見道之文則百未見一，代興之責，未知何歸？」「僕詩尚未至，然自來不受人習氣。世相率以歷下、公安、竟陵為聚訟，僕則皆棄之而求於古。……如近日某某方自謂其詩有性情，自予觀之，直不成語而已。天下豈有目未讀一寸之書，胸中無十古人名姓，但用幾虛字作一二聰明語，便曰此見性靈之詩也，有是理哉？」〔註222〕「深宿於聖賢而優游典重，有古作者氣象。」〔註223〕他認為最好的文章還是應該以韓柳歐蘇為典範，作文一方面要本於經，立於理，而達經世致用，另一方面隨心所欲而又能不逾矩，要生氣灌注，才高氣勁，暢所欲言。若只看重模仿古文之形式，而不重內容，就會導致「經術甚淺」，文不見道，最終走向六朝花豔之途。

　　另外，通過操持選政，推廣經典古文與優秀時文，也是改革文風之有效

〔註219〕吳應箕，《樓山堂集》卷十五《答陳定生書》，第544頁。
〔註220〕吳應箕，《樓山堂集》卷十七《八大家文選序》，第557頁。
〔註221〕吳應箕，《樓山堂遺文》卷二《陳百史制義序》，第17頁。
〔註222〕吳應箕，《樓山堂集》卷十五《與劉興父論古文詩賦書》，第546頁。
〔註223〕吳應箕，《樓山堂遺文》卷六《又與源常箚》，第66頁。

措施。晚明文社林立,流派蜂起,各持己見,聚訟紛爭,吳應箕雖然科場失意,但文名甚著,他早年從前後七子入手,受新安理學與泰州學派影響,以史論和策論聞名於世,並刪定程墨,獨操選政,主盟壇坫。科牘盛行,士人將其奉為珪璧指南,引以為榮。他在編選時文時寫了大量的序言,是其時文思想的主要載體,客觀上也對明末操選政者起到示範作用,對改革當時選家腐爛的局面多少有警示作用。劉廷鑾說:「先生以制義矜式天下,士大夫之誦習剽竊,掇巍科高第者累累。」〔註224〕劉城說:「所點經義,天下士子誦習之,故稱次尾先生甚著。」〔註225〕黃宗羲也說:「復社《國表四集》為其所選,故聲價愈高。嘗於西湖舟中,贊房書羅炌之文,次日杭人無不買之。坊人應手不給,即時重刻,其為人所重如此。」〔註226〕可見當時吳應箕選文所受歡迎之程度,通過選文明道立說,讓舉子有法可依,可謂功不可沒。

縱觀有明一代,繼前後七子和唐宋派的復古運動,復社在明末又掀起「復興古學」之高潮,希望挽救時弊,使詩文重新回歸載道傳統,其歸結點在於「務為有用」,在一定程度上糾正了公安、竟陵等性靈派的空疏俗淺之風。吳應箕的復古理論在某種程度上也打破了七子尊秦漢與唐宋派尊唐宋的森嚴壁壘,對復社崇王李與艾南英宗唐宋的爭論也作了公允評判,他認為無論秦漢諸賢,還是唐宋八家,無論是前後七子,還是唐宋派、性靈派,皆可取其合理成分,學古而不泥於古,學古更求變通,不是「死法」,而是「活法」,「根心為文」,務為有用。在明末諸家中,其復古理論頗為公允客觀,有較強的指導性和實踐性。

三、「理體」與「氣」「清潔」——對相關範疇的進一步闡釋

在吳應箕看來,要寫好文章,除了「理」「體」與「法」得到統一和協調之外,在主體修養方面還要善養「剛氣」,讓文章生氣充沛,方能達為文之至高境界——「清潔」。同時,文風即人品,主體的氣節修養就是文章「氣韻」的再現。吳應箕在「理體」說的背景下,對傳統文論範疇「氣」「清潔」等在時文領域賦予了新的內涵。

首先,作文需「張之以氣」——「氣靡則言離」。

〔註224〕劉廷鑾,《樓山堂集》卷首。
〔註225〕劉城,《吳次尾先生先生傳》,《嶧桐文集》卷十,貴池先哲遺書本。
〔註226〕黃宗羲,《黃宗羲全集》第 1 冊,杭州,浙江古籍出版社,1985,第 357 頁。

　　關於「氣」論，萬曆以來時文批評諸家皆承其詩文理論，在主體修養、文章創作和文章風格等方面，各有側重，因聲求氣，以氣論文，吳應箕更偏重於主體修養之「氣」。他在《崇禎丁丑房牘序》中集中論述了「氣」，「察世運之所趨，庶幾於其言繫之者，其惟氣乎」，古之論「三鼓既竭」說的就是今日之狀，如今之「氣」可稱「靡然者則盡於文見之」。曹丕論「氣」辨之清濁之間，吳應箕認為應該審於「強弱」之際，「氣不可作而致者也，非不可養而至」，腐師俗儒所謂「養」，「發於言則夷易，措之事則和平。試跡其為夷易、為和平者，悅靡靡之可聽，冀庸庸之多福耳」，在他看來，這些都不是正確的養氣之道，他所說的「氣」乃孟子所說「至剛至大者」之氣，非此不足以與之論文，更不能作天下之事功名節，而風之以文，更不可能救天下之文，此乃「至細之氣」。「夫剛氣之所發，必不剽也，必不襲也，必不蕪而穢，不矜而肆，不惟而廖落也，必當理，必合體也。推之為忠臣，為介士，為強力有為，為震撓不詘者，必是人，必是言也。非是者，其氣靡也。氣靡者，言離也。剿古人之已說而不情，規先民之成格未能似」，正所謂「理直氣壯」，明理養氣，理正則氣正，氣靡則言離。至剛之氣必為忠臣義士，細靡之氣必為大偽不忠、大貪不謹之人，氣靡而為文，多則抄襲古人，模擬先賢，其文之優劣顯而易見，吳應箕發出「予欲天下作文者因吾說以反而自循其氣」的呼聲，可謂救世之憂心烈烈。〔註227〕

　　所以，吳應箕無論是論文還是作文，還是觀人處世，無不以這種至剛至大之氣為原則，特別在民族危亡的時刻，這種「剛氣」就是民族「氣節」，浩然正氣，在關鍵時刻捨生取義，甚至以身殉義。因此，吳應箕認為知識分子必須心存正義，在文章中頌揚名節，鞭笞姦邪，表彰忠義，這也是文章有理有據氣象充沛的不二法門，文章之「氣」首先必須體現在名節修養之「氣節」：「節不可變，雖臨之禍福而不動。」〔註228〕「古之奸雄，雖力可以竊國命，移天祚，而不能奪者，士人之志節也。」〔註229〕「留東漢之再世者，氣節也；魏晉賤守節而漢亡。留南宋之一隅者，理學也；韓侂胄禁偽學而宋亡。且自古至今，上無直節之臣，則下必有懷忠之士，故季世之風聲議論，即盛世之法度紀綱，其有關係一也。」〔註230〕等等，這些氣節之人在存亡之際，「雖刀

〔註227〕該段引文皆出自吳應箕《樓山堂集》卷十七《崇禎丁丑房牘序》，第559頁。
〔註228〕吳應箕，《樓山堂集》卷五《荀爽論》，第465頁。
〔註229〕吳應箕，《樓山堂集》卷五《荀爽論》，第465頁。
〔註230〕吳應箕，《樓山堂集》卷十五《答沈眉生書》，第543頁。

鋸鼎鑊之必蹈，無天地日月之或移。」〔註231〕「扶國紀而明人倫，雖身死何惜？」〔註232〕「夫大臣以身繫國安危，死何足惜？然有不得已而死，死而足以激發忠臣義士之心，使國雖亡而猶不絕如線者，死之可也。」〔註233〕與此相反，對於姦佞小人必須群起攻之，「不若挾清議以攻之，負眾力以撼之，使知名節與法紀，原表裏山河，而我輩之尊君安國為高皇帝留讀書種子之心無在不寓，又何有今日異日之別乎？」〔註234〕其次，這種「剛氣」鎔鑄於時文，則表現為「氣象」和「氣韻」。如評宋濂的文章稱：「自然渾灝，有開國氣象」〔註235〕，與友人談時文：「足下《東山》諸作方是真古真先正，何也？以其法度嚴整而氣韻生動，其長短變化殆有不可測者，故為不可易也。」〔註236〕「古人於經術學問之際，亦何其氣決敢任歟？故有並業弟子傳著或異矣，亦有同產季昆師受則殊。」〔註237〕相較於前人「氣」論多偏於玄虛，吳應箕以實補虛，將作品之「剛氣」與作者之人品氣節聯繫起來，更具有「經世致用」的實際指導意義。

其次，文貴「清潔」。

吳應箕推崇錘鍊字句：「子方之作未嘗不風雨驟至，然當其慘淡一字之間，吮毫欲絕，語出而予瞠然視也，則過人遠矣。」〔註238〕詩與文從來相通，文論亦是如此，「夫詩貴遠、貴真、貴有感歎，然非本源深而用物精者，先不能為淡、為質、為沉頓。……夫彭子則亦非不能為空靈俊秀也。名其詩草曰：存樸。此猶予之所謂淡而遠，質而真，沉頓而有感歎之說也。……然後取世人空靈俊秀者，以與予所謂假託含蓄之旨相較，吾見世之能存詩者莫樸若也。彭子勉乎哉！」〔註239〕可以看出，無論詩文，他所推崇的都是這種淡遠、真質、沉頓之風，所以在時文創作中，他以「清潔」二字為最高：

「蓋弟亦嘗肆力經史而出入於八家矣，又不欲襲取一語，覈其體制以歸於清潔，庶幾自成一家，然實未能也。……生平喜曹子建、

〔註231〕吳應箕，《樓山堂集》卷二十《弔忠賦》，第 593 頁。
〔註232〕吳應箕，《樓山堂集》卷七《國朝紀事本末論·江陵奪情》，第 478 頁。
〔註233〕吳應箕，《樓山堂集》卷四《蕭望之論》，第 458 頁。
〔註234〕吳應箕，《樓山堂集》卷十五《與友人論留都防亂公揭書》，第 547 頁。
〔註235〕吳應箕，《樓山堂集》卷十四《與周仲馭論四家文集書》，第 538 頁。
〔註236〕吳應箕，《樓山堂遺文》卷四《與錢吉士論時文書》，第 44 頁。
〔註237〕吳應箕，《樓山堂集》卷十七《崇禎甲戌房牘序》，第 559 頁。
〔註238〕吳應箕，《樓山堂集》卷十六《梁溪唱和集序》，第 555 頁。
〔註239〕吳應箕，《樓山堂遺文》卷三《存樸齋詩序》，第 36 頁。

陶元亮、杜工部三人之詩，為本忠君愛國之心，而有感發興起之意，

且亦各不相襲，自成氣體，三百篇之後，惟此可歌可詠耳。」〔註240〕
如前所述，吳應箕推崇有「理」有「體」之文，其審美理想則歸以「清潔」二字。「清」即一種不同流合污、純而不雜的狀態和品格，曹丕論「氣之清濁有體，不可力強而致」，就是一種剛健爽朗之氣，一種充實遒勁的文風，一種清雅俊逸之氣，同時也是一種清遠之境界，如同水的澄明之態，為儒道各家所皆推崇。吳應箕的「潔」與王世貞、袁宏道、艾南英的「潔」一脈相承，即簡潔精鍊，可指語言簡約精鍊，也可指言約旨遠，都有簡潔鮮明、流暢整潔之意。類似論述還有很多，如「吾之所持於是，以至仁行其斷，而以無所滓全吾仁，能清而慈，則天下之法有不立，法立而天下之治不可翹足待哉？」〔註241〕「予交姬命，深雅能詳其本末，嘗與之極六藝之淵源，敘往世之得失，大至朝廷邊塞之利害，細及名物器用之纖微，罔弗究意。而識清氣決，非節不植，吾心儀之。」〔註242〕「乃今承襲其風者，以空疏為清，以枯澀為厚，以率爾不成語者為有性情，而詩人沉著、含蓄、直樸、淡老之致以亡。」〔註243〕「志行肅潔者，其言端；識尚清堅者，其理達。」〔註244〕「白月入懷見，清音擲地知。」〔註245〕評艾南英文「讀其序，深歎美其文，以為明直潔勁，真古文手。」〔註246〕「夫文者生乎質者也。以四子不急表暴之心為文，故魯之文也渾，戴之文也毅，金之文也端，徐之文也潔。」〔註247〕「筆力要與爭坐潔，點畫撇捺皆精血。」〔註248〕「學書直造王右軍，作詩欲與工部潔」〔註249〕，可以看出，吳應箕提倡「清潔」是與文章的「理」與「體」相伴而生，與文人的道德品行一脈相承，「清」來自於「正」，「潔」來自於新鮮，所謂「清而慈」「識清氣決」「明直潔勁」「志行肅潔」，還有其他文中提到的「揚清激濁」「賦

〔註240〕吳應箕，《樓山堂遺文》卷四《與沈眉生論詩文書》，第頁41。
〔註241〕吳應箕，《樓山堂遺文》卷　《送張二無內轉左僉都序》，第4頁。
〔註242〕吳應箕，《樓山堂集》卷十六《韓姬命文集序》，第551頁。
〔註243〕吳應箕，《樓山堂集》卷十六《曾學博詩序》，第554頁。
〔註244〕吳應箕，《樓山堂遺文》卷二《顧子凝制義序》，第19頁。
〔註245〕吳應箕，《樓山堂集》卷二十四《至白下周仲馭以新詩書扇見寄》，第627頁。
〔註246〕吳應箕，《樓山堂遺文》卷一《與張爾公書》，第9頁。
〔註247〕吳應箕，《樓山堂遺文》卷五《北江四子序》，第56頁。
〔註248〕吳應箕，《樓山堂集》卷二十三《客有示予文文山字卷者，筆勢生動，蓋真蹟也。其詩為過平原弔顏魯公七言古，予覽而感之》，第615頁。
〔註249〕吳應箕，《樓山堂集》卷二十三《方密之以智畫天柱峰圖相贈作此還答》，第620頁。

性清嚴」「第一清忠之品」「清之至極，忠之至純」，等等，吳應箕很少單純談文風，文風總與人品相連，雖然仍不出孔子道德文章之範圍，但是在明末這種以經世致用振衰救弊的現實條件下，確實有其針砭時弊之用。同時也在單純的清雅俊逸之風中注入了剛勁之氣，更顯理充氣沛，這也是吳應箕論文之基石。

吳應箕對文風要求「清潔」，對語言的要求則是「直」與「真」。「金華之文，沉涵理義所不必論，姑即一事論之，足下以為今人可及乎？不可及乎。高皇帝之神武開天，以今追論，即以為接堯舜而過湯武，豈為虛諛？及觀金華集中，凡所稱揚者，不過曰：陛下，漢高祖、唐太宗也。讚不忘規，誦卒以諷，則篇篇如是。蓋學術所在，雖臨之以聖明之主而不敢有溢詞。視後之文人，希合揣摸，誇諛誕妄，上書公卿稱頌功德者，果何如耶？」〔註250〕「東林本末採錄最真，編定最確，即弟議論亦甚平恕，有關世道不小……」〔註251〕等等，仍然是文風與人品之反映。

最後，「以文觀人」。如上所述，既然文風與人品相輔相成，「以文觀人」也就水到渠成了。「文者，小道也，而可以觀人。然非其人而能文者，未之嘗有。夫誠即其人以為文，則以文觀人猶之以人觀文也，而敢謂此小道也，吾輕為之哉？」〔註252〕「人之文亦何可不辨也。沉毅者無佻詞；伉激者無卑論；志行肅潔者，其言端；識尚清堅者，其理達。此文以人別也。」「嗟乎！文章之重豈不以人哉？夫今天下三年而一進士，士多至三百餘人，人亦各以其文見，未幾而傳者幾何乎？即其文傳矣，而其人或為世羞稱，則文亦同類棄之，故文難言哉！難於其文之人也。……夫涇陽先生之為天下重也久矣。其起家也以文，其立朝也不以文，久之而稱之者，雖不以文而愈益不沒其文，文以人重又何疑乎？」〔註253〕「陸游《上辛給事書》云：『前輩以文知人，非必苦心致力之辭也，殘章斷簡，慣譏戲笑，皆足知之。甚至於郵傳之題，親戚之書，倉卒間之符檄、書判，皆可洞其心術，才能與生平窮達壽夭，如對枰而指黑白，不俟思索而得也。故善觀晁錯者，不必待東市之誅；善觀平津侯者，不必待淮南之謀。』讀書當觀是。」〔註254〕道之所應，文如其人，有什麼樣的

〔註250〕吳應箕，《樓山堂集》卷十四《與周仲馭論四家文集書》，第537～538頁。
〔註251〕吳應箕，《樓山堂集》卷十五《答陳定生書》，第545頁。
〔註252〕吳應箕，《樓山堂遺文》卷一《黃輹生制義序》，第5頁。
〔註253〕吳應箕，《樓山堂遺文》卷二《顧子凝制義序》，第19頁。
〔註254〕吳應箕，《讀書止觀錄》卷二，黃山書社1985，第30頁。

精神品格，就有什麼樣的文章，文載其人，人亦載文，所謂道德文章、言行一致是也。同時，另外一面，吳應箕認為「其始交也以文，而實不徒以文」，他與沈眉生至交好友，對於人品和文品，他更看重人品，「文字之外，若夫本無所底，而逐聲競譽以自詭能文」〔註255〕，文品還是需建立在人品之上，文字也必須有所根底才能行之長遠，其根底與其天性、志向有關，「學術亦難言矣，正人由之而益正，邪人用之反以贊其邪。古之仗義秉節深執忠孝者，往往得之天性篤質、不立聲名、不喜浮華之士，而喪顏屈志行若狗彘者，又未必皆未嘗學問之人也。」〔註256〕這也是吳應箕「理體」說的另一反映。

綜上所述，在吳應箕看來，要作好文章，「理」「體」是基礎，同時要「根心為文」，「主於明理而束之於法」，而「理」與「法」要統一協調，必須學古而不泥於古，由史通經，經世致用。同時，作文要「張之以氣」，「氣靡則言離」，知識分子必須講求氣節修養，文章才能達「清潔」的至高境界，等等，「理體」說幾乎包含了寫作過程的所有基本規律。

從早期的南社、匡社、應社到復社的成立，吳應箕皆為骨幹人物，是復社的實際領導人之一。吳應箕一直將「復興古學」「務為有用」的立社宗旨作為自己政治、文學思想的指南，《樓山堂集》收錄了他大量的策論與政論，一方面對當時朝政的種種弊端進行嚴厲批判，一方面提出了許多切實可行的解決辦法，提倡經世濟民、忠君愛國，追求「風烈事功」。復社諸子皆主張「性情詩學」和「經世詩學」，提倡將「性情」「學問」與時事相結合的創作思路，從《樓山堂集》詩文序跋可以看出，吳應箕整合了當時各派文論思想，強調人以文重，文以人別，強調文與道、言與行的關係，對於規範文風、敦化士心不無影響。特別對於時文的改革，有扶雅起衰、成一家之言之志，對同社諸友影響頗巨：「予無他長，獨於文章一道有扶雅起衰之志。」〔註257〕「文章自韓歐蘇沒後，幾失其傳，吾之文足起而續之。」〔註258〕「生不揣於古人之書頗有論究，而於當世之故亦間能發明，其言或可自為一家。」〔註259〕「弟雖碌碌，然著書立言，退而有所自命者，亦事將濟矣。今已將數年所作選而付

〔註255〕吳應箕，《樓山堂遺文》卷五《梅斐伯序》，第 60 頁。
〔註256〕吳應箕，《樓山堂集》卷十一《時務策‧問：今天下門戶之勢似已成矣⋯⋯》，第 511 頁。
〔註257〕吳應箕，《樓山堂遺文》卷二《羅季先制藝序》，第 18 頁。
〔註258〕侯方域，《樓山堂集原序》，載《樓山堂集》卷首，第 412 頁。
〔註259〕吳應箕，《樓山堂集》卷十三《上金楚畹督學書》，第 534 頁。

梓，辯論書序之文，自視或可為一家也。」〔註260〕「讀書日深，交友日廣，
見事日多，智識日益，然後發明經理，論定成一家言，則吾事濟矣。」〔註261〕
同時，吳應箕教書選文，獎掖後學，他與桐城派早期諸子如方以智、方孔炤、
方文、孫臨、錢澄之、潘江等多有往來，其「理體」說、「清潔」說等觀念對
清代桐城派與皖江、池州文化有直接影響。如方苞主張以古文來改造時文，
提倡「義法」與「雅潔」，與吳應箕的「理體」與「清潔」，雖表述闡釋略有出
入，但其一脈相承的線索卻清晰可見。

〔註260〕吳應箕，《樓山堂遺文》卷三《與陳臥子書》，第34頁。
〔註261〕吳應箕，《樓山堂集》卷十四《復楊維節國博書》，第541頁。

結　語

　　有明 300 年間，隨著科舉制度的不斷完善和第一場經義也就是八股文文
體寫作規範的制定，八股文批評這種隨著文體誕生就客觀存在的實踐活動也
逐漸蓬勃開展。在經過早期制度和行政命令的激發之後，八股文創作才走向
成熟，而八股文創作的成熟同時又反作用於八股文批評的繁榮，其理論濫觴
要早於文體創作，這是本書力圖釐清明代八股文批評發展走向的基本前提。
八股文批評家作為明代社會一個特殊的群體，其身份意識並不明顯，在很長
時間內，他們作為詩人、小說家、戲曲家或者官員、儒生、書商，無論其主觀
意願如何，八股文創作都是終其一生都無法擺脫的經歷，在不得不花費大量
時間精力浸淫其中之後，對八股文或喜或惡的看法和理論總結則成為題中應
有之義，與他們的思想觀念、行為取向、選文結社、文學創作等交互纏繞，與
明代政治、經濟、文學、學術、黨社等領域交相滲透，這些觀點和看法雖然零
星散見、不成系統，但都蘊含著許多值得我們思考和借鑒的價值。經過本書
的粗略梳理，縱觀明初、正嘉、隆萬、啟禎這四個時期八股文批評的發展走
向，從發軔到成熟，從極盛到新變，從衰頹到殿軍，八股文作為文體之一種，
其批評形態的發展和演變基本上符合文學史的一般規律。這四個時期雖然不
能縱觀明代八股文批評史的全貌，但是從其關聯上來看，與整個明代科舉制
度的運行和明代文學思潮的發展趨勢是一致的，這是本書偏向於史實描述所
得出的一個基本結論。而對其他問題的思考，如科舉制度下明代文人的生存
狀態、八股思維對士人舉子思維意識的影響、八股取士在傳承歷史和文化傳
播上的貢獻、八股文寫作技法與歷代文章技法之沿革，等等，雖略有涉及，
但限於篇幅，未能展開，還需進一步深入研究。

一

郭紹虞曾提出，文學批評所由形成之主要關係，一是文學的關係，一是思想的關係，後者是所以佐其批評的根據。〔註1〕所謂一代又一代之文學，文學批評和學術思潮之間的這種相融共生關係也是文學史研究的一大課題。雖然很難將八股文歸為文學範疇，但是作為一種制度性文體，八股文與思想文化之間的關係，比其他任何一種文體體現得更為鮮明。所以，理清明代文學思潮和學術思想的變遷，並關照它們與明代八股文批評發展之間的關係，對於審視明代八股文批評的走向而言，實屬必要。

明代是中國哲學思想史上的另一個黃金時期，早期的理學一統到中後期的心學崛起，更是一股席捲各個領域的社會思潮與學術思潮，波及明代政治、經濟、文化各領域，人們的思想觀念、風俗習慣、審美情趣以及文學思潮都發生了翻天覆地的變化。而這個時期，正好又是八股文文體走向成熟並上升到理論高度的蛻變期，也是八股文創作與批評日益繁榮的鼎盛期。從科舉的角度看，理學的聖學理想與科舉入仕的動機是相背離的，如何將追求功名利祿與聖學理想融合起來則是每個探討八股文寫作規律的士子所必須思考的問題，而理學衰頹、心學復蘇就是在士子的這種自我關照中產生的，他們將「心」與「性」合二為一，將人格的塑造與濟世救民的社會責任相融合，超世而不離世，絕俗而不絕情，在追求立志成聖的同時，也追求自我心靈的超然和自我人格的獨立。對心靈之主宰作用的彰顯直接掀起晚明思想解放的潮流，「主情論」開始泛濫。清代理學和考據學風在某種程度上是對晚明王學的撥亂反正，近代的遊戲八股和西學八股更是西學東漸的必然產物。不同時段的不同學術思潮直接孕育出各種不同的八股文創作與批評潮流。

明代統治者以「理學」開國，程朱理學這種哲學化的儒學，從明代建國之初，就被奉為法定的官方思想。一直以來，理學都被視為「不刊之論」，文人士子非孔孟不讀，非程朱不談。而八股文自從被官方權威制定開始，代聖賢立言並且豐富拓展儒學思想便成為其題中應有之義，程朱之學成為舉業絕對正宗。特別是《五經大全》《四書大全》《性理大全》的頒布，更是讓八股文寫作在對經典的闡釋中高度統一和一元化。所以，無論是以行政命令下達的八股文製作規範，還是明代前中期八股文批評大家有意識的呼籲，無不以「恪

〔註1〕郭紹虞，《中國文學批評史》，北京，商務印書館，2010，第7頁。

遵傳注」「醇正典雅」相號召，作為朝野內外意識形態之風向標。即使在心學興起的正嘉時期，信奉心學的陽明弟子也少有以心學入八股，更不會有理論上的提倡了。究其原因，一方面王陽明自身對八股文闡釋程朱的舉業原則存在著既依賴又排斥的態度，「程朱學曾是王陽明最認真學習的課題，規範著王陽明學說的重要內涵與進程，程朱之作聖精神也是王陽明仰慕學習的榜樣；另一方面，程朱學又被王陽明批評為違離聖人之教、不契入道之方，也是陽明學說主要欲予糾正的內容，而程朱官學主導的科舉士習更是王陽明主要攻擊與糾正的對象。」〔註2〕所以王陽明所作的大多數八股文都嚴格遵守朱注，而其弟子在經過現實的利弊權衡之後，仍以程朱作為舉業正宗，就不是偶然的了。而正嘉時期提倡「以古文為時文」的唐宋派諸子，雖然也以恪守傳注相號召，但是也吸收了部分陽明學說，講究養心養氣，特別是薛應旂等人更是提倡獨立思考，反對盲從朱注，體現出心學逐步滲透的痕跡。

明代中期以後，由於陽明心學的泛濫普及，文學觀念的師心與師古此起彼伏，力相抗衡，共同演繹了中國哲學思想的又一次勃興。與此同時，個體意識的不斷增長，思想解放潮流的逐漸侵蝕，在科舉時文領域也帶來極大的震動，其主要表現即整個社會在「名利」指揮棒的指導下，理學的聖學理想與科舉入仕的動機之間出現嚴重背離，明代的文學風氣、士人心態都發生了劇變。王學倡導知行合一、靜坐息心以「致良知」，「心」與「良知」本為一體，陽明強調「心」的超越與「良知」的明覺之靈，二者合為一體，即「心」的虛靈或者「良知」的虛靈。這種觀念大大強化了主體心靈的自我關照，彰顯了「心」與「靈」的主宰作用，在文學領域也掀起了一股強勁的思想解放潮流，其直接影響且導致文學觀念「心物之辨」中「心」的地位的上升，「心」對「物」的絕對主宰作用。其重主觀、重自我、重心靈直覺、強調真率自然的傾向也直接導致晚明「性靈」文學的興盛，出現了「本色說」「童心說」「性靈說」「至情說」等哲學、文學觀念，也出現了像李贄、公安三袁、湯顯祖等批評理論家，這種思想文化潮流對明代中後期八股文的創作與批評起到決定性作用。

嘉靖以後，科場習氣敗壞，舞弊手段層出不窮，各大科場案頻頻爆發，屢禁不止，科場風氣直接導致八股文風的嬗變和八股文批評的發展走向。八股文至萬曆時期，其內容與形式嚴重僵化，有識之士皆起而振之，上至權臣

〔註 2〕呂妙芬，《陽明學士人社群——歷史、思想與實踐》，北京，新星出版社，2006，
　　　第 43 頁。

宰輔，下至學官士子，無不以「正文體」為己任。如前所述，萬曆年間首輔如徐階、高拱、張居正、申時行、張位、李廷機等人，對改革八股文文風提出要求，認為文章須有益於國家社稷，文章要本之於道，發抒學術，反對雕琢，禁繁倡簡，崇尚本質實用，等等，對當時文風走向有一定的指導作用。而李贄主張天性自然、絕假存真，為文只要是出自真心，就可寫出天下之至文，並大聲疾呼為八股時文及一切通俗文體正名。湯顯祖強調赤子之心、生生不息之「仁」和生氣灌注之活力，八股時文與其他文體一樣，也必須以情動人，講求「自然靈氣」「氣機」「養氣」等。公安三袁所提出的「不拘格套，獨舒性靈」不僅是公安派的理論核心，也是整個晚明文學思想的主流。他們也主張「真」「靈感」「靈性」「慧根」等，由性靈抒發自然之趣，盡情達意，毫無拘束，展現自我。並在此基礎上，歷陳時文之弊，提高時文地位，反對復古，力主創新。其詩文理論與時文理論一脈相承，也是明中葉以後的八股文創作與批評的一個縮影。

明代前中期士人以社會價值為核心，到晚明以個體自我價值為核心，而李贄是這個轉變的誘因。與晚明很多人一樣，在李贄的人格中也混雜著經世治國與自我解脫兩種人生價值取向，一方面隱居談禪、追求自我超越，一方面狂放激進、關懷世事。很多人只看到李贄出世自適的一面，而將其關懷世道的熱心腸給忽視了。如深受其影響的袁宗道說：「老卓在城外數月，喜與一二矇瞳人談兵談經濟，不知是格外機用耶？是老來眼昏耶？兄如相見，當能識之。」〔註3〕李贄可以說帶有明代中期和晚期士子共同的精神氣質，所以，他在晚明士人中廣受歡迎並且造成巨大影響。

李贄文學思想的核心即求真，《童心說》即「真」與「假」的辨析。要想寫出天下之至文，則必須靠「真心」，否則就只能是假文。此論點可以上溯到唐順之的本色論，唐順之認為要寫出好的文章，必須要具有真精神與千古不可磨滅之見，而不僅僅在繩墨布置上下工夫：「唐宋而下，文人莫不語性命，談治道，滿紙炫然，一切自託於儒家，然非其涵養畜聚之素，非真有一段千古不可磨滅之見，而影響剿說，蓋頭竊尾，如貧人借富人之衣，莊農作大賈之飾，極力裝做，醜態盡露。」〔註4〕王陽明也說：「勿憂文辭之不富，惟慮

〔註3〕袁宗道，《白蘇齋類集》卷十六《答陶石簣》，《續修四庫全書》集部第 1363 冊，上海，上海古籍出版社，2002，第 367 頁。
〔註4〕唐順之，《荊川先生文集》卷七《答茅鹿門主事書》，明繡谷廣慶堂刻本。

此心之未純。」〔註5〕王畿也說：「本文文字，盡去陳言，不落些子格數。」
〔註6〕好的文章皆從胸中自然流出，發自真心，發自童心，而不能靠什麼形式
技巧。當然了，李贄所說的真實自然不是唐順之、王陽明、王畿所說的帶有
強烈倫理道德色彩的自然，而是原始的人性狀態，甚至就是與道德倫理這種
「道理聞見」相對立的，即「真」與「假」的對立。所以從某種意義上說，李
贄的自然論是對王學的一種顛覆。當然李贄也不是盲目排除一切儒家倫理道
德，只要這些禮儀教化是出自「真心」，是發自內心的真實情感，那麼依然是
難能可貴的。李贄說：「蓋聲色之來，發於性情，由乎自然，是可以牽合矯強
而致乎？故自然發於性情，則自然止乎禮義，非性情之外復有禮義可止也。
惟矯強乃失之，故以自然之為美耳，又非於性情之外復有所謂自然而然也。
故性格清徹者音調自然宣暢，性格舒徐者音調自然疏緩，曠達者自然浩蕩，
雄邁者自然壯烈，沉鬱者自然悲酸，古怪者自然奇絕。有是格，便有是調，皆
性情自然之謂也。莫不有情，莫不有性，而可以一律求之哉！然則所謂自然
者，非有意為自然而遂以為自然也。若有意為自然，則與矯強何異。故自然
之道，未易言也。」〔註7〕所以「自然」就是不加掩飾的袒露自我之性情心聲。
從這個角度來看，李贄的自然真實理論其實就是一種道德判斷，將宋儒「天
理」與「人慾」的戰鬥轉化為「真誠」與「虛偽」的論辯。李贄的這種真實自
然的「童心說」直接導致晚明自然性情理論，並且朝著更加注重個體情感的
宣洩和張揚發展。

　　李贄可以說是明代士人心態從中期向後期轉變的一個過渡人物，前承王
陽明、王畿、王艮等心學大師，後啟袁宏道、湯顯祖、馮夢龍等晚明名士。既
強調出世適意，又強調人格不朽，既強調文學的自我愉悅和宣洩，又強調其
民眾教化功能，既想物我兩忘，又追求性靈自然。其思想觀點和文學主張都
基於此點，所以他才大聲疾呼提高八股時文及其他一切俗文體的地位，認為
只要出自真心，就可以寫出天下之至文。王學發展到晚明，逐漸分化，呈現
出出世與入世兩種不同的價值取向。李贄可謂二者兼之，而公安三袁、屠隆、

〔註5〕王陽明，《王陽明全集》卷二十《示徐曰仁應試》，民國二十四年（1935）上
　　　　海掃葉山房石印本。
〔註6〕王畿，《王龍溪先生全集》卷八《天心題壁》，清道光二年（1822）會稽莫晉
　　　　刻本。
〔註7〕李贄，《李氏焚書》卷三《讀律膚說》，清光緒三十四年（1908）國學保存會
　　　　鉛印國粹叢書本。

王思任、湯顯祖、馮夢龍等人則更偏向於「出世求樂」的一面，只不過在具體理論觀點上有所區別而已，其思想共同匯聚成晚明洶湧磅礡的言情思潮。

在明代文學中真正扭轉風氣的人物應該還是非公安派莫屬。從前後七子的復古思潮到晚明文學的性靈思潮，公安派起到關鍵作用。論其源頭，公安派的學術傳統基本上承襲泰州與龍溪二派，在心性無善無惡問題上與龍溪更為接近，此問題學者多有論述，此不贅述。公安三袁的心學理論更加淡化了陽明心學的倫理內涵，更強調心體的靈通瀟灑與個體的自我解脫。而在晚明，心學與禪學合流乃必然之勢，三袁特別是袁中道的思想與禪學更相近。所以他們關注的焦點乃如何超越世俗達到生命的解脫，而對社會的關注則日益減弱。袁宏道主張嚴分儒禪，儒主入世，而佛、道主出世，無論是追求自我生命的解脫，還是批判現實政治人生，皆是自我個體的選擇，不可混為一團。

「不拘格套，獨舒性靈」乃公安派的核心思想，也是晚明文學思想的主流。由發自性靈到自然之趣，在袁宏道看來，趣、自然、童心乃是三位一體的。袁宏道用「流」，李贄用「自文」，皆欲表現創作的自發與流暢，盡情達意，毫無拘束地表現自我。公安派以「性靈」為號召，歷陳時文之弊，要求時文也同其他文體一樣，必須與時相高下，認為「詩與舉子業，異調同機者也」，努力提高時文和俗文體的地位。在行文方法上反對貴古賤今，力主創新，所謂「擬議以成其變化」，強調「以不法為法，不古為古」，其核心觀點即「獨舒性靈，不拘格套」，時文創作也必須由肺腑而出，發自真情，源自最初一念之本心，等等，其詩文理論與時文理論皆一脈相承。

所以，不難看出，明代思想文化進程與明代八股文批評的發展走向是一種複雜而多元的關係。明代文人創作領域和文體的選取與八股文興起的科舉背景密切相關，而八股文的繁榮與對八股文批評理論的總結客觀上也折射出明代思想文化之脈絡和士人舉子之生存狀態。無論是文學、哲學思想之流變，還是明代文學文體特徵之呈現，抑或科舉背景下明代知識分子經濟狀況、生活條件、職業選擇、文章風格之動因，八股文創作與批評都貫穿始終，具有不可或缺的特殊價值和意義。

二

中國古代文論範疇都具有直覺性、隨意性、多義性、模糊性、傳承性和互相滲透性的特點。人們從來沒有對哪個範疇做過明確的界定，其內涵和外

延都是模糊的、隨意的；而且代代傳承，不限於一家一派，很多範疇既屬於本體論，又屬於創作論，還屬於鑒賞論；同一範疇在不同領域、不同時代、不同場合有不同的理解，同一範疇，不同的人、不同流派的理解也不盡相同。人們對這些範疇的理解多是體悟式，只可意會、不可言傳，這是中國古代文論的一個共性，也是其詩性特點與智慧的反映。雖然中國古代文論範疇還是可以區分出具體的層次，但也很難像西方文論一樣總結出一整套如元範疇、核心範疇、衍生範疇等的範疇體系。八股文批評理論範疇與其他文體範疇的發展規律一樣，也具有上述這些特點，也是由單一到合體，由簡單到複雜，由浮泛到深刻。大多數範疇隨著人們對八股文特性及規律的認識逐漸全面和深刻，其理論意識也逐漸成熟，從而形成一整套批評體系和範疇。雖然明代中後期人們對八股文的批評意識興起，但是尚未形成能夠跟詩、文、小說、戲曲相媲美的理論體系，可以說，其理論認識剛剛開始萌芽，對很多現象和成果很難做出宏觀的認識與總結。至晚明，特別是隆、萬、啟、禎時期，這種現象有了進一步的改進，但也遠遠沒有達到系統完備的程度。一直到清代中葉，成熟的八股文理論範疇和體系才初步建立，但是由於八股文不受重視的地位和惡劣的影響，人們對八股文理論體系的建構亦毫無熱情，這些資料皆有待進一步整理和發掘。

有明一代對八股文理論範疇總結最為全面的人應該是武之望，他的《舉業卮言》從內容到形式，從創做到鑒賞，從主體修養到具體技法對其都做了全面論述，涉及到心、神、情、氣、骨、質、品、才、識、理、意、詞、格、機、勢、調、法、趣、致、景、采、涵養、實詣、澤師、法古、讀書，等等。〔註8〕這些範疇幾乎包括了明清時期所有的八股文理論範疇。粗略辨析，屬於創作儲備方面的有神、情、氣、質、才、識等；屬於創作技法方面的有理、意、詞、格、機、勢、調、法、趣、致、景、采等。明中葉以後其他大家如董其昌、沈虹臺、杜靜臺、顧憲成、張位、顧仲恭等人，對此也有所涉及，也提出了各種不同名稱和概念，雖不成體系，但也足資借鑒。這些範疇，有的來自詩文領域，如心、氣、神、理、法、趣等；有的來自小說、戲曲領域，如套、格、禪、機、勢、賓等；還有一些本來源自於八股文批評和評點，後來又引申到詩文小說戲曲領域，如章法、句法、文法、主腦、針線、埋伏、結、承等。

〔註 8〕參考袁黃著，黃強、袁珊珊校點，《遊藝塾續文規》卷八、卷九，《武叔卿論文》，武漢，武漢大學出版社，2009。

這些範疇中，論述比較全面的有心、氣，情、理、辭、法等，如前所述，幾乎所有八股名家皆對此有所涉及，其內涵發掘得比較全面；其他則不成體系，不夠全面，也沒有完全與詩、文、小說、戲曲理論分開。到清代，在更大一批八股文批評家的努力之下，完整的八股文批評範疇體系則日趨完善和成熟。

試以「心」這個範疇為例：「心」和「物」是中國古代文論中的兩個基本範疇，也是藝術創作的主體和客體，任何藝術創作都必須從處理「心」與「物」的關係開始。「心物之辨」一直是古代文論的一個焦點話題。明代王學勃興，王陽明可以說是「感物說」向「性靈說」轉變的關鍵人物。在明代之前很長一段時間內，「心物之辨」的核心觀點是「情以物遷，辭以情發」，皆是以「物」為主導。從王陽明開始，「心」逐漸上升到主導地位。在王陽明看來，物是心靈的主觀關照，人之靈明主宰萬物。天地萬物，如果沒有心靈的主觀關照，就不具有存在性。心與良知本為一體，王陽明側重其「虛」「靈」之特點。這種特點與道家、佛家所倡導的「忘我」「無我」狀態頗為相似，都是要求主體將心靈滌除乾淨，忘掉榮辱得失、功名利祿，甚至生死，讓自我沒有遮蔽而獲得心靈的自由。人若能達到這種境界，那麼心就能虛，虛就能靜，靜就能定，定就能明，而明瞭便能解決任何問題，儒學的聖學之境也就不在話下了。因為儒家強調積極入世，所以王陽明所倡導的這種「虛靈」之境是一種「入世而能不累於俗」的超越，是一種真正的虛靈狀態。人之心靈良知的自發性、自然性又直接導致「滿街都是聖人」的主張，每個個體都具備良知，都具備成為聖人的可能性，晚明聲勢浩大的思想解放潮流就在此背景下展開。王陽明雖然沒有明確提出「性靈說」，但其創作中已經顯示出鮮明的重主觀、重性靈、重自我的傾向，並直接開啟了唐宋派的本色說、李贄的童心說、公安派的性靈說、湯顯祖的至情說。這些學說都強調心靈直覺，反理性，強調真率自然，以情至上，並且排斥「聞見道理」，主張任情而發，自然真率，抒發性靈，張揚個性。在審美傾向上都強調以自我精神書寫性情真美，以質樸為美，以平淡為美。

從這個角度出發，文學藝術都必須從「心」開始。楊雄在《揚子法言‧問神》中說：「故言，心聲也；書，心畫也。」眾所周知，「言為心聲」論與「感物說」在幾千年的文學發展中，一直作為文學發生論的兩大主流而存在。自隋唐而後，隨著「意境說」的迅猛發展，「言為心聲」論的勢頭也隨之走強。至明代心學的流行，「言為心聲」說大行其道，明清的文論觀點如「本色論」

「主情論」「性靈論」「童心說」「神韻說」「格調說」等等，皆強調「心靈」的主導作用。作為明清影響甚遠的文體八股文，雖然強調代聖賢立言、恪遵傳注，不得有自己的發揮，但是在「心學」這種強大的思想潮流的影響下，八股文的創作也必須遵循文章的一般原則，即「言為心聲」。明中期以後很多八股文名家皆以此為論點，詳細論述了在時文寫作領域，如何洗心與鍊心，從而達到「言為心聲」的目的。因此，「心」這個理論範疇在八股文批評領域至少包含兩個層面，一個是「洗心」「治心」的心理層面，一個是「性靈」「童心」的創作層面。明代八股文批評家所提出的「養心說」「鍊心說」「洗心說」「治心說」「性靈說」「童心說」等命題都是在「心」這個基本範疇之上建立起來的。前者如王陽明之「真種子」「良知」，王鏊之「打掃心地」，唐順之之「養心鍊心」，瞿景淳之「洗心」，機法派之「一題到手，輒百慮俱空」，袁黃之「治心」說，等等，都是要求洗滌心源、百慮俱空、息心聚念，養氣凝神，方能寫出好文章。後者如趙南星、陶望齡、楊起元、李贄、奇矯派、公安派，都主張「童心」「言為心聲」，抒發性靈，為本心立言。

　　就本書所收錄和論述的範疇來看，無論是論述較多的「心」「氣」「法」，還是略有觸及的其他範疇，在八股文批評領域它們的內涵和外延多承其詩文小說戲曲理論，或略有出入，或混淆使用，或延伸偏離，還遠沒有達到界限分明、條分縷析的程度，要辨析不同文體範疇之關係或者釐清八股文批評獨有之範疇，還需學界專家共同努力。

三

　　從科舉制度施行以來，科舉文體就不斷發展變化，從唐之詩賦到宋之經義，到明之八股，是一個不斷選擇和調和的結果，八股文所具有的這種文備眾體的特點也是各種文學體裁長期兼收並蓄的結果。它集各種文體之長，也就集各種文體理論之長。因此，各家各派在論述其八股文理論的時候，不得不與其他文體理論互相滲透、互相影響，甚至某些概念範疇存在籠統使用的現象。因行文限制，筆者在書中並未就此問題作詳細辨析，但是這個問題又是客觀存在的，故在此處稍作說明。從本書所提到的八股文批評概念和範疇來看，八股文批評與詩、文、小說、戲曲批評的滲透交融大致有這樣幾種情況：首先，詩文批評要早於八股文批評。明代出現的大多數八股文批評理論和範疇皆在詩詞曲賦領域得到過全面的闡述，八股名家將這些理論範疇用之

於時文領域，在很大程度上，拓寬了它們的內涵和外延，給中國古代文學批評增添了新的活力和生機。其次，小說、戲曲批評同時或稍晚於八股文批評。因此，有些理論範疇本來源自於八股文批評，後來才用到小說、戲曲領域，但是因為八股文小道末技的地位以及長時間無人關注的現狀，導致很多理論範疇都是從小說、戲曲領域被發掘、被闡釋，現在重新探討這些範疇的源頭，對其理論體系的建構不無補充和修正的作用。還有一些八股批評範疇在被用到詩文小說戲曲領域時，被賦之以新的意義，獲得新的內涵。

首先，明清以來有「八股文盛而詩衰」的說法，雖然清代有詩歌「中興」之勢，但明清詩歌相對於小說、戲曲，其衰落卻是不爭的事實。雖然伴隨科舉考試中八股文的寫作，也有試帖詩這種所謂的「詩歌」出現，但其服務於科舉的性質決定了它不可能具有唐宋詩詞的審美內涵。加上明清兩朝士人皆醉心於八股文，竭盡所有精神精力於時文寫作，而將詩賦視為雜學小技，不敢旁涉，整個社會缺乏精研詩詞的總體氛圍，也缺乏精研詩詞的時間、精力的保證，詩歌的衰落是可想而知的。這種以作八股文之餘力作詩歌的現象同時也直接導致了明清詩歌的基本面貌和基本走向，二者的互相滲透在更深層面體現出來。同時，在中國古代文學理論中，起承轉合的結構說對於詩、詞、小說、戲曲、文章等文體皆是適用的，同時也是文人寫作套路的一種習性。起承轉合是八股文的基本章法特徵，也是傳統詩學特別是律詩的基本理論之一。袁黃、武之望、金聖歎、徐增等人將詩歌的各個部分與八股文的各個部分類比起來，都強調八股文與詩歌的共同結構特點，其批評術語也呈現交叉互動狀態。所以，明清兩代，相較於其他詩體，律詩顯得格外興盛，從中我們不難看出其原因。詩歌是講究生氣靈動的，八股文相對來說機械單調，沉習八股文多年的文人士子即使有餘力去作詩歌，但要想突然從章法謹嚴、裹手束腳的八路套路進入變化莫測、法無定式的詩歌創作狀態，除非才力華瞻者尚能勉強為之，大多恐怕難以施展。折衷的結果就是以八股套路來作詩，其結果自然是謹嚴中有變化、變化中又不會漫無邊際的律詩成為首要之選，加上結構類似而單一，且有大概的章法可循，所以，文人舉子特別親睞律詩。不難看出，明清文人對八股文與詩歌的看法呈現兩個極端，有的竭力劃清八股文與詩歌的界限，要求舉子專力於八股文而不能旁涉雜學；有的竭力打通八股文與詩歌的界限，甚至將詩歌納入八股文章法系統之中。其實，無論哪種觀點，最終都是銷蝕掉了詩歌靈動鮮活、含蓄朦朧的特點，將其引向程式

化、機械化之途。從本質上來說，用八股章法來解詩是非常不恰當，也是非常不符合文學審美觀照的，同時，從另一個角度也說明明清兩朝「八股文盛而詩衰」的根本原因。

　　其次，自明正、嘉以來，唐宋派提出「以古文為時文」的口號，隆、萬以後又相繼出現「以時文為古文」「時文古文合二為一」等理論傾向，時文、古文在明代中後期呈現融合之勢。自歸有光、唐順之、茅坤，到清末的各大八股文名家幾乎無人能繞開這個話題，在他們的八股文批評中皆已作了全面論述。雖然在主「唐宋」，還是主「秦漢」的問題上爭論不休，但也都總結出一整套起伏呼應、虛實開合、正反抑揚、經緯錯綜之法。淡化古文、時文差別，以古文改造時文，以時文滲透古文，一直到清代，兩者仍然呈現互動趨勢。在當時古文、時文界限模糊，各種範疇技法籠統使用，在若干年後的今天，我們要想將二者精確辨析和分開，幾無可能。所以，古文對時文滲透的深度和力度是戲曲、小說、詩歌所不能比擬的。

　　再次，明清小說很少有不涉及科舉制度和八股文的，小說家也大多從小浸染八股文寫作，所以科場的烏煙瘴氣、考官的腐敗拙劣、士子的癲狂墮落、考生的癡迷庸碌，皆在小說中受到鞭闢入裏、敲骨剔髓的揭露。到清代，更產生了像《儒林外史》《紅樓夢》《聊齋誌異》這些從更深層面揭露科舉弊端的大作。所以小說家一方面在批判八股文的同時，又不得不借助八股文批評來建構自己的理論體系。從古代文體尊卑次序來看，小說的地位更不如戲曲，在明清之際也有很多有識之士將小說與八股文類比，以此提高其地位。如八股文強調認題，闡發題意，於是許多小說家也刻意將小說題目等同於八股文題。到晚明，與「以時文為南曲」類似，也出現了「以時文為小說」的傾向，明清小說大多千部一腔，千人一面，如蹈一轍，情節結構公式化、俗套化；明清小說多議論、多勸誠，甚至連小說語言都有很強的八股氣息，還有一些自幼習八股的义人將四書五經中的現成句子寫入小說，或在小說中穿插大量駢四儷六的判詞，或描摹聲口，繪聲繪色，或堆砌聖人說教，古奧枯燥，還有的形成所謂的「時文喻」，等等，八股思維和套路被文人有意識、無意識地運用於小說創作，即使名家也在所難免。小說理論與八股文理論之間相互交叉、影響滲透的關係與戲曲類似，八股文理論對小說理論的滲透更深廣。戲曲理論多少有歷史的積累，再吸收八股技法，統而貫之；而小說批評理論的積累卻較貧乏，在一定程度上，小說理論的建構完全取決於八股文批評理論的移

植嫁接。很多純屬八股文批評體系的術語被小說理論家們在更廣泛的意義上加以運用，很多小說評點也成為塾師講授八股文的教材，明清小說評點的興盛與八股文評點的繁榮幾乎成結伴而行的狀態。可以毫不誇張地說，幾乎任何一部明清小說評點，都可以看到八股文理論的全面滲透，特別是評點小說結構時，幾乎全部套用八股文章法理論。

最後，明清很多傳奇作家都認為從八股文中可以學到大量「為文之法」，如「立主腦」「密針線」「減頭緒」「代言體」「入口氣」等，同時也可以從八股文章法理論中總結出傳奇理論，在晚明甚至提出「以時文為南曲」的觀點。我們知道，二者聯繫雖然緊密，但其區別也是顯然的。戲曲雖然也講究埋伏照應、謀篇布局等技巧，但其理論則多零散，不系統，早期曲家也沒有明確的總結意識，一直到清代，才有人有意識地去建構完整的戲曲理論；而八股文批評名家早在正、嘉時期就將其上升到理論高度，總結出普遍的寫作原則。明清很多戲曲評點裏面的篇法、章法、文法、字法、句法、股法、活法、死法、操縱之法等概念最早都來自於時文評點，武之望、袁黃皆對其作過全面論述。又如金聖歎評《西廂記》《水滸傳》《史記》《唐詩》等，都是化用了一整套八股文批評術語，講究其結構布局、開合虛實、正反順逆。特別是其戲曲理論，幾乎就是其八股文章法理論的全面移植。清代的李漁、王驥德更是將八股章法融入戲曲批評，巧妙嫁接，渾融一體。

總的來說，八股文章法理論可謂竭盡抑揚開合、起伏照應之能事，它本身是各種文體章法的集大成，同時又影響並滲透著當時的戲曲、小說、詩歌、古文理論，這些理論範疇彼此交叉、融合、影響、互補，共同構成完整的文學批評體系。釐清了八股文批評與詩文小說戲曲批評之間的融合互滲現象，建構完整的明清文學批評史方有可能，此番工作也只能待之來日了。

綜上所述，明代八股文批評理論的形成與明代的文化思潮、文學流派、各文體批評和範疇交互滲透是緊密關聯的。在明代科舉文化生態和明代文學的大背景下，梳理明代八股文批評的主要觀點、流派、範疇，對於建構完整的八股文批評史和明代文學批評史，是必須且必要的工作。本課題最初的設想和目標——建構完整的明代八股文批評史——還遠未達到，後續筆者將陸續補充完善其他內容，如範疇比較、選本評點、八股文批評專著的發掘和整理，等等，筆者相信，本文粗略的爬梳、整理和總結工作定會拋磚引玉，獲得更多學界同仁對此論題的關注和支持，完整的明代八股文批評史的出現也將指日可待。

主要參考文獻

1. （明）艾南英，《艾千子集》，道光十六年（1837）五世侄孫艾舟重校本。

2. （明）艾南英，《艾千子先生全稿》，臺北，偉文圖書出版社，1977。

3. （明）陳際泰，《已吾集》，《四庫禁燬書叢刊》本。

4. （明）陳際泰，《太乙山房集》，《四庫禁燬書叢刊補編》本。

5. （明）陳鎏，《皇明歷科狀元錄》，北京，書目文獻出版社，1996。

6. （明）陳仁錫，《陳太史無夢園初集》，《無夢園遺集》，《續修四庫》本。

7. （明）陳仁錫，《皇明表程文選》，《四庫禁燬書叢刊補編》本。

8. （明）陳仁錫，《皇明策程文選》，《四庫禁燬書叢刊補編》本。

9. （明）陳仁錫，《皇明論程文選》，《四庫禁燬書叢刊補編》本。

10. （明）陳獻章，《陳獻章集》，北京，中華書局，1987。

11. （明）陳子龍，《安雅堂稿》，遼寧，瀋陽出版社，2003。

12. （明）陳子龍，《明經世文編》，北京，中華書局，1987。

13. （明）鄧以讚，《鄧定宇先生文集》，《四庫存目叢書》本。

14. （明）董其昌，《容臺文集》，《學科考略》，《四庫存目叢書》本。

15. （明）方孝孺，《方正學先生集》，北京，中華書局，1985。

16. （明）方應祥，《青來閣初集》、《青來閣二集》，《四庫禁燬書叢刊》本。

17. （明）馮夢楨，《快雪堂集》，《四庫存目叢書》本。

18. （明）高攀龍，《高子遺書》，《四庫全書》本。

19. （明）顧憲成，《涇皋藏稿》，《四庫全書》本。

20. （明）歸有光，《補刊震川先生集》，《續修四庫全書》本。

21. （明）歸有光，《歸錢尺牘》，《四庫禁燬書叢刊》本。

22. （明）歸有光，《歸震川尺牘》，上海，文明書局，1929。

23. （明）歸有光，《文章指南》，《四庫存目叢書》本。

24. （明）歸有光，《震川先生集》，上海，商務印書館，1935。

25. （明）郭正域，《合併黃離草》，《四庫禁燬書叢刊》本。

26. （明）何良俊，《何翰林集》，《四庫全書存目叢書》本。

27. （明）何良俊，《四友齋叢說》，《元明史料筆記叢刊》本，北京，中華書局，1959。

28. （明）胡應麟，《少室山房筆叢》，《歷代筆記叢刊》本，上海，上海書店出版社，2001。

29. （明）胡應麟，《少室山房集》，《四庫全書》本。

30. （明）黃淳耀，《陶庵全集》，《四庫全書》本。

31. （明）黃洪憲，《碧山學士集》，《四庫禁燬書叢刊》本。

32. （明）黃汝亨，《寓林集》，《四庫禁燬書叢刊》本。

33. （明）江盈科，《江盈科集》，長沙，嶽麓書社，1997。

34. （明）焦竑，《澹園集》，北京，中華書局，1999。

35. （明）焦竑，《國史經籍志》，長沙，商務印書館，1939。

36. （明）焦竑，《熙朝名臣實錄》，《四庫全書存目叢書》本。

37. （明）金聲，《金正希先生文集輯略》，《四庫禁燬書叢刊》本。

38. （明）金聖歎，《金聖歎全集》，南京，江蘇古籍出版社，1985。

39. （明）李東陽，《李東陽集》，長沙，嶽麓書社，2008。

40. （明）李夢陽，《空同先生集》，臺北，偉文圖書出版有限公司，1976。

41. （明）李攀龍，《滄溟先生集》，上海，上海古籍出版社，1992。

42. （明）李清撰、何槐昌點校，《南渡錄》，杭州，浙江古籍出版社，1988。

43. （明）李贄，《李溫陵集》，《四庫存目叢書》本。

44. （明）李贄，《藏書》《續藏書》，《四庫存目叢書》本。

45. （明）李贄，《李氏焚書》，《四庫禁燬書叢刊》本。

46. （明）劉基，《劉基文選》，蘇州，蘇州大學出版社，2001。

47. （明）羅萬藻，《此觀堂集》，《四庫存目叢書》本。

48. （明）茅坤，《茅鹿門先生文集》，《續修四庫全書》本。

49. （明）茅坤，《白樺樓藏稿》，《四庫存目叢書》本。

50. （明）茅坤，《茅坤集》，杭州，浙江古籍出版社，1993。

51. （明）穆文熙，《穆考功逍遙園集選》，《四庫存目叢書》本。

52. （明）錢福，《錢太史鶴灘稿》，《四庫存目叢書》本。

53. （明）錢禧，《錢吉士先生全稿》，《四庫禁燬書叢刊》本。

54. （明）丘濬，《大學衍義補》，萬曆三十四年刻本。

55. （明）瞿景淳，《瞿文懿公集》，《四庫存目叢書》本。

56. （明）沈德符，《萬曆野獲編》，北京，中華書局，1959。

57. （明）申時行，《賜閒堂集》，《四庫全書存目叢書》本。

58. （明）申時行等，《大明會典》，北京，中華書局，1989。

59. （明）孫鑛，《月峰先生居業次編》，《四庫禁燬書叢刊》本。

60. （明）孫慎行，《玄晏齋集》，《四庫禁燬書叢刊》本。

61. （明）湯賓尹，《睡庵稿》，《四庫禁燬書叢刊》本。

62. （明）唐順之，《奉使集》，《四庫全書存目叢書》本。

63. （明）唐順之，《荊川集》，《四庫全書》本。

64. （明）湯顯祖，《湯顯祖全集》，北京，北京古籍出版社，1999。

65. （明）湯顯祖，《玉茗堂全集》、《湯海若問棘郵草》，《續修四庫全書》本。

66. （明）唐寅，《唐伯虎全集》，杭州，中國美術學院出版社，2002。

67. （明）唐寅，《唐伯虎先生集》，《續修四庫叢書》本。

68. （明）陶望齡，《陶文簡公集》，《四庫禁燬書叢刊》本。

69. （明）陶望齡，《歇庵集》，《續修四庫全書》本。

70. （明）萬國欽，《萬二愚先生遺集》，《四庫禁燬書叢刊》本。

71. （明）王鏊，《震澤長語》，北京，中華書局，1985。

72. （明）王衡，《緱山先生集》，《四庫存目叢書》本。

73. （明）王肯堂，《王儀部先生箋釋》，《四庫未收書輯刊》本。

74. （明）王慎中，《玩芳堂摘稿》，《四庫存目叢書》本。

75. （明）王慎中，《遵巖集》，《四庫全書》本。

76. （明）王世懋，《關洛紀遊稿》，《四庫全書存目叢書》本。

77. （明）王世懋，《王奉常集》，王世懋，《四庫全書存目叢書》本。

78. （明）王世貞，《讀書後》，《四庫全書》本。

79. （明）王世貞，《嘉靖以來內閣首輔傳》，北京，中華書局，1991。

80. （明）王世貞，《藝苑卮言校注》，濟南，齊魯書社，1992。

81. （明）王世貞，《弇山堂別集》，北京，中華書局，1985。

82. （明）王守仁，《王陽明全集》，上海，上海古籍出版社，1992。

83. （明）王恕，《王端毅公文集》，《四庫存目叢書》本。

84. （明）王思任，《謔庵文飯小品》《續修四庫全書》本。

85. （明）王錫爵，《皇名館課經世宏辭續集》，《四庫禁燬書叢刊》本。

86. （明）王錫爵，《王文肅公全集》，《四庫存目叢書》本。

87. （明）吳寬，《家藏集》，《四庫全書》本。

88. （明）吳訥，《文章辨體序說》，北京，人民出版社，1962。

89. （明）吳應箕，《樓山堂集》，《四庫禁燬書叢刊》本。

90. （明）夏言，《夏桂洲先生文集》，《四庫全書存目叢書》本。

91. （明）蕭良友，《玉堂遺稿》，《四庫存目叢書》本。

92. （明）許孚遠，《敬和堂集》，《四庫存目叢書》本。

93. （明）徐階，《少湖先生文集》，《四庫全書存目叢書》本。

94. （明）徐階，《世經堂集》，《四庫全書存目叢書》本。

95. （明）徐溥撰、李東陽重修，《明會典》，《四庫全書》本。

96. （明）徐師曾，《文體明辨序說》，北京，人民出版社，1962。

97. （明）徐渭，《徐文長文集》，《四庫存目叢書》本。

98. （明）許獬，《許鍾斗文集》，《四庫存目叢書》本。

99. （明）薛應旂，《方山先生全集》，《續修四庫全書》本。

100. （明）楊起元，《重刻楊復所先生家藏文集》，《四庫禁燬書叢刊》本。

101. （明）楊起元，《續刻楊復所先生家藏文集》，《四庫存目叢書》本。

102. （明）楊慎，《升菴全集》，萬有文庫，上海，商務印書館，1937。

103. （明）姚廣孝，《逃虛子集》，《四庫存目叢書》本。

104. （明）于慎行，《穀城山館文集》，《四庫全書存目叢書》本。

105. （明）袁宏道，《袁中郎全集》，《四庫存目叢書》本。

106. （明）袁黃撰，黃強、徐珊珊校訂，《遊藝塾文規》正續編，武漢，武漢
大學出版社，2009。

107. （明）袁中道，《珂雪齋集》，上海，上海古籍出版社，1989。

108. （明）袁中道，《珂雪齋近集》，《續修四庫全書》本。

109. （明）袁中道，《珂雪齋前集》，《續修四庫全書》本。

110. （明）曾異撰，《紡授堂集》，《四庫禁燬書叢刊》本。

111. （明）張采，《知畏堂文存》，《四庫禁燬書叢刊》本。

112. （明）張宏道、張凝道，《皇明三元考》，《四庫全書存目叢書》本。

113. （明）張居正，《新刻張太嶽先生文集》，《續修四庫全書》本。

114. （明）張居正，《張文忠公全集》，上海，商務印書館，1935。

115. （明）張溥，《七錄齋詩文合集》，臺北，偉文圖書出版社有限公司，1977。

116. （明）章世純，《章大力先生全稿》，《四庫禁燬書叢刊》本。

117. （明）趙南星，《趙忠毅公詩文集》，《四庫禁燬書叢刊》本。

118. （明）鄭鄤，《峚陽草堂文集》，《四庫禁燬書叢刊》本。

119. （明）鄭元勳，《媚幽閣文娛初集》、《媚幽閣文娛二集》，《四庫禁燬書叢
刊》本。

120. （明）朱國楨，《皇明大事記》，《四庫禁燬書叢刊》本。

121. （清）陳夢雷編纂，《古今圖書集成》，成都，巴蜀書社，1985。

122. （清）方苞，《方苞集》，上海，上海古籍出版社，1983。

123. （清）方苞，《欽定四書文校注》，武漢，武漢大學出版社，2009。

124. （清）顧炎武著、黃汝成集釋，《日知錄集釋》，上海，上海古籍出版社，
　　　2006。

125. （清）顧有孝輯，《明文英華》，《四庫禁燬書叢刊》本。

126. （清）黃虞稷，《千頃堂書目》，上海，上海古籍出版社，2001。

127. （清）黃宗羲等撰、孟昭庚等校點，《南明史料八種》，南京，江蘇古籍
　　　出版社，1999。

128. （清）黃宗羲，《明儒學案》，北京，中華書局，2008。

129. （清）黃宗羲，《明文海》，上海，上海古籍出版社，1994。

130. （清）計六奇撰、任道斌、魏得良點校，《明季南略》，北京，中華書局，
　　　1984。

131. （清）李慈銘，《越縵堂讀書記》，北京，中華書局，1963。

132. （清）梁章鉅，《制藝叢話》，上海，上海書店排印本，2001。

133. （清）龍文彬，《明會要》，北京，中華書局，1956。

134. （清）呂留良，《呂晚村先生論文匯抄》，清康熙五十三年呂氏家塾刻本。

135. （清）錢大昕，《十駕齋養新錄》，南京，江蘇古籍出版社排印本，2000。

136. （清）錢謙益，《錢牧齋全集》，上海，上海古籍出版社，1993。

137. （清）阮元，《學海堂集》／吳瀾修，《學海堂二集》／張維屏，《學海堂
　　　三集》／金錫齡，《學海堂四集》，啟秀山房訂刻本。

138. （清）邵廷寀，《東南紀事》，上海，上海書店，1982。

139. （清）沈士秀等，《東鄉縣志》，康熙四年刊本。

140. （清）孫靜庵著、趙一生標點，《明遺民錄》，杭州，浙江古籍出版社，
　　　1985。

141. （清）夏燮著、沈仲九標點，《明通鑑》，北京，中華書局，1959。

142. （清）徐鼒，《小腆紀年》，北京，中華書局，1958。

143. （清）徐鼒，《小腆紀年附考》，北京，中華書局，1957。

144. （清）永瑢，《四庫全書總目》，北京，中華書局，1965。

145. （清）俞長城，《可儀堂文集》，北京，中華書局，1985。

146. （清）袁枚著，范寅錚校注，《小倉山房尺牘》，長沙，湖南文藝出版社，1987。

147. （清）張廷玉，《明史》，北京，中華書局，1974。

148. （清）周亮工，《尺牘新鈔》，長沙，嶽麓書社，1986。

149. 貝京，《歸有光研究》，北京，商務印書館，2008。

150. 蔡景康，《明代文論選》，北京，人民文學出版社，1999。

151. 陳寶良，《明代儒學生員與地方社會》，北京，中國社會科學出版社，2005。

152. 陳長文，《明代科舉文獻研究》，濟南，山東大學出版社，2008。

153. 陳篤彬、蘇黎明，《泉州古代科舉》，濟南，齊魯書社，2004。

154. 陳平原，《晚明與晚清，歷史傳承與文化創新》，武漢，湖北教育出版社，2002。

155. 陳時龍，《明代中晚期講學運動 1522～1626》，上海，復旦大學出版社，2005。

156. 陳文新，《歷代科舉文獻整理與研究叢書》，武漢，武漢大學出版社，2009。

157. 陳文新，《明代科舉與文學編年》，武漢，武漢大學出版社，2009。

158. 陳文新，《明代文學與科舉文化生態》，北京，高等教育出版社，2016。

159. 陳文新，《中國文學流派意識的發生和發展》，武漢，武漢大學出版社，2003。

160. 陳文新、王同舟，《明代八股文編年史》，臺北，花木蘭文化出版社，2011。

161. 陳文新主編，《中國文學編年史》，長沙，湖南人民出版社，2006。

162. 陳寅恪，《柳如是別傳》，上海，上海古籍出版社，1980。

163. 陳垣，《陳垣學術文化隨筆》，北京，中國青年出版社，2000。

164. 陳柱，《中國散文史》，南京，江蘇文藝出版社，2008。

165. 褚斌傑，《中國古代文體概論》，北京，北京大學出版社，1990。

166. 崔建英，《明別集版本志》，北京，中華書局，2006。

167. 鄧洪波、龔抗雲編著，《中國狀元殿試卷大全》，上海，上海教育出版社，

2006。

168. 鄧嗣禹，《中國考試制度史》，臺北，臺灣學士書局，1982。

169. 鄧雲鄉，《清代八股文》，石家莊，河北教育出版社，2004。

170. 方孝岳，《中國文學批評　中國散文概論》，北京，三聯書店，2007。

171. 方志遠，《明代國家權力機構與運行機制》，北京，科學出版社，2008。

172. 高峰，《科舉與女性，溫馨與哀愁》，長春，時代文藝出版社，2007。

173. 高小慧，《楊慎文學思想研究》，北京，中國社會科學出版社，2010。

174. 高彥、劉志敏等，《圖說中國古代科舉》，北京，團結出版社，2008。

175. 龔篤清，《八股文鑒賞》，長沙，嶽麓書社，2006。

176. 龔篤清，《馮夢龍新論》，長沙，湖南人民出版社，2002。

177. 龔篤清，《明代八股文史探》，長沙，湖南人民出版社，2006。

178. 龔篤清，《明代科舉圖鑒》，長沙，嶽麓書社，2007。

179. 龔篤清，《雅趣藏書——〈西廂記〉曲語題八股文》，長沙，湖南人民出版社，2008。

180. 龔篤清，《中國八股文史》，長沙，嶽麓書社，2017。

181. 龔宗傑，《明代文話研究》，北京，中華書局，2019。

182. 顧誠，《南明史》，北京，中國青年出版社，1997。

183. 谷應泰編，《明史紀事本末》，北京，中華書局，1985。

184. 關文發、顏廣文，《明代政治制度研究》，北京，中國社會科學出版社，1995。

185. 郭皓政，《明代狀元與文學》，濟南，齊魯書社，2010。

186. 郭皓政，《明代狀元史料彙編》，武漢，武漢大學出版社，2009。

187. 郭培貴，《明代科舉史事編年考證》，北京，科學出版社，2008。

188. 郭培貴，《明史選舉志考論》，北京，中華書局，2006。

189. 郭紹虞，《中國文學批評史》，北京，商務印書館，2010。

190. 郭預衡，《中國散文史長編》，太原，山西教育出版社，2008。

191. 韓經太，《理學文化與文學思潮》，北京，中華書局，1997。

192. 何懷宏，《選舉社會及其終結》，北京，三聯書店，1998。

193. 何忠禮，《科舉與宋代社會》，北京，商務印書館，2006。

194. 何宗美，《公安派結社考論》，重慶，重慶出版社，2005。

195. 何宗美，《明末清初文人結社研究》，天津，南開大學出版社，2003。

196. 何宗美，《明末清初文人結社研究續編》，北京，中華書局，2006。

197. 何宗美，《文人結社與明代文學的演進》，北京，人民出版社，2011。

198. 侯外廬、邱漢生等，《宋明理學史》，北京，人民出版社，1987。

199. 黃霖主編，《歸有光與嘉定四先生研究》，上海，上海古籍出版社，2007。

200. 黃明光，《明代科舉制度研究》，桂林，廣西師範大學出版社，2000。

201. 黃念然，《中國古典文藝美學論稿》，桂林，廣西師範大學出版社，2010。

202. 黃強，《八股文與明清文學論稿》，上海，上海古籍出版社，2005。

203. 黃強，《遊戲八股文集成》，武漢，武漢大學出版社，2009。

204. 黃毅，《明代唐宋派研究》，上海，上海古籍出版社，2008。

205. 黃毅，《明代唐宋派研究》，上海，上海古籍出版社，2008。

206. 黃卓越，《明中後期文學思想研究》，北京，北京大學，2005。

207. 黃卓越，《明永樂至嘉靖初詩文觀研究》，北京，北京師範大學出版社，2001。

208. 嵇文甫，《晚明思想史論》，鄭州，河南大學出版社，2008。

209. 季羨林總編，張岱年、張培恒等主編，《傳世藏書》，海口，海南國際新聞出版中心，1996。

210. 簡恩定，《中國文學復古風氣探究》，臺北，文史哲出版社，1992。

211. 簡錦松，《明代文學批評研究》，臺北，臺灣學生書局，1989。

212. 姜衡湘主編，《李東陽研究文選》，長沙，湖南人民出版社，2009。

213. 蔣平階，《東林始末》／杜登春，《社事始末》，北京，中華書局，1991。

214. 蔣平階，《東林始末》／吳偉業，《復社紀事》／眉史氏，《復社紀略》／吳應箕，《東林本末》，上海，神州國光社，1946。

215. 蔣逸雪編著，《張溥年譜》，上海，商務印書館，1946。

216. 金諍,《科舉制度與科舉文化》,上海,上海人民出版社,1990。

217. 孔應茂,《八股文史》,南京,鳳凰出版社,2008。

218. 李兵,《書院與科舉關係研究》,武漢,華中師範大學出版社,2005。

219. 李春光,《中國人事史話》,北京,中國人事出版社,2005。

220. 李國榮,《清朝十大科場案》,北京,人民出版社,2007。

221. 李國祥主編、楊昶副主編,《明實錄類纂》,武漢,武漢出版社,1992。

222. 李玫,《明清之際蘇州作家群研究》,北京,中國社會科學出版社,2000。

223. 李潤強,《清代進士群體與學術文化》,北京,中國社會科學出版社,2007。

224. 李世愉,《中國歷代科舉生活掠影》,瀋陽,瀋陽出版社,2005。

225. 李樹,《中國科舉史話》,濟南,齊魯書社,2004。

226. 李舜臣、歐陽江琳編著,《歷代科舉史料彙編》,武漢,武漢大學出版社,2009。

227. 李維新,《天下第一策,歷代狀元殿試對策觀止》,鄭州,中洲古籍出版社,1998。

228. 李義讓,《明代狀元楊升庵》,成都,四川人民出版社,1985。

229. 梁啟超,《清代學術概論》,南京,江蘇文藝出版社,2007。

230. 廖可斌,《明代文學復古運動研究》,北京,商務印書館,2008。

231. 林白、朱梅蘇,《中國科舉史話》,南昌,江西人民出版社,2000。

232. 林仁川,《明末清初中西文化衝突》,上海,華東師大出版社,1998。

233. 林岩,《北宋科舉考試與文學》,上海,上海古籍出版社,2006。

234. 劉海峰,《科舉考試的教育視角》,武漢,湖北教育出版社,1996。

235. 劉海峰,《科舉學導論》,武漢,華中師範大學出版社,2005。

236. 劉海峰,《中國考試發展史》,武漢,華中師範大學出版社,2002。

237. 劉麟生,《中國駢文史》,北京,東方出版社,1996。

238. 劉熙載著、袁津琥校注,《藝概注稿》,北京,中華書局,2009。

239. 劉宗賢,《陸王心學研究》,濟南,山東人民出版社,1997。

240. 盧前,《八股文小史》,上海,商務印書館國學小叢書本。

241. 魯威，《中國歷代狀元春秋》，瀋陽，遼寧教育出版社，1990。

242. 魯小俊、江俊偉校注，《貢舉志五種》，武漢，武漢大學出版社，2009。

243. 羅根澤，《中國文學批評史》，上海，上海古籍出版社，1984。

244. 羅宗強，《明代文學思想史》，北京，中華書局，2013。

245. 馬文卿，《山東歷代狀元》，濟南，黃河出版社，1999。

246. 莫礪鋒，《江西詩派研究》，濟南，齊魯書社，1986。

247. 潘立勇，《一體萬化——陽明心學的美學智慧》，北京，北京大學出版社，2010。

248. 潘美月，《黃宗羲〈明儒學案〉之研究》，臺北，花木蘭文化出版社，2007。

249. 潘運告，《從王陽明到曹雪芹——陽明心學與明清文藝思潮》，長沙，湖南教育出版社，2008。

250. 啟功、張中行、金克木，《說八股》，北京，中華書局，1994。

251. 錢茂偉，《國家、科舉與社會，以明代為中心的考察》，北京，北京圖書館出版社，2004。

252. 錢穆，《中國近三百年學術史》，北京，商務印書館，1997。

253. 錢鍾書，《管錐編》，北京，中華書局，1979。

254. 錢鍾書，《談藝錄》（增訂本），北京，中華書局，1984。

255. 瞿國璋主編，《中國科舉辭典》，南昌，江西教育出版社，2006。

256. 饒龍隼，《明代萬曆間文學思想轉變研究》，重慶，西南師範大學出版社，1995。

257. 任道斌，《董其昌繫年》，北京，文物出版社，1988。

258. 容肇祖，《明代思想史》，上海，開明書店，1941。

259. 上海嘉定博物館、上海中國科舉博物館編，《科舉文化與科舉學》，福州，海風出版社，2007。

260. 商傳，《明代文化史》，上海，東方出版中心，2007。

261. 商衍鎏，《清代科舉考試述錄》，北京，三聯書店，1958。

262. 尚永亮、薛泉，《李東陽評傳》，長沙，湖南人民出版社，2006。

263. 沈定平，《明清之際中西文化交流史》，北京，商務印書館，2007。

264. 四川大學圖書館編，《中國野史集成》，成都，巴蜀書社，1993。

265. 孫琴安，《中國評點文學史》，上海，上海社會科學院出版社，1999。

266. 孫正容，《朱元璋繫年要錄》，杭州，浙江人民出版社，1983。

267. 臺北「中央圖書館」主編，《明人傳記資料索引》，北京，中華書局，1987。

268. 涂光社，《因動成勢》，南昌，百花洲文藝出版社，2009。

269. 涂光社，《原創在氣》，南昌，百花洲文藝出版社，2009。

270. 涂木水、高琦，《臨川文學史》，南昌，江西高校出版社，1998。

271. 王重民，《中國善本書提要》，上海，上海古籍出版社，1983。

272. 王重民，《中國善本書提要補編》，北京，書目文獻出版社，1991。

273. 王道成，《科舉史話》，北京，北京出版社，1988。

274. 王鴻鵬，《明朝狀元詩榜眼詩探花詩》，北京，崑崙出版社，2009。

275. 王凱符，《八股文概說》，北京，中華書局，2002。

276. 王凱旋，李洪權編著，《明清生活掠影》，瀋陽，瀋陽出版社，2001。

277. 王凱旋，《明代科舉制度考論》，瀋陽，瀋陽出版社，2005。

278. 王日根，《明清民間社會的秩序》，長沙，嶽麓書社，2003。

279. 王日根，《中國科舉考試與社會影響》，長沙，嶽麓書社，2007。

280. 王水照編，《歷代文話》，上海，復旦大學出版社，2007。

281. 王天有，《明代國家機構研究》，北京，北京大學出版社，1992。

282. 王煒，《明代八股文選家考論》，武漢，武漢大學出版社，2015。

283. 王煒編校，《〈清實錄〉科舉史料彙編》，武漢，武漢大學出版社，2009。

284. 汪小洋，孔慶茂，《科舉文體研究》，天津，天津古籍出版社，2005。

285. 王欣欣，《山西歷代進士題名錄》，太遠，山西教育出版社，2005。

286. 汪湧豪，《範疇論》，上海，復旦大學出版社，1999。

287. 汪湧豪，《中國文學批評範疇十五講》，上海，華東師範大學出版社，2010。

288. 吳承學，《晚明文學思潮研究》，武漢，湖北教育出版社，2002。

289. 吳承學，《晚明小品研究》，南京，江蘇古籍出版社，1998。

290. 吳承學,《中國古代文體形態研究》（增訂本），廣州，中山大學出版社，2002。

291. 夏咸淳,《晚明世風與文學》，北京，北京社會科學出版社，1994。

292. 謝貴安,《明實錄研究》，武漢，湖北人民出版社，2003。

293. 謝國楨,《明末清初的學風》，北京，人民出版社，1982。

294. 謝國楨,《明清黨社運動考》，北京，中華書局，1982。

295. 謝國楨,《晚明史籍考》，上海，上海古籍出版社，1981。

296. 謝正光,《明遺民傳記索引》，上海，上海古籍出版社，1992。

297. 熊禮匯,《明清散文流派論》，武漢，武漢大學出版社，2003。

298. 許樹安,《古代選舉及科舉制度概述》，天津，天津人民出版社，1985。

299. 薛瑞兆,《金代科舉》，北京，中國社會科學出版社，2004。

300. 楊國榮,《心學之思——王陽明哲學的闡釋》，北京，中國人民大學出版社，2009。

301. 楊正顯,《陶望齡與晚明思想》，臺北，花木蘭文化出版社，2010。

302. 楊智磊、王興亞,《中國考試管理制度史》，鄭州，中洲古籍出版社，2007。

303. 姚蓉,《明末雲間三子研究》，廣州，廣東高教出版社，2004。

304. 葉曄,《明代中央文官制度與文學》，杭州，浙江大學出版社，2011。

305. 易聞曉,《公安派的文化闡釋》，濟南，齊魯書社，2003。

306. 余來明、潘金英校點,《翰林掌故五種》，武漢，武漢大學出版社，2009。

307. 余英時,《士與中國文化》，上海，上海人民出版社，1987。

308. 郁沅,《心物感應與情景交融》，南昌，百花洲文藝出版社，2006。

309. 袁震宇、劉明今,《明代文學批評史》，上海，上海古籍出版社，1991。

310. 岳淑珍,《明代詞學批評史》，北京，社會科學文獻出版社，2014。

311. 張方,《虛實掩映之間》，南昌，百花洲文藝出版社，2005。

312. 張皓,《中國美學範疇與傳統文化》，武漢，湖北教育出版社，1996。

313. 章建文,《吳應箕研究》，合肥，安徽大學出版社，2009。

314. 張建業,《李贄評傳》，福州，福建人民出版社，1992。

315. 張傑，《清代科舉家族》，北京，社會科學文獻出版社，2003。

316. 張夢新，《茅坤研究》，北京，中華書局，2001。

317. 張思齊，《八股文總論八種》，武漢，武漢大學出版社，2009。

318. 張希清，《中國科舉考試制度》，北京，新華出版社，1993。

319. 趙克生，《明代國家禮制與社會生活》，北京，中華書局，2012。

320. 趙園，《明清之際的思想與言說》，上海，復旦大學出版社，2010。

321. 趙園，《明清之際士大夫研究》，北京，北京大學出版社，1999。

322. 趙子富，《明代學校與科舉制度研究》，北京，北京燕山出版社，1995。

323. 趙尊岳輯，《明詞彙刊》，上海，上海古籍出版社，1992。

324. 鄭利華，《明代中期文學演進與城市形態》，上海，復旦大學出版社，1995。

325. 鄭利華，《王世貞研究》，上海，學林出版社，2002。

326. 中國科學院圖書館整理，《續修四庫全書總目提要》，北京，中華書局，1993。

327. 中央研究院歷史語言研究所，《明實錄》，臺北，中央研究院歷史語言研究所，1962。

328. 周道詳主編，《江南貢院史話》，南京，南京出版社，2008。

329. 周明初，《晚明士人心態與文學個案》，北京，東方出版社，1997。

330. 周群，《儒釋道與晚明文學思潮》，上海，上海書店出版社，2000。

331. 周新曙，《明清八股文鑒賞》，武漢，湖北人民出版社，2008。

332. 周寅賓，《李東陽與茶陵派》，長沙，湖南師大出版社，2008。

333. 周振甫，《古代文論二十三講》，重慶，重慶大學出版社，2010。

334. 周作人，《論八股文》，《中國新文學的源流》附，北平，人文書店，1932。

335. 周作人，《周作人人生筆記》，長春，時代文藝出版社，2009。

336. 朱東根，《海南歷代進士研究》，海口，海南出版社，2008。

337. 朱東潤，《陳子龍及其時代》，北京，人民文學出版社，2007。

338. 朱麗霞，《明清之交文人遊幕與文學生態》，上海，上海古籍出版社，2008。

339. 祝尚書，《宋代科舉與文學》，北京，中華書局，2008。

340. 祝尚書，《宋代科舉與文學考論》，鄭州，大象出版社，2006。

341. 朱焱煒，《明清蘇州狀元與文學》，北京，中國言實出版社，2008。

342. 鄒雲湖，《中國選本批評》，上海，上海三聯書店，2002。

343. 左東嶺，《李贄與晚明文學思潮》，天津，天津人民出版社，1997。

344. 左東嶺，《明代文學思想研究》，北京，商務印書館，2013。

345. 左東嶺，《王學與中晚明士人心態》，北京，人民文學出版社，2000。

346. （美）黃仁宇，《萬曆十五年》，北京，三聯書店，1997。

後　記

　　拿著《明代八股文批評研究》的稿子，感慨萬千，古人說「十年磨一劍」，仔細一算，我這把「劍」確實跨越了十年光陰，但是真正被「磨」的時間卻屈指而數。恰逢其會，這本書能與水雲師之《清代八股文批評研究》一同付梓，我一方面倍感鼓舞，一方面愧悔交加，如同過往的十數年，感謝恩師提攜的同時，也為自己學識淺陋而暗自愧疚，加之百年難遇的疫情肆虐，在雞飛狗跳家庭瑣事交響曲的伴奏下，對這本書的修改見縫插針，其結果可想而知，但它無論如何不如人意，也到了必須推出來見「公婆」的時候了。

　　《明代八股文批評研究》這本書是在我的博士論文《明代萬曆年間八股文批評研究》的基礎上增改而成。我從讀博期間開始，從最早接觸到最後確定這個選題，水雲師都給予了大量的幫助和指導，包括資料查找、框架確定、增刪修改等，可以說，完全是在水雲師的步步引導之下，我才慢慢踏入八股文批評研究的領域。從時間上來說，讀博期間我主要完成了這本書萬曆時期的部分，畢業後數年，陸續又完成了明代前中期和晚明部分。這許多年來，雖然一直心心念念欲將之修改出版，一直放在手邊可即之處，但是也一直從未有時間著手。無論是讀博期間的寫作，還是畢業後在工作間隙的寫作，都如同急就章，存在著很大問題，這些問題隨著稿子的一冉存放，幾被遺忘。如今回頭再看，問題之多，超乎想像，修改幾乎無從下手。材料龐大瑣碎，繁雜堆砌，且多被割裂分散，難以理清頭緒；對材料的分析半生不熟、生吞活剝，行文拖沓、面面俱到；觀點完全被材料掩蓋，無始終貫穿的思路；各家各派觀點林立，無融會貫通，缺前後照應……簡直罄竹難書，時間又不允許重寫，我只能硬著頭皮修改，幾月下來，舉步維艱，如同以錐飡壺，結果只能差強人意。

　　從讀博開始，水雲師一再教導我們，文章也好，專著也罷，必須帶著問題寫作，在學術方法和學術觀念上要有自己的思考和實踐，文獻是基本功，但是不能鑽進去就出不來，否則就會被材料牽著鼻子走。在稿子的修改過程中，水雲師也多次提點，雖然是八股文批評史，但是也不能面面俱到，要提煉出不同於別人的觀點，要條理清晰，材料分析之後還要有闡釋……在過去的十幾年中，恩師的話語就像指南明針一直響徹耳畔，我力圖據此實踐，想要做到「入乎其內，出乎其外」，奈何總是心有餘而力不足，似乎在材料堆積和生吞活剝的路上越走越遠。這本書稿大部分的材料收集都是在讀博期間完成的，當時光文字整理就達到一百多萬字，主要是明人別集與八股文批評相關的序跋、八股文專論以及部分八股文選本。在材料整理的同時，我也對明代八股文創作和批評的基本走向作了一定的思考和總結，即便只是非常淺顯地觸及到八股文對當時政治、經濟、文化、文人心態、處世方法、審美情趣等各方面的滲透，其力度依然讓我震驚。在閱讀序跋和寫作的過程中，我也試圖去還原當時的歷史場景，設身處地去體會當時士人舉子的心態，並且與我們當今知識分子的命運作比較。歷史總是相似的，一代又一代知識分子在道德文章與功名利祿的怪圈中輪迴，那些凝固在故紙堆上的靈魂，或壓抑、或狂放、或癡迷、或愚鈍，都在一篇篇八股文序跋中述說殆盡。他們對科舉和八股文的看法，對八股文技巧的總結，他們或熱愛、或功利、或麻木、或虔誠的心理動機，共同鎔鑄了今天我手中的這本書稿。雖然洋洋灑灑幾十萬字，但是相較於他們曾經的鮮活生命而言，我這本書稿最多觸及十之一二。掩卷自查，因才力和學識的有限，本書最終只能在文獻上有所補益，雖有些許價值闡釋穿插其中，其數量畢竟有限，恩師之提點和教導最終沒有在本書中實現，我除了心懷愧疚之外，似乎只能引「期之來日」以此自勉。同時，也希望本書能夠成為八股文批評研究領域的引玉之磚，期待完整的八股文批評史能早日面世。對於書中的殘漏之處，敬請前輩專家不吝惠賜批評。

　　從確定選題到如今書稿初成，十年光陰，彈指一揮，生活之一地雞毛，工作之繁冗瑣碎，心緒之起落不定，皆不足道。治學之路，道阻且長，沒有親朋好友的共同努力和付出，也不會有本書的如期問世。藉此書付梓之際，感謝一直以來對我不厭其煩、提攜有加的水雲恩師，感謝一路走來對我不離不棄、守望相伴的親朋好友，感謝給我幫助鼓勵、關心愛護的同門兄妹。武漢東湖學院黃妮妮老師不辭辛苦，為本書的校對做了大量工作，在此一併致謝。

孟子有云：「人之相識，貴在相知。人之相知，貴在知心。」有了你們的一片冰心和相識相知，我才能在時光深處，安靜讀書。古今多少遺恨，俯仰已如塵埃，願我們有朝一日，歡聚一堂，共青山一笑，與黃花一醉，方不負此生！